云海玉弓缘

天山系列

下

梁羽生 著

朗声图书
中山大學出版社 SUN YAT-SEN UNIVERSITY PRESS （·广州·）

图书在版编目(CIP)数据

云海玉弓缘 / 梁羽生著 .— 广州：中山大学出版社，2014.7
(梁羽生精品集)
ISBN 978-7-306-04896-7

Ⅰ.①云… Ⅱ.①梁… Ⅲ.①侠义小说—中国—当代 Ⅳ.①I247.5

中国版本图书馆CIP数据核字(2014)第101533号

广东省版权局版权合同登记图字：19-2012-069号

朗声图书

敬告读者

为了维护读者、著作权人和出版发行者的合法权益，本书采用了新型数码防伪技术。正版图书的定价标示处及外包装盒上均贴有完好的防伪标签。刮开涂层，可见到一组数码，您可以通过两种途径查验真伪。

1. 拨打全国免费电话4008301315，按语音提示从左到右依次输入相应数码并按#键结束。

2. 扫描防伪标上的二维码，按提示输入相应数码。

读者如发现盗版图书，可向当地“扫黄打非”办公室、新闻出版局、工商管理部门、公安机关、技术监督部门举报，或直接与我们联系。

联系电话：020-34297719 13570022400

我们对举报盗版、盗印、销售盗版图书等侵权行为的有功人员将予以重奖。

广州市朗声图书有限公司

目　录

第三十五回　为谁幽怨为谁苦
各自相思各自伤 …………………… 581

第三十六回　惆怅深情如梦杳
暗伤心事付东流 …………………… 597

第三十七回　暗系赤绳为月老
徒教残泪湿红妆 …………………… 617

第三十八回　柔肠寸寸情难断
剑气森森祸未消 …………………… 633

第三十九回　暗室除奸惊辣手
冒名求禄显神功 …………………… 653

第四十回　庆功宴上灾星至
比武场中敌胆寒 …………………… 673

第四十一回　一剑诛仇寒贼胆
双魔火并慑群雄 …………………… 687

第四十二回　神功力斗修罗掌
妙药难消往日嫌 …………………… 705

第四十三回　解困扶危闻恶耗
伤情怀旧上襄阳 …………………… 723

第四十四回　渺渺芳踪无觅处
重重疑案费思量 ………………………… 739

第四十五回　玉女深情怀旧友
金牌有命护同门 ………………………… 755

第四十六回　诀别魔头留秘笈
重来浪子负芳心 ………………………… 773

第四十七回　专使驰书少林寺
正邪大会千嶂坪 ………………………… 793

第四十八回　唐晓澜巧使天山剑
孟神通大展阴煞功 ……………………… 809

第四十九回　千重剑气消魔焰
一片柔情断侠肠 ………………………… 825

第 五 十 回　贺礼送来成祸害
灵丹难觅费思量 ………………………… 843

第五十一回　红烛未残妖女至
冰峰较技掌门危 ………………………… 863

第五十二回　佳偶竟然成冤偶
多情却似反无情 ………………………… 885

第三十五回　为谁幽怨为谁苦
各自相思各自伤

这次聚会邙山的各派弟子，都是本派中的翘楚，除了受伤极重的数十人之外，其他的虽然因为吸了魔鬼花的异香，不能运用内家真力，但跑路的本领还是有的，在痛禅上人率领之下，轻伤的负重伤的，未受伤的则随着八大高手断后，虽然一败涂地，阵容却并不凌乱。

西门牧野叫道："能多杀一个便多杀多一个，逃跑了的就不必去追了！"这班来历不明的黄衣人群相呼啸，俨如一大群发疯了的猛兽，逢人便啮，不论正邪，当者披靡！正派的弟子因为有人率领，伤亡还不算重大，孟神通邀来的党羽，武功最高的十来个人早已逃跑，余下来的争着逃命，自相践踏，片刻之间，几乎被这一班黄衣人诛锄殆尽！

赞密法师大怒，迎着两个向他奔来的黄衣人，大吼一声，这一吼乃是佛门无上的"狮子吼功"，那两个黄衣人被这巨雷般的声音一震，登时耳鼻流血，全身酸软，急忙后退，在赞密法师周围的十来个西域喇嘛诸宗的弟子，急忙跟着他冲出重围，西门牧野给了两个黄衣人一服"惊神散"，转过头来又拦截其他的人。其实赞密法师这一吼大为耗损元气，若然西门牧野再去硬拼他，赞密法师也难逃此劫。孟神通这方好在有个赞密法师不肯弃众先逃，救出了十多个人。

被孟神通骗来做徒弟的那两个无知少年——曹锦儿的孙儿赵英华和赵英民，自出娘胎以来，几曾见过这等阵仗，"师父"已跑得无影无踪，他们吓得魂飞魄散，正在跌跌撞撞地胡奔乱跑，忽见姬晓风飞一般地从他们身边掠过，背后两个黄衣人大呼小叫地追来，赵英华、赵英民叫道："姬师哥救我！"喊声未绝，姬晓风也早已一溜烟地跑得无影无踪。

眼看这两个无知少年便要毙于黄衣人的掌下，忽听得一声喝道："鼠子敢尔！"陡然间一团寒光冷气，在那个黄衣人的面前散开，紧接着两道剑光，同时袭到，来的正是唐经天夫妇。冰川天女先发出冰魄神弹，将那两个黄衣人阻了一阻，然后夫妻联剑，拦截在黄衣人和赵氏兄弟的中间。

唐经天虽然给厉胜男夺了他的游龙宝剑，但天山剑法仍在，一柄普通的青钢剑在他的手内也是威不可挡，何况还有冰川天女那把世上无双的冰魄寒光剑。他们夫妻二人早服下了用天山雪莲炮制的碧灵丹，不惧魔鬼花的异香，双剑齐出，宛如二龙抢珠，刷刷两声，把那两个黄衣人的右臂齐根削掉，唐经天插剑归鞘，左手抱起赵英华，右手抱起赵英民，拔步便跑。

冰川天女给他断后，仗着玉剑冰弹，闯出敌阵，那群黄衣人摸不着唐经天夫妇的底细，见这对男女全然不惧魔鬼花的异香，一出手便伤了他们的两个同伴，都不禁大大吃惊。其实这群黄衣人的本领，若然以一敌一，并不在唐经天夫妇之下，唐经天夫妇之所以能够成功，轻轻易易地便从虎口救出人来，一来是出其不意；二来是他们夫妇的剑法配合得妙到毫巅；三来是冰川天女的玉剑冰弹，乃是他们见所未见闻所未闻的武林异宝，那两个黄衣人正在肆无忌惮之际，骤然间被冰魄神弹所袭，猛吃一惊，来不及招架，便给削了手臂。这一来，这群黄衣人的凶焰顿时受挫，不敢追赶。

唐经天夫妇冲回来救人，再杀出敌阵，来去如风，总共还不到一盏茶的时刻，便追上了大队，将赵家兄弟交给了曹锦儿。曹锦儿骂道："你这两个畜牲还有脸回来见我吗？为什么不跟你们的师父去！"举起龙头拐杖便打，翼仲牟将她拦住，劝道："请掌门师姐念在他们年幼无知，饶了他们这一遭。"这两兄弟也跪在地上，痛哭流涕的向祖母求饶。曹锦儿是非常溺爱这两个孙儿，只因当着各派武林宗匠的面前，不得不装模作样，一经劝解，自乐得乘机收篷。

各派掌门各自查点本门的伤亡人数，总计起来，死亡和下落未明的有八十七人，重伤的有七十六人，轻伤的更是不计其数，金光大师叹道："想不到邙山大战，落得如此收场，正邪双方，均是一败涂地！"翼仲牟道："西门牧野的名头我在三十年前还曾经听过，这一大群黄衣人的来历我却是一个不知，咱们这场惨败，不是败在孟神通之手，而是败在这群来历不明的黄衣人之手，真真是意想不到！"各大门派帮会的掌门人中，以丐帮的掌门翼仲牟见闻最广，连他都不知道这群黄衣人的来历，其他的人更不用说了。痛禅上人沉吟半晌，说道："孟神通的本领之高，除了天山唐大侠夫妇之外，中原的武林人物，只怕无人是他敌手；如今又添了西门牧野与这一帮黄衣人，个个狠心辣手，今后武林的劫难，正是方兴未已呢！为今之计，只有请各位暂时到小寺养息疗伤，一方面打探这群黄衣人的来历，一方面派人请唐大侠夫妇出山，同谋应付。"少林寺离邙山不远，寺中尚有数百武艺高强的僧人，避难疗伤，自是最理想的所在，各派掌门，听了痛禅上人的话，均表赞同，只有曹锦儿蹙眉不语，痛禅上人瞧她一眼，问道："曹大姐，你在惦念你本门的小师妹吗？"

曹锦儿给痛禅上人道破心事，面上一红，说道："不错，这群黄衣人来得蹊跷，只怕他们也会分出一些人到观中捣乱。之华昏迷未醒，万一落在坏人手中，教我、教我如何对得起吕姑姑。"她想起以前对谷之华的诸多误解，想起去年在邙山会上丝毫不留情面的将她逐出门墙，再想起了她这次舍了性命的维护自己，想起了她是吕四娘的唯一传人……确是由衷感到惭愧。痛禅上人道："此事确属可虑，好在有冯琳母女保护着她，纵算众寡不敌，将她救出来谅还能够。不过，在观中疗伤的不止是她，还有几位武当派的门人，只怕冯琳难以兼顾。"唐经天夫妇和雷震子同声说道："待我们再去一趟。"痛禅上人道："有三位前往接应，那是最好不过。"唐经天等人正要动身，痛禅上人忽然道："且慢，且看是谁来了？"就在此时，只听得远处一声长啸，唐经天听出是他姨母的声音，大喜叫道："是他们脱险回来了。"暗暗佩服痛禅上人远处听声的本领。

过了片刻，只见幢幢人影已从山坳那边出现，这时虽是午夜时分，但月光皎洁，看得甚为清楚，领头的正是冯琳。雷震子、唐经天都同时喊出声来，不过，却是一喜一忧，原来武当派受伤的九个门人，一个不少，都随着冯琳回来了，反而是李沁梅、钟展和谷之华却一个不见。

这桩奇怪的事情得从头说起，且说冯琳将谷之华抱回观中之后，试用红教的大藏解穴功夫给她解穴，大藏解穴功夫可破任何奇门点穴，但用在谷之华身上，却是毫不见效。冯琳暗暗吃惊，心中想道："果真是天外有天，人外有人。孟神通的点穴法连我的大藏解穴神功都不能破，我虽然未曾与孟神通比试，但据此看来，我已是输给他了。只好盼望痛禅上人得胜归来，再给她解救了。"她将谷之华安置在静室之中，吩咐李沁梅和钟展好生看护，便去给那几个受伤的武当弟子疗伤。

李沁梅在谷之华耳边唤了几声"姐姐"，谷之华哪里会答应她，李沁梅泪盈双睫，低声说道："谷姐姐真可怜！"钟展道："痛禅上人说她并未受伤，只是一时昏迷未醒，待痛禅上人回来，自能解救，师妹不必心焦。"李沁梅道："你哪里知道我的心事？我恨不得早一刻能与她说话，我有许多事要问她。嗯，这几年来我寂寞死了，找不到一个可以和我谈谈心事的人。"钟展神色黯然，强笑说道："这么说我倒真羡慕你的谷姐姐了，她与你相处的时日不多，你已把她认为平生知己。咳，真是每个人有每个人的缘分，强求不来的！"

李沁梅呆了一呆，道："师哥，你、你说什么？"钟展道："我说各人有各人的缘分，勉强不来。比如说咱们自幼一同玩耍，一同长大，但在你的心目中，我就比不上，比不上她！"钟展平素不善辞令，但这一段话乃是他有感而发，却是说得极为诚挚，且又带着几分激动，几分辛酸。李沁梅天真无邪，过去由于金世遗占据了她整个芳心，因此一直未曾觉察到钟展对她的心意。这时蓦然听到钟展辛酸的话语，细嚼他话中含意，方知这位师兄对自己竟也是一片痴心。钟展这段话明里是说羡慕谷之华，暗里则是指金世遗。是李沁梅对金世遗生死难忘的感情，令得他既羡且妒。

晚风中吹送来一片花香，月亮从窗外的繁枝密叶之中探出头来，窥伺他们。银白色的月光下照见李沁梅微带红晕的杏脸，钟展却低下头来，不敢望她。

李沁梅默然无语，她倚着窗户，出神了好一会，忽地说道："师兄，我知道你在关心我，我很感激你。正因为咱们自幼一同玩耍，一同长大，我早已把你当作家人一般。没有什么人可以代替你，我也从没有想过要将你去比什么人。但我对谷姐姐另有一种情分，我欢喜她，我敬佩她，我可怜她，嗯，你，你明白么?"钟展黯然道："我明白的。只是，只是——"李沁梅道："只是什么?"钟展叹口气道："唉，还是不说的好。你明白我的心意，那就行了。"李沁梅说的是谷之华，实在则是诉说自己对于金世遗的情感，这，钟展当然也明白。他本来想拿"人死不能复生"之类的话去劝解她，但李沁梅没有明白说出金世遗的名字，他这些话语也就不便出口了。

李沁梅心乱如麻，就在此时，他们二人所不敢提到的那个名字，忽然从谷之华口中说了出来。谷之华像是在梦呓一般，低低地唤了两声："世遗，世遗!"声音虽极含糊，李沁梅却是听得清清楚楚，不由得怔了一怔，急忙走近床边，推一推谷之华的身子，叫道："姐姐，醒来！醒来!"

谷之华并没有醒，转了个身，仍然用梦呓一般的声音唤道："世遗，世遗，别离开我……哦，清者自清，浊者自浊，你，你，你说得对，你别走啊!"李沁梅心头一震，在她的"灵府穴"一戳，道："谷姐姐，你说什么？是我在你的身边，你以为是谁?"谷之华身躯微微颤动了一下，双眼紧闭，梦呓般的声音也停止了。李沁梅本来是给她解穴的，却不料反而令她再度昏迷。

原来刚才冯琳用红教的"大藏解穴神功"给谷之华解穴，虽然没有立即见效，但却刺激了她的神经，令得她在全然无知无觉的状态中有了一丝知觉，陷入了一种朦胧的昏迷梦境中，朦胧中感到似是有人在她的身边，因此自自然然就唤出了她最思念的人的名字。只因孟神通的点穴法与正宗的武学截然相反，所以李沁梅给她解穴，弄巧反拙，反而又令她失了知觉了。

李沁梅失魂落魄地呆在一边，忽听得钟展说道："我以为那是多嘴的江南胡说八道，原来这、这竟是真的。"李沁梅道："师兄，你、你说什么？江南他、他说什么?"钟展道："江南说金世遗生前对她一往情深，在上次的邙山会上曾为她竭力辩白，而今看来，谷之华对他也是念念不忘，唉，只可惜，只可惜人死不能复活！”李沁梅叫道：“嗯，不要说了，不要说了！”过了半晌，她却又忍不住问道：“上次邙山会上，那是怎么一回事？”钟展道：“如今已是一死一生，这件事还提它做甚？唉，还是不要说吧！”李沁梅叫道：“不、不！他们两人都是我最好的朋友，凡是关于他们的事情我都想知道，你、你还是说吧！”

上次邙山会上金世遗为谷之华辩护的事情早已轰传武林，只因大家怕刺激李沁梅，都瞒着她，如今李沁梅已觉察了谷之华对金世遗的隐情，且又连连追问，钟展把心一横，想道：“都说给她听，或者可以断绝她对金世遗的思念，对她反而会有好处。”于是将他所听到的都说了出来，又道：“四年前，你不是曾听江南之言，到过崂山去探访金世遗的下落吗？听说那次他本来是准备和谷之华一同出海的，后来不知怎的却换了那位厉姑娘了。”李沁梅道：“你是听谁说的？”钟展道：“咦，你妈妈未曾对你说过吗？”钟展明明知道冯琳瞒着女儿，但事已如斯，为了断绝她对金世遗的痴念，宁可令她大哭一场，因此将冯琳所告诉他的也都说出来了。

奇怪的是李沁梅并没有他预料中那样悲痛，只见她呆了一会，忽地凄然一笑，自言自语地说道：“谷姐姐，我只道我可怜，谁知你比我更可怜！我还有母亲、还有师兄，你失去了他，却是什么人也没有了！唉，为什么人死不能复生？为什么人死不能复生？要是他能够复活的话，我一定将你的心意告诉他，我想，他、他会听我的话的，我要叫他和你永不分离！”要知李沁梅乃是一片无邪的赤子之心，虽然她初恋的感情不会这样容易消除，但当她发觉是她所敬爱的谷之华也像她一样爱上金世遗的时候，她确确实实不是感到妒忌，而是感到谷之华的可怜了。

十五晚上的月亮又大又圆，月光透过繁枝密叶，穿过碧纱窗户，李沁梅自言自语地说了这一段话，静默下来，在月光下宛如一尊女神的塑像。钟展呆呆地望着他的师妹，忽地感到在她的身上，好像蒙着一层比月光还要圣洁的光辉。钟展心头也渐渐宁静下来，然而就在这个时候，他又忽然发现在“女神”的面颊上，滚下了两颗晶莹的泪珠，她在想些什么呢？是悲伤金世遗的不能复生，还是为谷之华的命运而叹息？或者是既哭别人又哭自己呢？

李沁梅在想些什么？她正在想起四年前的一件往事。她被孟神通囚禁在石室里，和谷之华初会面时的一段情景。她与谷之华一见如故，向谷之华毫不掩饰地诉说了自己对金世遗的感情，谷之华指点她到崂山去找金世遗，后来又千方百计地联合了陈天宇他们将她救了出来。她记起了当她和谷之华谈到金世遗的时候，谷之华的眼角也蕴着泪光，她当时以为谷之华是为着自己的身世而伤心，现在她完全明白了；敢情谷之华当日的心情就是与自己此刻的心情完全一样。可是，当时的金世遗还是活在世上的啊，而谷之华却忍受着自己的难过，毫不踌躇地将金世遗的行踪告诉了她。（这和厉胜男的用谎话骗她，恰好完全相反！）现在她完全明白了：是谷之华为了要成全她，宁可牺牲了她与金世遗的感情。

月光下的谷之华静静地躺着，在李沁梅的眼中，谷之华也像蒙着一层比月光还要圣洁的光辉，李沁梅心痛如绞，低低地唤了一声："好姐姐！"暗自想道："可惜、可惜他已经死了。"

钟展叫道："师妹，你、你——"李沁梅道："我、我没有哭！"又走到窗前，推开窗户，深深地吸了一口清凉的空气，悄悄地揩干了脸上的泪珠。就在这一刹那，忽见树梢风动，似是有个人影，突然间一闪就不见了。李沁梅蓦地一惊，大声叫道："世遗！"但只见明月在天，风停树静，远远地望出去，除了几块略似人形的石头之外，哪里还有什么！

钟展颤声叫道："师妹，你、你瞧见谁啦？"开了大门，便奔出去，同样的什么人也没瞧见。李沁梅讷讷说道："想必是我眼花了，他、他哪里还能复生？"钟展忍着伤心，强笑说道："你和他是好朋友，我一再的提起他，难怪你会想及，心有所思，幻影就会出现了。"

李沁梅道："我找妈妈去，我有点害怕！谷姐姐刚才会讲梦话，想是已有了点知觉。我叫妈妈再给她解穴。"钟展道："还是你陪着她，我去吧。"话犹未了，忽似有人在他耳旁边轻轻叹了口气。

钟展大吃一惊，就在这时，只听得李沁梅尖叫一声，声音中充满惊异和恐怖，钟展回过头去，他们本来是跨出房门了的，这回头一瞧，登时吓得他魂飞魄散，屋子里空荡荡的什么人也没有，连本来是躺在病榻上的谷之华也不见了。

李沁梅呆了一呆，再回到房中，睁大眼睛，四处一瞧，啊呀，这确实不是梦，但她的谷姐姐却像梦一般地突然消失了。钟展叫道："你瞧，这道门……"病榻侧边有一道小门通向后园，本来是紧紧关闭了的，现在钟展一推便开，这才发现门闩早已被人抽掉！

不问可知，一定是有人悄悄从这道侧门进来，将谷之华劫走了。这简直是不可思议的事，在这样短促的时间，这个人竟然能够神不知鬼不觉地将谷之华劫走，室里室外，没有留下一个足印！

李钟二人从侧门追出，但明月高悬，星星睐眼，园子里静得怕人，哪里还有谷之华的影子？其实，他们心里也都明白：这个人既然能够瞒过他们的耳目将人劫走，本领何止比他们高强十倍？他们又怎能追得上人家？纵算追上了，也绝不是人家的对手！

夜风中送来一阵香气，似花香不是花香，香得令人心神恍惚，李沁梅展眼望去，就在离她不远的地方，有几株三尺来高的花树，树身虽矮，结的花朵却有碗口般大，红白相间，鲜艳夺目，园子里本来没有这种花的，奇怪极了。

钟展叫道："这是怎么回事？哎呀，我像饮醉了酒一般，脑筋也糊里糊涂了。"李沁梅忽地拔出剑来，高声叫道："是谁？"陡然间只觉微风飒然，有两条人影从假山石后突然窜了出来，一个军官服饰，另一个则是一身黄色衣裳，那军官哈哈笑道："两个小娃娃不用跑了。这两个小娃娃对我们有用，老齐，不要伤了他们的性命。"后半段说话是对他同伴说的，听来他已认定了钟李两人是他囊中之物，定然手到擒来。

李沁梅大怒，一剑刺去，那军官抽出一条皮鞭，刷的一声，缠上了李沁梅的青钢剑，说时迟，那时快，钟展已一剑刺出，他的功力稍高，这一剑刺出，劲风飒然，李沁梅顺势一个"顺水推舟"，剑锋带着鞭梢，那军官大约料不到李沁梅在吸了魔鬼花的香气之后，还有如此功力，一夺之下，未能将李沁梅的青钢剑夺出手去，他的长鞭一时未能解开，给钟展一剑刺穿了他的衣襟，只差半寸，就要刺中他的穴道要害。与军官同来的那个黄衣人赞道："天山剑法，果是不凡!"呼的一掌打出，掌风中又送过来一股浓香!

钟展一个踉跄，几乎站不稳脚步，那黄衣人所放出的异香，不但令人筋酥骨软，他的掌力也是雄浑非常，钟展急忙展出天山剑法中的"大须弥剑式"，剑光由上而下地划了一个圈圈，这"大须弥剑式"用来护身最为神妙，剑式一展，浑身上下都似包没在一座光幢之中，饶是那黄衣人本领高强，赤手空掌，急切之间，也破不了他这一套防身的剑法。

说时迟，那时快，那个军官早已抽出长鞭，黄衣人侧身分掌，左掌将钟展震退两步，右掌荡开了李沁梅的青钢剑，那个军官就趁着这个空隙，一个盘龙绕步，欺身直进，嚓的一鞭，在钟展的背心上重重地抽击了一记，蒲扇大的一幅衣裳，随着鞭梢飞起，化成了片片蝴蝶。钟展的背上现出一道长长的伤口!李沁梅这一惊非同小可，尖叫一声，运剑如风，几乎是整个身子扑了上去。就在这时，那军官也大吼一声，斜身窜出，原来他也被钟展的剑锋，在肩头上刺了一个窟窿!

李沁梅一剑捌空，重心不稳，黄衣人一抓抓来，掌风飒然，堪堪就要抓着她的手腕，李沁梅忽觉一股柔和的力道，将自己一带，重心登时稳定，只听得钟展在她耳边说道："别慌，你靠着我的背脊!"钟展浴血死战，一手拉着了师妹，剑式改守为攻，从大须弥剑式变为追风剑式，嚓、嚓、嚓，一连几记极为凌厉的剑招，完全是拼着两败俱伤的打法，那黄衣人冷笑说道："看你这两个小娃儿还能撑得多久，白老弟，你也不必着忙收拾他们。"

两师兄妹背靠着背，联剑拒敌，彼此都感到好像有一股暖流通了全身，在这生死搏斗，患难与共之时，他们都甘愿舍了性命去防卫对方，同时也感到了对方对自己的那一份真情实意，纵然这还不是爱情吧，但这已经是超乎一般的兄妹情感了。

李沁梅一上来就觉得那军官似曾相识，这时听那黄衣人一叫，猛然省起他就是那年在崂山道上曾出现过的，那个御林军的副统领白良骥，他竟敢这么大胆，闯到高手云集的邛山来，大大出乎李沁梅的意料之外。更奇怪的是：他们已打了一盏茶的时分，她的母亲怎会丝毫没有知觉？直到现在，还未来援救他们！

白良骥的本领不在李沁梅之下，那黄衣人的本领则更在他们之上，何况他们呼吸了许久的魔鬼花醉人的香气，纵然舍命支撑，亦是支撑不住，激战中，只听得嚓嚓两声，钟展又着了两鞭，手上脚上都是伤痕，李沁梅大声叫道："妈妈，妈妈！"空旷的园子里，哪会有人向她回话。

李沁梅连叫数声，听不见母亲的回答，不由得心中慌乱，她本来就已支持不住，张开嘴巴大叫，又吸进了大量的迷香，更感到头晕目眩，全身酥软，懒洋洋的发不出一点劲来，迷迷糊糊中只听得那黄衣人得意笑道："倒也，倒也！"李沁梅如受催眠，登时失了知觉，软作一团，果然应声倒下。

钟展突然失了依靠，大吃一惊，回头叫道："师妹，你——"这"你"字方才出口，已被人点了穴道，就在这时，前面院落方始传来了冯琳的声音，可惜他们已听不见了。

何以冯琳迟迟不来？原来她也碰到强敌。那是比白良骥和这个黄衣人还要厉害得多的强敌！

白良骥偷入观中，她是知道的，那时她正在静室打坐，听得瓦背上有悉悉索索的轻微声息，便知有夜行人到了。她也不动声息的登上瓦背，只见那条人影已从西面那座藏经阁的檐角掠出，飞上后园一棵大树，在皎洁的月光之下，那人的身法虽快，她已一眼看个清楚，认得是以前曾在崂山道上，败在自己手下的那个御林军军官，心中暗自笑道："原来是这个小子，亏他有这样大胆，竟敢到这里来！敢情他以为观中空虚，想来趁火打劫么？"以冯琳的本领，一伸手便可将他拿下，她摘了几片树叶，正想施展"飞花摘叶、伤筋碎骨"的功夫，忽地转了念头，想道："这小子是御林军的副统领，来此何为？我不如偷偷地跟在他的后面，看他还有什么党羽，趁机戏弄他一番。"心念方动，东北角的那座迎客亭中，又有一条影子窜出，却是一个身材高大的黄衣人，冯琳心道："这厮的本领要比白良骥高出一筹，但沁儿和钟展也尽可以对付得了他们，我不必着忙，且再看看还有什么高手在后？"

忽地一阵香气吹来，冯琳心中一凛，从那香风来处，张眼望去，隐隐约约可以看见草丛中有红白两色相间的花朵，大约有十数朵之多，冯琳暗自叫声："不妙！"她曾在西藏漫游过几年，识得这是魔鬼花，以她的功力修为，虽然不怕中毒，但若在魔鬼花香气的包围之下，时间太久，吸得太多，功力也会消减，而且她自己虽然不怕，却不能不为女儿担忧，同时也不能不为魔鬼花突然在观中开放而诧异，当下，立即暗运玄功，闭了全身穴道，施展"八步赶蝉"的功夫，向前追去，就在此时，忽又听得东南方向，隐隐传来了叱咤呼号之声，那正是邙山派祖师独臂神尼墓园所在的方向，也即是各派弟子与孟神通那一干人比武场所的方向！

以冯琳的武学造诣，从那远处传来的厮杀声中，立即听出了那一干人都非等闲之辈，而且各各的路数不同。冯琳这一惊比刚才更甚，心中想道："要不是孟神通这边突然添了许多好手，就是我们这边各派的武学大师都一齐出马了！"不论前者后者，都是情况紧急的讯号，尤其若是后者的话，那就更是失利的征象了！因为倘非失利，各派的武学大师断无一齐出马之理！

冯琳怎也猜不到，这一干人既非给孟神通助阵的好手，亦非各派的武学大师，而是西门牧野带来的那一群黄衣人分为两路，一路去破坏邙山的比武大会，另一路人数较少的则来捣毁道观，这一路共是四个人，白良骥和一个黄衣人已进了后园，另外两个黄衣人则埋伏在树木丛中窥伺冯琳。

冯琳何等本领，一觉有异，略一凝神，已听出了那两个黄衣人的所在，立即把手一扬，施展出"摘叶飞花、伤筋碎骨"的上乘内功，将早就藏在掌心的一把树叶撒出。

就在这刹那之间，只听得阴恻恻的一声冷笑，微风飒然，闪电般的一条人影已扑了到来，是一个身材高大的黄衣人，比寻常人最少高出一个头，伸出蒲扇般的大手，朝着冯琳，就是搂头一抓，指尖几乎触及冯琳的额头，一股浓重的血腥气味冲进冯琳的鼻官，饶是冯琳的内功，早已到了炉火纯青的境界，也觉得一阵恶心，甚不舒服！

冯琳焉能给他抓中，就在这刹那之间，她轻轻地一飘一闪，随手折下了一枝树枝，约三尺来长，横空一划，使出了白发魔女这一派嫡传剑法，一招“玄鸟划沙”，向那黄衣人的胸口疾刺。冯琳的内功，已到了摘叶飞花便可以伤人立死的境界，一枝树枝，在她的手中，比普通刀剑何止厉害十倍，这一“剑”刺出，竟然隐隐挟着金刀劈风之声，手法更是奇诡之极，但听得“嗤”的一声，那黄衣人的帽子给树枝挑起，露出一个光头，却原来是个和尚。

说时迟，那时快，另一条人影又已扑到跟前，这个人却是个五短身材，比普通人最少矮一个头，使的是一柄拂尘，向上一卷，刚及冯琳腰际，冯琳一个移形换位，左手又多了一根绸带，拂尘绸带互相缠绕，双方一扯，都没有牵动对方；冯琳的树剑跟着刺出，那黄衣人急急松开拂尘，一个“鹞子翻身”倒翻出去，但听得“当”的一声，他头上的金冠也给树枝挑开，露出一个高髻，却原来是个道士。

这两个黄衣人身手矫捷，来去如风，在武林中实是罕见的人物，想不到冯琳出手比他们还快三分，折树枝、解腰带、闪避、反击，最后还挑开了他们的僧帽道冠，这一连串的动作，竟是在这瞬息之间，一气呵成，当真是快如闪电。这两个黄衣人一击不中，立即闪开，布成了犄角之势，心中均是暗暗吃惊。

冯琳收回树枝一看，树枝的上半段亦已断去，俨如被刀削一般，心中亦是微微一凛，月光下看得分明，只见这一僧一道，脸上都贴着几片树叶，和尚露出诡异的笑容，道士则是一脸苦相，但没有一点血痕，而且他们脸上的神情也一直不变，在月光下更显得诡异可怖，似是两张魔鬼的画像。

冯琳飞花摘叶的功夫，已经到了伤人立死的境界，但这两个黄衣人的脸上，都贴上了她撒出的几片树叶，却是丝毫不见血迹，而且连哼也不哼一声，冯琳不禁更为惊诧，暗自想道：“他们的脸皮怎的这么厚，莫非竟不是血肉所做的不成?”

那高大的僧人阴恻恻的一声冷笑，伸出蒲扇般的大手又朝着冯琳抓来，掌风中送来强烈的血腥气味，比刚才更为浓郁，冯琳树剑刺出，这一回那僧人有了防备，冯琳一剑没有刺中，立即施展猫鹰扑击的绝技，一跃而起，那矮道士似乎早已料到她有此一着，身形先起，比冯琳纵得更高，拂尘下，万缕千丝，俨如在空中撒下了网，要把冯琳罩在当中。

冯琳所用的轻功，乃是她自小在猫鹰岛上，模拟猫鹰（一种脸部似猫的怪鸟）扑击的姿势而学成的，可以在空中转换方向，矮道士本来已制住机先，换是别人，一定躲不开他这一击，在冯琳却是应付裕如，一见拂尘罩下，立即扭腰一转，同时一口真气吹去，拂尘登时被吹得散开，但听得“嗤”的一声，那矮道士的肩头被她的树剑刺中，衣裳裂开一片，鲜血点点滴下。那高大的僧人见同伴遇险，及时发出两记劈空掌，冯琳身子悬空，时间难以持久，第二剑便不再发出，也随着那个道士落下地来。

奇怪的是，那矮道士的肩头中剑，血点如珠，一颗颗滴下，但他脸上的那片树叶，被冯琳吹去，脸上现出树叶的凹痕，却依然没有半丝血迹，冯琳心中一动，冷笑说道：“原来是你这两个老不死的怪物，在这里装神弄鬼吓人！唐大侠可以剑下留情，我可饶不得你们!”

原来这两个黄衣老者乃是一对老搭档，那矮道士道号龟藏子，那身材高大的和尚则本来是个胡僧，到中国后取了一个汉名，法号释道安。龟藏子出身于道教中的“抱朴派”，这一派奉晋朝的炼丹士葛洪为祖师，讲究炼丹、采纳、方术、符箓之类的旁门左道，在道教中地位甚低，龟藏子郁郁不得志于中原，遂远走塞外，拟在蒙藏一带开宗立教，但蒙藏一带是喇嘛教的势力范围，他立脚不住，恰巧释道安从花剌子模来到蒙古，也想在蒙古建庙收徒，两人遂深相结纳，伤了红教喇嘛的七个高手。红教法王派大弟子到天山向唐晓澜求援，唐晓澜一来却不过法王的情面，二来他也打听得这两人在蒙藏一带做了不少坏事，遂毅然下山，孤身赴会，凭着游龙宝剑与天山神芒，与这两个魔头恶斗了一整天，最后用游龙剑削掉了龟藏子左手的无名指，用天山神芒射伤了释道安。自此之后，这两人便消声匿迹，算起来也将近三十年了。

冯琳曾听唐晓澜说过这件事情，只因事隔多年，一时想不起便是他们，但这两人一高一矮，形貌古怪，交手之后，冯琳又发现他们的武功路数与中原各派均不相同，并发现了那矮道士左手只有四指，终于猜到了他们的来历。

这两个黄衣人被冯琳识破来历，挑起旧恨，勃然大怒，释道安嘿嘿冷笑道：“我正要找天山派的晦气，你自己碰上了，正好拿你来试试佛爷的掌力！”龟藏子也冷笑道：“且看是谁饶不了谁？道兄，我认得这老妖精是唐晓澜的小姨，咱们先把她拿下，不愁唐晓澜不乖乖送上门来，也省得咱们再上天山一趟。”

冯琳最恨别人说她年老扮俏，气往上涌，登时使出天山剑法的杀手神招，一剑刺去，这一剑虚虚实实，变幻莫测，一根枯枝，竟似化成了数十柄木剑一般，龟藏子和释道安都觉得四面八方，全是冯琳的影子。

龟藏子叫声：“不好！”只听得刷的一声，他的脸皮已被树剑划开了一道裂口，但与此同时，冯琳也陡然感到一股血腥味道直冲鼻官，饶是她闪避得快，肩头也被释道安的指尖沾了一下。衣服上留下了两道深红的指印！

只见龟藏子的“脸皮”裂开，一双阴阳眼睛更完全显露出来，原来这两人都是戴着皮制的面具，龟藏子有意让她的树剑在面具上划一下，好让释道安趁她树剑未及撤回，乘机下手的。若然冯琳手中是一柄青钢剑，他就不敢这样冒险了。

冯琳一念轻敌，几乎吃了大亏，待她稳住身形，已被那两个黄衣老者抢占了有利的方位！

这两个黄衣老者当年联手对敌，可以与唐晓澜恶战整天，功力之深，自是非同小可。冯琳虽是各派兼修，武功的路数最杂，比之唐晓澜究竟还逊一筹，若在一般的情况之下，她以一敌二，或者还可以和他们打个平手，如今她在魔鬼花的异香侵袭之下，又被释道安的毒血掌在肩头捺了一下，时间稍长，便不免落在下风。

释道安的毒血掌乃是一门极为厉害的邪派功夫，虽不及修罗阴煞功的威力无伦，但每次发掌，那股血腥味道也足以令人中毒，冯琳暗运玄功，隔一段时间才换一口气，虽不至立即中毒，吸入那血腥气味，也是觉得阵阵恶心。

正是因此，她听到了李沁梅、钟展在后园厮杀的声音，也不敢叫唤女儿，照她的想法，白良骥加上那个黄衣人，最多也不过与她的女儿、师侄打成平手，她尽可以在打败这两个黄衣者之后，再去收拾他们。

岂知这两个黄衣老者越战越强，她非但不能战胜，反而落在下风；而李沁梅和钟展都因功力较弱，受不住魔鬼花异香的侵袭，终于被敌人生擒去了。

待到冯琳听得女儿临危叫声，不由得她不大为慌乱，她刚刚应了一声，登时便觉五脏六腑好像翻转过来，原来她心神一乱，真气不免涣散，正在这最吃紧的时候，她一开口，魔鬼花的香气和释道安毒血掌的血腥气味，大量的侵入了她的肺腑！

冯琳眼睛发黑，暗呼不妙，就在这瞬息之间，龟藏子的拂尘一展，已把她的树剑缠着，释道安双指挟着她的腰带，呼的一掌，打到了她的胸前！

冯琳心头一凉，眼看就要被敌人的毒掌打中，意料不到的事情突然发生，只听得释道安突然尖叫一声，接着是龟藏子的一声狂嗥，这两个人竟然似两只受伤的野兽一般，叫声吼声，都是凄厉之极，冯琳尚未弄清楚发生了什么事情，这两个人已舍了冯琳，飞一般的越过围墙逃了！

冯琳定了定神，呼出胸中闷气，但见星河耿耿，明月在天，花片轻飘，树梢微动，目力所及，除了她之外，已没有第二个人。

冯琳一片茫然，十分不解。因为照此情形看来，定是有高人暗中解救，但他又为什么不现出身来，而且这个人一出手便能够令这两个魔头负伤逃走，本领之强，岂非尚在痛禅上人、金光大师之上？当今之世，只有孟神通或者有此能为，但孟神通绝不会是救她的人，那么除了孟神通，数遍武林宗匠，哪还有此等人物？

冯琳呆了一会，心中想道："不管他是谁，总之是我们这边的人，他既然能够暗中助我，当然也能够暗中相助梅儿。释道安与龟藏子这等武功，尚且不足当他一击，白良骥那一干人自然更不在话下了。我何须还替梅儿担忧？"

冯琳这个推论本来十分有理，哪知到了后围，四处寻觅，却不见女儿和钟展的影子，再到静室查看，连谷之华亦已踪迹杳然！

园子里的西北角隐隐传来了悉悉的声息，冯琳猛然省起，在西北角的玄女殿内，还有十二个正在那里疗伤的人，其中九个是武当派的弟子，他们是受屠昭明的毒火烧伤的，伤得甚重，虽然敷了金创圣药，不至有性命之忧，但短期内却不能恢复功力，万一被敌人搜到他们，那后果真是不堪想像。

听那悉悉索索的声音，似乎是他们正在爬起身来，冯琳不由得又是心中一凛，他们为什么要爬起身来？可以推想得到，即使不是有敌人闯入，也定然是他们发现有敌人的踪迹了。

冯琳只好放弃了追踪女儿的念头，急忙赶到玄女殿去，却不料又发现了一桩更奇怪的事情。

她因为过于着急，未及报明身份，便即推门进去，一只脚刚刚踏进，登时便有两柄长剑指到她的胸前，那是武当派的松石道人和郭嘉谟，冯琳的本领远在他们之上，当然不至受伤，但因骤出不意，也险险给他们的剑尖刺着，她是在剑尖离身三寸之时，才挥袖将他们的剑尖裹着的。

他们发现来的是冯琳，当然立即停下手来，冯琳一看，武当的九个弟子都已站在殿中，持剑而立，布成了九宫剑阵，另外那三个受伤的人，也似乎已经痊愈，各持兵器，居中策应了。冯琳而且试出了松石道人和郭嘉谟的功力，最少已恢复了五成。

这还不算奇怪，更奇怪的是空气中有一缕淡淡的清香，那是天山雪莲的香气，冯琳大为诧异，急忙问道："这是怎么回事？"正是：

神龙见首不见尾，清香一缕费猜疑。

欲知后事如何？请听下回分解。

第三十六回　惆怅深情如梦杳
暗伤心事付东流

松石道人也是大为诧异，问道：“冯老前辈，刚才在我们昏迷的时候，你没有来过么?”冯琳道：“没有呀！嗯，你我门派不同，我纵比你们多活几年你也不必拘礼，前辈长前辈短的叫得令人起鸡皮疙瘩。”要知冯琳虽然年近六旬，但容貌还似四十许人，而且还似少年时候的一般任性，最不喜欢别人说她年老。

松石道人怔了一怔，讪讪说道：“这么说，暗中将我们救醒的乃是另有其人了。”冯琳道：“当然是另有其人，快说，快说，这是怎么一回事?”

松石道人道：“天黑之后不久，我们听得外面好似有厮杀的声音，我正想挣扎起来，忽觉有一股极为奇怪的香气，令人筋酥骨软，甚为难受，那香气与现在留在室内的香气，气味大有不同。”冯琳道：“我知道，你们最初闻到的气味，那是魔鬼花的香气。”心想：“松石道人在武当派中，武功仅次于雷震子，怪不得他吸了魔鬼花的香气，居然还能够挣扎。”

松石道人道：“我用力挣扎，却软绵绵的爬不起来，大殿里毫无声息，静寂得令人心悸，周围一看，师弟们都全已闭了眼睛，好似昏迷过去了。我心里一慌，又吸了两口魔鬼花的香气，登时也觉得头晕目眩，迷迷糊糊中，不久也就完全不省人事了。”

冯琳心想道：“要是在那个时候，有敌人闯进殿来，那真是不堪设想。我也没有脸皮再见雷震子和痛禅上人了。”

松石道人续道：“也不知道过了多久，我又忽觉得有一股清香，沁人肺腑，而且身体内似有一股暖流流过，非常舒服，迷糊中好似觉得有人在我的身旁，但到我能够睁开眼睛时，却什么人也没有瞧见。没有多久，师弟们也一个个的先后醒来，说起来大家都有同样的感觉，受伤的地方也不觉得疼痛了，试一试，大家的功力都恢复了四五成。这时我们已清清楚楚的听得外面有呼喊奔跑的声音，情知定是有敌人进了观中，因此我们布好九宫剑阵，准备敌人若是闯到这儿，也可以抵挡一阵。想不到你老，嗯，是冯女侠进来，冒犯了冯女侠。偷入观中的敌人想来都已被冯女侠赶跑了。"

冯琳面上一红，心里暗呼："惭愧!"说道："这是天山雪莲的香气，想是你们昏迷的时候，有人将碧灵丹纳入你们的口中。这个人是谁，目前我也难以猜度。好在你们都已能够走动，咱们且去寻觅痛禅上人和金光大师，见了他们，谅可知道一点端倪。"

冯琳率领他们追赶大队，一路上猜疑不定，要知用天山雪莲做主药制成的碧灵丹，只有天山派才有，她因为身上仅有三颗，受伤的则有十二人之多，不够分配，所以没有给他们服用。心中想道："难道是晓澜和我的姐姐来了？要不是他们，谁能有那么多的碧灵丹？可是若是他们，又怎会不肯出来与我相见？他们都是素来不苟言笑的人，更不会与我开这么大的一个玩笑。"

冯琳枉是一世聪明，只因为她认定金世遗已死，一时间也没有想到金世遗身上。原来金世遗自荒岛回来之后，曾上过天山一次，暗中探望李沁梅，他在天山上逗留了三天，谁也没有发现。在那三天里，他偷看了李沁梅几次，每一次李沁梅都是和钟展在一起，他察觉了钟展对李沁梅的情愫，也察觉了李沁梅对自己虽然仍是一往钟情，但对钟展亦是亲如兄妹。从他们二人的感情看来，可以预料：只要自己不露面，李沁梅不知道自己仍然活在人间，日子一久，他们二人也并非不可能成为爱侣。正因为金世遗有此一念，所以在邙山比武大会上，他暗助江南，暗助冯琳，暗助冰川天女……却始终不肯现身与孟神通相斗。

他在天山三天，顺便也采了十几朵天山雪莲，制炼了三十颗碧灵丹，想不到今日派了用场，救了武当派众弟子之命。

冯琳追上了大队之后，与痛禅上人一谈，才知道女儿并不是他

一九八五年二月

谷之华……陷入一种蒙眬的昏迷梦境中，梦中似乎长出了两只翅膀，在云雾里御风飞翔。

们所救，唐晓澜也没有到来，暗助他们的人是谁，大家都猜想不出。谷之华、李沁梅和钟展这三个人的遭遇如何，成为了大家最担心的问题，但大敌当前，容不得他们从容查访，冯琳也只好跟随大伙，先到嵩山少林寺安顿下来。

谷之华经冯琳用了红教的“归藏解穴神功”给她解穴，虽然没有立即见效，但却刺激了她的神经，令她在全无知觉的状态中有了一丝知觉，陷入一种朦胧的昏迷梦境中，梦中似乎长出了两只翅膀，在云雾里御风飞翔。

朦胧中忽地又觉得似乎是金世遗走到了她的身边，而且似乎在轻轻地抚摸着她，有说不出的舒服，顿然间气血流畅，四肢百骸都好像蓦然间松散开来，谷之华醒里梦里都在想着金世遗，这时一旦有了知觉，自自然然的，眼睛未曾睁开，就在低声唤道：“世遗，世遗！”

忽听得一个极熟悉的声音在耳边唤道：“之华，不错，是我！”

谷之华心头一震，眼睛倏地张开，出现在她眼前的果然是金世遗，这刹那间，她竟不知是真是梦，但觉得金世遗紧紧握着她的手，柔声说道：“你别害怕，是我，我没有死！”

谷之华不自觉地也紧紧握着他的手，是的，她心中的确是在害怕，但并非害怕金世遗是鬼，而是害怕眼前的不过是个幻影，怀疑自己还是在恶梦之中呵！

渐渐她感到了金世遗手心的热力，听到了金世遗心跳的声音，她感到了她所触及的是个有血有肉的人，既非梦境，亦非幻影！

谷之华一片茫然，低声问道：“这是什么地方？你又怎么会在我的身边？他们呢？他们都到哪儿去了？怎么只有你我二人？”

金世遗道：“这是一个山洞，你给孟神通点了穴道，他们将你送回玄女观疗治，我悄悄将你带出来，他们没有一个人知道。”

谷之华定了定神，神智也渐渐清醒过来，刚才的情景，一幕一幕地在她心头掠过！

在她的眼前，出现了刚才恶斗的场面，她的父亲凶神恶煞地要伤害她的掌门师姐，在那最紧张的关头，她跳出去拦住了她的父亲，她记起了她和父亲的问答，她的父亲拒绝了她的调停，刚变得慈和的眼光又充满了杀气……她记起了自己拔剑自杀，最后的一幕情景是：李沁梅尖声叫唤，向她冲来。

谷之华心中想道：“啊！原来我没有死，我给他、给他点了穴道。呀，老天爷，你为什么不让我死去？”霎时间但觉心乱如麻，肝肠寸断！

金世遗忽地感到她的掌心一片冰冷，急忙安慰她道：“之华，一切都过去啦，当它是一场恶梦吧，天可怜见，教咱们今日重逢，从今之后，咱们永不分开，那一些不相干的人，也就不必再去理会他们了。”

就在这时，远远传来了一声啸声，谷之华不禁又是心头一震，那是她父亲的啸声。原来这个时候，正是孟神通杀出重围，逃下邙山的时候。他用啸声和他的徒弟联络。

金世遗听到孟神通的啸声，亦是心头一震，从这啸声中他听出了孟神通已是元气损伤，但却并非伤得严重。这刹那间，厉胜男的影子也突然在他脑海中浮现，孟神通伤得不重，那么厉胜男将是如何？会不会两败俱伤呢？

可是，此时此际，却不容得金世遗分心去挂虑厉胜男了，他握着谷之华的手，忽觉她的手指颤抖，方自一怔，谷之华已摆脱了他，金世遗愕然望她，只见她的面色苍白得令人心悸！

谷之华这次上山，本来是对父亲抱着很大的希望，希望能以父女之情打动孟神通铁石的心肠，想不到竟是如斯结果！

孟神通的啸声已听不到了，可是这啸声却像激起千丈狂涛，令她本来就不宁静的心湖，更是思如潮涌。

金世遗劝她把过去当作一场恶梦，可是现在恶梦并未曾过去，山洞里虽然宁静和平，但可以想像得到，邙山上仍是一片腥风血雨！

最难过的是：她现在无法预料这“恶梦”将是如何结局，掌门师姐的生死如何？各派宗师将受到什么样的折磨？她父亲的命运又将落得怎样收场？调解已经失败，武林的大劫无可挽回，后果如何，她简直不敢设想，只有一样是她可以预感得到的，在这样的情形下，不论是哪一种收场，都将令她终生抱恨！

谷之华从昏迷中清醒过来，现在又从清醒中陷入了混乱，本来她已经是较一般的女子坚强的了，可是任凭她怎样坚强，也受不住这样沉重的打击！

最初与金世遗相见的欢愉，掩不过她心头的创痛，火热的心情冷下去了，越来越冷，冷得令她对爱情也几乎失去了感觉了。试想在这样的情感下，谷之华哪还能够与金世遗细诉衷情，接受他的轻怜蜜爱？

两人默默无言，金世遗从她的眼光中也感到她内心的哀痛了，但是用什么言语去安慰她呢？

月光透进山洞，夜已深沉，午夜的寒意更加重了心头的寒意，谷之华咬了咬牙，心中想道："我今天侥幸没死，但已把自己当作已经死去了。我要选择一个什么人也没有到过的地方，什么人也不见面。"

金世遗再一次地抓住了她颤抖的手，沉声说道："之华，你今天所做的一切我全都看到了，你已经尽了你的力，武林的劫难无法消弭，这不是你的罪过。"他本来想说："你所做不到的，我将代你去做。"但一想自己所能够做的是什么？最多是帮助厉胜男杀掉孟神通，这件事他可以暗中去做，但却怎能当着谷之华的面说出来，令她已受创伤的心灵更多受一重刺激？但这样一来，他对谷之华的安慰，也是变得一片空虚，毫无力量。

谷之华缓缓抬起头来，说道："世遗，多谢你今天救了我，尽管你不救我也许更好一些，我还是一样感激你。你有你的路，我有我的路，今日得见你一面，我已是心满意足，不敢也不想再奢求了。嗯，你走吧！"

金世遗拦着洞口，颤声说道："之华，你、你去哪儿？你可记得你师父临死之前，将玄女剑谱郑重地交托给你，要你继承她的衣钵？这是你曾经告诉我的。你也曾经说过，不论你受了什么委屈，也不能辜负你师父十年来对你栽培的心血！"

谷之华心头一震，她当然记得，这一段话乃是上次邙山大会，自己被曹锦儿逐出门墙之后，为了表白自己的心情，向金世遗所说的。但那时所受的委屈，比起今日的遭遇，那又算不得什么了。她不知道外面闹得如何，也不知道在她昏迷的时候，曹锦儿已经当众宣布，允许她重列门墙，心中只是想道：“这次各派门人，不知有多少人要死伤在我父亲手下，邙山派和他的冤仇最深，死伤的也定然最多，我虽然侥幸未死，但还有何面目再见同门？”

不过，金世遗这几句话也对她发生了影响，过了半晌，只听得她低声说道：“世遗，多谢你提醒我，你放心，为了师父，我会活下来的。好啦，你不走，你就让我走吧！”

金世遗心情激动之极，大声说道：“为什么咱们不能同在一起？你若是不愿意再卷入漩涡，我和你到一个荒岛上去，在那里，什么人也不见，什么事也不用理会。咱们可以用毕生之力，将师父的武学整理发扬，待到晚年，再选择有缘的弟子，这不好么？”

金世遗所说的正是她所想的，她心中一动，不自觉地停下脚步，但转瞬之间，另一个念头又升起来，她想到了李沁梅，“我如今已是万念皆灰，只是为着师父才活下来，我何苦成为他们的障碍？”

但见她紧闭双唇，神情冷漠之极，轻轻地推开金世遗，就走出山洞。她没有再说半句话，金世遗已经知道她的心意已决，无可挽回了。他被她那冷漠的神情所吓着，不由自己地挪开了身体，让谷之华从他的身边溜过。他不能说服她的心，即算强留着她的身体又有什么用？

谷之华走出山洞，一片茫然，心中不住地在问自己：“我应该到哪儿去？”忍了多时的眼泪忽然滴了下来。金世遗听到她的哽咽的声音，追了出来，大声叫道：“谷姐姐，你等一等，这不行啊！难道咱们竟然就这样永远分手？啊，你待我想一想吧，我还有话要和你说呀！”

他仅仅差一步就要追上了谷之华，忽听得一声凄厉的叫喊，似是有人在喊他的名字，他抬头一看，只见侧边一棵大树底下，一个黑衣女子披头散发，瞪着双眼，直望着他，恰似一个幽灵！

金世遗大吃一惊，他只差一步，就要追上谷之华，脚跟已经离地，但这一步却似突然被一种无形的力量所阻住一般，竟然跨不出去！

这黑衣女子不是别人，正是厉胜男！

这黑衣女子不是别人，正是厉胜男。

但见她瞪着眼睛，一滴滴血珠从嘴角流出来，脸上的肌肉绷紧得几乎变了形貌，这显然是受了重伤，正在忍受着极大的痛苦！

这真是意想不到的事情，厉胜男忽然一个幽灵似的，在这个紧要关头出现，而且竟然受了重伤！

当孟神通和各派宗师比武的时候，金世遗本来是和厉胜男同在邙山顶峰埋伏，伺机报仇的。他之所以放心离开厉胜男，让厉胜男一个人向孟神通算账，一来是因为那个时候，孟神通正在和金光大师比拼内力；二来是乔北溟所留下的三宝，厉胜男已有其二，她身上穿的是宝甲，手中又持有可以断金切玉的宝剑，金世遗因此断定，她的偷袭纵然不能得心应手，也决不会有什么危险。何况场中还有痛禅上人、金光大师等一班武林宗匠。而他急着要去救谷之华，所以将宝剑交给了厉胜男之后，就放心离开她了。

想不到此时此际，出现在他眼前的，竟是厉胜男重伤浴血的形象！

这刹那间，金世遗不由得突然感到一种内疚，后悔自己不该轻率地离开她，让她单独去斗那武功绝世的大魔头！前面是他所要追赶的谷之华，后面是伤重待救的厉胜男，这刹那间，金世遗端的是心乱如麻，不知何去何从？

这时分，哪容得他片刻踌躇。就在这片刻之间，谷之华已转过山坳，没入丛林，连背影也看不见了。

金世遗叹了口气，他知道，谷之华这一去，从此之后，是再也无缘重会的了！

他回头过来，走到厉胜男面前，只听得厉胜男恨恨说道："我以为你有了别人，从此不再理会我了！"话未说完，一大口鲜血又喷出来。

金世遗道："你别动气，伤好了再说。"一摸她的脉象，先是吃了一惊，忽地又恼又气，叫道："你，你怎么用这样的手段骗我？"

厉胜男冷冷一笑，将金世遗的手摔开，淡淡说道："好，是我骗你，你尽可不必理我，你去追你的谷姐姐去吧，去吧，去吧！"

原来厉胜男的受伤倒并非虚假，不过却不是孟神通伤了她，而是她自己令自己受伤的。原来她为了阻止金世遗去追赶谷之华，竟然运用从乔北溟武功秘笈所学到的邪派玄功，震伤了自己的三焦经脉！

三焦经脉起于无名指尖端，上出两指中间，沿手背至腕部，出前臂外侧两骨的中间，上穿过肘，沿上臂外侧上肩，交出足少阳经之后，经过缺盆向下，分布于两乳间的“膻中部”，与心脏相连络，若然受到损伤，重则立时心脏爆裂而亡，轻亦难免内痨咳血，从此精神萎靡，成为废人。

试想如此性命攸关的三焦经脉，若是给敌人震裂，厉胜男焉能还走得七八里路，从前山的比武场所回到玄女观附近的山峰？加以自断经脉的征象与受外力所震裂的亦有不同，故此金世遗一替她诊断脉象，立即便发现了是厉胜男在自己伤害自己！

金世遗既惊骇又气恼，饶是他与厉胜男已相处三年，懂得她的性格，对她这次的行事之邪，仍是不能不大感意外！

但尽管厉胜男是自己震裂经脉，她所受的伤却并非虚假，时机急迫，金世遗若不马上施救，就只有眼看厉胜男死去，或者成为废人。处此情形，金世遗哪还敢再对她责备？

幸而这是她的“自我伤残”，不比外力强行震裂，多少有些分寸，伤得还不算很重，金世遗施展玄功，封了她三焦经脉所经过的各处穴道，一面替她止血疗伤，喂她服了三颗碧灵丹，一面又以本身的真力助她复原，如此闹了一个时辰，厉胜男的脸上方始渐有血色，精神也渐渐恢复过来。

金世遗摇了摇头，说道：“胜男，算我怕了你了，你怎可如此任性胡为？有什么话尽可和我好好地说呀！”

厉胜男冷笑说道：“我还没有骂你背信弃义，你却颠倒责备我任性胡为？哼，和你好好的说？你有了什么谷姐姐、李妹妹，还听得进我的话吗？只怕我想和你说话的时候，你早已和你谷姐姐不知走到什么地方去了！”

金世遗面上一红，心想：要不是看到厉胜男受伤，他刚才确实要随谷之华而去。厉胜男又是一声冷笑：“怎么样？我是不是说到你的心坎儿了？你现在还可以追寻你的谷姐姐呀！去呀！怎么不去？”

金世遗抬起头来，望着厉胜男说道："你说什么，我现在也不想和你分辩。只是请问：我怎么是背信弃义了？"心中想道："虽然在荒岛之时，在你叔祖的威胁之下，我曾与你冒认夫妇。我可没有答应过你什么，这三年来相处，也是彼此以礼相待，怎谈得上什么背信弃义来呢？"

他心念未已，厉胜男已是冷笑说道："三年前在金鸡峰顶，你曾答应过我一些什么？"

金世遗道："我答应和你一同出海找寻乔北溟的武功秘笈，这件事不是已经做到了么？"

厉胜男道："不错，这件事是已经做到了。还有一件呢？"

金世遗心头一震，讷讷说道："还有一件是助你报仇，这、这——"

厉胜男冷笑道："难为你还记得。这件事你做到了么？"

金世遗只好说道："我以为你今日可以报得了仇的，谁知，谁知，还是给这魔头逃了。"

厉胜男道："原来你也知道孟神通已经逃走了么？助我报仇之事，你既然没有做到，就想从此不理我么？这不是背信弃义是什么？你说的话算不算话？"

金世遗给她责备得哑口无言，他确是答应过厉胜男，在未曾助她报得冤仇之前决不离开她的。金世遗心里叹了口气，想道："原来她是拿这件事来约束我，今日本是助她复仇最好的时机，时机一过，又不知要什么时候方能做到了，呀，她真是我命里的魔星。"

要知金世遗答应助厉胜男报仇，讲好了要让她亲自手刃仇人的，并非简单的一手替她包办。要达到这个目的，只有两个办法，一是助她练成乔北溟秘笈的绝顶武功，令她的本领确实可以胜过孟神通；二是设法损耗孟神通的功力，然后让厉胜男一击成功。他今日所采的就是第二个办法，不过由于李沁梅、谷之华都在场，他不想露面，故此想假手金光大师、痛禅上人等人之力，先耗损孟神通的功力，谁知厉胜男还是报不了仇。

这个时机错过，孟神通已不知逃向何方，而且即算找到了他，报仇亦非容易。金世遗今日看了孟神通所显的本领，深知若由厉胜男单凭自己的本领，即算练成了乔北溟秘笈的绝顶武功，也还是敌孟神通不过。而且，不但此也，金世遗自问，也没有胜得孟神通的把握，因为各得半部秘笈，大家练到最高境界，亦不过是半斤八两。何况孟神通得的是下半部，下半部比较偏重于克敌制胜的武功，说起来还是孟神通稍占上风。总之，若依照诺言，待厉胜男报得了仇自己才得自由自在，真不知要到何时何日方能摆脱了她！

金世遗方自心乱如麻，眼光一瞥，只见厉胜男泪光莹然，哽咽说道："世遗，几年来我累你已经不少，我现在还用你的诺言来束缚你，你心里一定怨我恨我，算了吧，你要是心里不愿意，咱们就此分手，此后我是生是死，也不必你再管了。世遗，我答应你，让你把你的诺言一笔勾消，我也不再说你背信弃义了。"这番话她带着哽咽道来，更显得楚楚可怜，与刚才的疾言厉色，完全两样！

说也奇怪，不过片刻之前，金世遗还在因为无法摆脱她而烦恼，如今听得厉胜男如怨如慕，如泣如诉，抽抽噎噎地说了这一番话，却忽地感到内愧于心，不由得心中想道："她自断经脉，虽然邪得出乎常理，但这还不是完全为了我么？她用性命来挽留我，我却老是想摆脱她，难怪她要骂我寡情薄义！"

这样一想，尽管金世遗对谷之华情有所钟，但对厉胜男的一片深情，也不能不深深感动！何况他们到底在荒岛上相处了三年，平日朝夕相对，也许还不觉得什么，若要骤然分手，金世遗也觉得不忍于心。

厉胜男的眼泪软化了金世遗的心肠，他不知不觉地轻轻握起她的手来，替她拭了泪珠，毅然说道："大丈夫一言既出，岂能反悔！你放心，无论如何，我总要助你报了血海深仇！"

厉胜男收了泪珠，嫣然一笑，仰着脸问道："若果我十年报不了仇？"金世遗道："我就十年不离开你！"厉胜男道："若果我一生报不了仇？"金世遗道："我就一生不离开你！"厉胜男道："嗯，这不是太拖累了你吗？呀，世遗，你待我这么好，我真不知道该怎么感激你！"说着，说着，眼泪又滴了下来。这几句话说得无限温柔，金世遗不觉心头一荡，忽地谷之华的影子似是在厉胜男的泪光中浮现出来，金世遗脸上发烧，但觉一片茫然，心头战栗，轻轻地放开了厉胜男的手。

厉胜男道："我不只是一个仇人，还有一个，也许比孟神通更为难惹。"金世遗道："我怎么未听你说过？"厉胜男道："我也是直到今天才知道。"于是将金世遗走后，西门牧野和那班黄衣人到来，捣毁了邙山大会的情形说了一遍，当然也连带说了西门牧野的来历，以及他与厉家的冤仇。

金世遗道："怪不得孟神通负伤而逃，原来不是败在金光大师之手。"心中想道："西门牧野是天下第一使毒高手，他手下的十三个黄衣人个个本领非凡，确实比对付孟神通更为麻烦。"但仍然说道："不管你有多少仇人，如何难惹，总之，不待你大仇尽雪，我决不离开你便是！"

厉胜男一揖到地，道："我今生看来已是无法报恩，他生变牛变马，也要报你的大恩大德！"她这话语意双关，即是说她本来要以身相许，报此大恩，但金世遗既然钟情别人，这恩德今生已是不能相报。金世遗连忙将她扶起，对她的话意佯作不知，轻声说道："你休要这么说，我以前受了孟神通的伤，还不是你医好的么？好啦，你现在重伤方愈，不可胡思乱想，就在这山洞好好歇一宵吧。咦，你怎的多了一把宝剑？"

厉胜男刚才作揖之时，长剑触地，铿然作响，金世遗才注意到这不是乔北溟所留下的那把剑。但见宝光隐隐透过剑鞘，大非凡品，更奇怪的是好似在哪里见过一般，金世遗大为诧异，所以将她扶起之后，便立刻问她。

厉胜男笑道："这是你好朋友的传家之宝物，你就不认得了么？"金世遗仔细一看，笑起来道："原来是唐经天的游龙剑，怪不得似曾相识。你这个玩笑也未免开得太大了！"唐经天乃名门正派之后，性格是飘逸之中又带着端庄，与金世遗野马不羁的性格大不相同，更兼以前为着冰川天女的缘故，所以金世遗一向不大欢喜他，心中想道："唐经天这臭小子，让他受一下折辱也好。只是这么一来，却难免又要多惹麻烦了！"

要知游龙剑乃是天山派的镇山之宝，唐晓澜又是被公认为武林第一的人物，失掉此剑，对天山派乃是极大的耻辱，不论唐晓澜如何旷达，若然知道此事，也定然要追究的。这种事情，照武林的规矩来说，绝不能一笑置之。所以金世遗才觉得她开的玩笑太过分。

厉胜男却是丝毫不以为意，说道："我才不是开玩笑呢！你忘记了我的祖先是乔祖师的弟子，而我自己又曾向乔祖师的遗体磕过头，答应恪遵他的遗训，做他的隔世传人么？乔祖师的遗训，其中有一条是，要得他武功秘笈的人，为他报当年败在张丹枫剑底之辱，要是张丹枫已死，就找他的后代传人，总之要大大挫败他们，才不负乔祖师在荒岛苦练武功的原意。"

金世遗笑道："乔北溟写这遗嘱的时候，最少距今已有二百余年。他大约料想不到，在咱们发现他武功秘笈之时，不但张丹枫的坟墓早已湮没无存，连张丹枫的后人也无从查考了吧？"

厉胜男道："不然，张丹枫的后人虽已无从查考，但据我所知，天山派的开山始祖霍天都却是得到张丹枫指点的，也算得是张丹枫的半个传人。我今天取了唐经天的游龙剑，只是稍稍替乔祖师出了当年一口冤气，还不能算了，不过，我目前大仇未报，无暇上天山去找他们的晦气罢了！"

金世遗吃了一惊，想不到厉胜男竟把乔北溟的遗训如此当真，只听得厉胜男又柔声说道："世遗，你也是受了乔祖师的恩惠的人，要是你助我报了仇，取回那下半部武功秘笈，咱们都可以练到天下无敌的地步，那时不但要叫天山派臣服，也要天下各家各派都认识乔祖师的无上武功，向咱们低首。这才不负乔祖师在荒岛的苦修，和我厉家三百年来所受的委屈！"

金世遗苦笑道："依你所言，咱们岂不是以暴易暴，杀了一个孟神通，却多了两个孟神通？"厉胜男道："孟神通残杀无辜，这才引起武林公愤，咱们练好了乔祖师的全部武功秘笈之后，却可以不杀一人，便令各家各派，心服口服！不瞒你说，在火山岛这几年，我日夜思量的，就是回到中土之后，如何为我厉家一雪沉冤，如何为我厉家重光门户。要怎样才能令到武林臣服，我早已有了周详的计划了。"金世遗做梦也想不到厉胜男有此野心，呆了一呆，缓缓说道："什么计划，我倒想听听。"

厉胜男眉飞色舞地说道："比如说，咱们可以在剑法上打败唐晓澜，在内功上战胜痛禅上人和金光大师，如此一来，天下还有何人敢与咱们争锋？”

金世遗笑道：“你也太小看武林人士了，我早年虽然是出了名的魔头，却也知道武林中讲究的是以德服人，岂能徒恃武力？”

厉胜男道：“刚才所说的不过是计划的一部分，一时间也说不了这许多，总之，只要你肯依我所言，我自有手段，可以做到不杀一人，而令天下武学之士，甘心诚服！”

金世遗心道：“不管用什么手段，也只是与孟神通在程度上不同而已。具有这样的野心，总之是要令到武林永无宁日。”

只听得厉胜男继续说道：“自从乔祖师逃亡海外之后，三百年来，我厉家消声匿迹，不敢再在江湖露面。所以我家世世代代，都要找寻乔祖师的武功秘笈，为的就是要扬眉吐气，重振家声！如今厉家只剩我一个人，我岂可辜负历代祖先的期望！”

金世遗从未害怕过什么，听了她此番说话，也禁不住心头战栗，暗自想道：“她自幼承受这般家教，怪不得有如此念头！”他知道厉胜男的性格执拗之极，心里想做的事情，不管用什么手段，总要一定做到。一时之间，实是难以打消她的念头，只好说道：“这等大事情，咱们以后慢慢商量，你重伤方愈，不可过度兴奋，还是早些歇息的好。”

厉胜男软硬兼施，留住了金世遗之后，满怀自信，以为金世遗从此定然对她言听计从，此际听金世遗如此说法，虽然有些不满，但金世遗也没有反驳她，她心想只要金世遗不离开她，总有办法令他俯首帖耳，而且她也实在心力交疲，需要歇息了，便不再言语，抱着满怀希望，沉沉睡去。

金世遗守护在她的身边，思如潮涌，不知怎的，竟感到寒意直透心头！

月光从山洞上方的缝隙照进来，厉胜男睡得正酣，樱唇半启，微现笑容，可以想像她正在做着得意的美梦，睡美人本就分外娇媚，月光下沉睡的厉胜男笑靥如花，显得更动人了。

金世遗这三年来不知曾见过多少次厉胜男的睡容，从无一次有今晚见到的这样可爱，但他对着这样娇媚的睡美人，却又隐隐感到恐惧，这种恐惧之感已经不是今晚才有的了，三年来每当他与厉胜男单独相对的时候，总会感到莫名的恐惧，但这种感觉，却又以今晚最为厉害，令他的目光几乎不敢再去接触厉胜男那梦中的笑容！

“自从认识她的那一天起，她就一直纠缠着我，像我的影子一样，令我怎样也摆脱不开。她对我是真情恋慕还是别有用心？要我助她取到乔北溟的武功秘笈，助她练成秘笈上的上乘武功，再助她重振家声，称雄天下？”

金世遗思如潮涌，又不自禁地看了她一眼，她衣裳上还有点点斑斑的血迹，那是她自行震裂经脉之后，所咯出来的鲜血，金世遗不禁又是一阵战栗，恐惧之中也有几分感动，是啊，即算她别有用心，但却也不能否认，她对自己确是真情一片。

外面的月亮似是突然被乌云遮着，山洞里漆黑一片，金世遗忽地有一个奇异的感觉，感到自己是被厉胜男拖着，坠向那无底的黑暗的深渊！这刹那间，他不自禁地想起了谷之华来，这两个同样美艳如花的少女却是多么的不同呵！谷之华像是清早的朝阳，即算在她最伤心失意的时候，从她的身上，也令人感到一种向上的希望！感到善良、感到正义、感到宽和！从厉胜男的身上，他只感到偏窄、邪恶和野心！

“谷之华今日遭遇了这么多的折磨，现在不知在哪里伤心暗泣？呀，难道我这一生就要一直伴着厉胜男，和她一同坠向黑暗的深渊？”金世遗想到这里，忽地把心一横，跨过了厉胜男的身子，就想悄悄地离开她。

然而也就在这一刹那，月光又照了进来，厉胜男忽地转了个身，她脸上的微笑不见了，敢情是在梦中碰到了不如意的事？樱唇紧闭，似是带着几分幽怨，一片哀愁。

金世遗停下了脚步，心中在自己责备自己：“我说过的话怎能不算？她身负血海深仇，孤苦伶仃，我能忍心让她被孟神通所害而不管吗？呀，我也未免把她想得太过邪恶了，她纵有几分邪气，也是因为自幼承受那般家教，总得假以时日，才能改变过来。我不理她，她岂不是更要走到邪路上去？”就这样金世遗欲行还止，一夜无眠，和衣坐在厉胜男的身边，直到天亮！正是：

情孽牵连难自解，几回欲去又还留。

欲知后事如何？请听下回分解。

第三十七回　暗系赤绳为月老
徒教残泪湿红妆

厉胜男经过了一晚的酣睡，第二天一早醒来，不但脸色恢复了红润，而且精神饱满，功力也恢复了七八成。她醒来之后，看见金世遗和衣睡在她的身旁，便格格地笑起来，唤金世遗起身，笑金世遗贪睡，她似乎并不知道，金世遗根本就没有睡过，一夜之间，不知起了多少念头，而且有一度几乎要离开她。

两人巡视了一遍昨日的战场，但见伏尸遍野，惨酷之极，厉胜男道："这个机会错过，只好再找第二个机会了。你说，咱们该先去找孟神通还是找西门牧野?"

金世遗道："这两个人都不是在短期间内可以找到的。你报仇的事情着急不来。我倒有一件事情，须得赶紧去办。"

厉胜男笑道："我知道，你是要去救你的李家妹妹，我不明白，你为什么已到了玄女观中，还让她给敌人擒去?"

金世遗道："咦，你怎么知道?"

厉胜男道："我瞧见白良骥用战袍包裹着一个人，本来我不知道是谁的，但他的战袍不够用，虽然卷着了她的身体，却露出了满头秀发，这样，我一看就知道是你的李家妹妹了。"

金世遗道："你怎知道准是她呢?"

厉胜男道："这还不容易猜吗? 玄女观中只有三个女子，冯琳不会被他所擒，既然不是谷之华，那当然是李沁梅了。"

金世遗一算时间，敢情昨日他将谷之华抱到这个山洞的时候，厉胜男早已回到了玄女观的附近，他和谷之华所讲的说话，想来厉胜男也全都听到了。如此看来，自己的一举一动，竟是都在她的意料之中。

厉胜男问道："好，轮到你答我了，你何以当时故意让她被敌人擒去，现在却要赶去救她。"

金世遗道："你昨日除了瞧见白良骥之外还瞧见谁？"

厉胜男道："还瞧见一个黄衣人，也像白良骥一般，用战袍裹着一个俘虏，我瞧出这个俘虏是个男子，却不知道是谁。"

金世遗道："是唐晓澜的弟子钟展。"

厉胜男怔了一怔，随即笑起来道："好，你不必说了，我知道你的用意了。"

原来金世遗偷听李沁梅和钟展的谈话，已知道李沁梅对钟展的感情不错，只是尚未至水到渠成的时候，他又知道白良骥擒了钟展、李沁梅之后，一定会留作人质，准备将来要胁唐晓澜，因此放心让白良骥和那个黄衣人将他们擒去，然后自己暗中安排妙计，促成他们的好事。

金世遗安排的计划，乃是让钟展和李沁梅被擒之后，自己再去解救，先令钟展清醒，恢复武功，再暗助他打败敌人，凭着自己的本领远胜他们，干这几件事情，可以不费吹灰之力，而且完全不须露面，便可办到。

这样一来，表面上即等如是钟展救了李沁梅，他们两人经过此场患难，感情自会增进一层。而且这样一来，又可令他们单独相处，当然更容易亲近了。

厉胜男七窍玲珑，金世遗的用心立即便给她猜着，她只知道金世遗是为了她才这样安排，暗暗高兴，心里想道："让李沁梅先有了个归宿，我也就减少了一个情敌，还剩下一个谷之华，那就比较容易对付了。"

白良骥的身份是御林军副统领。金世遗料想他擒获了李沁梅之后，一定是解往京师，因此他和厉胜男下了邙山之后，便即兼程北上。

一路上厉胜男只是向金世遗请教一些练上乘武功的奥义，没有再提及她日后要如何如何，因为在她的心目中，金世遗已是逃不过如来掌心的孙行者，不怕他不听自己的话了。金世遗也想等待助她报仇之后，才打消她要降服各派的野心，厉胜男既然不再续谈这个话题，他也乐得暂时不谈，免得吵嘴。

他们二人的脚程当然比常人快得多，每天只歇息几个时辰，连晚上也兼程赶路，三天之后，追到了一个名叫隆尧的小镇，便发现了白良骥的踪迹。白良骥和那个黄衣人同乘一辆马车，另外还有一个车夫。金世遗暗暗跟踪，看清楚了这辆马车到哪家客店，然后他们二人才到另一家客店投宿。

三更过后，金世遗与厉胜男换上了夜行衣，便到那家客店救人。他们找到了白良骥所住的那间房间，只听得他正在和那个黄衣人悄悄谈话。

金世遗的目力已练到可以在黑暗中视物，他贴着门缝，张眼一瞧，只见白良骥和黄衣人都睡在床上，却不见钟展和李沁梅，也不见有像厉胜男所说的那两个大包裹。

金世遗怔了一怔，他到底是江湖经验丰富的人，立即便猜想到白良骥的诡计，他一定是怕给人瞧破，不敢将昏迷中的钟展与李沁梅带入客店，而是将他们藏在马车内，交给那个车夫看守。那个车夫当然也是御林军头目假扮的。反正钟、李二人都被点了穴道，不怕会逃。

金世遗心想："且先听听他们在说些什么？"

只听得白良骥说道："韩大哥，这事情真是太奇怪了，今天已是第四天啦，他们这班人却还是连鬼影也不见一个，韩大哥，你见多识广，给我琢磨琢磨，会不会有什么意外？"那"韩大哥"沉吟半晌，说道："论理释道安和龟灵子二人总可以对付得了冯琳，而且即算他们有什么意外，西门牧野他们一共有十三人之多，任何一个人的武功，都足以与那些所谓武学大师抗衡，难道他们也都遭逢不测？他们讲得清清楚楚的，叫咱们得手之后，立即便走，在这条路上自然会见着他们。但现在还没有见着，这种事太过出乎情理，小弟也是百思不得其解。好在此去京师，也不过还有三四天路程，到了京师，总会得个分晓。"

白良骥道："我倒有点担心……"那"韩大哥"道："担心他们

给孟神通都杀了么?”白良骥笑道:“孟神通再神通广大，也不能把他们尽都杀了，何况西门这老头子早就在比武场的附近种下了阿修罗花，我看孟神通这次若能逃得性命，已是邀天之幸。”

那“韩大哥”阴声怪气地问道:“那你担心什么?”白良骥道:“我担心他们是有意甩开咱们，也许在西门牧野的心里，正巴不得你我遭逢意外呢。最少我也担心他们会抹煞咱们的功劳。你想，西门牧野这种人还能有什么好心?他野心勃勃，要诛尽天下武林人物来换得皇上的封赏，将来他不但要做御封的武林至尊，大内卫士和御林军统领也尽都要归他统属，他还不要安插自己的人吗?你我二人和他的关系到底较疏，只怕将来总难免受他排挤。”

那“韩大哥”道:“你的所虑甚有见地。怪不得他拒绝了秦岱、耿纯二人之请，连孟神通也要一并诛掉。我看，这不但是公报私仇，更关重要的是他妒忌孟神通的本领，怕联合了孟神通之后，孟神通更得皇上重用。”

白良骥道:“西门牧野当然是这个心思，不过秦岱、耿纯二人，想令孟神通为皇上所用，那也是白费心思。孟神通此人实在是天下最骄傲自大的人，他虽然一心想称霸武林，却也不会借助朝廷之力。只怕在他的心目中，还未必看得起皇上的封赏呢。要是他那么容易入彀的话，我早已替皇上礼聘他了。”

那“韩大哥”道:“不管如何，咱们这次的差事，总算是办得顺顺利利，手到擒来，西门牧野还能说咱们什么?要抹煞咱们的功劳也抹煞不了!除非他敢暗杀咱们。”

白良骥道:“那他还没有这么大胆。不过此去京师，还有四天。天山派的交游最广，咱们还是得处处小心。”那“韩大哥”笑道:“你放心，马车就停在外面的院子，我又早已有了安排，即许有甚风吹草动，也瞒不过咱们耳目。”

金世遗偷听了他们这番谈话，对这班人的来龙去脉，已摸得清清楚楚，暗暗吃惊，心中想道:“原来西门牧野的背后，还另外有人，这人竟是当今皇帝。看来乾隆这小子比他的父亲雍正还要厉害得多!雍正只做到火烧嵩山的少林寺，他却想把天下武林人物尽数诛锄!”金世遗并非害怕皇帝的威权，但却不能不为正派的武林人物担心，尤其谷之华是吕四娘的唯一弟子，而吕四娘则是满清皇室最大的仇人，只怕谷之华纵想遁迹荒山，西门牧野这班人也放她不过。

厉胜男搔了他一下手心，悄悄说道："我虽然给你又招惹一班强敌，但你为我报仇，也就是帮忙了你的谷姐姐呢，你总该没有怨言了吧！"她用的是"天遁传音"，功力虽还不及孟神通、金世遗之深，但在三五丈之内，纵使是当今最负盛名的几个武学大师，也听不到她说些什么。

金世遗面上一红，想不到自己心里想些什么，厉胜男立刻便能猜到。其实厉胜男也只是猜到了一半，金世遗并不单单是为了谷之华。

房间里说话的声音愈来愈小，这两个人谈到了西门牧野的野心，都带着恐惧，似乎是在咬着耳朵说话。金世遗屏息杂念，凝神静听，忽听得外间有极轻微的声息，金世遗不觉心中一凛，他听出了是有两个武功极高的人物正在进入这间客店，心道："难道是冯琳来了？"

随即听到比较沉重的脚步声，金世遗暗叫不妙！他听出了是这两个人负着重物越墙而去，他当然立刻便想到了藏在马车内的钟展与李沁梅，心道："若是冯琳也还罢了，要是别人，那可糟糕！"当下与厉胜男打了一个招呼，也用"天遁传音"之术向厉胜男说道："你在这里再听他们说些什么，我出去看看。"厉胜男道："我理会得，你出去救人便是。"

那两个午夜来客脚步声虽然较前沉重，但仍然比一般的夜行人轻得多，只有落在金世遗、厉胜男这等行家耳内，才能区别出前后的差异，房间内的白良骥与那个"韩大哥"似乎尚还未觉。

金世遗走出院子，院子里停有几辆马车，不过白良骥所乘的那辆，他早已在日间留意在心，所以毫不费力地便找到了。不料揭开那车篷一看，却令他大吃一惊！

只见那个车夫斜斜地靠着车垫，面色青紫，嘴巴张开，似是碰到突如其来的偷袭，要喊还未曾喊得出声似的。金世遗一把将他拖开，但觉他全身僵硬，但身上并无伤痕，而脉息又比常人快得多。

饶是金世遗见多识广，急切之间，也瞧不出他受的是什么伤，金世遗禁不住心中一凛，暗自想道：“此人身体已经僵硬，而脉息尚粗，显见内功相当深厚，最少不在白良骥之下，而看这情形，又不似是被人封闭了穴道。咦，这是哪里来的高手，能在瞬息之间，便令他受了这等莫名其妙的伤？”

金世遗醉心武学，若在平时，一定要查个水落石出，从这人的受伤情状，推究那个伤他的人的武功。但此时此际，他还哪有心情及此？当下跳上马车，只见一个五尺来高的铁箱，箱盖四边有蜂巢也似的许多小孔，金世遗轻轻一揭，便揭开了，里面却是空空洞洞的什么也没有，只是闻到一阵微带腥味的魔鬼花香，金世遗翻遍了马车，也不见钟展和李沁梅的影子。

金世遗是个江湖上的大行家，见此情形，便知：“白良骥定是把他们放在这箱子里面，那两个人开不了这个箱子，不知用什么手法，在箱盖周围弄了许多窟窿，这才把它打开。看这些蜂巢也似的小孔，似是金钢指的功夫，但天下哪有这等深厚功力的人，一指便可洞穿铁板？”

金世遗疑惑不定，伏地一听，那两个人的脚步声大约已到了一里开外，金世遗心道：“不管他们是谁，我且追上去看看再说。”立即施展了绝顶轻功，不过一盏茶的时刻，便在郊外的一个荒岗追上了那两个人。

一望见这两个人，金世遗不觉哑然失笑，他起初胡乱猜疑，不知是何方高手，却原来是他的老朋友——冰川天女和她的丈夫唐经天。刚才的疑团，也就一一有了答案。想来定是那“车夫”察觉有人来到，正想张口大叫之时，便给冰川天女的冰魄神弹打入他的口中，令他全身僵硬，至于那铁箱的许多小孔，当然是唐经天用天山神芒所弄穿的了。

只见唐经天背着钟展，冰川天女背着李沁梅，向前疾奔，金世遗心道：“他们虽不如我刚才所想像那般的具有绝顶神功，但比之三年之前，却的确是高出了不少！”

按说金世遗发现了是他们二人，便当罢手，但他一心一意要促成钟展与李沁梅的好事，若然罢手，却又与他原定的计划不符，他

阁下何必与小辈为难
一九八五年画 云海王弓缘

唐经天朗声笑道："阁下何苦与小辈为难，更何须弄这鬼鬼祟祟的伎俩?"

踌躇了片刻，决定和唐经天夫妻开个玩笑，抓起了一片泥土，捏成碎粉，运气一吹，那撮碎泥土在唐经天夫妻的头上纷落如雨。

唐经天本就准备有敌人追来，他眼观四面，耳听八方，金世遗撒出那把碎泥虽然分量极轻，也带着嗞嗞声响，唐经天一觉有异，立即一记劈空掌打将出去，泥屑纷飞，但有一颗黄豆大的砂粒，却在唐经天的手背擦过，虽未皮破血流，却也令他感到隐隐作痛。

唐经天大吃一惊，放下了钟展，游目四顾，搜索敌踪，金世遗的轻功远比他高明，又早已躲进树林里面，唐经天瞧不见敌人，更是吃惊，心道："难道是孟神通追来了？"

这时冰川天女也放下了李沁梅，夫妻俩仗剑而立，准备应付劲敌，金世遗若然只想夺走钟李二人，那是易如反掌，难就难在要不让他们发现自己的真面目，毫无声息地将人劫去。

唐经天朗声笑道："这两人是我的师弟师妹，阁下将他们擒去，我不能坐视不救，瞧阁下身手，当非鼠窃狗摸之辈，若是与我天山派有甚梁子，唐某夫妻愿接下来！阁下何苦与小辈为难，更何须弄这等鬼鬼祟祟的伎俩？"在唐经天的心目中，以为这个戏弄他的人必定是将他师弟师妹擒去的人，所以有这番说话。

唐经天这番话说得不亢不卑，甚为得体，金世遗听了，掩着嘴几乎忍不住笑。忽听得"噗嗤"一声，有人却先笑了出来。

只见树林边人影一闪，厉胜男现出身来。她手中拿着一把宝剑，在朦胧的月色下，吐出碧莹莹的寒光，正是唐经天那把游龙宝剑。

厉胜男嘻嘻笑道："不敢，不敢！唐少掌门你怎么向我自称小辈呢？"

唐经天这一气，非同小可，"嗖"的一声，一枝天山神芒立即电射而出，厉胜男横剑一削，将那枝天山神芒削为两段，又嘻嘻笑道："果然是把宝剑！久闻天山二宝，神芒坚逾金铁，宝剑利可断金，如今看来，确是宝剑更胜一筹！"

在她说话的时候，冰川天女也已接连发出了三颗冰魄神弹，厉胜男身形飘忽，忽东忽西，三颗冰弹都从她身边掠过，转眼间她已扑到了唐经天跟前，相距不到一丈之地。

冰川天女怕丈夫吃亏，拔出冰魄寒光剑，立即便是一招“冰河解冻”，剑尖抖动，寒光点点，恰似冰雹乱落，千点万点，洒将下来！唐经天持的是一柄普通的青钢剑，但他发出追风八式，一式接着一式，有如长江大河，滚滚而来，威力也是大得惊人，厉胜男在他们夫妻联剑急攻之下，也不敢硬接他们的剑招，只靠着轻灵的身法，在双剑缝中，钻来钻去！

唐经天生怕厉胜男劫走钟李二人，施展追风剑法，紧紧将她迫住，不让她近得他们。金世遗立即抓住机会，施展绝顶轻功，从树林里飞身掠出，左手抓起李沁梅，右手抓起钟展，晃眼间又已退入树林里面，同时用“天遁传音”之术，向厉胜男说道：“你切不可胡作非为，只将他们引开便行。等下在十里之外那座山头见面。”厉胜男道：“我理会得，你放心！”

金世遗的说话，只有厉胜男听见，可是厉胜男的嘴唇微微开阖，唐经天在她对面，却留意到了，心念一动，急忙回顾，已不见了钟李二人，唐经天这一惊非同小可，失声叫道：“哎呀，中了她调虎离山之计了，这小妖女还有帮手同来！”

厉胜男格格一笑，道：“唐少掌门，你今天可算栽到了家啦！”游龙剑扬空一闪，一招“玉女穿针”，快如闪电，唐经天稍一分神，只听得“刷”的一声，衣襟已被她一剑穿过！

唐经天大怒，喝道：“好，我只问你这妖女讨人！”追风八式疾发如风，冰川天女的冰魄寒光剑更其厉害，盘旋一舞，化成了一团寒光，也立即向厉胜男罩下。

厉胜男笑道：“你们要打，我可要失陪啦！”笑声未停，一个“细胸巧翻云”，已倒翻出三丈开外，饶是她轻功卓绝，唐经天出剑如电，“刷”的一声，也还敬了她一下，划破了她的垫肩，幸而她里面穿着玉甲，要不然这一剑已足令她重伤。

厉胜男若然以一对二，自不是唐经天夫妇的对手，但她的轻功却比他们稍胜一筹，一脱出剑光笼罩的范围，转眼便翻过了山岗。

唐经天一来为了救人，二来为了要夺回宝剑，当然紧追不舍，不消片刻，三个人都已去得远了。

金世遗在树林里找到一个空旷的地方，将钟李二人放在草地上，只见他们二人似是在熟睡之中一般，气息均匀，吐出来的气息有淡淡的雪莲花香，金世遗知道唐经天已经把碧灵丹纳进他们的口中，魔鬼花的迷香早已解了，可是他们仍然昏迷未醒，显然是被封了穴道。金世遗心道："这是哪一家的点穴，为什么唐经天也不能解开？"

金世遗仔细察看，猛地心念一动，撕破他们二人背后的一块衣裳，只见在他们大椎穴之下，有一个金钱般大小的红印。金世遗心中一凛，道："原来那个什么韩大哥乃是鄚都韩家的人。"

韩家的点穴手法与众不同，称为"按穴"，是用"红砂手"的功夫，按在敌人的穴道要害上，只有他们这一家才能解救。

而且因为这种"按穴"是用了"红砂手"的掌力，时间久了，即算穴道解开，内力也不能即时恢复。

金世遗心道："这厮的手段也真狠毒，幸亏是遇到了我。"原来乔北溟那本武功秘笈，融会了正邪各派之长，金世遗所得的上半部，正巧有一篇是专讲破解各种阴毒的点穴手法的。要是没有碰到金世遗，唐经天无法可施，只有将他们带回嵩山少林寺，求痛禅上人以绝顶神功替他们打通经脉，那样一来，势必耽搁几天，痛禅上人虽然能够解救，只怕最少也要耗掉三年的功力了。

金世遗最关心的是李沁梅，他细察了李沁梅的脉象，知道她并没有再受别的伤，放下了心，但这时他却忽地有几分伤感，想起以前与李沁梅相处的日子，想起她对自己真挚的情谊，虽然自己不愿将这种情感变为夫妇之情，但这样纯洁无瑕的少女的情谊，已足令他一世难忘，永镌心版。

金世遗弯下腰来，只见李沁梅似是在熟睡之中，神情宁静，金世遗心道："她做梦也不会想到我此刻便在她的身旁！"想起自己要骗她一世，不让她知道自己还在人间，忽地感到内疚于心，不自觉地轻轻叹息。

寂静中金世遗听到了远处的脚步声，金世遗瞿然一惊，心道："我得赶紧将他们救醒了，要不然那两个家伙追到，我替他们打发，那还有什么意思？"

金世遗按照原定的计划，先给钟展施术，只见钟展也是一副纯洁无邪的孩子脸孔，金世遗吁了一口气，心道：“他们两人才是天生的佳偶，我做了这个月老，还有什么遗憾？沁妹这一生定然比我美满得多，只要她过得好，我又何须伤感？”

当下金世遗立即施展玄功，替钟展打开穴道，他故意少用半分内力，让他过半刻方能醒来，但醒来之后，功力便可以立刻恢复。

接着再替李沁梅解穴，却少用一分内力，让李沁梅更比钟展迟片刻方能醒来。施术之后，他见李沁梅的头发有些散乱，又轻轻替她拨好，金世遗虽然在心里对自己说：“不要再伤感了，不要再伤感了！”但不知怎的，却忽地掉下了两颗泪来，滴在李沁梅的脸上。

金世遗躲上一棵枝叶茂密的大树，只听得脚步声越来越近，金世遗一看，果然是白良骥和那个“韩大哥”，这时钟展正好醒来，四下一望，奇怪之极，失声叫道：“沁妹，你快起来看看，咱们在什么地方？”

他这么一嚷，李沁梅没有回答，白良骥却大声叫道：“哈，原来你这小子躲在这儿！”

钟展霍地跳起，拔出剑来，这时，他已发现了李沁梅就躺在他的身旁，尚还未醒。钟展又惊又怒，心中想道：“无论如何，拼了性命，也不能让他们伤害沁妹！”长剑一挥，不待他们来到，便先迎上。

金世遗暗暗赞道：“这小子不坏，不枉我将沁梅交付给他！”要知钟展虽然得了天山剑法的真传，但功力尚浅，以一敌一还差不多，以一敌二，他绝不是白良骥和那个姓韩的对手，这点，金世遗知道，钟展自己也知道，金世遗躲在树上，冷眼旁观，要是钟展怯敌私逃的话，他就会把李沁梅单独救走，至于钟展是否会落在敌人手中，他就根本不管了。

白良骥还差十来丈远，就要和钟展接触，忽地“哇”的一声，连隔夜的酒饭都呕了出来，那姓韩的大吃一惊，急忙问道：“你，你怎么啦……”话未说完，忽觉腹中作痛，肚内咕咕地响，跟在白良骥之后，也是“哇”的一声，呕得他连泪水鼻涕都挤了出来，比白良骥更加狼狈。

金世遗指间夹着两枝毒龙针，只待钟展一遇危险，便发针伤敌。如今见他们尚未交手，白良骥和那个黄衣人忽然大呕特呕，先是一怔，随即省悟，心中笑道："胜男古怪精灵，不知她暗中弄了什么手脚？这样更好，比使用毒龙针更无破绽。"

说时迟，那时快，钟展已是一剑刺来，白良骥还未能挺直腰板，急忙用了个"大弯腰斜插柳"的身法，脚跟一旋，滴溜溜地闪开，他使的是一根虬龙鞭，长达一丈有多，长鞭也跟着他的旋转打了个圈，这一招败中求胜，确是有真才实学，非同小可。

但他这一鞭发出，却是力不从心，只听得刷的一声，他的鞭梢已被削短了三寸。那姓韩的更惨，他施展红砂手的功夫，一掌劈去，以他的功力而论，这一掌最少可以把钟展的剑尖荡歪，若然钟展的剑给白良骥的长鞭缠上，他这一掌按实，更还可以令钟展立即晕倒！

可是他料不到白良骥的长鞭一下子就给钟展削断，更料不到他这一掌发出，竟是毫无劲力，但见剑光一闪，血淋淋的两只手指已削了下来，这还是他缩手得快，要不然整个手掌都可能给钟展切下。

原来厉胜男暗中下毒，将一种无色无味的药物放入他们的茶壶，他们躺在床上谈话，茶壶恰恰放近窗口，厉胜男用一支银针大小的吹管，对着壶嘴将药粉吹进去，他们丝毫也没有察觉。他们谈了半夜的话，当然感到有些口渴，两人都喝了满满的一杯。

白韩二人在喝了那杯茶之后，不久便听得外间似有异声，他们出来察看，发觉同伴僵毙（其实是并没有死，不过当时他们已无暇细察脉象了），俘虏失踪，这一惊非同小可，急忙追出来搜查，待到他们发现了只有钟展上来迎敌，别无高手在旁，这才放下了心。他们虽然不知道钟展如何解开穴道，但心想他纵能解开穴道，功力却怎也不能恢复，还不是手到擒来？

哪知厉胜男所下的药物，恰好在这个时候发作，这种药物，未发作时，一点也不觉得，一旦发作，立即五脏翻腾，十分辛苦，哪里还能发得出内家劲力？如此一来，恰恰与他们预料的相反，功力大减的不是钟展，而是他们。

幸而白韩两人的内功修养也有了相当的火候，运气忍着，暂时不再呕吐了，可是钟展本来就准备豁出性命的，一上来便施展天山剑法中追风八式，剑剑都是拼命的招数，不过数招，白韩两人已是窘态毕露，险象环生。

白良骥叫道：“这情形不对，敢情咱们是中了毒啦？”

话声未了，忽见李沁梅也跑上来，高声叫道：“展哥，这是怎么回事？哈，原来你是和这两个恶贼打架，别慌，我来助你一臂之力。”

其实，这时钟展正是得心应手，哪会心慌？心慌的是白良骥和那个“韩大哥”，李沁梅还未来得及加入战团，只听得刷刷两声，白良骥的长鞭断了半截，肩头又被捅了个透明的窟窿！

白良骥再也沉不住气，“哇”的一声，又是一大口秽物呕了出来，而且咯出了一口鲜血，白良骥扭头便跑，那姓韩的也不落后，和衣一滚，便滚下了山坡，比白良骥逃得更快！

李沁梅怕给秽物溅着，一跃跃开，钟展走了过来，笑道：“你也醒来啦？可觉得什么吗？这两个恶贼都受了伤，总算出了口气，不必再去追啦！”

李沁梅睁大了两只眼睛，周围一看，露出一副茫然的神气，说道：“真似做了个梦一般，咱们怎的会到了这儿？你又是怎么脱身的？我倒是没事，你呢？”

钟展道：“我也不知道是怎么回事，我一醒来，就在这儿了。不过，我感到嘴里有碧灵丹的气味，敢情是唐师兄来了。”

李沁梅道：“我也是这样想，但若然是唐师兄，却为什么不见他？”

金世遗听得暗暗好笑，心道：“也算得是猜对了一半。待他们见着唐经天，更不会疑心我了。”

钟展道：“我刚才醒来的时候，似乎听得西南方向，有非常强劲的暗器破空之声，很可能就是唐师兄所发的天山神芒，等下，咱们且去瞧瞧。”歇了一歇，又道：“我醒来的时候，就是在外面的山坡上，除你之外，什么人也没有。过了不久，白良骥这两个家伙就来了。看此情形，大约是唐师兄解开了咱们的穴道之后，就碰到了另外的强敌，现在正在追赶敌人。至于白良骥这两个家伙，则是随后来的，因为他们的脚程赶不上唐师兄。”

这番解释合情合理，金世遗暗暗点头，心道：“这小子虽是个初出道的雏儿，倒也有几分阅历。瞧料事情，犹如眼见一般。所差的就是他不知道我在暗中作弄，要不然就可以全猜对了。”

李沁梅笑道：“你为什么不早点叫醒我，却要独自逞能去斗这两个恶贼，瞧，你累得这般模样！”她还以为自己是被打斗的声音惊醒的，并不知道钟展根本就不可以唤醒她。

这几句话貌似责备，实是怜惜，钟展心中甜丝丝的，傻笑道：“我不累，嗯，真的不累，师妹，我倒是担心你呢，呀，你的头发乱成这个样子，我替你理理！”

钟展大着胆子靠近师妹，李沁梅满脸红霞，低下了头，并不抗拒，让钟展替她理好头发。

金世遗暗暗为他们欢喜，但不知怎的，在欢喜之中又似有一点辛酸，忽地心中想道：“我所要做的事情已经做了，咳，我还在这里偷看她做什么？”

金世遗硬了心肠，立即施展“踏雪无痕”的绝顶轻功，从一棵大树跃到另一棵大树，片刻之间，便出了林子，钟展和李沁梅都正在陶醉之中，哪里听得出丝毫声息？

金世遗一口气赶到了与厉胜男约会的那个山头，抬头一看，竟然不见厉胜男的影子，金世遗吃了一惊，急忙施用“伏地听声”的功夫，凝神细听，过了片刻，隐隐听出西南角似有厮杀之声，大约是在六七里外。金世遗不禁疑云大起，心中想道：“胜男的轻功要比他们夫妇高出一筹，怎的直到现在还没有将他们摆脱？”

原来厉胜男将唐经天夫妇引开之后，冰川天女不断的用冰魄神弹困扰她，厉胜男虽然不惧，脚程却不免稍稍受阻，本来她还可以用烟雾弹遮蔽冰川天女的眼目，然后立即施展绝顶轻功逃去，但她被冰川天女的连发冰弹，冷得她皮肤起粟，一时恼怒，竟然想把冰川天女那把冰魄寒光剑也夺了过来！正是：

不识天高和地厚，欲将双剑一齐收。

欲知后事如何？请听下回分解。

第三十八回　柔肠寸寸情难断
剑气森森祸未消

在风驰电掣之中，厉胜男突然止步，反手一招，施展出“拂云手”的功夫，便来硬抢冰川天女的宝剑。

他们三人都是一等一的轻功，脚步放开，有如离弦之箭，要跑得像她们这样快固然很难，但更难的是收发随心，在刹那之间便立即将去势“煞住”，唐经天夫妇就还没有达到这样“静如处子，动若脱兔”的境界。

冰川天女没料到她突然收势，直冲过去，厉胜男拿捏时候，恰到好处，反手一招，手指已搭上了她的剑柄，冰川天女但觉一股强劲的黏力，加上她这一冲之劲，重心登时不稳，身向前倾，险险跌倒！

厉胜男的“拂云手”柔中带刚，乃是最厉害的空手入白刃功夫，即算同等武功的人，给她的手指搭上，兵器也非得立时脱手不可！

可是冰川天女的宝剑却与任何兵器都不相同，乃是冰窟之中的万年寒玉所炼成的，剑身剑柄，浑成一体，根本就不像普通的宝剑以锋利见长，她的剑柄和剑刃一般，都是奇冷彻骨的万年寒玉！

厉胜男的“修罗阴煞功”已有了第八重的火候，这股奇寒之气她还能忍受得起，但是她现在用的是“拂云手”而不是用“修罗阴煞功”，阴寒之气不能对消，她突然触及万年寒玉，虽然忍受得起，但血液的流通突然因冷受阻，功力却不免减了三分。

而且万年寒玉滑不留手，几乎是有形无质的东西，冰川天女用惯了当然可以挥洒自如，厉胜男却把握不住。冰川天女的武功又只是仅仅比她稍逊一筹，一吃了亏，立即便用重身法稳住身形，随即剑柄一翻，反削出去！

厉胜男出其不意的施展“拂云手”功夫，一击成功，但却仍然不能把冰川天女的宝剑夺出手去，不由得大吃一惊，说时迟，那时快，唐经天的青钢剑亦已杀到，一招“乱披风”，一口剑登时化成了数十口剑，四面八方向她刺来！

幸而厉胜男武功驳杂，随机应变，就在这性命攸关之际，突然使出“天罗步”的步法，一飘一闪，竟然从交叉穿插的剑光之中，避了开去。

但这样一来，她弄巧反拙，退路已给唐经天封住，冰川天女的冰川剑法也已似闪电一般的展开，左一招“万里飞霜”，右一招“千山落叶”，重重剑气，俨如冷电寒飙，将厉胜男围得个风雨不透！

厉胜男大怒，心中想道：“好呀，我看在世遗哥的面上，不过与你们戏耍一番，你们却当真要拼起命来了！”激战中只听得“铮”的一声，厉胜男将乔北溟所留下的那把宝剑也拔了出来，这把剑是乔北溟采深海的稀有金属所炼，轻如蝉翼，取名“裁云”，比游龙剑更为锋利！

裁云剑和冰魄寒光剑碰个正着，两柄宝剑都是稀世奇珍，“铮”的一声响过，冰魄寒光剑荡起一圈青濛濛的光气，厉胜男只觉一股冷意从剑上传来，直刺掌心，两人都不禁心中一凛，幸喜这两柄宝剑都没有损伤。

厉胜男将两柄宝剑霍霍展开，左手游龙，右手裁云，威力之大，无与伦比，冰川天女持有宝剑，还可以抵敌，唐经天却不由得连连后退。

厉胜男大喜，正要杀出重围，唐经天忽地长剑一指，划了一道圆弧，厉胜男的宝剑，依着剑势，分明可以将它截断，却不知怎的，竟然没有碰着，说时迟，那时快，冰川天女这宝剑也圈了到来，她使的招数与丈夫一模一样，不过一正一反，两道剑光一合，登时把厉胜男圈在当中。

原来唐经天使出了天山剑法中最精妙的“大须弥剑式”，这套剑式，攻守兼备，尤其用来防身，更是无懈可击，即算碰到武功比自己高出一筹的人，也可以立于不败之地。厉胜男的武功比唐经天稍胜一筹，又持有两柄宝剑，若然单打独斗的话，大约在十招之内可以脱困，在三十招之内可以将大须弥剑式破去，在五十招之内，可以令唐经天受伤。但现在多了一个冰川天女，两夫妻同时使用大须弥剑式，配合得妙到毫巅，这样一来，厉胜男虽有两柄宝剑，竟然不能脱困。

唐经天夫妇双剑合璧，越迫越紧，厉胜男暗暗叫苦，心中想道：“世遗等我一定等得心焦了。当然他会找到这儿，但我既不听他的话，又要他替我解围，那还有什么面子。”

危急之际，妙计忽生，激战中厉胜男忽地卖了一个破绽，唐经天心中暗笑：“你这诱敌之计，如何瞒得我过？”将计就计，青钢剑挽了一个剑花，似左反右，刷的一声，直刺厉胜男胁下的“玉衡穴”，与此同时，冰川天女的宝剑也横削过来，双剑合璧的杀势已成，两夫妻均是心中想道：“纵然你这妖女武功再强十倍，这一招也是万难逃过！”

哪知厉胜男身上穿有宝甲，只听得“嗤”的一声，唐经天一剑刺中了她，陡然间便觉手上一轻，厉胜男趁他来不及收剑变招的当儿，左手游龙剑将冰川天女的宝剑架开，右手的裁云剑已把唐经天的青钢剑削断。

厉胜男脱出围困，娇声笑道：“唐少掌门，恕我无暇奉陪啦！”哪知笑声未了，忽听得一个冷峭的声音喝道：“给我站住！”

紧接着便听得唐经天朗声叫道：“爹爹！”厉胜男大吃一惊，抬头望时，月光下看得分明，只见山坡上站着一男一女，女的似是冯琳，男的三绺长须，相貌威严，约有五六十岁年纪，双方距离最少有半里之遥，但他那声大喝，却是声若洪钟，震得厉胜男耳鼓嗡嗡作响。唐经天叫他做“爹爹”，这个男子当然是天山派的掌门唐晓澜了。

原来唐晓澜以天下第一高手的身份，虽然不愿参加邙山大会，与各派宗师围攻孟神通，但他却极是担心，因此不待痛禅上人派人来邀，便与妻子下山，重到中原，准备万一邙山之会各派宗师都遭败绩的话，他就要与孟神通约战，单打独斗一场。

无巧不巧，唐晓澜夫妻这一晚在这座山上的一间寺院借宿，半夜里听得天山神芒的破空之声，急忙赶出来看，恰恰碰着唐经天战败，又瞧见游龙宝剑在厉胜男的手中，饶是唐晓澜的涵养功夫再好，也禁不住勃然大怒！

厉胜男只练过乔北溟的半部武功秘笈，而且这半部也还没有练至大成，一知道是唐晓澜，如何还敢抵敌？她自恃轻功超卓，唐晓澜喝她“站住”，她却跑得更快了。

唐晓澜眉头一皱，说道：“瑛妹，你把这妖女拿来，问问她为什么要夺咱们的镇山宝剑，与天山派有什么大恨深仇？”要知唐晓澜虽然怒极，但以他的身份，而且又是一个男子，到底不便亲手捉拿一个少女，所以只得请妻子出手。

冯瑛心地纯厚，微笑说道：“大哥不必动怒，此女能够在经天手中夺过宝剑，武功也算得是很难得的了，我将她拿来，你好好问她，不可将她吓坏了。”

厉胜男正在如飞疾跑，忽听得衣襟带风之声，倏然间一团白影在自己身旁掠过，看清楚时，冯瑛已越过了她的前头，拦着了她的去路。

厉胜男不寒而栗，心道：“要是她在背后骤然给我一剑，我还能活命么？”但她把冯瑛错认作冯琳，随即又想道：“冯琳的轻功虽然在我之上，真实的本领，未必便能胜我多少，我有两把宝剑在手，好坏也要试一试，总胜于落在他们的手中！”

冯瑛笑道：“小姑娘，不要跑了，将游龙剑交给我，回去和我们叙叙话吧，只要你说得出个道理，我们不会难为你的。”

厉胜男道：“好，宝剑交回给你！”忽地一招“白虹贯日”，游龙剑的剑锋径向冯瑛的心房刺去，她还怕对方的轻功太好，一剑难以成功，右手的裁云剑也来一招“风卷落花”，下斩冯瑛的双足！

这两剑一上一下，狠毒之极，冯瑛若然施展空手入白刃的功夫，身子定必前倾，心房就要给游龙宝剑一剑穿过；若是施展轻功，向上跳跃，那么双足自膝盖以下，就等于送上给厉胜男的裁云宝剑

天下第一高手、唐晓澜
画武侠小说之插画，我想要如画出一种仙气来，唐晓澜此
类人物是大有不食人间烟火之气味，在画的气质上应有一
种超脱味道，亦可谓之仙气也。观国内画此类品种之作者
土气未脱居多。近看香港金庸书剑恩仇录之插画
无疑僧者水平是高的，但文气有余而仙气不足也。脱
不开与一般古装插图之区别，恕小子直言也

男的三绺长须，相貌威严，约有五六十岁年纪……这个男子当然是天山派的掌门唐晓澜了。

所削了。

厉胜男出剑如电，骤下杀手，满以为冯瑛纵使能逃得性命，至少也要受伤，哪料心念未已，眼前忽然现出一团白影，两柄宝剑竟然不知给什么东西裹住，一股柔中带刚的力道好似扯着她的手腕一般，勒得她的虎口隐隐作痛。厉胜男这一惊非同小可，双剑奋力一挥，连忙一个“鹞子翻身”，倒纵出三丈开外，只听得嗤嗤两声响过，两片白布在空中飘下，厉胜男这才知道冯瑛刚才是用衣袖裹住她的宝剑。

冯瑛皱了皱眉，道：“小小的年纪，怎的如此诡诈，若不是我，怕不给你搠两个透明的窟窿!”

唐经天叫道：“妈，这妖女歹毒得很，你不要和她客气。”

冯瑛虽然没有受伤，但以她数十年的内家功力，施展流云飞袖的绝顶功夫，竟未能够把厉胜男的宝剑夺出手去，也是大出意外，心中想道：“我上次回山之后，还未满十年，江湖上就出了这么些厉害的人物，当真是后生可畏!”不敢轻敌，随手折了一枝带叶的柳枝，刷的一下，就向厉胜男手腕打去!

厉胜男这时已经知道了她是唐晓澜的妻子冯瑛，心中虽然畏惧，但仍然恃着自己有两把宝剑，暗自想道：“他们夫妻俩并驾齐名。唐晓澜要顾着身份，断不会与妻子联手攻我，我有这两把宝剑，不信就敌不过她的一根柳枝。”

哪知冯瑛自幼得天山女侠易兰珠的真传，如今年近六十，武功已到了炉火纯青之境，远非她的妹子可比，一根柳枝，在她的手中已胜过任何厉害的兵器。

厉胜男觑个正着，左手横剑防身，右手的裁云剑扬空一闪，迎着柳枝便削，但听得刷的一声，厉胜男的手背已着了一下，而她那一剑，不过仅仅削下了柳枝上的两片树叶。

冯瑛亦不禁心中一凛，她这一招，本来要打中厉胜男的虎口，将她的宝剑震飞的，但却中了手背，而且连着的三招，不知怎的，竟都给厉胜男避过了。

原来厉胜男一觉不妙，就立即用出了“天罗步”的步法来，这种闪避强敌的步法，源出青城，但经过乔北溟的苦心钻研，又加以新的创造，比青城派本来所传的更为神妙，所以连冯瑛在急切之间，也奈她不何。

冯瑛心道："怪不得经儿的宝剑会给她夺去，武功果然是有些怪异，连我也瞧不出她的路数。看来非得三十招以上不行了。"

厉胜男一剑削出，忽觉剑尖似乎有一股相反的力道，向外牵引，游龙宝剑几乎脱手飞去，厉胜男大吃一惊，急忙挥动裁云剑来削柳枝，化解了游龙剑所受的困险。

只见冯瑛那根柳枝，俨若灵蛇乱掣，东一指西一拂的，飘忽无定，把厉胜男弄得眼花缭乱，竟不知她是从哪里攻来，宝剑一给柳枝粘上，厉胜男便不由得心头一颤！

原来冯瑛正在施展最奥妙的内功心法，使一个"粘"字诀，来强夺厉胜男的宝剑，她的柳枝轻若无物，随着厉胜男的剑尖飘晃，无声无息，一有机会，便在剑脊上一拂一引，幸亏厉胜男有两把宝剑，左剑受危，右剑来救，右剑受危，左剑来救，要是只有一把宝剑的话，早就给她夺去了！

饶是如此，十来招一过，厉胜男亦已香汗淋漓，只有招架之功，毫无反攻之力。冯瑛柳枝不断打着圈子，圈子越缩越小，不消片时，厉胜男的双剑已感到舒展不开，全身都在柳枝的笼罩之下。

金世遗循声觅迹，来到附近，第一眼便看到了厉胜男苦斗冯瑛，再一眼又看到了唐晓澜站在山坡上，这一惊当真是非同小可。幸而他的轻功极高，和唐晓澜夫妇相比，亦是在伯仲之间，他一见是这两个人，立即将身形掩蔽起来；而唐晓澜也正在全神贯注，看妻子和厉胜男比剑，所以还未曾发觉金世遗的踪迹。

金世遗暗暗叫苦，心道："我要救她脱险，尽力而为，大约还可做到，只是这么一来，决难逃得过他们两夫妻的耳目；要想在暗中相助，那是绝对不行的了，这却如何是好？"

心念方动，忽听得离身数丈之地，似有悉悉索索的声响，金世遗定睛一看，只见有两个人匿身在茅草丛中，只露出半边屁股，金世遗仔细辨认，因为这两个人的身材特别，终于给他认出了是龟灵子和释道安。

这两个人匿藏在附近山洞里疗伤，伤已好了大半，他们给这里的厮杀声音引来，以为是钟李二人被围，不料却发现是唐晓澜夫妇。这两人以前是几乎在唐晓澜剑底送了性命的，一见是他们夫妇，吓得魂不附体，故此躲在草中，连大气也不敢出！

金世遗正在筹划替厉胜男解困之策，猛听得唐晓澜喝道："什么人鬼鬼祟祟地躲在那里?"金世遗大吃一惊，只见唐经天夫妇已是疾奔而来，正朝着龟灵子与释道安所藏匿的方向，原来这两个人虽然屏息呼吸，但一想到当年在唐晓澜剑底所受的苦头，却禁不住浑身颤战，弄得茅草猎猎作响，这么一来，不但唐晓澜，连唐经天与冰川天女也听到了。

与此同时，只听见冯瑛也是一声喝道："还不撤剑，更待何时?"柳枝一圈，套着了游龙剑的剑柄。厉胜男如何禁受得起，陡然间只觉剧痛攻心，虎口欲裂，左手的游龙剑已给冯瑛扯去。

眼看唐经天就要来到，金世遗心念一动，忽地飞身跃出，他与那两人相距不过数丈，一跃即到，闪电般的将释道安提了起来，一手抓着了他的琵琶骨，一手剥下他的面具，迅即戴上，随着又抓着龟灵子，两只手的拇指分别按着两人颈项的大椎穴。

金世遗这几个动作一气呵成，唐经天猛见一条黑影窜出来，方自一呆，只听得呼的一声，金世遗左手捉着释道安，右手提着龟灵子，已从他的头顶掠过。

这时正是午夜时分，虽有月光，到底远远不如白昼明亮，金世遗又戴上了面具，唐经天只见一团黑影，做梦也想不到是金世遗。

冯瑛一招得手，柳枝一挥，将游龙剑抛出十余丈远，接着又把剑鞘夺去，厉胜男吓得魂不附体，身形方起，冯瑛的柳枝一抖，刷的一声，已打中了她背心的志堂穴。

厉胜男穿着护身宝甲，一听到背后柳枝荡风之声，又迅即施展邪派中最上乘的颠倒穴道的功夫，但饶是如此，冯瑛用上了内家真力，一枝柔枝在她手中，已胜过精钢所打的判官笔，厉胜男给她打个正着，痛得双眼发昏，踉踉跄跄地连奔几步。

冯瑛道："你要跑也跑不了，快点跟我走吧，免得多吃苦头。"她的柳枝已对准厉胜男耳后的"招魂穴"，只须轻轻一点，厉胜男就要立时晕厥，只因她一念慈悲，爱惜胜男的武功，柳枝对着了穴道，却还没有点下。

就在这一瞬之间，只听得呼呼两声，来势十分猛烈，原来金世遗将手中的两个俘虏当作武器，向冯瑛掷来。冯瑛眼观四面，耳听八方，金世遗从茅草丛中一窜出来，她便听出了声息，但却没想到金世遗竟是来得如此之快，饶她早已是武林中数一数二的人物，亦禁不住心头一凛："莫非来的是孟神通？"

金世遗将释道安与龟灵子掷出之时，便即解开了他们的穴道，这两人在生死关头，一旦感到手足可以活动，不约而同的都使出了平生绝技，释道安人在半空，一掌劈下，冯瑛的柳枝本来是对准了厉胜男耳后的晕眩穴的，给他的掌风一荡，歪过一边，冯瑛的武功早已到了炉火纯青之境，心念一动，柳枝一抖，立即点中了释道安的脉门，只听得"咔喇"一声，冯瑛的柳枝断为两段，释道安突然似断了线的风筝，"卜通"一声，跌在地上。原来他虽被点中了穴道，却也抓着了柳枝，就在内力将消失而尚未消失的那一刹那，将冯瑛的柳枝折断。

说时迟，那时快，龟灵子的拂尘一展，紧接释道安之后，拂尘缠上了冯瑛那半截柳枝；冯瑛掌力往外一吐，柳枝犹如劲弩，"卜"地射出去。龟灵子如何禁受得起，虎口一震，拂尘坠地。柳枝将他的肩胛骨穿了一个洞，龟灵子也跟着倒下，再也不能动弹。

这几招虽是快如闪电，但就在这瞬息之间，金世遗已把厉胜男救出险境，落荒而逃。唐晓澜在山坡上观战，大吃一惊，他起初也怀疑是孟神通，但一瞧来人形貌，不像是个六十开外的老头，心想："哪里来的这个丑八怪，武功如此之高，想不到在孟神通之外，又出现了这样厉害的人物！"当下朗声叫道："天山唐晓澜甚愿以武会友，阁下既然到此，何妨暂留大驾，彼此切磋？"金世遗哪里敢答，拖着厉胜男跑得更快了。

唐晓澜剑眉一竖，喝道："阁下不肯留步，请恕唐某无礼了！"把手一扬，三支天山神芒，破空飞出！要知唐晓澜乃是武林泰斗，所到之处，任何人都对他尊敬非常，现在他以礼相邀，金世遗竟然不吭一声，他哪知道金世遗是不敢答他的话，只当金世遗意存藐视，故此天山神芒一发竟是三支！

天山神芒是天下最厉害的暗器，加上在天下第一高手的手中发出，金世遗听那疾劲的破空之声，亦禁不住心慌，当下施展在乔北溟武功秘笈中所学来的“弹指神通”，“卜、卜”两声，将两支神芒弹开。但也只能弹开两支，第三支却射到了厉胜男的背心！

但听得“嘭”的一声，厉胜男像皮球一般抛了起来，直摔出五六丈外。原来立足之处，却有两段乌黑发亮、箭杆也似的东西。金世遗心中一宽，急忙施展“燕子三抄水”的绝顶轻功，将厉胜男拉起，拖着她的左手，助她一臂之力，三起三伏，霎眼之间，已掠出半里之遥，转过了山坳。

原来厉胜男本身的功力，绝对抵御不了唐晓澜那支天山神芒，幸而她持有天下最锋利的裁云宝剑，唐晓澜与她的距离又远，天山神芒射到之时，已是强弩之末，在那生死俄顷的关头，她奋力一挥，居然把那支天山神芒削为两段，但，饶是如此，她还是给那股刚猛无伦的力道震得飞了起来，接连在空中翻了两个筋斗，这才消去了身上所受的震荡之势。

厉胜男固然吓得魂飞魄散，唐晓澜也自暗暗惊疑，厉胜男仗着宝剑之力，削断他的天山神芒，也还罢了；金世遗以“弹指神通”的本领弹开了他的两支神芒，这却是非同小可！要知金世遗为了避免给唐晓澜识破，现出身形之后，所用的武功，都是从乔北溟秘笈上学来的，他本门的功夫，一点也没有透露，唐晓澜饶是见多识广，在那片刻之间，便想起了正邪各派中十几个最厉害的人物。以及他们所用的独门武功，但却没有一个与眼前这个“敌人”相似，想来想去，竟然猜不到金世遗的来历！

冯瑛这时已把龟灵子与释道安制服，正想去追赶厉胜男，唐晓澜已到了她的跟前，说道：“原来是这两个家伙。逃得了神，逃不了庙，咱们就着落在这两个家伙的身上，总会查究得出是何方神圣。那丑八怪的武功实不在你我之下，此时去追，只怕未必追得上了。”在唐晓澜的心目中，以为释道安、龟灵子这两个家伙定然是一路的，哪知却是完全猜错了。

就在这时，只听得又有脚步声远远传来，唐经天取回了游龙宝剑，便待上前迎敌，唐晓澜道：“且慢，听这两人所用的轻功，脚步声既沉稳又轻灵，似乎来的是本派中人!”随即用本门“传音入密”的功夫，发了一声清啸，片刻之后，果然听得钟展和李沁梅的声音叫道：“师父!”“姨父!”原来这两个人也是给天山神芒的破空之声引来的。

冯瑛心性和平，丈夫既然不主张再去追赶敌人，何况徒弟和姨甥又在这时来到，她自然不愿再去多事。

金世遗拖着厉胜男，奔出了数里之外，听不到后面有人追来，厉胜男这才放下心，缓下脚步。然而就在此时，忽听得金世遗“噗嗤”一笑!

厉胜男恼道：“我吃了大亏，游龙剑给人家拿回去了，你倒反而好笑么?”金世遗道：“你瞧瞧你的好模样。”这时已是清晨时分，路旁有道小溪，厉胜男临流照影，“哎唷”一声叫了起来，用手摸摸头发，恨恨说道：“好呀，总有一天，我也要照样削去你唐晓澜的头发!”

原来厉胜男在用裁云宝剑抵挡天山神芒的时候，因为用力过猛，虽然把天山神芒削断，幸得保全性命，但剑锋回掠，却把她的头发削去了一大半，变得男不像男，女不像女，不伦不类。刚才急于逃命，她和金世遗都没有发觉。

金世遗笑道：“是你自己的宝剑削掉的，你恼恨唐晓澜做什么?依我看来，游龙剑给唐经天拿回去，正是一件好事，要不然他的父母岂肯干休，他们出头，你逃得了么?”

厉胜男道：“你就这样怕唐晓澜夫妇?哼，我看你是为了李沁梅的缘故，唐晓澜要把我杀掉，大约你也不会替我出头?”

金世遗淡淡一笑，说道：“你当真是这样想我的么?”厉胜男一时之气，出言之后，立即便后悔了。要知她刚才已被冯瑛制得不能动弹，若非金世遗出手，她焉能逃得出冯瑛的手心。

金世遗正色说道：“你要是再胡闹下去，我当真就不再管了。一来，我不愿意你和天山派作对；二来嘛，就是我要替你出头，我也不是唐晓澜的对手。”他伸出右手的中食二指给厉胜男瞧，两根指头全部瘀黑，那是刚才用“弹指神通”的功夫，弹开了那两枝天山神芒的时候，所受的伤。

厉胜男道："好，天山派的事情搁到杀掉孟神通之后再说，就是我将来要和唐晓澜作对，也不必你帮忙便是，你总可以放心了吧？嗯，你的手指疼不疼？"她一面说，一面给金世遗搽上化瘀消肿的药散，又在他受伤的手指上轻轻吹了口气，柔情脉脉，教金世遗纵然还想说她，也不忍再说了。

厉胜男用一块丝巾，包着了头发，笑道："这么打扮，像不像个卖解的姑娘？"金世遗道："像个小镇上卖俏的尼姑。"厉胜男打了他一下，娇嗔道："你这丑八怪，胡说八道，要死啦！"金世遗一笑除下面具，说道："幸亏有这个面具，要不然就要给唐晓澜识破了，不过，现在还是除下的好，免得给你骂我做丑八怪。"

两人继续赶路，傍晚的时分，望见一座城市，厉胜男道："这是什么地方？"金世遗道："这是定兴县城，距离北京，只有三天路程了。"说话之间，忽听得蹄声得得，有两骑马从后面赶上来。

马背上的骑客是个老头，骑术却是甚为佳妙，只听得马鞭一响，两匹马一左一右，已从金世遗身边掠过！金世遗突然怔了一怔，停下了脚步。厉胜男道："世遗，这两个人你认得的吗？"金世遗道："别作声，听他们说话！"

这两骑马已驰出数十丈外，但金厉二人都是听风辨器的高手，耳朵极为灵敏，只听得他们的话声，断断续续地飘来，一个说道："今晚正好赶得到定兴住宿。"一个说道："你忘了云二哥就住在东城外吗？今晚还是多赶一程，去探望他吧。"那一个哈哈笑道："对，对！也许，也许，云二哥也像咱们一般，也接到了……"两骑马绝尘而去，他们说话的声音也越来越轻，听到这里，以后的说话就不清楚了。

厉胜男道："这几句话有什么意思？敢情是两个穷老头儿，舍不得掏腰包住客店，记起了有一个朋友在这儿，想到他的家里揩揩油。"

金世遗笑道："你也忒看轻人了，你知道这两个老儿是什么人？"

厉胜男道："我知道了还用问你吗？"她本是有心说笑，引金世遗的话出来的。

金世遗果然笑道："我告诉你，这两个老头儿，你别瞧他们都是土布衣裳，可比你阔气多呢。一个是山东三柳庄的柳庄主，有百万家财，但却极少人知道他是个武林高手。"厉胜男道："呀，你说的敢情是柳三春？也不见有什么了不起吧？"

金世遗道："三年之前，大约你还不是他的对手。"厉胜男道："你怎么知道？"金世遗道："我以前刚从蛇岛来到中原的时候，专门喜欢找武林中有本领或有名声的开玩笑，将他们打倒，博个哈哈一笑。所以别人不知道的武林人物，我差不多都知道。"

厉胜男笑道："你不用自报行状了，你以前的胡闹，已经是天下闻名。那时你喜欢扮成一个疯疯癫癫的乞丐，甚至还扮成一个人见人厌的大麻风，专门和武林的成名人物过不去，所以博得了一个'毒手疯丐'的恶号，是不是？"

金世遗道："我去找过那个柳三春，他不敢和我比试，晚上我就去偷他的银子，他是个爱财如命的人，迫得和我动手，我到了第七招，才找到破绽打了他一记耳光，吐了他一口唾涎。我看在他能抵挡我七招的分上，本要偷走他价值十万的珠宝的，结果只拿了他几个金元宝就算了。"

厉胜男笑道："这么说，他挨你这记耳光与一口唾涎还算值得。那另一个老头呢？又是个什么奢拦人物？"

金世遗道："那另一个老头叫万应常，因为他生来一副阴阴沉沉的马脸，别人把他叫成了万无常。"厉胜男笑道："这个无常鬼可曾勾你的魂么？"金世遗笑道："不是他勾我的魂，是我几乎勾了他的魂。他是黑虎拳的掌门人，有一天我上门挑衅，这厮的武功比柳三春更好，我打到了第二十三招才赢了他一掌。"

厉胜男道："怪不得他刚才在你身边驰过的时候似乎曾经望了你一眼。"金世遗道："他大约觉得我这个人似曾相识，但料他绝对不会想到，我就是当年打了他一顿的那个疯丐。"

厉胜男道："据你说来，这两个人也算得是武林中的高手了。不过，却也不是什么奢拦人物，现在你假若再要去打他们一顿，大约用不了三招，就可以打得他们叫救命了。"

金世遗笑道："我真的想去再打他们一顿呢！"厉胜男道："你

说我邪，我看你也是邪气未改，既没深仇大恨，为何还要再打他们？你以前打得未过瘾么？何况咱们又有事在身？”

金世遗正色说道：“说打是开玩笑的。不过，我却想从他们身上探听一些消息。你知道这两个人都是从不肯在江湖露面的人物。尤其是那个柳三春，拥有百万家财，更是不肯轻易在外走动。”

厉胜男道：“你越说我越糊涂了，既然他们和江湖上的人物极少来往，你还要从他们身上打听什么消息？”

金世遗道：“正因为如此，才值得注意。你看他们马不停蹄，匆匆赶路，这条路是通向京城的官道，他们定是有事前往北京。西门牧野所纠集的不正是各正派之外的人才么，说不定他们和西门牧野有些关系。纵使不然，或者也能够得到一些消息。”

厉胜男道：“你说的也有点道理。但据我看来，西门牧野那一群黄衣武士，个个都比他们武功高强，他们要依附西门牧野，只怕还未够格呢。不过，反正咱们也不迟在这一天半天，跟去看看也好。”

金世遗道：“他们所说的那个云二哥，多半就是在定兴东门外住的那个云中现，此人是游龙刀的掌门人，我知道他的地址，但当年匆匆从定兴经过，却没有会过他。这个人也拥有百万家财，但却与柳三春不同，颇有疏财仗义之名，不过有身家的人总是不肯多惹事的，所以也只是附近的人知道他，在江湖上的名头就并不响亮了。”

厉胜男笑道：“好啦，我知道你的意思了。今晚我和你到云家去探听，若是要动手的话，我对云中现手下稍稍留情为是。”

金厉二人在城里找了一间客店，吃过晚饭，各自盘膝静坐，做了一回吐纳功夫，练功完毕，已是二更时分，厉胜男精神抖擞，笑道：“你所传授的天山派正宗内功心法，果然奇妙，与咱们从乔祖师武功秘笈上所学到的止好是一正一反，各有千秋。我昨晚一晚没睡，现在只做了一回吐纳功夫，精神便完全恢复了。”金世遗道：“咱们现在赶去，正是时候。”厉胜男打开窗子，两人便从窗口窜出，金世遗忽道：“哎呀，我几乎忘了付房钱了。”掏出一锭银子，从窗口丢进去，这才与厉胜男飞身上屋。厉胜男笑道：“我还以为你邪气未改，却不料你越来越像个正派中人了，居然还记得要付房钱。”

云家在定兴城东，离城不过数里，不过一盏茶的工夫，两人便即到达。可是云家的房屋甚多，急切之间，却不知道云中现在哪所房子。金世遗正想找有灯火的所在，一处一处窥探，忽听得有哭泣声和鞭打声传来，金世遗心道：“云中现颇有善名，难道他也像其他财主一样，设有私刑拷打的刑堂么?”

两人过去一看，只见一间小房子内，有一个面肉横生的胖妇，正在挥着皮鞭，斥骂一个满脸泪珠的少女：“老爷可怜你妈妈死了没有棺材，这才把白花花的十两银子给你父亲，要不是他为了行善，他才不要你呢。哼，他对你大恩大德，要你今晚去服侍他，你反而哭哭啼啼。”那少女跪下来道：“老妈妈，求你向老爷讨个情，免了我吧，我是自幼许有人家的了。”那恶妇啪的一鞭打下，骂道：“你真是不识天高地厚，老爷买了你，你就是老爷的人了，谁理你有没有人家?”

金世遗看得怒火中烧，心道：“原来云中现是这等行善！十两银子便要买个黄花闺女供他淫辱。”忽听得“啊呀”一声，那恶妇的舌头吐出了几寸长，像一根木头，“卜通”的便倒下去了，原来是厉胜男悄没声地出手，一枚透骨钉穿过了她的咽喉。

金厉二人推门进去，那少女吓得浑身颤战，说不出话来，厉胜男道：“别怕，别怕，你家住何处，等下我送你回去。”那少女叩了好几个头，这才惊魂稍定，说得出她所住的那个村子。

厉胜男回头笑道：“今晚我也充当一回侠义道了。”金世遗道：“噤声，有人来了。”外面有人叫道：“魏妈妈，魏妈妈！”厉胜男捏着鼻子学那恶妇的声音道：“什么事呀?”那人道：“老爷今晚有客，不必喜莲服侍了。你也可以省点气力，不必鞭打她了。”厉胜男待他脚步跨入，一把就将他抓住，笑道：“你的心肠倒还不坏。”

那个家丁给她一抓，痛彻骨髓，连忙叫道：“女大王饶命。”厉胜男笑道：“要饶你也不难，你家主人在哪里?”那家丁抖抖索索地说道：“在沉香阁。”厉胜男喝道：“糊涂，谁知道你的沉香阁在哪里?”那家丁道：“在、在……这里向西走，有一个池塘，池塘旁边有一个阁子，那、那就是……”话未说完，只听得“咕咚”一声，那家丁倒在地上，原来厉胜男急不及待，一听他说到此处，便即点了他的穴道。厉胜男念在他刚才替那女子求情，用轻手法的“对时点穴”，过了一个时辰，穴道便可自解。

厉胜男道：“你在这里不要作声，待我收拾了那云老贼，便来送你回去。”安顿了那女子之后，便和金世遗去探那“沉香阁”。

金世遗笑道：“我本意只是来打听消息的，现在却又要和你权充侠客了。胜男，再麻烦你一下，你可带有鸡鸣五鼓返魂香么?”厉胜男笑道：“对，云家人口众多，咱们虽然不怕，但一动起手，那些人难免惊扰，乱跑乱叫，我用迷香将他家里的人都昏迷了，你捉住那三个老家伙，可以安安静静地审问他们。”

两人分头办事，不消片刻，金世遗便找到了那沉香阁，纵上瓦背，贴着屋檐，向内窥探。那三个人虽是武林高手，但金世遗轻功卓越，哪能让他们听出丝毫声息。

只见阁子里共有四个人，那三个老家伙坐在靠窗的一张桌子，对着荷塘，面前各泡了一盅好茶，荷塘月色，白莲飘香，景物清丽，金世遗暗笑道：“这姓云的老家伙还真懂得享受，颇为风雅呢。”

在云中现旁边侍立的那个汉子，似乎是他的管家，刚进来不久，禀道：“这次多得县太爷派差役帮忙，账都已收齐了，县里的同善堂请师父捐一点钱。”这个管家也是他的徒弟，理好账目，连夜向他报告。

云中现呷了口茶，淡淡说道：“这是应该的，就捐五百两吧。你明天拿去，要他们用我的名义，发放到穷人手中，你给我监视，不要让他们中饱了。”

柳三春哈哈笑道：“云二哥真是个善长仁翁，一出手便是五百两白花花的银子。大手笔，大手笔!”

万应常道：“我说云二哥会做人是真。县太爷给他催账，贫户不能怨他。他这么拔出一根毫毛来，就有许多人要感激他了。柳大哥，我看你也该向他学学。”

云中现哈哈笑道：“给你这么一说，我倒像是沽名钓誉、假冒为善了。”

万应常忙道："吾兄不要多心，我正是钦佩老兄这种做法，听说有好些自命侠义人物，也把吾兄认为同道呢，哈，哈！"

云中现捻须笑道："彼此相知，说笑何妨？老实说，若非我和他们那帮人有些来往，大约司空大人也不会邀请我了。"

柳三春道："原来云兄已收到了请帖，何以尚未成行？"

云中现道："我正要请教二位，你们说去好还是不去好？"

柳三春道："怎么不去？"

云中现道："你我都是有点身家的人，要是去呢，得罪了那些江湖豪杰、英雄侠客，这可不是好耍的！若是不去呢，得罪了司空大人，只怕也要招祸。进退两难，如何是好？"

万应常哈哈笑道："云兄一生持重，但这回若是太过谨慎，那就要后悔莫及了！"

云中现道："请万兄指教。"

万应常道："皇上这次正是下了决心，要把那些胆敢违抗朝廷的所谓江湖豪杰、英雄侠客都一网打尽！司空大人请咱们进京，不外要咱们替他效力……"

云中现不待他说完，就苦着脸道："不瞒两位老哥，我的武功已丢荒了多年啦！"

万应常笑道："云二哥何须故作谦逊，谁不知道你的游龙刀乃是武林一绝。再说，大内高手如云，也未必便要咱们这几个老头子拼命。大约如你所说，司空大人是因为咱们多少也认识所谓正派人物，要咱们以备咨询，免使有人漏网。咱们要是不去，这倒要教司空大人起疑了。"

云中现道："两位消息灵通，依你们看，西门牧野这次出山，要把各大派一阿打尽，可有点把握么？"

万应常道："西门牧野出山，此事甚为秘密，云兄早已知道，可见消息灵通。只是有一件事云兄怕尚未知道，就在半月之前，西门牧野趁着各派齐集邙山，与孟神通比武的时候，乘机偷袭，将正邪各派，都打得一败涂地，死伤俘获，不可胜计，我和柳大哥正是得知了这个消息，才匆忙赶上京都的。"

柳三春道："想来司空大人邀请咱们，就是怕功劳都给西门牧野一人占尽。西门牧野此人有名的狠毒，咱们依附司空大人比依附他好得多。”

万应常接着说道：“所以云二哥若还守着明哲保身的古训，只怕在未受到正派中人报复之前，就要遭到西门牧野的毒手！”

金世遗听到此处，已明白了七八分，就在此时，忽听得云中现“咦”的一声，站了起来。正是：

趋炎附势难成事，祸福无门各自招。

欲知后事如何？请听下回分解。

第三十九回　暗室除奸惊辣手
冒名求禄显神功

那管家弟子忙问道："师父，怎么?"云中现道："这个时候，她们应该将冰糖燕窝端来了，却怎的不见人来？待我亲自看去。"管家弟子大为奇怪，说道："这点小事，何须劳动你老人家，待弟子去叫她们端来便是。"云中现道："这些丫环大都好吃懒做，这次我要亲自教训她们!"

那弟子正在心里疑惑：师父不陪贵客，却去教训丫环，这岂非太过不近人情？心念未已，忽听得一个娇滴滴的声音笑道："燕窝端来啦!"与此同时，嗖嗖连声，云中现的两枚透骨钉也发了出去。这个自称是来送燕窝的丫环当然是厉胜男了。

那两枚透骨钉射出，立即便听得"哎哟"一声，有一个人倒在地上，正是那个三柳庄的庄主柳三春。

这一手却是金世遗和他们开的玩笑，金世遗施展"四两拨千斤"的借力功夫，只发出了两枚梅花针，便把云中现的透骨钉拨转了方向，分打柳三春和万应常二人，万应常武功较好，只被透骨钉擦破了头皮，柳三春则被透骨钉打中了腿弯的"环跳穴"。

厉胜男笑道："这个燕窝的滋味不好尝啊!"反手一掌，"啪"的一声，打了云中现一记耳光。跟着施展小擒拿手法，抓他的琵琶骨。不料这一抓却竟然落空，原来云中现的本领虽然还不及厉胜男，但亦非易与之辈，他被厉胜男出其不意地打了一记耳光，心中大愤，趁着厉胜男变换擒拿手法的这一刹那，立即拔出刀来，展开了一派拼命的刀法。

金世遗笑道："老朋友，还认得我么？"万应常一听这个声音，吓得魂飞魄散，叫道："你，你，你……哎呀，毒手疯丐！"金世遗道："不错，我就是往日的毒手疯丐金世遗。你想要饶命，乖乖地给我站住！"万应常如奉圣旨，果然动也不敢一动。那个管家未知厉害，还想夺门逃跑，脚步刚动，便给金世遗一把抓了回来。

金世遗大马金刀地坐下来，笑道："待我看看云庄主的游龙刀法。一、二、三、四……"数到第十七招，只听得"当"的一声，云中现的单刀坠地，厉胜男信手点了他的麻穴。本来以云中现的武功，还可以应付十来招的，只因听到了金世遗的名字，也吓得软了。

厉胜男笑道："若然依照你的规矩，他能抵敌到第十七招，我也应该饶他的了。可是我平生最恨假冒为善之辈，我偏偏就不饶他！"

柳三春爬了起来，直打哆嗦，向金世遗哀求道："金、金大侠，你、你老人家以前答应过，不、不杀我的。"金世遗点点头道："不错，那年我本就只是存心试试你的功夫，并非要取你的性命。"万应常也急忙说道："金大侠，你也答应过我的。"

金世遗哈哈笑道："难得你们都还记得我以前说过的话，可是，有一点你们却记不得了，那时你们的恶迹未曾昭彰，我是把你们看作武林同道，才找你们切磋的，当然不会杀了你们。是这样讲的吗？"万应常忙道："不错，在下场子的时候，你老人家是这样讲的，要不然我也不敢跟你老过招了。"

金世遗笑容一敛，冷冷说道："现在你们要助纣为虐，诛绝武林同道，天理难容，我金某可要替天行道了！"

云中现连忙嚷道："我本来就不想去，都是他们怂恿我的，你老人家刚才一定听到了……你饶我一命，我愿意尽散家财！"最后这一句话，大约是因为厉胜男骂他"假冒为善"，他才这样说的。

柳万二人登时也叫嚷起来，一面互相推诿，一面发誓痛改前非，但求金世遗饶恕，他们便从此退出武林，不敢再惹闲事。

金世遗笑道："都不要吵了，你们要我饶命，可得依我一件事情。"这三个人如奉皇恩，立即同声叫道："依得，依得！"

金世遗道："你们所说的那司空大人是谁？"云中现道："是御

林军统领司空化。”金世遗道：“好，这里有现成的笔墨，你们每人都给我写、写……”

厉胜男忽然抢着说道：“给我写一首唐诗！”

金世遗怔了一怔，厉胜男眉毛一扬，道：“你交给我管，管保你错不了。”金世遗和她相处已久，见她这眉目神情，已知道她完全明白了自己的意思，但他对于厉胜男何以要叫这三个人写唐诗，却还没有明白。

云中现道：“写哪一首？”

厉胜男作状想了一想，道：“写一首不太短也不太长的。好，就写老杜的《观公孙大娘弟子舞剑器行》吧。”

柳三春与万应常神色尴尬，嗫嚅说道：“我、我、我没有读过。”云中现却得意洋洋地说道：“成，我马上就写，书法不好，还望姑娘包涵。”原来柳、万二人乃是草包，这云中现却是个附庸风雅的缙绅，熟读唐诗，杜甫这首名诗，他前两天还写过一幅中堂，送给一个得意的弟子。

厉胜男道：“好，你们两个没有念过这首诗，跟他一个字一个字写，我不管什么书法，给我好好的用心写吧！”

云中现铺平了纸，提笔便写：“昔有佳人公孙氏，一舞剑器动四方。观者如山色沮丧，天地为之久低昂。㸌如羿射九日落，矫如群帝骖龙翔。来如雷霆收震怒，罢如江海凝清光……”金世遗跟着朗声吟诵，击节赞道：“好诗，好诗！来如雷霆收震怒，罢如江海凝清光。这样神妙的剑术，当真是千载之后，读之尚使人向往！胜男，你选这首诗真有意思，待你学成了剑法之后，当可以和公孙大娘的弟子比美了。”

柳三春与万应常满头大汗，一个字一个字的跟着云中现写，不敢落后，待到云中现收笔，不过片刻，他们也跟着写完了。

云中现看他们所写的字体，歪歪斜斜，有如孩子描红，大为得意，争着把自己所写的呈上给厉胜男，恭恭敬敬地说道：“姑娘，你是会家，请你评阅。”

厉胜男笑道：“好，好，写得很好！”第三个“好”字刚刚出口，云中现正在笑容满面，厉胜男蓦地伸指一点，对准他的喉头狠狠一戳，云中现做梦也想不到厉胜男突然施展杀手，闷哼一声，喉头被戳穿一孔，血如泉涌，登时倒毙。

万柳二人吓得呆了，“饶命”二字尚在舌尖打滚，未曾说得出来，说时迟，那时快，厉胜男又已依法炮制，用重手法点了他们的死穴。

厉胜男出手如电，即使金世遗也没料到她要杀人，待要阻止，已来不及。金世遗怒道：“胜男，你怎的如此狠毒，我答应饶了他们的性命的！”

厉胜男笑道：“是你答应的，我可没有答应啊！”云中现那弟子想要逃走，双腿却不听使唤，吓得软了。厉胜男道：“我已杀了三人，不能再留这个活口！”扬手一柄飞锥，又取了那管家弟子的性命！

金世遗一把抓着厉胜男的手腕，喝道：“你再胡乱杀人，我把你的武功废了！”

厉胜男笑道：“大英雄大侠客，你捏得我这样痛，你放不放手？你不放手，以后我再也不理你！这四个人我是不得不杀，你当我是欢喜杀人的么？”

金世遗不由自己的放松手指，说道：“这几个人虽然行事卑劣，但究竟罪不至死，你为何要杀他们？有甚道理？”

厉胜男淡淡说道：“枉你在江湖上混了这许多年，还有人把你当作大魔头呢。哼，哼，连这点道理都不懂得。你给我好好地坐下来，待我说给你听。”

在厉胜男的娇嗔之下，金世遗的怒火再也发不起来，只好依言坐下，听她说话。

厉胜男噗哧一笑，说道：“可惜没有镜子，让你看看你刚才那副凶霸霸的样子，真像可以把人吃掉似的。”

金世遗道：“你赶快说，要是说不出道理，我还会把你吃掉的。”说到“吃掉”这两个字，他也禁不住笑了。心想：“你才真是想‘吃掉’我呢！”

厉胜男道：“你本来想要那三个老家伙给你写信给司空化的，是不是？”

金世遗道：“不错，我是想叫他们写封引荐书，咱们可以冒充是他们的门人弟子，拿了引荐书去见御林军统领司空化。”

厉胜男笑道：“难为你想得出这样的妙计，但你敢担保他们就能守口如瓶吗?”

金世遗道：“我可以点了他们的哑穴，让他们过了七天之后，才能说话。”

厉胜男道：“他们能够给你写信，难道就不能写在纸上，将这秘密传出去吗?”

金世遗道：“他们已给我吓破了胆子，料想不敢泄漏。”

厉胜男道：“这几个家伙都是老奸巨滑，常言道得好：量小非君子，无毒不丈夫。还是把他们杀了，最为安全可靠!”

厉胜男的顾虑，金世遗不是没有想到，要是在早几年，他也会将他们杀掉；但自从他结识了冰川天女、李沁梅、谷之华这些人之后，性情已在逐渐转变，所以才宁愿冒一些危险，保留那三个家伙的性命。

但现在厉胜男这番说话，却教他无法反驳，虽然他仍是觉得厉胜男行事太邪，但也只好默不作声了。

厉胜男又笑道：“人人都认为你是江湖上的大行家，在我看来，却还欠老练。你想叫他们给你写引荐书，这事就大大欠妥，好在我灵机一动，临时改过来，叫他们改写一首唐诗。”

金世遗恍然大悟，说道：“敢情你是怕他们故意不用平日的笔迹，或者是在辞句中弄鬼么?”

厉胜男道：“不错，你还算聪明，马上就猜到我的用意了。现在我可以照他们的笔迹，喜欢写什么就写什么。嗯，云中现这老家伙虽然武功最好，但住处却也是距京城最近，只怕京城里有不少熟人。咱们还是冒充柳万二人的弟子吧。”

她提起笔来，模仿那两人的笔迹，各写一封，果然十分相似。金世遗看了，既是欢喜，又是害怕。心中想道：“以她的聪明，假如误入邪途，只怕比孟神通为害更大!”

厉胜男将两封假荐书折好，递一封给金世遗道：“我最讨厌那个柳三春，由你去冒充他的弟子。”金世遗笑道：“那马脸无常却是从来不收女弟子的，你要冒充他的弟子，准得露出马脚。”

厉胜男道：“我早就想好了，你看我这头发，不是正好改装吗?”

云家的人都尚在昏迷未醒，厉胜男进入室内，从容搜索，找到了一套合身的男子衣裳，她的头发，早已给冯瑛削去一半，索性找了一把剪刀，对着镜子，将头发剪短修平，戴上帽子，问金世遗道：“你看冒充得过去吗?”

金世遗笑道：“太俊俏了，马脸无常的门下，不应有这样的美男子。待我再给你改容吧。”改装易容是金世遗的拿手好戏，他秘制的易容丹与甘凤池这一派所传的有异曲同工之妙，当下将厉胜男打扮一番，在她面上又添了两颗粗大的黑痣，看起来除了身材较矮之外，已有了几分似江湖上的粗豪人物。厉胜男对镜笑道：“好，虽然是丑了一些，但即算与西门牧野对面，他也未必认得我了。”

金世遗自己也改容易貌，黏上了两撇小胡子，扮得像一个老成持重的掌门弟子模样。厉胜男笑道：“想不到咱们要做那两个老家伙的弟子，我取了他们的性命，也总算对得起他们了!”

厉胜男将那个被云中现买来的村女送了回去，送了她十两纹银，叫她和父亲逃到他处谋生，处理完毕，刚好天亮。两人便即上路，赶往京都。

厉胜男笑道：“这还是我平生做的第一件好事，心里畅快得很。”金世遗道：“所以说，侠义心肠，本来是人人皆有的，只要不迷失本性，谁都可以做个好人。”厉胜男笑道：“你真是变得越来越迂腐了，我看你简直可以改行做教书先生了。不过，你也许料想不到，你猜猜我为什么要做这件好事?”金世遗道：“怎么?”厉胜男格格笑道：“那是为了要讨你的欢喜啊!”金世遗心头一沉，厉胜男的动机他确是料想不到，但随即想道：“她能为我做好事，那也是好的。何况她并不掩饰，可见还并非无可救药。只是，我今后只怕更不能离开她了。”

三天之后，两人到了北京，司空化是御林军统领，住处自然容易打听，两人便持了假荐书，冒充柳三春与万应常的弟子，前往求见。

司空化正在演武场上，督促他的手下军官练武，一见只是柳三春和万应常的弟子前来，心里极不高兴，看了书信，淡淡说道：“你们的师父都有了身家，要在家中享福，怪不得连我也请不到他们。哈，他们享福，却累你们辛苦了。先下去歇歇吧。要是你们愿意在这里当差的话，明天你们去见王副将，看看还有什么空缺，可以给你们补上两个名额。”指一指带他们进来的那个管家道：“你好好招呼他们，明天再带他们去见王副将。”

听这语气，司空化对他们简直是毫不重视，非但不亲自招呼，连分配差事也只是叫管家带他们去见御林军的一个副将，想来最多也不过是让他们当个下级官佐罢了。

金世遗和厉胜男都不转身，厉胜男笑了一笑，说道：“我们并不是为了求差事来的。”

司空化越发不悦，冷冷说道：“对啦，你们的师父都是富豪，想来你们也是富家子弟，当然不会在乎差事。好吧，你们要是不愿当差，马上回去也行。”

厉胜男道：“不是这个意思，大人错怪了我的师父了。”司空化道：“怎么？莫非他不肯来京，里面还另有原因么？”

厉胜男道：“师父差遣我来的时候，曾经对我说道：‘司空大人看得起我，我本来应该亲自上京，为他效力。只是我现在已有了年纪，对付一般的江湖宵小，司空大人用不着我，若是对付一流高手，唉，又只怕我已力不从心。看来还是你给我去一趟更好。你已尽得我的功夫，又正当年少，你去呢，比我胜得多了。’哎，这是我师父关上了门，称赞自己徒弟的说话，本不应该对外人说的。但大人既然对我的师父有所误会，我也只好厚着颜面向大人说了。师父他老人家实在不是为了爱惜身家性命才差遣我来代替他的。”

司空化道：“哦，原来你的师父是这样说的。那么你的师父又说些什么？”后面这句话是面向金世遗问的。

金世遗道：“家师吩咐我道：你此去为司空大人效力，也就是为皇上效力，须得忠心耿耿，不可计较职位。皇上现在下了决心，要翦除所有正邪各派中不肯归顺朝廷的武林人物，你此去势必要碰到许多强敌，必须摸清楚江湖中成名人物的底子，方能知所趋避。

当时我就问，碰到哪些人是我应当避忌的，我师父屈指一数，说道：若是碰到天山派的掌门唐晓澜、少林寺的主持痛禅上人、峨嵋派的金光大师和现在最负盛名的大魔头孟神通这四个人，你就不可贪功。对付其他的人嘛，想来你还不会坠了师门的面子。”

金世遗是个老江湖，这番说话比厉胜男说得更为巧妙，他一点也没有讲师父怎样称赞他，但口气却大到了极点。意思就是说除了唐晓澜、痛禅上人、金光大师和孟神通这四个人之外，其他的人都不是他的对手了。

司空化大吃一惊，心中想道：“柳三春和万应常我未曾见过他们的功夫，但多少也知道一点底细，怎的敢如此自负不凡？竟似乎认为自己的门下弟子，都可以胜过各派宗师？莫非是两个少年故作大言，虚造说话，想骗得我的重用。”他哪里知道站在他面前的，就是当年武林人物闻名胆丧的“毒手疯丐”金世遗？而以金世遗现在的武功而论，他说这番话还算是谦虚了的。

厉胜男道：“话已禀明，晚辈告退。”司空化道：“且慢，且慢！”金世遗道：“大人有何吩咐？”司空化道：“失敬，失敬！原来两位是这样了得的年少英雄！刚才多有怠慢，请两位不要见怪。”伸出手来，便与金世遗一握，表示亲热。

金世遗却也不知道司空化的来历，心中想道：“我当年打遍大江南北，从未曾听人说过司空化这个名字，不知他凭什么当上了御林军统领？”两人都存心试对方的功夫，司空化暗运先天太乙神功，一股柔中带刚的内劲，从掌心吐出，金世遗心道：“瞧他不出，原来是道家全真派的正宗内功。奇怪，全真派对俗家弟子，从不肯付以真传，难道他本是道士，后来还了俗的？以他的功力而论，虽还不及当世的几位武学大师，大约也不在全真派第一高手凌霄子之下了。”

司空化将先天太乙神功渐渐从三分加到九分，奇怪得很，在用三分神功的时候，对方毫无反应，加到了九分，对方仍是毫无反应，神功发出，竟似将重物投入大海之中一般，迅即消失得无影无踪，仍然测不出大海的深浅。司空化惊疑不定，不敢使满十分，急忙松手。其实这还是金世遗不敢太过炫露，故意适应对方所用的功力，敌强则强，敌弱则弱，要不然司空化已经要大吃苦头。

跟着司空化又与厉胜男握手，这一次司空化有了戒心，一下子就用到了八九成的功力，厉胜男还没有练到金世遗那等上乘内功，只好与他硬拼，两人的功力在伯仲之间，厉胜男眉头一皱，暗运修罗阴煞功，将劲力从中指上透出去，司空化忽觉虎口好似被人用绣花针刺了一下似的，虽然不痛，但却感到一丝极为阴冷之气，劲力登时松散，连忙缩手，赞道："这位兄弟真好功夫!"

司空化好生疑惑，心里想道："万应常是黑虎拳的掌门人，练的是外家功夫，这人的内力却怎的如此深沉，用来破解我太乙神功的手法又如此怪异，分明是一种邪门的阴柔内功，难道万应常藏了这手绝招，一直秘不外传？或者是这个人冒称他的弟子？"要知司空化虽然见多识广，也知道孟神通有一种"修罗阴煞功"，但他却从未碰过孟神通，并不知道"修罗阴煞功"到底如何，而厉胜男又聪明得很，她以"修罗阴煞功"从中指发出，变成了一种阴毒的点穴功夫，并不像以掌发出那样会卷起一股寒飙，威力也不惊人，所以司空化怎样也猜想不到。而金世遗所用的最上乘内功，他更是丝毫不懂了。只觉得这两个人满透着怪异。

司空化心有所疑，连忙将金厉二人留住，却对旁边一个老武师问道："南宫老师，你以前不是和万应常切磋过武功的么？"

那老武师名叫南宫乙，和司空化的师父同一班辈，武功极高，司空化请他来做御林军的教头，他刚才听得厉胜男夸夸其谈，早已心有不满，当下便即答道："不错，那是二十年前的事情了，万老大将他的黑虎拳演给我看，我说这套黑虎拳虽然刚劲非凡，但内中却颇有破绽，他不相信，遂和我拆招，拆到了第三十三招，他使出最刚猛的一招'黑虎偷心'，被我用阴手阳掌制住了他的桥手，他这才服了。经过了二十年，不知他这套拳法的破绽已经弥补了没有？"

厉胜男道："家师也曾提过这件事情，他说并不是本门的拳法有破绽，而是他那时候，临敌的经验尚未丰富之故，当南宫老师用阴手阳掌来制他的桥手的时候，他应该用另外一招，那么吃亏的恐怕是南宫老师了。"

南宫乙勃然色变，道：“尊师是这样说吗？这倒要请教了！李兄已尽得令师真传，不如咱们就下场一试如何？看看是黑虎拳中哪一招可以令我吃亏？”厉胜男和金世遗都化了一个假名，将本来的姓名去了一字，其他两字用谐音，厉胜男改名李胜，金世遗改名甘惠，所以南宫乙称厉胜男为“李兄”。

厉胜男故意说道：“南宫老师是我长辈，弟子怎敢冒犯？”故作谦虚，实是藐视，南宫乙黑起了脸，冷冷说道：“学无前后，达者为师，李兄既已青出于蓝，那又何须客气？切磋武功，纵有误伤，我也决不能怪责李兄，李兄尽可抛开顾虑，施展绝招！”

演武场中的军官连忙让出场子，心中均在想道：“这个小子真是狂妄得可以，大言不惭，居然要与南宫乙比武，连自己的师父都不是人家的对手，这岂不是以卵击石么？”

按说厉胜男是以卑抗尊，以弱敌强，必须谨慎从事，最少也得立好门户，她却只是那么随随便便地一站，便即笑道：“家师虽然指点了我的诀窍，只怕我还不善于运用，若有不到之处，还望南宫老前辈和各位行家指教。”南宫乙“哼”了一声，冷冷说道：“你师父当日第一招用的是黑虎拳的‘请手式’，你不进招，难道是要我老头子先出手么？”

厉胜男笑道：“第一招只是普通的起手式，我不必更改了。”左掌抚拳，似揖非揖，将到南宫乙身前，身形一长，恰似伸了一个懒腰。

她那几句话明显表示出她不甘心以晚辈之礼相见，意思是说：你既然要迫我进招，反正第一招只是普通的手式，不算占你的便宜，那我就稍为给你一点面子吧。但她这样随随便便地出拳，动作态度，甚不恭敬，其实便已是毫无晚辈的礼貌。

南宫乙大怒，心道：“你说第一招是普通的起手式，且待我第一招便令你当场出丑。”登时一个穿掌扑了上来，十指如钩，交叉剪到，这正是三十六招大擒拿中最厉害的一招“敬德夺鞭”。厉胜男这里身形一长，双臂刚好凑上，眼看就要给他拿着，双臂纵使不断，也要给他扭弯。

南宫乙功力非凡，擒拿手使得又老练、又狠辣，手脚起处，全带劲风，厉胜男心中一凛，想道：“果然是有几分本领，倒不可过于轻敌了。”

南宫乙的指头眼看就要扣上对方的手腕关节，厉胜男突然使出“天罗步”的神奇步法，只是那么轻轻的一飘一闪，恰好便在这间不容发之际滑开，手腕趁势一摆，拳头反朝着南宫乙的臂弯击下，南宫乙大惊，一缩手，只听得“卜”的一声，拳掌相交，双方都退了三步，要不是南宫乙缩手得快，他的手臂可能就要先给厉胜男击断了。

南宫乙哼了一声，道：“你这是什么拳?”厉胜男身形一晃，嗖、嗖、嗖连打三拳，念道：“黑虎跳涧，黑虎登山，黑虎夺食。”待到南宫乙拆了她这三招，她顿了一顿，才继续说道：“这三招都是从刚才那黑虎出洞，演化出来的，可是使得不对么?”

这三招都是黑虎拳中的普通招式，南宫乙自然知道，但他却不认得厉胜男最初所使的那招，心中想道：“或许这是黑虎拳中的秘招，当年万应常对我都未曾使过的。照这小子所说的名称听来，黑虎出洞之后，跟着就是跳涧、登山和觅食，这也合理。”

转眼间两人已拆了二十多招，南宫乙暗暗纳罕，心里想道：“这小子的拳法并不纯熟，但功力却竟似胜过他们的师父盛年，这是什么道理?”

却原来厉胜男的黑虎拳还是从金世遗那儿学来的，金世遗以前曾经和万应常打过一场，在第二十三招把他击败，所以金世遗懂得二十三招黑虎拳，厉胜男虽然聪明之极，但只短短几天，当然未能纯熟，而且第一招根本就不是黑虎拳。

南宫乙的大擒拿手甚为厉害，厉胜男使到了第二十二招，兀自不能取胜，心中一急，忽地叫道：“留神，黑虎偷心来啦!”当胸一拳捣出，南宫乙一招“覆雨翻云”，仍然用当年对付万应常的手法，以阴手阳掌来制厉胜男的桥手，厉胜男不待他的双掌截下，忽地以掌抚拳，欺身直进，“蓬”的一声，击中了南宫乙的胸膛，南宫乙踉踉跄跄地倒退几步，一连打了几个盘旋，这才站稳脚步。厉胜男笑道：“师父说要破你的阴手阳掌，就用起手第一招的‘请手式’便行了，果然不错。南宫老师，你没有受伤吧?”

众军官见南宫乙被她击败，无不骇然。哪知厉胜男表面用的是黑虎拳请手式，实际却是乔北溟秘笈上的功夫，她以天罗步法闪开，黑虎拳中内蕴小天星掌力，卸开南宫乙的内劲，这才能把南宫乙击败的。

南宫乙虽然有点怀疑，但对方却的的确确是用黑虎拳将他击败，以他的身份，自是不能抵赖，又羞又愤，大声说道："好，果然是青出于蓝，司空大人，你有了这位年少英雄，不必再用我这个不中用的老头子了！"立即走出大门，司空化要想挽留，已是留他不住。

司空化未曾较量过万应常的功力，心里想道："这少年使的既然是黑虎拳法，大约不会是冒充万应常的弟子吧。武功半由勤学，半由天赋，弟子胜过师父的事情也是常有的。再说万应常的名头并非响亮，这少年有如此武功，他即使要冒认别人为师，也不必冒认万应常。"

这时司空化对金世遗还有点怀疑，他刚才用了九分功力，都未能试出他的深浅，不敢再试，想了一想，忽地将一个御林军军官叫上来。

这军官复姓呼延，单名一个旭字，是御林军中有数的高手，外家功夫，登峰造极，所练的金刚掌力有开碑裂石之能，司空化将他唤来，问道："听说你曾经到过柳家庄拜见过柳庄主，你们两位应该是认识的了？"呼延旭望了金世遗一眼，金世遗笑道："呼延将军和令师冀北人魔屠刚前辈同来，那时我入门未久，还够不上陪客的身份，只配在阶下伺候，我倒是认识呼延将军，只怕呼延将军不认得我吧？"

金世遗早年走南闯北，会遍天下名家，熟知武林派系，所记得的武林掌故也最多，所以一听得呼延旭这个名字，便知道他的师门来历，屠刚与柳三春年纪相当，交情颇好，金世遗听司空化用"拜见"两字，便猜想到呼延旭一定是和师父同往的，而且定然没有试过柳三春的功夫。这一猜果然猜个正着。

呼延旭最喜奉承，说道："不错，我记起来了，倒茶的那个少年弟子，不正是你吗？哈，一晃十年，你也长得这么高大了。"金世遗心里暗笑，说道：“你真好记性。你走了之后，我师父很夸赞你的功夫了得。”

呼延旭道：“是么？我在他跟前练过一手铁掌碎石的功夫，可惜彼此家数不同，未得蒙他老人家指点。”

金世遗道：“我师父说屠家的金刚掌是天下最刚猛的掌力，练外家功夫的，当今就要数到他们两师徒了，即算是内家中的好手，也要让他们几分……”呼延旭眉开眼笑，插口说道：“过奖，过奖！”哪知金世遗接下去道：“我师父又说，只怕只有咱们的绵掌，才可以克制他的金刚掌力。”呼延旭勃然色变，道：“令师的绵掌功力，想必都传给阁下了。”金世遗道：“这我不敢说，可惜彼此家数不同，要不然倒想请呼延将军指教指教。家师常说，柔能克刚，大家都练到登峰造极的时候，外家功夫总要稍逊一筹，小弟至今尚未碰过外家的第一流高手，也不知是真是假？”

原来武林中有个规矩，善意的切磋武功，只限于家数相同的（即内家对内家，外家对外家），那才能截长补短，彼此有所增益，要是家数不同，那就是“比武”，而非“切磋”了。当年呼延旭只在柳三春面前自己演技，现在金世遗这样说，就是因为这个缘故。

呼延旭气呼呼地道：“甘兄既来投效，咱们就是同僚，同僚之间，不必拘泥于武林中的规矩，彼此试试何妨？”

司空化正是要他们二人比试，好从旁窥测金世遗的功力到底如何，金世遗尚在故意推辞，司空化道：“呼延将军说得是，将来你们都要到外面应付敌人，家数不同的自己人先练练，到对付外敌之时，都有好处。”

司空化又道：“同僚切磋武艺与江湖上的比武不同，谁胜谁败，都不可认真。”他有鉴于刚才南宫乙的负气出走，虽然知道呼延旭性情直爽，且又是自己的下属，败了也不至于像南宫乙那样，但仍然先把说话交代好了。

金世遗道：“不错，咱们家数不同，本来就不必在招式上观摩。”呼延旭道：“文比也行，你说如何比法？”金世遗道：“你比我见多识广，而且小弟又是新来乍到，岂敢僭越，还是由你划出道儿，小弟总之奉陪便是。”

呼延旭受他一捧，怒气大减，忙道："好说，好说，咱们就来玩一套借三还五如何？我让你先打三拳，然后你再让我打回五拳。"他自恃外家功夫登峰造极，谅金世遗打不伤他，轮到他打时，一连五拳，还怕金世遗不求饶的？所以表面上是让人家，其实却是想占便宜。

金世遗笑道："这个法子很好，不过我想颠倒过来，而且不是'借三还五'，而是'借五还三'，即是说由你先打我五拳，然后我还敬你三拳。我自愿做蚀本的生意。"

呼延旭心想："哼，你竟敢这样小觑我的金刚掌力，这是你自讨苦吃，可怪不得我。"便道："甘兄艺高胆大，既然自愿做蚀本生意，小弟要是推辞，那反而是看不起甘兄了。"金世遗道："一点不错，你所说的正是我要说的话。"边说，边以左脚为轴，在地上划了一个圈圈，站在当中，道："请发招吧！"呼延旭道："这是什么意思？"金世遗道："你的金刚掌力以刚猛见称，只要能将我打出这个圈子，就算你赢吧！"这个圈子只比碗口大些，刚容得一个人站在当中。

呼延旭心头火起，道："好，金刚掌来了，你就用绵掌化解吧！"所谓"借三还五"实际指的是攻击和还击的次数，用拳用掌，尽皆可以，最严格的一种是不许招架的，现在呼延旭许他用绵掌化解，总还算有一点良心，不想太过占尽便宜。

呼延旭双掌一发，掌力有如排山倒海般的直攻过去，只听得"喀嚓"一声，好像有个人被腰斩了似的，众人吃了一惊，看清楚时，却不是人，而是一段木头，原来金世遗将衣袖轻轻一引，呼延旭收势不住，双掌打到插在演武场中的一根木桩上，把那根极其坚实的柏木桩斫成两段。

呼延旭大怒，立稳了脚步，一转身，掌持风雷，再朝着金世遗的背心打去，金世遗微一躬腰，呼延旭又被他用借力打力的功夫抛了起来，这一次双掌却是击中了一尊石鼓，竟然把那石鼓裂成四块！

司空化摇了摇头，正想叫那呼延旭住手。呼延旭一掌击裂石鼓，手腕也给震得疼痛非常，又惊又怒，猛吼一声，蛮牛般的又向金世遗撞来，双掌平推，将平生功力付之一击。

只听得“蓬”的一声，呼延旭的双掌正正击中金世遗的背心，金世遗的外衣裂成片片，上身微微一晃，但双足仍然踏在圈子当中，未曾移动半步。

只见呼延旭双手下垂，呆若木鸡，原来他被金世遗以最上乘的内功吸去了他的掌力，现在已是使不出半点劲了。

金世遗道：“你还有两拳，可要再打么?”呼延旭道：“我认输了，你把我打死吧！反正我也不想活了。”他知道武功已废，他也是个硬汉，武功既废，便自愿死去，决不求饶。

金世遗一笑，拉着他的手道：“呼延将军过谦了，咱们最多是打成平手，怎能说你输呢?”呼延旭只觉一股热力从金世遗的掌心传来，精神气力登时恢复，这才知道武功仍在。

呼延旭道：“即算依你之约，借五还三，我也应该受你三拳，大丈夫一言既出，永无反悔，毙在你的手下，我也死而无怨。”

金世遗心道：“这人倒是个可以交一交的朋友。”便笑道：“对啊，依约是借五还三，你只打了三拳，还有两拳，你既不愿再打，我还打做什么?说实话，你的金刚掌力确是武林罕见，再打两拳，我也未必受得起呢！咱们既是同僚，也就不必计较谁输谁赢了。”

这一战不但呼延旭心服口服，在场的御林军军官，连司空化在内，也无不骇然。司空化心想：“我本是要柳三春和万应常来做我的眼线的，如今他们不来，但他们这两个徒弟却可以大大助我一臂之力，这倒是我意想不到的事情，我也不必苛求了。”

经过这两场比试，众军官对金厉二人刮目相看，司空化更看重他们，一下子就让他们充任御林军教头之职。

转瞬过了七天，黄昏时分，金厉二人忽然接到司空化的通知，要和他们同赴一个宴会。

赴会的除了司空化、金世遗、厉胜男之外，还有十八个军官，呼延旭、白良骥和那个姓韩的都在其内。白韩二人面色焦黄，精神颓丧。金世遗到京之后，还是第一次看见他们，从旁人的谈话中知道他们已回来了三天，想必是那晚饮了厉胜男的一杯毒茶，元气大伤，至今始渐恢复。他们虽曾屡次遭受金世遗的捉弄，但却始终未有见过金世遗的庐山真面，当然不认得他。

白韩二人受了这次挫折，既是羞惭，又是气愤，在路上恨恨说道："我们本来已捉到天山派的两个弟子，可恨西门牧野不来接应，只差两天的路程就要到京，想不到竟被他们的掌门人唐晓澜亲自救去了。"司空化安慰他道："是唐晓澜前来，即算换了是我，也只得眼睁睁地看他将人夺走。你们能够从他的剑下逃出来，这已是十分难得了。你们这次已尽了力量，不能以成败论英雄，功劳簿上，我仍然给你们记上一笔便是。"

金世遗暗暗好笑，心道："白良骥将我的账算在唐晓澜头上，居然也有人相信，给他骗了一笔功劳。"其实，司空化何尝相信，只因他世故甚深，为了笼络部下，不便戳穿而已。

那姓韩的道："我们吃点亏算不了什么，可恨的是功劳都给西门牧野这一班人占去了。今天晚上，咱们还要给他庆功。这岂不是诚心削咱们的面子么?"司空化道："正因为皇上要寇总管给他们开庆功宴，你们两位非去不可，有你们两位在场，他就没有办法将功劳夸大。"

金世遗从他们的谈话中，这才知道今晚是大内总管寇方皋为西门牧野而开的庆功宴。朝廷的武士一向分属两个集团，一个是大内总管寇方皋所率领的宫中侍卫，一个是御林军统领司空化所统率的御林军军官，如今又添上了西门牧野这一班人，三个集团，彼此争功邀宠。寇方皋为西门牧野开宴庆功，实非心愿，只是迫于皇命而已。

从他们的谈话中，金世遗又知道西门牧野这班人直延搁到昨天才回至京城，金世遗不禁起了怀疑，心中想道："他们若是在邙山大会之后，便即回京，应该比我们先到才是。这中间的十多天，他们到哪里去了?"

宴会设在团城离宫内的大横厅，团城紧连着皇宫，是紫禁城的外城，金代在皇宫外修建北海御苑之时，将挖海的泥土堆成一座小山，称为团城，至清代修成了一座离宫。因为地势较高，可以拱卫宫廷，乾隆皇帝遂将这座离宫作为大内卫士的住处，好与内廷隔开，而进出亦很方便。寇总管的官邸也在团城之内。

金厉等人随司空化进入宴会大厅，只见厅中已是武士如云，十分热闹，里面点起几百盏宫灯，照耀得如同白昼。

西门牧野道：“……人来，献俘！”

西门牧野和寇方皋上前迎接，看见了厉胜男，西门牧野不禁怔了一怔，心想：“这人好生眼熟！”但厉胜男既改装束，且又变容易貌，西门牧野怎也想不到她就是仇人的女儿。

寒暄既毕，安排席位，司空化当然是陪着寇方皋、西门牧野等人坐在首席，金厉二人则坐在他们的邻席，这是司空化特别看重他们，才请寇方皋这样安排的。

坐定之后，司空化举起酒杯，向西门牧野祝贺道：“西门先生这番的功劳，真是惊天动地，各大门派的掌门人想必都已被你捉来了吧?”邙山之战的详情，司空化早已从白良骥口中知道，休说是掌门人，即够分量的武林人物也并无一人受擒，他是因为西门牧野曾在皇帝面前夸下海口，说是要把武林人物一网打尽，才故意这样问他的。

西门牧野面上一红，说道：“我这次带去的人少了一些，给那几个老家伙跑了。不过也杀了几十个人，另外捉来了十多个比较重要的人。”

寇方皋笑道：“这次虽然未竟全功，也已令得那些所谓武林英雄、江湖豪杰心寒胆战了。皇上吩咐说，这次权且由我代皇上犒劳，待了西门先生当真把所有武林人物一网打尽之时，皇上再亲自为西门先生开一个更盛大的庆功宴，封西门先生做国师，那时我们都要叨光的了。”寇方皋此话似赞实嘲，西门牧野心道：“待我大功告成之日，就是你的大内总管和他的御林军统领这两个位置易位之时，哼，哼，那时的庆功宴只怕没有你们的坐位了。”

司空化道：“西门先生捉来了些什么奢拦人物，可以说来听听么?”西门牧野道：“我正要将这班俘虏移交给寇总管看管，让他奏明皇上，看看如何处置。人来，献俘!”

“献俘”本来是大将征战归来，将首脑的俘虏献给皇帝的一个典礼。现在西门牧野不过是捕获了十多个武林人物，皇帝又不在场，本来用不上“献俘”这套，但他为了在寇方皋与司空化面前摆摆威风，当真便似一个得胜回朝的大将军模样。正是：

骄矜得意夸功日，正是灾星入户时。

欲知后事如何？请听下回分解。

第四十回　庆功宴上灾星至
比武场中敌胆寒

寇方皋笑道：“我虽是代表皇上犒劳，你向我献俘，我却是不敢当的。不过，我也想看看是些什么人物，让我接管便行，可不必再举行什么献俘的仪式了。”

金世遗也想知道是些什么人物，定睛看时，只见四个黄衣人押解着一群囚犯从走廊走过，寇方皋指挥几个卫士，将囚犯们验明年貌，登上名册，然后押入内牢。对着走廊的门口摆了一张公案，寇方皋坐在当中，西门牧野与司空化一左一右，监视交接，寇方皋算是以大内总管的身份接管俘虏，而非以钦差大臣的身份接受“献俘”。西门牧野在旁口讲指划，指着一个个俘虏，说他们是些什么人，什么人。

大厅里几百个武士都站了起来，目光齐集到从走廊走过的俘虏身上，金世遗松了口气，心中想道：“幸喜都是些二三流的角色。”其中比较重要的几个乃是华山派的杜子祥、崆峒派的方桐和少林派的僧人怀真。

寇方皋哈哈笑道：“西门先生久不涉足江湖，大约认不得各派的主脑人物吧？这些人在他们的本派中至多不过是第二代的大弟子。”司空化笑道：“西门先生不是不认得，但各正门大派的掌门人岂是这样容易就擒的？能捉到他们几个有头面的弟子，也已经是很难得了。来！来！来！献俘事毕，咱们还是回到席上，吃西门先生的庆功酒吧！”

西门牧野面色铁青，冷冷说道：“还有一位，司空大人大约会认得她是什么人！”

只见两个黄衣人押解着一个单独的俘虏上来，却是个上了年纪的婆婆，金世遗大吃一惊，只听得司空化失声叫道：“邙山派的掌门曹锦儿！”

西门牧野淡淡道：“司空大人果然认得，我的本领虽然远远不及大人，但要捉拿个把掌门人，却还不至于像大人所说的那样艰难！”

原来西门牧野之所以迟迟未返，就是为了要捉拿曹锦儿。他探听得曹锦儿的老家在河北涿县，曹锦儿赴邙山主持盛会，留下了儿子媳妇看家。

邙山之战，各大门派吃了败仗之后，齐集嵩山少林寺商量对策，过了几天，毫无动静，有好些人便猜想西门牧野这班人或者已回京报功去了。曹锦儿悬挂家人，怕他们遭受毒手，便和几个师弟回涿县家去接儿子媳妇，痛禅上人劝阻不听，只好加派了四个武功最高的大弟子大智、大悲、怀仁、怀真与她一道同去。

想不到她的儿子媳妇早已先得了风声逃了，反而是西门牧野这班人埋伏在她的家中，曹锦儿一来，无异自投罗网，当下展开了一场恶战，曹锦儿和少林弟子怀真被擒，西门牧野怕她有后援来到，既然擒获了最重要的人物曹锦儿，便舍弃了其他的人，连夜赶回京都。

那黄衣人洋洋得意的大声报道：“解到人犯一名，邙山派掌门曹锦儿！”大厅里登时哄动起来，“哈，果然是曹锦儿！”“让开，让开，待我看看名震江南的邙山派掌门人是什么样子？”“哈，哈，原来是个糟老婆子！”“吕四娘在生之日，邙山派何等声威，想不到她的后任如此脓包！”“吕四娘若还在生，也得活活给她气死！”冷嘲热讽，议论纷纷。

金世遗把眼望去，只见曹锦儿鹤发鸡皮，形容枯槁，她本来是养尊处优，保养得很好的，虽然年过五旬，仍未显露老态；但现在相隔不及一月，她已似是老了十年。连金世遗都几乎认不得她了。但是她虽然憔悴不堪，脸上仍然保有那一股倔强的神色。

金世遗心中想道：“这老婆子虽然令人讨厌，到底是之华的掌门师姐。”心念未已，忽听得曹锦儿“呸”的一声，喝道：“鼠子焉敢辱我！”突然摔脱出来，一头向柱上撞去。

金世遗这一惊非同小可，正要出手，厉胜男笑道：“这老婆子死不了，你急什么？”那两个黄衣人哈哈笑道：“你要死么，哪有这样便宜的事？”原来西门牧野将她擒获之后，早已用阿修罗花配制的药末，用金针挑破她的皮肤，渗入她的血管中了。阿修罗花能令筋酥骨软；所以此刻的曹锦儿，实是比一个普遍人还不如，内力使不出来，撞到柱上，额角肿起了好大一个包包，徒然疼痛而已。那两个押解她的黄衣人早已知道她无力自杀，有意令她出乖露丑，要不然焉能让她挣脱。

卫士将曹锦儿扶起，押入内牢。寇方皋等人重行入席。司空化道：“曹锦儿虽是邙山派掌门，但却并非首犯。”西门牧野道：“怎么，邙山派不是朝廷的死对头吗？皇上就曾亲口对我说过，其他各派也还罢了，邙山派的人一个也不能饶。”寇方皋道：“西门兄有所不知，这曹锦儿虽然位居掌门，但在邙山派中的地位，却尚不及她的师弟翼仲牟。”西门牧野道：“这是何故？”寇方皋道：“曹锦儿的夫家是涿县的大粮绅，曹锦儿虽不依附朝廷，却也不怎样与朝廷作对，她的师弟翼仲牟兼任丐帮帮主，却是屡屡与朝廷作对之人。所以你拿了曹锦儿，固然算得功劳一件，却还不如拿了翼仲牟的功劳之大。”司空化又道：“还有天山派的唐晓澜夫妇，那更是皇上所欲得而甘心的人。皇上没有对你说过吗？”他们两人你一言我一语地故意将西门牧野的功劳贬低，西门牧野正在得意上头，被他们泼了一盆冷水，愤然说道：“在旁边说说风凉话倒容易，可惜真要动起手来，可用的人就少了。”

话意明显之极，即是说司空化对这次邙山之战袖手旁观，而所派去的御林军军官又毫不中用。白良骥面色铁青，司空化也勃然变色。寇方皋急忙调解道：“现在大功尚未告成，咱们必须同心戮力，不可作意气之争。这次邙山之战，我们因为听得西门先生说得极有把握，所以派去相助的人少了一些，这也是司空大人不愿与西门先生争功的好意，西门先生不可错怪他了。”连接打了几个哈哈，做好做坏地将两人按了下来，话是调停，其实仍是有些偏袒司空化的。西门牧野碍于他的身份，而且又确实是自己事前在皇帝跟前的话说得太满，要发作也发作不起来。

寇方皋给他们斟满了酒，打个哈哈说道："咱们都干一杯，再商量破敌之计。"饮过了酒，寇方皋续道："听说现在各大门派的弟子，都聚集在嵩山少林寺之中。咱们若是有足够的人，便可以将他们一网打尽。朝廷为了免招物议，此事不能调动大队军官，只可暗中去做；仍请西门先生主持，多选拔一些好手前往如何？司空兄的手下和我的卫士都可任由西门先生差遣。"

西门牧野冷冷说道："敌方高手如云，非同小可，我请来的这十三位兄弟，他们的本领我素所深知，他们尚可以与敌方的高手一较短长，若是本领稍差的去了反而白赔性命。"言下之意，实是对司空化、寇方皋的手下的本领没有信心。寇方皋比较持重，忍住了气，强笑问道："听西门先生的话，若是我们所选派的好手，西门先生大约尚未能放心，那就请西门先生亲自选拔如何？"

西门牧野道："论理我不该僭越，但我既负了皇上的重托，自该谨慎从事，严格选拔，亦是理所该当。就这样吧，请司空大人先把御林军的好手挑选一批送来，让我的弟兄和他们比试，要是谁能够在三十招之内不败，这个人大约也可以去得少林寺了。先挑选了御林军的，然后再挑选宫中侍卫。"

西门牧野此等气焰，司空化先忍受不住了，立即冷冷说道："我不自量力，也想向西门先生领教几招，看是能不能去得少林寺？"

西门牧野怔了一怔，忙道："司空大人与兄弟说笑话了，大人武功超卓，兄弟素来是佩服的，焉用再试？哈哈，莫非大人是有心要我献丑，较考我的功夫么？"西门牧野这时已自知说话招忌，想说笑几句，平息司空化的怒气，哪知司空化却板起脸孔，不声不响，来个默认。

西门牧野下不了台，寇方皋正想劝解，忽见一个军官走了过来，向司空化施了一礼，说道："统领大人，何须亲自下场，有失身份？卑职不才，愿受任何较考，也省得给人讥诮，说咱们御林军中除了统领之外，就再也没有人了。"说罢，直挺挺地站在席前，眼睛却盯着西门牧野。

司空化听他一说，正中下怀，心里想道："听说西门牧野武功甚为诡异，我也未必有把握胜他，不如就让此人试试。"便即笑道："这位甘兄是新来的教头，柳三春的得意高足，内外功夫都已有了几成火候，西门先生可愿意赐他几招么?"这军官不是别人，正是金世遗。

西门牧野"哼"了一声，心道："柳三春是什么东西？他的弟子怎配与我比试!"但司空化极力推荐，他多少有点碍于司空化的面子，"哼"了一声之后，见司空化面色越发难看，只得提高了嗓子嚷道："无非大师，请来帮忙我选拔赴少林寺的人才。"

一个披着黄袈裟的藏僧应声而起，此人是西藏黄教的高手，西门牧野叫他与金世遗试招，已经觉得有点委屈了他。不过，另一方面，他也是有心想显自己这边的威风，所以才把无非大师叫来，心里想道："你司空化将此人郑重推荐，我且先扫了你的面子。"他估计无非大师用不了十招，准可以击倒这个不知天高地厚的少年军官。

金世遗道："好，我就先领教这位大师的武功，等下再请西门先生指点。"言下之意，竟是毫不把无非大师放在眼内。西门牧野冷冷说道："你比试之后再说吧!"

无非大师身材魁伟，足足比金世遗高出一个头，走下场中，以居高临下之势，俯视着金世遗说道："你用什么兵器，亮出来吧!"

金世遗笑道："我的武功不拘一格，你用什么兵器我就用什么兵器。"无非大师心道："好个狂妄的小子，这可是你自讨苦吃!"当下睨了金世遗一眼，淡淡说道："贫僧从来不用兵器，用的只是这一双肉掌!"

金世遗道："很好，那么我便使用一双肉掌奉陪。"无非大师练的是大藏掌血手印的红教秘传功夫，比金刚手铁砂掌等中原同类武功厉害得多，手掌一抬，立即有一股血腥味道冲来。金世遗纹风不动，望着无非大师那血一般通红的手掌笑道："你的大藏掌功夫也算不错了。可惜还差一点火候。"

无非大师怔了一怔，心道："这小子怎的识得我的功夫?"要知大藏掌血手印乃是黄教的秘传绝学，休说外人，即算黄教的高级喇嘛，也没有几个人知道，而金世遗竟敢说他火候未够，焉能不令无非大师吃惊。

金世遗续道：“大藏掌若是练到最高境界，外表即与常人无异，现在你的掌心鲜红如血，抬掌便发出腥风，即是未能返朴归真，最多只有七成火候。”

无非大师惊疑不定，说道：“不错，我只有七成火候，但你敢不敢挡我一掌?”金世遗笑道：“即算你炉火纯青，我亦不惧，何况七成?”

无非大师手掌划了一道圆弧，喝声：“接掌!”居高临下，一掌便向金世遗头顶拍来，这大藏掌血手印若是给他印上了，立即筋酥骨散，血液中毒，不出三日，必定死亡。

金世遗有意卖弄神通，竟不出掌相抗。只听得“蓬”的一声，无非大师掌挟腥风，搂头拍下，金世遗一个躬身，这一掌正好拍中他的背心，背心上登时现出一个大红手印。

说时迟，那时快，金世遗早已转过身来，喝道：“你也接我一掌!”无非大师这一掌被对方硬接下来，早已吓得呆了。金世遗喝道：“快快出掌，以你的本领，绝不能硬接我的大藏掌!”无非大师这才发觉金世遗的掌心已堪堪就要按到胸前，瞿然一惊，急忙出掌抵御，只听得“卜”的一声，双掌相交，如裂败革，无非大师的掌心破裂，紫黑色的血液汩汩而出，血手印的功夫已给金世遗破了，若要重练到目前境界，就得再下十年苦功。

无非大师面色灰白，惊惶的神情简直不是言语所能形容，嘶声叫道：“你，你，你……你怎么使的也是大藏掌功夫?”金世遗笑道：“我不是说过，你用什么兵器，我就用什么兵器，你使什么功夫，我就使什么功夫吗?不过，你也不必惊慌，我虽然用的是大藏掌功夫，但却是纯正和平，不会令你中毒，你回去好生调养，性命可以保全。”

原来金世遗融会正邪各派，又精研了乔北溟武功秘笈的上半部，上半部讲的都是武学精义，金世遗一理通，百理融，除了最上乘的几种神功之外，其他的功夫只要一见便会。不过，他也只是能发出大藏掌的掌力，却不能令受者中毒，即还未曾把大藏掌血手印学到十足。可是，无非大师也不知道练到炉火纯青之后究竟如何，还以为是金世遗掌下留情，只用掌力破了他的功夫而保留他的性命。当下哪敢多说，急忙就走去找一间静室疗伤。

无非大师仅仅与金世遗对了一掌，立即便受重伤，在场边观战的几百武士都吓得目定口呆，要不是他们亲眼看见，简直就不敢相信这个貌不惊人，仅是武林中第二流人物柳三春的弟子，竟然有这等功夫。

司空化惊疑不定，别人不知道柳三春的底细也还罢了，他是早就从南宫乙口中知道柳三春不过是擅长绵掌而已，绵掌与大藏掌这两种功夫其中毫无共通之处，而金世遗却竟然用大藏掌的功夫打败了无非大师，实是难以解释。司空化这时对金世遗的来历不禁大大起疑，但他这时正要金世遗替他的御林军挣面子，自是不便立即盘问。

西门牧野“哼”了一声，道：“这姓甘的有点邪门！连家兄弟，你们斗一斗他！”邻座上站起了两个一模一样的汉子，一看就知是一对孪生兄弟。

御林军军官把金世遗当作“自己人”，正自为他的得胜兴高采烈，这时见连家兄弟一齐下场，有些人便禁不住窃窃私议：“西门牧野刚才好大的威风，要他的手下较考咱们的功夫，输了一场，如今却要以二敌一，哈，哈，两个自命是‘考官’身份的武学名家，联手较考一个在他们心目中的后生晚辈，这可真是新闻。”旁边有个识得连家兄弟来历家数的军官笑道：“老兄，你这话可外行了。我也盼望咱们的人得胜，但却也不能这样非议人家。”先前说话的那人道：“怎么？以二敌一，恃众凌寡，这也是合乎道理的么？”那军官笑道：“别的人就不合理，连城宝、连城玉两兄弟却是素来一同上阵的，他们的点穴功夫自成一家，两兄弟四支判官笔专点奇经八脉，配合得妙到毫巅，四管齐下，任何高手，亦难避开。所以他们的四笔相联，就等如别家的双剑合璧一般，对单身敌人是四笔齐上，对十个百个敌人也是四笔齐上。”

这几个军官聚在一角，离场甚远，说话又很小声，但场中的金世遗已似是听得清清楚楚，故意扮了一个鬼脸，冲着连家兄弟龇牙咧齿地笑道："你们四笔点八脉的功夫可有点令我老甘为难了，待我想想，怎么办呢？"连城宝一时不解其意，冷冷说道："有什么为难，你没法对付，认输便是。"金世遗哈哈笑道："谁说我认输，我是在想，我一人只有二手，怎生来使用四支判官笔？"

连家兄弟怔了一怔，只听得金世遗又似是在自问自答地说道："有了，有了，这也难不倒我，我就一个人唱两个人的戏给你们看！"

连城玉瞪圆了眼睛道："什么？你也要用四笔点八脉的功夫？"金世遗道："不错呀，不错！我刚才不是说过了吗？你们用什么兵器我就用什么兵器，你们用什么功夫我就用什么功夫！"

金世遗此言一出，数百个在场边观战的武士尽都怔住了，第一，金世遗现在双手空空，根本就没有兵器；第二，即算给他取了判官笔来，他一人双手，又怎得同时用上四支；第三，更其重要的是，连家的点穴法，传子不传女，尤其是"四笔相连点八脉"的功夫，因为连城宝、连城玉是孪生兄弟，心意相通，才能够配合得妙到毫巅，而这种功夫也是他们两兄弟合创的，亦即是说，天下虽大，却只有他们两兄弟才能使这套点穴功夫，金世遗的武功纵然再精深博大，却从哪里知晓？他这样说法岂非太过怪诞不堪，令人难以置信？

连家兄弟对望一眼，心中均想："这人莫非是有神经病的？"司空化也给金世遗弄糊涂了，当下只好吩咐一个武士道："你给甘教头取四支判官笔来。"

哪知金世遗却连连摇手，说道："我说过他们用什么兵器，我就用什么兵器，这些判官笔不合用！"

原来连家兄弟的判官笔是特制的，一般判官笔是二尺八寸，只有一个笔尖，而他们两兄弟的判官笔则有三尺六寸，笔尖开岔，一管笔等于两个笔尖，四管笔共有八个笔尖，所以才能够在一招之内，同时点敌人的奇经八脉。武林中有四句话关于判官笔点穴的是："一寸短，一寸险，一寸长，一寸强。"判官笔越短则招数越凶险，判官笔越长，则威力越大，路数不同，各有优劣。但也必须使的人有了那等功力，不可强为。长的比短的更为难用。武林中如点穴名家公孙狄用的判官笔长一尺八寸，那是最短的了，而连家兄弟用的长三尺六寸，那是最长的了。何况又是特制的“开岔笔”，因此即算是在大内总管的家里，武库中也没有这种兵器。

连城宝冷冷说道：“甘教头，我们的判官笔可没有多备一套，没法借给你用。”金世遗笑道：“这个不必你费神多管，我说过的话，总之做到便是。你焉知我没有你这种判官笔？”连城玉气上心头，说道：“好，那么闲话少说，你就亮出你的判官笔来吧！要是你现在立刻取出这样的四支判官笔，我两兄弟就立刻认输！”金世遗笑道：“未经交手，你们纵然认输，我也没有面子。好，你这样说法，我反而不愿立刻将判官笔取出来了，先让你们两兄弟十招，我再出手，而且也必然用四笔点八脉的功夫，要是我用第二种功夫就算我输！”

呼延旭上次给金世遗打败之后，对他极为佩服，两人反而交成了朋友。他是个心直口快的人，听金世遗这等说法，大大为他担忧，忙在场边喊道：“甘兄，这不是当耍的，你难道会变戏法变出这样的四支判官笔来吗？”

金世遗笑道：“呼延兄弟，你说对了，我正是跑江湖变戏法出身的，你等着瞧好戏吧！咄，你们两兄弟还不进招，更待何时？”

连家兄弟给他一再戏弄，勃然大怒，两兄弟心念如一：“看你如何招架？”四支笔同时出手，铁笔荡风，嘶嘶声响，俨如四条毒蛇，突然窜出，盘空匝地，择人而噬，四支判官笔闪电般的横施过去，金世遗全身的奇经八脉，三十六道大穴，全都在他们的笔尖笼罩之下！

笔影纵横，眼花缭乱，旁观的几百武士竟然没有一个人能看得清清楚楚，但听得金世遗大叫一声：“果然不俗！”声音一停，他的身形已在三丈开外，众人这才看得分明，只见他背心的衣裳，已撕开了几片！

连家兄弟大为惊骇，能够在他们四支判官笔下闪开去的，金世遗还是第一个人！两兄弟对望一眼，登时施展出四笔点八脉的第二手绝招，连城宝飞身跃起，双笔凌空点下，疾点任、督、冲、带四脉的奇经大穴，连城玉却伏地一滚，双笔一个盘旋，合成了两道圆弧，袭击阴维、阳维、阴跻、阳跻四脉。金世遗大叫道："乖乖，不得了!"就在这间不容发之际，身子平飞出去，就似一枝弩箭一般!

但听得铮、铮、铮、铮四声疾响，连城宝的两支笔向下，连城玉的两支笔向上，四支笔刚好碰个正着，呼延旭吁了一口气，不由得大声叫道："妙啊，妙啊!"

哪知金世遗闪避得妙，他们两兄弟的点穴手法更妙，四笔一碰，登时脱手飞出，金世遗立足未稳，那四支判官笔已然追了到来，竟似有人指挥一般，四笔交叉穿插，仍然是四笔点八脉的功夫，金世遗叫声："好厉害!"但听得嗤嗤两声笔尖划过之声，厉胜男眼利，已看见金世遗背脊上现有两道血痕，她本来是毫不在意的，这时也不禁吃了一惊，心想："要是他穿上我的宝甲就好了。"

金世遗一个转身，食指一弹，将后面的那两支判官笔弹开，叫道："取回你们的兵器吧，还有七招!"

连家兄弟刚才甩手这一招名叫"飞管惊神"，飞出之后，中者立死，哪知金世遗仅只受点轻伤，而且还把连城玉的两支判官笔反弹回来，这一惊更是非同小可，连城宝飞身急上，接了两支正向下坠的判官笔；连城玉却双足一顿，坐马立桩，接过了金世遗弹回来的两支笔，饶是他用了千斤坠的功夫，金世遗那一弹之力，令他在接笔之时，仍是禁不住心头一震，虎口几乎裂开!

这几招快如电光石火，惊险绝伦，连司空化、西门牧野、寇方皋等人亦自看得惊心动魄，紧张得透不过气来。

金世遗应付他们两兄弟这三招点穴，已用了四种最深奥的武功。最初两招，他有意试探对方的强弱，窥察对方的手法，因此只用"天罗步"的步法闪避，用"金钟罩"的功夫护身，不料到了第三招，连家兄弟使出了"飞管惊神"的连家点穴绝技，连"天罗步"也闪避不了，"金钟罩"也被戳穿，逼得金世遗再用上了毒龙尊者秘传的闭穴法，督脉才不至于受到损伤，而且最后还迫得他施展"弹指神通"的功夫，弹开了连城玉那两支判官笔。要不然八脉一齐被点，"金钟罩"加上"闭穴法"也未必应付得来!

金世遗用的这四种功夫，寇方皋看出了三种，司空化和西门牧野看出了两种，场中能够完全知晓他所用的四种功夫的，只有厉胜男一人，心中想道："这四笔点八脉当真是天下最奇妙的点穴功夫，金世遗竟要空手让他们十招，未免过于轻敌了。"

连厉胜男这样深知金世遗本领的人，此时看了三招，亦已为他暗暗担心，其他的人更不必说了。呼延旭在场边叫道："甘兄，照武林规矩，即算是长辈和晚辈过招，最多也只让三招，你让了三招已尽够了，何须定要让足十招?"

金世遗笑道："你不知道，我这两天没有洗澡，身上痕痒，这几管破笔，戳在身上，等于替我抓痒，正是舒服得很呢!" "来，来，来！还有七招，快快动手！我等得不耐烦啦!"

连家兄弟面色铁青，虽然他们划破了金世遗的一点皮肉，但连城玉的双笔被他弹开，若然真个按照名家较技的规矩，则他们早已应该磕头认输了。

这两兄弟本来也已想认输，但一来他们若然就此认输，连家天下第一的点穴威名就将尽丧，二来金世遗与呼延旭一唱一和，说话刻薄之极，简直是毫不把他们放在眼内，这两兄弟素来骄傲惯了，在众目睽睽之下，这口气如何咽得下去？三来，他们也实在想看一看金世遗是否也懂得"四笔点八脉"的功夫，看看金世遗怎能"无中生有"地变出四支笔来？这好奇的念头，甚至盖过了羞耻。

两兄弟心意相通，这时他们各自站在金世遗的一边，忽地同声喝道："姓甘的，你看不起这四管破笔，我们就再替你抓痒来啦!"四管笔同时出手，登时幻起了千重笔影，瞬息之间，一招之内，遍袭金世遗的奇经八脉!

金世遗虽然口齿轻薄，故意令连家兄弟难堪，其实对他们却是不敢轻敌，幸而他在三招过后，对这"四笔点八脉"的手法已略窥藩篱，只见他在千重笔影之中，长啸一声，身形一晃，用天罗步法，走离方、奔坎位，恰恰在四管判官笔的交叉缝中穿出，在场者除了厉胜男、寇方皋、司空化等有限几人之外，其他的人，休说看不清楚他们的招数，简直连人影也分辨不出是谁。

连家兄弟四笔走空，第五招跟踪又到，这一招名为"天罗地网"，两兄弟踏着九宫八卦方位，一先一后，绕着金世遗如飞游走，四支判官笔合成了一道圆圈，将金世遗四面八方的退路全都封住，这一招金世遗用天罗步法也闪避不开，但听得嗤嗤声响，四管笔尖，都点在金世遗身上。

观战的御林军军官都心惊胆战，哪知连家兄弟比他们吃惊更甚，他们的笔尖触及了金世遗的身子，竟似在油脂上划过一般，滑不留手，他们陡然间失了重心，险险跌倒，金世遗哈哈一笑，倏地从连城宝身边掠过，将他们的第六招也避开了。

原来金世遗应付第五招用的却是“沾衣十八跌”的功夫，这是一种上乘内功，功力越深，运用越妙，以金世遗现在的功力，已胜过当年最擅长这种功夫的江南大侠甘凤池。但连家兄弟却也没有跌倒，足见他们不但点穴的手法精奇，本身的功力也已经到了第一流的境界。

金世遗接着用“流云飞袖”的功夫拂开了连城玉的双笔，破了他们的第七招；跟着用弹指神通的功夫应付了第八招；连家兄弟忽地交叉易位，连城宝指东点西，连城玉指南点北，四支笔到了中途，才突然逆转，一齐换了方向，使出了“四笔点八脉”中威力最大的一招“泣鬼惊神”，隐隐挟着风雷之声。但见连城宝的笔尖过处，点点血花随着他的笔尖飞溅，原来这一招连城宝运足了功力，力贯笔尖，金世遗“沾衣十八跌”的功夫再加上金钟罩也防守不住，给他戳中了阴维脉的中陵穴。连城玉的功力稍低，双笔却滑开了，只撕破了金世遗的一片衣裳。

金世遗哼了一声，叫道：“还有一招，你们就要看我的了！”连家兄弟已施展了威力最大的一招，而且分明点中了他的“中陵穴”，但仍然未能令他倒地，不由得心胆皆寒，两兄弟不约而同的使出了最后一招“笔阵纵横”，这是一招寓攻于守的招数，缩小圈子，先把本身防御得风雨不透，只要敌人欺身进逼，两兄弟就准备与他两败俱亡！

这时观战的几百武士都伸长了脖子，睁大了眼睛，要看金世遗是怎样“无中生有”，“变”出四支判官笔来。金世遗陡地大喝一声：“让你们开开眼界！”他运用了佛门的“狮子吼”功，连家兄弟的耳边恍如响起了一个焦雷，震得他们魂飞魄散，与此同时，一股极阴冷的寒风也袭到了他们的面上，眼眶里就如有利针刺入一般，不由得他们不闭了眼睛，他们那一招“笔阵纵横”的“笔阵”，登时散乱，就在这瞬息之间，金世遗双手一伸，把他们的四支判官笔都夺了过来，喝道：“睁眼瞧吧！”

只见他两手各执一支，双臂半屈，臂弯里又各挟着一支，因为这种特制的判官笔长达三尺六寸，挟在臂弯里也仍然比普通的判官笔稍长，够得上用连家手法点到穴道的方位，金世遗一个大翻身，四笔齐挥，横拖过去，用的正是那一招威力最大的“泣鬼惊神”，只听得两兄弟同声惨叫，他们两兄弟的奇经八脉，尽给金世遗挑了！

原来金世遗之所以要先让他们十招，为的就是要偷学他们的点穴手法，他恨这两兄弟歹毒，而且他们是西门牧野最得力的手下，他们二人四笔相连，各大门派除了有限的几位大宗师之外，无人能敌，要除掉西门牧野就得先除掉他们，故此金世遗这一招也是毫不留情，先以“狮子吼功”震散他们护身的内家真气，一举破了他们的“笔阵”，继而就以其人之道反治其人之身，以四笔点八脉的功夫挑了他们的奇经八脉，将他们的武功全都废了！

连家兄弟呻吟道：“姓甘的，你好狠啊！”有两个与他们要好的朋友出来，将他们扶了回去，这两个人狠狠地盯了金世遗一眼，但却不敢发话。

金世遗哈哈一笑，将四支笔一齐掷下。回到席上，向司空化禀道：“他们两兄弟乃是考官，我这个做考生的不敢不尽力周旋，而且我用的也只是他们连家的功夫，想不到他们对自己最熟习的本门功夫也招架不来，一时失手，伤了他们，还求恕罪。”司空化望了西门牧野一眼，西门牧野因为要较考御林军军官这主意是自己出的，现在被金世遗拿着了话柄，虽然怒到极点，却是不敢发作。司空化遂说道：“比试中偶然失手，那也只好各安天命，怪你不得。”非但不怪责他，还脱下了一件锦袍，让他披上，遮盖他破烂了的衣裳。

寇方皋瞧出了金世遗连用七八种不同派别的功夫，狐疑之极，禁不住问道：“这位甘兄的师父果真是柳三春柳庄主么？我刚才听得不大清楚。”正是：

如此武功人世少，怎教主考不疑心。

欲知后事如何？请听下回分解。

第四十一回　一剑诛仇寒贼胆
双魔火并慑群雄

司空化道："不错，这位甘兄正是柳老前辈最得意的高足，柳老前辈曾有亲笔书信，郑重推荐，今日得见身手，果然是青出于蓝。"说话之时，暗暗地对寇方皋打了一个眼色。

寇方皋与司空化同事多年，当然知道他的心意，情知司空化也已在怀疑金世遗的来历，但为了要借助金世遗来压低西门牧野的气焰，故此不愿在此时追究。寇方皋心里想道："西门牧野虽然可恶，但我现在身居大内总管之职，要是给一个来历不明、图谋不轨的人混入宫中，这关系我可担当不起!"迟疑了一阵，终于又再向金世遗问道："我听说尊师最擅长的是绵掌的功夫，阁下所会的武功却极其广博，莫非除了柳老前辈之外，还跟过其他名师么?"

金世遗笑道："武学之道，一理通、百理融，外间仅知家师擅长绵掌功夫，其实他对于其他的上乘武学，也曾涉猎。"顿了一顿，又转向西门牧野笑道："西门先生可还要再试试么?"

西门牧野对金世遗恨到了极点，他使毒的功夫虽然是世上无双，但自问在武功上却未必是金世遗的敌手，而在这样的场合，要使用毒物的话，御林军的军官必然不服，因此只好按下怒火，强笑说道："这位甘教头已连胜了两场，尽可以去得少林寺了。还是再继续选拔其他的人选吧。"

寇方皋越发怀疑，心想："柳三春我虽未会过，但他的武功深浅，却瞒不过知道他底细的人。要是真如这姓甘的所说，柳三春岂非是当今武功最高的人?却何以十年之前，连南宫乙也曾赢过他?

而南宫乙的功夫我却是曾试过的，不但比不上我，连司空化也要比他强一些，他的徒弟却怎么如此了得？看来这姓甘的乃是一派胡言！”

司空化正在考虑叫谁出来，在金世遗之后，接受西门牧野的考较，寇方皋忽地问道：“你们御林军中不是有一位老教头南宫乙么？今天可来了没有？”司空化道：“他已经告老退休了。”寇方皋奇道：“什么时候退休的？我记得不久前还见过他。”司空化道：“不错，他离开御林军还未到十天。”

寇方皋越发诧异，心知南宫乙的“退休”必有内情，就在此时，忽听得一个苍老的声音嚷道：“前御林军教头南宫乙求见司空大人！”司空化怔了一怔，道：“怎么，他回来了？”寇方皋笑道：“刚说曹操，曹操便到。请，请！赶快请南宫教头来吧！”不消片刻，只见南宫乙满面怒容，已是大踏步地走到堂上。

司空化站了起来，愕然问道：“南宫老师，什么事情？”南宫乙扫了金世遗一眼，跟着又指着厉胜男道：“大人，你可知道这两个人的来历么？”司空化一时不知所答，寇方皋忙道：“正要请教。南宫老师这么说，你一定是知道的了。”

南宫乙冷冷说道：“他们的底细要问他们自己才知道。我所知道的仅是：他们并非柳三春和万应常的弟子，他们是冒名来的！”

此言一出，登时全场震动，厉胜男勃然变色，手摸剑柄，金世遗却是神色如常，微微一笑，道：“南宫先生为了查究我们的来历，煞费苦心了！”示意叫厉胜男不可即在此时发难。

至此，司空化也不得不问道：“你是怎么知道的？”南宫乙道：“我到过柳家庄，问清楚了柳三春并没有一个姓甘的弟子，后来，又得知云家庄发生了一件惊动武林的奇案。”司空化道：“哦，什么奇案？”

南宫乙道：“柳三春与万应常十天之前同到云家庄做客，就在那一天晚上，云庄主云中现和柳万二人都不明不白的被人暗杀，连带云家的管家，云中现的大弟子也送了性命！”说至此处，更是全场骚动，人声鼎沸。司空化失声叫道：“有这样的事？怪不得我发出了请帖，直到如今，都不见云中现这老头儿到来。”

寇方皋听了南宫乙的这番说话，登时面挟寒霜，喝道："这案子是不是你们做的？你们究竟是什么人？冒名到此所为何事？"

金世遗神色自如，淡淡说道："不错，那三个人都是我杀的！"

西门牧野大喝道："原来你是奸细！"一手抓下，寇方皋拦着道："他们万难逃脱，且慢动手，我要先问他们的口供！说！你为什么要害死他们三人？"

金世遗道："大人刚才不是问我冒名到此，所为何事吗？我就是因为要给大人效力，这才把他们三人杀死的！"

寇方皋道："这却是为何？"金世遗道："我说得清清楚楚，大人还不明白么？我若非冒认柳三春的弟子，司空统领焉肯将我收容？我们二人自问有一身本领，想替皇上效力，博个功名，但苦无门路进谒，逼得出此下计，好有个进身的机会！"

司空化道："原来如此，只是两位所用的手段却未免太狠了一些！"心里想道："若然他们当真是借此作进身之阶，为了冒名顶替不至露出破绽，才杀人灭口的话，那倒情有可原。得此二人，胜于那三个老家伙多了。"要知金厉二人乃是司空化所提拔的，今晚又是他带这二人入宫赴宴，设若这二人真是"图谋不轨"的"奸细"，司空化也脱不了关系，所以他尽量往"好处"着想。杀人灭口、冒名顶替虽然属于邪恶的行为，但在他们这班人看来，却算不了什么一回事。

寇方皋老奸巨滑，听了金世遗的话，却是半信半疑，但他还未抓到真凭实据，而且对金世遗那等出神入化的武功，也有几分忌惮，所以要不要立即便拿人，一时间他也是难以决定。

西门牧野忽地斟了两杯酒，哈哈笑道："量小非君子，无毒不丈夫，甘教头敢作敢为，正是我辈中人！来，来，来，我敬你一杯，咱们戮力同心，定能诛尽天下武林人物！"

金世遗接过酒杯，目光一瞥，忽见厉胜男向他打了一个眼色，金世遗笑道："我酒量不好，你那一杯小一点，我与你换一杯吧！"说时迟，那时快，倏地便把西门牧野那杯酒夺了过来，另一只手却将自己这杯酒送了过去，西门牧野大怒道："你，你好无礼！哎哟，哟……"话犹未了，厉胜男已是一个箭步来到他的背后，手臂一伸，勾着了他的脖子，西门牧野不由得“哎哟”一声，张开了嘴巴，金世遗的那杯酒便灌了进去！

西门牧野也好生了得，就在这电光石火之间，横肱一撞，厉胜男急急松手，用天罗步法避开，西门牧野左手一拍，“当”的一声，酒杯落地，登时在地上飞起了一溜光火，但却已有小杯酒灌入他的口内，西门牧野张口一吐，一股酒浪向金世遗喷去，与此同时，在他袖管里又射出一股彩色的烟雾。但金世遗动作比他更快，哈哈一笑，便已抓起了西门牧野的两个同党，恰似做了两面盾牌。那两人一个被毒烟熏瞎了眼睛，另一个被毒酒淋到面上，登时如着火烧，面皮焦黑！

金世遗喝道：“你刚才还说要与我戮力同心，怎的暗中下毒？”

变生意外，全场震惊，司空化也吓得呆了。寇方皋急忙拦在他们二人中间，叫道：“有话好说，有话好说！”

西门牧野嘶声叫道：“这小子分明是来卧底的，司空大人，你还要庇护他们？”

西门牧野共有十五个党羽，除了无非大师与连家兄弟已被废了武功之外，其他的十二个黄衣人一齐涌上，将金厉二人包围起来，眼看这场恶战，已是如箭在弦，一触即发。

就在这剑拔弩张，情势极度紧张之际，忽听得有人大声笑道：“西门牧野，我也给你庆功来啦！”笑声铿铿锵锵，宛如金属相击，震得众人耳鼓嗡嗡作响。

紧接着“蓬蓬”两声巨响，只见外面闯进了一伙人，为首的是个身材高大、红光满面的老人，他一进来，便把两个拦着他想盘问他的御林军军官抓了起来，摔了出去，将一桌酒席也撞翻了。这两个军官亦非泛泛之辈，但一照面就给他抓着，竟是半点抵抗的能力都没有，哼也未哼一声，就给他像提起两只小鸡一般，摔了出去。周围的武士，几曾见过如此威势，尽都给他慑住！

司空化、寇方皋大吃一惊，急忙奔上，那老人背后突然窜出了一个道士，大声叫道：“不可动手，这位是孟神通孟老先生！”接着便有好几个人一齐叫道：“这不是耿秦两位统制么？”

司空化怔了一怔，惊魂稍定，方始叫得出声：“凌霄道兄，是你呀？请问孟老先生此来何意？”

随着孟神通而来的那一伙人，陆续走进，排列在他的背后，那几个人是：孟神通的师弟阳赤符，孟神通的弟子姬晓风，全真派的名宿凌霄子和原任御林军统制之职的秦岱和耿纯。凌霄子和司空化同属全真门下，全真派衰落之后，凌霄子遁入大雪山隐修，司空化则还俗求官，做到了御林军统领，他们二人所走的路子不同，但大家都抱着同样的志愿，想把全真派的声威重振起来。

孟神通是当世第一位大魔头，突然到来，声言要参加庆功宴，这真是任何人都意想不到的事情，全场的几百个武士，个个提心吊胆，寇方皋也吓得面色青白，所有的人注意力集中到孟神通身上。

凌霄子道：“这不关你们的事，只是孟老先生要和西门牧野算账，你们放心！”

孟神通接着纵声大笑道：“西门牧野，你不是要诛尽天下武林人物吗？好呀，如今孟某送上门来了，你怎么还不动手呀？”

邙山之战的详细情形，只有司空化和寇方皋知道，在此之前，司空化本来要秦岱、耿纯去拉拢孟神通的，但孟神通极为自负，意欲独创一派，压服武林，不屑于和他们联手，所以没有答应。西门牧野公报私仇，趁着邙山之会，想把连孟神通在内的正邪各派都一网打尽，事后司空化得知，极不赞同，但因为西门牧野正在得势，所以他也不敢当面责备他。

司空化听了孟神通的话，心中一宽，抱着坐山观虎斗的态度，闪过一边。

寇方皋为了顾全大局，大着胆子，拦在西门牧野面前，说道：“孟老先生，请你暂息雷霆之怒，听我一言！”孟神通双眼一睁，“哼”了一声道：“怎么？”寇方皋道：“西门先生得罪了你，你要找他算账，本属理所当为，但今晚是皇上给他开庆功宴，请你看在至尊份上，给他一点面子。西门先生，你斟一杯酒向孟老先生赔罪吧！”

孟神通冷笑道：“他处心积虑要毒杀我，此事岂是赔罪可了？”司空化虽然与西门牧野不对，但这时也感到事态的严重，迫得充作调人，拉着凌霄子道：“师兄，请你帮忙劝劝孟老先生，他要报仇不打紧，但若是、若是……”

孟神通哈哈笑道：“若是杀了西门牧野，岂不是令你们在皇帝面前无法交待？是不是这个意思？”寇方皋与司空化再也顾不得西门牧野的面子，急忙打躬作揖地齐声说道：“正是这个意思，孟老先生，你是通情达理的人，请你就喝了他这杯赔罪酒吧！”

孟神通哈哈笑道：“庆功宴变成赔罪酒，这倒是有趣得紧，可惜我姓孟的偏不想喝他这杯酒！”顿了一顿，突然又换了一副声调说道：“你们皇帝的心意，我老孟知道。他不过想诛尽不肯归顺朝廷的各大门派罢了，这桩事情西门牧野未必办得到，我姓孟的却可以一力担承，而且不必你们相助，功成之后，我也不会向你们的皇上领赏，与你们争功邀宠。好，话已经说到这个地步，你们若是再拦阻的话，那就休怪我不客气了！”

寇方皋与司空化并非有所厚爱于西门牧野，听了孟神通这话，心中都在想道：“去了一个西门牧野，换了一个孟神通，他又不肯与我们争功，这交易倒是对我们有益无损。”两人登时默不作声，悄悄地从西门牧野身旁溜开。

孟神通喝道：“西门牧野，你在邙山上的威风哪里去了？有种的就出来与我一决雌雄！”孟神通是有意要令西门牧野在众目睽睽之下出乖露丑，好像猫儿捕捉老鼠一般，先把它折磨得够了，然后才把它吃掉。

忽听得“波”的一声，一团烟雾突然升起，迅速弥漫开来，大厅里虽有百数十盏宫灯，但在烟雾弥漫之下，若非站在对面，已是看不清楚人影。原来西门牧野见调停失败，寇方皋与司空化都有牺牲自己的意思，他哪敢与孟神通硬拼，故此立即放出烟幕，掩护逃生。

浓烟有刺鼻的臭味，众人都害怕这是毒烟，纷纷向大门涌去，想逃到外面空旷的地方，大厅里登时乱成一片。

孟神通大喝道：“往哪里逃？”呼的一声，手臂暴伸，搂头抓下，西门牧野早已打定了“三十六计，走为上计”的主意，烟幕一放，立即拔步飞奔，孟神通这一抓虽然快如闪电，还是慢了半步，这一抓没有抓着西门牧野，却抓着了他旁边的一个黄衣人。此人名叫焦湛，乃是冀北三魔之一，功力深厚，不在西门牧野之下，被他抓着了琵琶骨，痛彻骨髓，急忙横肱一撞，临危之际的反击力道大得出奇，这一撞撞中孟神通的胸口，有如铁锤击下，孟神通也不禁心头一震，眼睛发黑。孟神通大怒，手指一紧，“喀嚓”声响，焦湛的琵琶骨给他捏得粉碎，登时瘫在地上，再也爬不起来。

武功到了第一流境界的，都练有夜眼的功夫，黑暗中亦可以视物,西门牧野所放的烟雾，主要是用在危急之时掩护自己逃生的；虽然有毒，毒性甚微，厉胜男和金世遗为了预防不测，嘴里含了用天山雪莲所炮制的碧灵丹，更不放在心上。西门牧野从横门逃出，想钻入宫中的秘道，脚步刚刚跨出门槛，金世遗已追到了他的后面。

寇方皋明白了孟神通的来意之后，知道孟神通虽然是出了名的心狠手辣的大魔头，却绝不至于行刺皇帝，故此他担心的不是孟神通而是金世遗，金世遗来历不明，要是给他闯入内宫，惊动皇帝，那后果可是不堪设想的，所以他一直没有放松对金世遗的注意。

金世遗眼看就可以抓着西门牧野，忽觉劲风飒然，金世遗侧身一闪，没有闪开，寇方皋一把抓着他的手肘，食指紧紧扣着他的“曲池穴”，沉声喝道：“甘教头，你要闯进内里干什么?”

金世遗心道：“这寇方皋身为大内总管，功力果是不凡!”寇方皋触着了他的身体，他的护身神功立刻生出反应，寇方皋但觉一股内力反震过来，触手之处，软绵绵的柔若无骨。“曲池穴”乃是人身九大麻穴之一，一被点中，立时便要全身麻软，动弹不得，寇方皋是用了金刚指力扣住金世遗的曲池穴的，自以为万无一失，哪知手指一触，如触油脂，立即滑开，而且给他的护身神功震退两步，不禁大吃一惊。

金世遗震退了寇方皋，跟着立即反手一拂，只听得“哎哟”一声，一条人影突然凌空飞起，这人的功夫也好生了得，一手抓着了横梁，在半空晃来晃去，有如打秋千一般。

原来这人正是孟神通的弟子——神偷姬晓风，在这个混乱的场面中，他禁不住贼性大发，技痒难熬，趁此时机，混水摸鱼，要偷一些值得夸耀的东西作为纪念，他一出手，就在司空化的袋中摸去了两张御林军的空白文书（即上面盖有统领的官印，可以随意填上名字，作为御林军军官的出差凭信，或者作为奉委的文书之用的），跟着又趁寇方皋与金世遗搏斗正烈之际，偷去了寇方皋的碧玉鼻烟壶，正想再摸金世遗的内袋，却被金世遗一记“拂云手”将他抛了起来。金世遗这记拂云手有七八百斤力道，若然摔了下来，定然头破脑裂，好在姬晓风轻功超卓，居然在半空中一个转身踢脚，身躯凭空拔起数尺，伸手就攀着了横梁，似打秋千般地荡了几荡，这才消去了所受的金世遗那股猛力。

孟神通这时刚把焦湛击毙，见状大惊，金世遗震退寇方皋以及将姬晓风抛起的那记“拂云手”手法，正是乔北溟武功秘笈中的秘传绝学！

说时迟，那时快，孟神通大吼一声，倏地从人堆上飞过，喝道：“你是谁?”使出了第九重的修罗阴煞功掌力，一掌向金世遗的天灵盖拍下来！

金世遗使出了弹指神通的功夫，中指一弹，“卜”的一声，正正弹中孟神通的虎口，登时将他的掌力卸去了几分，但他以指敌掌，终是稍稍吃亏，也禁不住踉踉跄跄地连退几步，并且接连地打了两个寒噤。

孟神通见使出了第九重的修罗阴煞功，仍然未能令对方受伤，这一惊更是非同小可，同时也断定了这人必定是金世遗，但相貌又似不对，正想上去看个清楚，金世遗突然转身，“呸”的一口唾涎向他吐来，“毒龙针”杂在唾涎之中射出，嗤嗤声响，孟神通急忙挥袖一拂，毒龙针触及他的衣袖，被他的护身神功一震，尽皆粉碎，可是那口滑腻腻的唾涎，已沾在他的衣袖之上。金世遗笑道：“你管我是谁？你在这里行凶，我看不过眼！”

孟神通大怒，第三招跟着急发，这一招他用的是力道最猛的金刚掌，金刚掌在中原的武林中也有几个外家高手懂得运用，算不得怎样稀奇，但像孟神通这样能把深厚的内功运到金刚掌上，成为了内功外功合一的掌力，却是世上无双！

忽地有两条黑影从旁窜出，一个手使“降魔杵”，一个手使“铁轮拨”，都是沉重的兵器，这两个人大叫一声：“还我三弟的命来！”两件沉重的兵器同时向孟神通的头颅磕下！

这两个人是焦湛的结拜兄弟，使降魔杵的那个名叫鲍旭，使铁轮拨的那个叫王殷，他们与焦湛并称冀北三魔，情逾骨肉，孟神通击毙了焦湛，他们要为义弟报仇。

孟神通大吼一声，双掌齐挥，左击降魔杵，右击铁轮拨，金刚掌力，威猛无俦，一双肉掌，竟胜过这两件铁铸的重兵器，但听得当当两声巨响，鲍旭的降魔杵反震回来，收势不及，竟把旁边的一个黄衣人打得脑浆迸流；王殷在冀北三魔之中功力最高，但他的铁轮拨给孟神通当中一击，也给震得虎口流血，几乎掌握不住。

铁轮拨两端有轮形的锯齿，王殷趁着那后退之势，顺手一拖，孟神通的衣裳也给他撕裂了几片，孟神通大怒，一掌又击下来，金世遗在混乱中大叫道：“并肩子上呀！”接了孟神通一掌，迅即以天罗步法闪开。西门牧野的党羽，只道是同伴呼援，他们见孟神通如此凶横，想起在邙山之战，他们也曾随了西门牧野与孟神通为敌，人人不寒而栗，也人人起了同仇敌忾之心，心想孟神通定然不肯放过他们，就索性与之一拼！登时那些没有受伤的人和那九个来给西门牧野助阵的黄衣人都一齐踏上，将孟神通困在核心。金世遗趁此时机，在浓烟之中悄悄溜走了。他不是畏惧孟神通，而是为了要照顾厉胜男，因为厉胜男正用“天遁传音”之术，叫他快来。

西门牧野从横门逃出，进入后堂，他知道这座离宫里有一条秘密的地道，他刚才给金世遗灌了一杯毒酒，虽然立即喷出，也已有了几滴沾喉，他在酒中下的药粉乃是孔雀胆，本来想害金世遗的，却不料反而害了自己。孔雀胆剧毒无比，幸而他功力颇深，又服下了解药，这才不至于立即身亡，但这时毒性亦已发作。所以他要急于寻觅一处僻静的地方运功疗伤。那条秘密的地道，正是躲避强敌和运功疗伤的理想所在。

孟神通在外面这一场大闹，早已惊动了整座离宫，所有在宫内守卫的人，人人都知道孟神通是个杀人不眨眼的大魔头，他们又不知道孟神通的来意只是为了对付西门牧野，因此尽皆吓破了胆，躲藏起来。

西门牧野头晕目眩，一时之间，找不到那条秘密地道的入口，正自心焦，忽听得一声喝道："你还想逃么?"西门牧野一扬手打出两柄毒龙锥，但他的功力因为体内毒发，大为减退，这两柄毒龙锥打出不及一丈之地，便落了下来，根本就没有碰着敌人。

西门牧野一瞧，只见是一个穿着御林军军官服饰的人，西门牧野急忙叫道："我不是敌人，你不认得我吗?"

那军官冷冷说道："我认得你是西门牧野，皇上重金礼聘，要你替他诛尽武林人物的未来国师。"西门牧野道："对啊，你既然认得我，咱们彼此都是为皇上效力的人，又是往日无冤，近日无仇，你为什么要与我为难?"那军官道："害一个人一定得有什么冤仇吗?我问你，你与厉家的人又有什么冤仇?你却帮同那姓孟的老魔头害了厉家一家的性命?"

西门牧野大吃一惊，颤声叫道："你，你是谁?"这军官正是厉胜男，倏地拔出剑来，厉声喝道："你管我是谁?快把百毒真经献出来，否则叫你毙于剑下!"信手一挥，裁云宝剑"嚓"的一声，在一根石柱上斩了一下，登时石屑纷飞，柱上开了一道裂口。

西门牧野面色大变，连退几步，说道："百毒真经不在身上，你让我出去，我答允给你便是。"

厉胜男正因为摸不清他的《百毒真经》是否带在身上，所以才不立即动手，但如今听他这么一说，脸上神色又变，厉胜男何等聪明，立即知道了那百毒真经定然在他身上。当下一声冷笑，说道："当真不在身上么?且让我来搜搜看!"声到人到，刷的一剑，划破了西门牧野的上衣，这刹那间，西门牧野也立即出手，袖中飞起一团毒烟，又撒出了一把用毒药淬过的梅花针。厉胜男一剑划过，立即转身，那把梅花针都刺在她的后心，她身上穿有宝甲，梅花针刺不进去，纷落如雨。

厉胜男穿过浓烟，她口中含有碧灵丹，毫无伤损，只见西门牧野背倚一根楠木柱，气喘吁吁，胸前敞开，被利剑划过之处，起了两道血痕。厉胜男正要上前结束他的性命，忽见他已把那本百毒真经拿了出来，喝道："你再上前一步，我立刻把这本书撕成粉碎，死了也教你不能得到!"

厉胜男冷笑道："你当真不要命么?"西门牧野道："你退后十

步，我把这本书抛给你。你若是要恃强夺取，我西门牧野宁死不辱!”厉胜男心道：“这厮死在临头，却还要顾着面子。好，我就骗他一骗。”当下一面后退，一面说道：“你将书抛在地上，我饶你不死!”

就在此时，忽见那根楠木柱似乎微微转动，厉胜男叫道：“你捣什么鬼?”一掠而前，西门牧野正要将书撕烂，忽觉虎口一麻，原来是厉胜男来得快极，毒针已射入他的手腕寸脉，那本百毒真经也就跌在地上。

西门牧野嘶声叫道：“我知道你了，你是厉家那个孤女，报应，报应！百毒真经交还你吧!”这时他也已经倒在地上，声音越来越微弱，厉胜男还不放心，上前刺了他一剑，这才发觉他早已死了。

厉胜男杀了西门牧野，满怀欢喜，便去捡那百毒真经，哪知刚一触及，手掌突然感到有如给香火灼了一下似的，厉胜男大惊，急忙放开，掌心已起了几个泡泡，一阵阵麻痒痒的感觉，从中指直向上升，登时心头作闷，全身乏力，急忙用“天遁传音”之术，向金世遗呼救。

金世遗及时赶到，只见在那根楠木柱下，倒了两个人，血流满地，一个是西门牧野，一个是厉胜男，而那根木柱还在旋转。金世遗只道是两败俱伤，这一惊非同小可。厉胜男道：“我中毒了，你赶快给我先闭了右手边的‘委中穴’和‘肩井穴’。”金世遗听得厉胜男还会说话，稍稍宽心，依言替她闭了穴道。厉胜男接续说道：“你用布裹手，替我将那本书捡起来。”

金世遗听她这样说法，已知那本书上有毒，有心考验一下自己的功力，轻轻用手指一触，只觉得指头有点发烫，金世遗已练成了正邪合一的内功，快将接近诸邪不侵的境界，这一下虽然未曾中毒，也感到不大舒服，心道：“涂在这书上的毒药果然厉害，只怕不在孔雀胆与鹤顶红那些剧毒之下。”当下不敢再试，撕下一幅衣衫，将那本书包起来。

厉胜男道：“我现在已取回了百毒真经，就只差孟神通那半部武功秘笈了。”金世遗眼光一瞥，见西门牧野面孔淤黑，七窍流血，死状甚惨，想起他也算得是一位武林高手，不无感触，叹口气道：

“善用毒者死于毒，这本书我看你不要也罢。”厉胜男道：“这是我家传宝笈，怎能不要？我已知道他在书上涂的是什么毒药了，将来我自会将书上的毒解去。哈哈，有了这本真经，若再取回那半部秘笈，咱们联手，天下还有何人能敌？”金世遗在这刹那，心中突然起了一个念头，几乎就想把那本书撕成粉碎，但见厉胜男露出兴奋的神情，不忍令她伤心，只得将那本书交了给她，又叹口气道：“既是你家之物，就让你取回去吧，但愿你好好用它。”

厉胜男道：“请你把西门牧野身上的毒物都搜出来。”金世遗一搜，搜出了十几樽药丸，也不知哪些是毒药，哪些是解药。厉胜男瞧了一眼，笑道：“这厮也真够狠毒，临死还会来这一手，而且身上并没有这种解药。好在我口中含有碧灵丹，否则就要陪他去见阎王了。世遗，麻烦你再用银针给我刺天枢、地阙、申府、归藏、阳白、筑宾、玄机七处穴道，刺了这七处穴道，可以保得住七天之内，毒性不至发作。”金世遗和她相处几年，跟她学会了针灸之术，当下依法施为，并用本身真力，助她推血过宫。厉胜男面色渐渐恢复红润，金世遗问她道：“这十几樽药丸，可有解魔鬼花毒性的药么？”

厉胜男捡起了一个小银瓶，里面有几十颗黄豆般大小的绿色药丸，厉胜男打开瓶盖，闻了一闻，说道：“不会错了，这便是能解魔鬼花毒性的解药。”

这时，外面的高呼酣斗之声震耳欲聋，听来似是孟神通已占了上风，接着便有脚步声传来。金世遗取了那瓶解药，向西门牧野刚才所倚的那根楠木柱端详，那根木柱已静止下来，不再旋转了。

厉胜男道：“这木柱定有古怪。但咱们可也不必理会它了，还是快快走吧。”她中了剧毒，性命虽得保存，功力已是大减。自忖敌不过孟神通那一伙人，心想自己已杀了西门牧野，取回了百毒真经，待到功力恢复之后，再与金世遗联手，那时向孟神通报仇便容易得多，好汉不吃眼前亏，是以催金世遗快走。

金世遗笑道：“咱们不能只顾自己，我还要救几个人。”用力推那木柱，那木柱转了几转，忽地听得轧轧声响，开了一道窄门，刚刚容得一个人进入。这根楠木柱有两人合抱那么粗，里面中空，正是进入秘密地道的暗门。

原来西门牧野刚才要厉胜男退后十几步，然后才肯把百毒真经给她，正是因为他已找到了这道暗门，所用的缓兵之计。但他中针之后，气力不加，只推得那根木柱旋转，力道未到，尚未能令得暗门开启。

就在这时，已有四五个大内卫士从外面跑了到来，金世遗一把毒龙针撒去，刺入了他们的穴道，那几个卫士哼都未哼得一声，便全都倒地。

金世遗拖了厉胜男，从那暗门跃下，在里面把守的卫士见他们穿的是御林军军官服饰，急忙问道："外面闹得怎么样了?"金世遗道："不得了，不得了！那孟老怪杀进来了！"

那些守卫吓得面青唇白，有一个较为镇定，说道："你们从这暗门进来，一定给他瞧见了。咱们得赶快将这地道封闭！"地道口有一道石门，他将石门关上，还怕不稳固，又叫金世遗帮忙，将两个石鼓搬来顶着。

金世遗问道："这地道通到什么地方?"那卫士道："通到离宫外面御河旁边。哎呀，我得赶快去将那边的入口也封闭。"这班卫士们心惊胆战，一时之间，竟没想到要盘问金世遗如何知道有这条秘道。

金世遗将他拉住，笑道："现在可不必这样慌张了，孟老怪正在宫中杀得兴起，他哪有工夫到外面去另找进口，宫中有几百武士，尽够他杀的了。你们现在先给我办一件事情吧。"

那卫士问道："什么事情?"金世遗道："寇总管为了预防意外，叫我通知你们，将这批俘虏转移到另一处所。"那卫士诧道："还有什么处所比这里更安全妥当的?"金世遗道："寇总管这么吩咐，我们只有依令而行。"

那几个卫士惊魂稍定，其中有一个老练的大起疑心，问道："到底要转移到什么处所?"金世遗道："出了这座离宫，自然有人接应。"那卫士道："咦，你的说话好像有点前言不对后语，你刚才不是还赞成封闭这个地道的吗?"金世遗道："那是为了暂时可以阻止孟神通这班人进来，我可并没有叫你们封闭那一边的出口呀，怎么前言不对后语了?”先头那卫士道:“非是我们信你不过,这样重大的事情,寇总管应该交有令牌给你,请你将令牌取出来作为凭据。”

金世遗假传命令,本来就知道不容易取信于人,他的用意其实不过是试探一下而已!现在从这班卫士的言语之中,已证实了俘虏乃是关在地道之内,无须再敷衍他们,当下哈哈一笑,说道:“好,令牌就在这里,你们不相信,就来看吧!”那几个卫士瞪大了眼睛,正等待他取出令牌,金世遗笑声未绝,蓦然出手,以迅雷不及掩耳的手法,点了他们的穴道。

两人径往里闯,沿途也碰到几个卫士,见他们是御林军军官,都没有查问,走了不久,便见有一间石室,外面有一大群卫士,金世遗扬声说道:“我们是奉命来巡视俘虏的,这里没有出事吧?”卫士长道:“没有出事,外面闹得怎么样了?”金世遗道:“咱们的人被孟神通杀了不少,现在西门先生和司空大人正在与他恶战。寇总管担心这班俘虏乘机越狱,因此叫我们来巡视一下。”

那卫士长道:“你可以出去告诉寇总管,叫他不必担心。这班俘虏虽然都是武林高手,但他们中了西门先生的毒,功力早已消失,我又给他们加上了手铐脚镣,这里又是重重看守,他们插翼难逃!”金世遗道:“好,你办得很好!但我们既奉命而来,总得巡视一下,然后才好回去报告。”

卫士长认出了金世遗便是刚才在比武场上大显身手的那个人,心道:“敢情是寇总管见他武艺高强,所以临时调他来加强这里的守卫?”拿出了锁匙,心中忽想:“不对,不对!寇总管要是派人来巡查,何以不派自己人,却要调一个御林军的人来?何况这两个人又是新来的,寇总管怎能这样相信他们?”要知御林军军官和大内卫士,虽然都是给皇帝当差,但却是不同系统,寇总管不派自己的手下,却用司空化的人,这实在是不大合乎情理。

那卫士长方自踌躇莫决,忽觉微风飒然,金世遗从他的身边掠过,一笑说道:“不敢劳你费神,待我自己来开!”那卫士长吃了一惊,这才发现手中的锁匙已被金世遗夺去。

卫士长大怒喝道:“喂,你怎的如此无礼!”一手就向金世遗抓去，金世遗正弯下腰来，将锁匙插入匙孔之中，对这卫士长的袭击，丝毫不加理会。

那卫士长精于擒拿手法，一抓抓着金世遗的肩头，正自想道："要不要捏碎他的琵琶骨？"心念未已，忽觉一股大力反震回来，登时跌了个四脚朝天。

金世遗用"沾衣十八跌"的上乘内功跌翻了那卫士长，同时也打开了囚门，只见里面黑压压的一大堆人，手铐脚镣叮当作响。金世遗用天遁传音之术对厉胜男道："你来给这些人弄断手铐脚镣，待我打发他们。"

这时那卫士长已爬了起来，大喝道："将这两人毙了！"在囚房外担任看守的卫士有十几个之多，纷纷亮出兵器，向他们扑来，厉胜男趁他们尚未合围，迅即展开绝顶轻功，使用天罗步法，一溜烟似的溜入了囚房。金世遗笑道："你们胆敢违抗命令，念在同僚份上，责罚从轻，你们就在这里躺一会吧！"使出独门点穴功夫，脚踏天罗步法，在人丛中穿花蝴蝶般的穿来插去，不消片刻工夫，那十几个卫士都给他点中麻穴，倒了遍地。

金世遗进入牢房，牢房四角有微弱的烛光，里面叮叮当当一片断金戛玉之声，定睛看时，西门牧野刚才移交给寇方皋的那批俘虏都在其内，厉胜男正在用裁云宝剑给他们削断手铐脚镣，还没有削完。

那些人见来的是两个御林军军官，个个惊疑不定，少林寺十八罗汉之一的怀真和尚喝道："你们又来耍什么花招？"金世遗笑道："我想请你大和尚出去吃一顿狗肉。"怀真怒道："胡说八道，少林派弟子可杀而不可辱，你到底要干什么？"金世遗道："啊，我忘记了你出家人是不能吃狗肉的。好，那就先请吃一颗药丸吧！"厉胜男一剑削断他的手铐，再一剑削断他的脚镣，金世遗掏出一颗药丸送到他的面前。怀真和尚双掌一推，金世遗笑道："你贪这里舒服么？就是不吃狗肉，到外面溜溜也好解解闷啊！"左手一伸，托着他的下巴，怀真的嘴巴不由自己地张了开来，金世遗将解药塞了进去，怀真和尚只觉一股热气直透丹田，说不出的舒服，片刻之间，精力恢复，怔怔地望着金世遗，作声不得。金世遗大笑道："你相信了吧？”

怀真合十施礼道：“贫僧错怪了施主了，请问施主高姓大名，尊师哪位？”金世遗笑道：“我是武林中未入流的无名小卒，不说也罢。”他取出了那盛满解药的瓶子，先倒了一颗，放在自己的掌心，然后交给厉胜男道：“这解药很灵，你给他们每人服一颗。”厉胜男笑了一笑，说道：“好，那老太婆我看着就讨厌，让你去做人情吧。”厉胜男七窍玲珑，见金世遗先留下了一颗，立即便猜到他的心意。

金世遗走到曹锦儿身边，弄开了她的手铐脚镣，笑道：“曹大掌门，你不必我再喂你吃药了吧？”曹锦儿的一双眼睛在黑暗中炯炯发光，盯了金世遗一眼，蓦地好像遇见鬼魅一般，颤声喝道：“你，你是谁？”金世遗笑道：“我早已说了我是个无名小卒，不值得你曹大掌门下问。”

囚门打开已有好一会了，这时被囚在房中的人，也已看清楚了外面的情景：那些看守他们的卫士横七竖八地倒在地上，虽然他们没有看到金世遗动手，也知道是他干的了，对于金世遗是来救他们，再也没有疑心，有几个服下了解药已经恢复功力的齐声嚷道：“曹大姐，这的确是解药，不必多疑！”

曹锦儿冷冷说道：“我从不轻易受人恩惠，除非我已知道了你的来历。”原来曹锦儿听得金世遗声音好熟，已是起了疑心。曹锦儿的师叔甘凤池是最善于用易容丹的人，曹锦儿年轻的时候，也常常用易容丹改变容貌，随他的父亲曹仁父、师叔甘凤池等人行走江湖。因此她一眼就瞧出了金世遗是用了易容丹隐藏了本来的面目的。她已经隐隐思疑是金世遗，但还不敢断定，心中想道：“听这声音似乎是他，但这魔头不是早已死了吗？冯琳应该不会骗我？而且若然真个是他，他又岂有这好心肠救我？”

金世遗本来是还留有三分邪气的人，见她如此骄傲，想起了她以前对待谷之华的刻薄寡恩，一时气从心起，有意令她难堪，便用了天遁传音之术在她耳边说道：“你一定要知我是谁么？好，那我便告诉你，我是你要驱逐下邙山，不许我拜祭吕四娘之墓的那个魔头！我救你不是为了你，是看在你的师妹谷之华份上，你明白吗？”

话未说完，只听得曹锦儿大叫一声，一口鲜血吐了出来，竟然晕过去了！正是：

当年扫墓曾相会，气煞邙山曹掌门。

欲知后事如何？请听下回分解。

第四十二回　神功力斗修罗掌 妙药难消往日嫌

这个意外的事情突然发生，众人无不吃惊，俘虏中有一个邙山派的第三代弟子卢道璘，慌忙跑过来叫道："掌门师姐，你怎么啦?"

金世遗将曹锦儿气得吐血昏迷，心中也好生内疚，想道："这老太婆如此骄傲倔强，真是始料之所不及。"给她把了一把脉，便对卢道璘道："令师姐是因为一时惊喜交集，歪了一口气，料想不至于有性命之忧。目下逃生要紧，你将她背起，随我走吧。嗯，这里有一颗解药，你待她醒转的时候，立即让她服下，要是她不肯服，你就喂她。"

卢道璘不明其中缘故，好生诧异，心想："为什么师姐不肯服他的解药呢?"他将那颗解药闻了一闻，气味、形状，都和自己刚才所服的那颗丸药一模一样，便将它珍重收藏好了。这时众人虽然觉得金厉二人来历不明，甚为古怪，但却都相信了他们。卢道璘向金世遗谢了一声，便依他的吩咐，背起了掌门师姐，跟随他闯出地道。

地道里还有二三十名武士，有一些人听得这边牢门打开的声音，且已赶了到来。这时，牢狱中原来被囚的二十多个各派弟子，都已恢复了功力，不必金世遗动手，便将那些武士一个个地收拾了。不过这些正派门下，不愿多伤性命，所以或者是用"点穴法"点倒他们，或者是用分筋错骨手法，令他们受一点轻伤，暂时消失了抵抗的能力。

不消片刻，这班人已走到地道的另一端出口之处，出口处的石门已经锁上，怀真和尚正要打开，金世遗凝神一听，外面似乎有脚步之声，急道："且慢!"在地上抓起了两个受伤的武士，然后倏地打开了石门，立即便将那两个人摔出。

陡然间，只听得两声撕人心肺、极为凄惨的叫声，随着一股寒飙卷地而来，金世遗将那两个武士一摔，便立即窜出，恰好接了孟神通攻来的一掌!

原来孟神通和他的师弟阳赤符，已把西门牧野那班党羽尽都杀掉，到后堂来搜索西门牧野和金世遗的下落，发现了西门牧野已倒毙在地道进口之处。寇方皋立知不妙，只好恳求孟神通相助，孟神通正要除去他心目中的唯一劲敌，立即哈哈笑道："我杀了西门牧野的手下，也得帮忙你们一下，免得你们受皇上怪责。西门牧野一定是给那小子杀的。好，我就把那小子杀了，你们可以把一切罪过都推到他的身上!"

寇方皋喜出望外，心道："失了一个西门牧野，却得了一个孟神通相助，他又不会与我争功，哈，哈，这当真是转祸为福了。"于是，急忙往前带路，带了孟神通这一班人，堵截另一边地道的出口，恰巧金世遗这一班人，也正是在这时候冲出来。

金世遗接了孟神通的一掌，虽然能够抵御，却也感到遍体生寒。原来要将修罗阴煞功练到第九重的境界，纵使懂得练功之法，而内功又已到了正邪合一的地步，最少也还得十年，所以金世遗虽然获得了乔北溟的上半部武功秘笈，深悉其中奥妙，但却未有练过修罗阴煞功。他只能凭着本身的护体神功抵御，终是稍稍吃亏。

孟神通这时已断定了他就是金世遗，又惊又喜，喜者是自己的功力看来还能够略胜对方一筹；惊者是金世遗硬接了他的第九重修罗阴煞功的掌力，居然神色不变。心中想道："若不在此时将他除去，他终须是我的心腹大患。"

说时迟，那时快，孟神通一占上风，第二招又闪电般的跟着发出，这一次是双掌齐挥，左掌凝聚了第九重的修罗阴煞功，右掌却是最猛烈的金刚掌法，一掌阴柔，一掌阳刚，而且都到了最高的境界，普天之下，只怕也只有孟神通一人能够如此而已。

幸而金世遗懂得他的功力奥妙，当下一个盘龙绕步，身躯一侧，中指一弹，先化解了他左掌的第九重修罗阴煞功的掌力，右掌则使出四两拨千斤的上乘内功，轻轻一带，但听得砰的一声巨响，孟神通一掌拍空，但那刚猛无伦的金刚掌力，却把距离他们较近的一个御林军军官打死了。这一下个个大惊，纷纷从他们的身边散开，登时在他们周围方圆五丈之内，成了一片空地。

金世遗用尽平生所学，使出浑身解数，好不容易才解拆了他这一招，而且还禁不住“登、登、登”地连退三步。孟神通一声长啸，大声喝道：“好小子，你还想逃吗?”第三招又似暴风疾雨般攻到，这一招他左掌仍是用修罗阴煞功掌力，右掌则化掌为拿，用出了比金刚掌法更为狠毒的“阴阳白骨抓”，五指如钩，一弹一抓，在这电光石火之间，遍袭金世遗的十处大穴，以他的功力，若然给他抓着，即使是最上乘的闭穴功夫，亦是难避。金世遗全身都在他的掌影笼罩之下，用任何身法步法，都难避开，而且他的五指分成五股力道，金世遗若要再用“四两拨千斤”的方法，也不能够应付了。

在这危机瞬息之间，金世遗不退反进，大喝一声：“来得好!”双掌齐挥，迎了上去，左掌用了个“卸”字诀，化解了孟神通的修罗阴煞功，右掌却以其人之道，还治其人之身，使出金刚掌力，拍向孟神通的脉门!

这是两败俱伤的打法，孟神通这一抓若然抓实，金世遗的奇经八脉，固然都要给他抓裂，但孟神通的脉门，若然给金世遗一拍，因为孟神通这只手的力道已分为五股，也断断不能抵御他的金刚掌力，脉门势必给他震裂，最少也要损失十年功力。虽然对比之下，金世遗吃亏更大（奇经八脉断裂，武功即要全废。），但孟神通仇家太多，功力一损，只怕要死无葬身之地，所以明知稍占便宜，却也不敢与他硬拼。

双方的掌势都是快到了极点，孟神通一见金世遗用这种两败俱伤的打法，心中一凛，无暇思索，立即五指收拢，将这一抓化为小天星掌力打出，这一来虽然仍是双方以内家真力硬拼，但孟神通自忖本身的功力要比对方深厚，这样的硬拼对他便有利得多。

哪知金世遗的功力虽然稍有不如，但他却曾经得过唐晓澜传授他的天山派正宗内功心法，而且他得的那半部武功秘笈，又是偏重于上乘的武学原理的，他在那孤岛三年，已经将正邪两派最上乘的内功心法融会贯通，所以论到内功的威力虽然尚不及孟神通，但却要比孟神通精纯得多。

双掌一交，孟神通登时感到出乎意外，只觉对方的内力虽然没有猛烈的反击，但却似无穷无尽似的，任凭自己冲击，却总抵挡得住。就像狂涛猛浪冲击下的坚固堤防！他接连用了七八次的强力冲击，一次强过一次，金世遗的身子仍然没有挪动分毫！

孟神通这才知道，自己虽然比对方稍胜一筹，但要把对方真个击败，最少只怕也要得在一千招以上！

孟神通所得的那下半部武学秘笈，是偏重于实用方面的，有各种歹毒的邪派功夫，孟神通一见在内力的比拼上不易取胜，立即撤掌换招，准备用层出不穷的各种歹毒功夫，来试探对方虚实，要试出哪样功夫才能克制对方，同时在试用各种功夫的时候，仍然时不时的发出一掌带有第九重修罗阴煞功的掌力，因为金世遗虽然能够抵挡第九重的修罗阴煞功，但每接一掌，却总要稍稍吃一点亏。

金世遗应付孟神通的修罗阴煞功虽然稍稍吃亏，但好在孟神通使到了第九重的修罗阴煞功也颇为耗损真力，绝不能一掌接着一掌地发出，金世遗还可以支持得住。

金世遗独力大战孟神通，其他的人插不进手来。但双方亦早已在御河旁边的河岸上，展开混战！

寇方皋最重视的是邙山派掌门曹锦儿，她在这群俘虏中身份最高，又是皇上有意要亲自审问的人，万万不能容她逃脱。他一眼瞥去，见曹锦儿被一个汉子背着，似乎是已受了伤，心中大喜，便不再理其他俘虏，径向那个汉子扑去。

寇方皋身为大内总管，武功上确有惊人的造诣，被西门牧野俘虏的这一班人，大都是各正派中的二流脚色，哪里拦阻得住，幸而他的目标只在曹锦儿，无暇伤人，但饶是这样，有两个华山派的弟子、一个青城派的弟子，因为挡住了他的去路，被他用大摔碑手摔伤。

转瞬之间，寇方皋已追到了那汉子后面，背着曹锦儿的那人是她的师弟卢道璘，在邛山派的第三代门人之中，是第六名好手，使的是奇门兵器铁琵琶，听得背后风势劲疾，不用回头，便知是有敌人追到，左手一按铁琵琶立即向后拍出。

他这铁琵琶内藏暗器，手指一按，三枚透骨钉倏地飞出，寇方皋冷笑道："米粒之珠，也放光华！"中指疾弹，啪啪两声，两枚透骨钉已给他弹开，但距离甚近，暗器射来的力道又强，寇方皋弹开了两枚，手指亦已感到麻痛，接着再弹那第三枚透骨钉，却只能使那枚透骨钉略失准头，呼的一声，从他的额角旁边斜飞而过，险险擦伤了他的皮肉。

寇方皋大怒，长臂一伸，将卢道璘的那把铁琵琶夺了过来，另一只手就向曹锦儿背心抓去，就在这危险万分的时候，忽听得一声喝道："住手！"竟是佛门的"狮子吼"功，寇方皋心头一震，那一抓还未曾抓下，一股极其刚猛的拳风，已从背后袭来。

寇方皋抡起铁琵琶便打，但听得"当当"之声，有如巨锤击钟，震耳欲聋，那把铁琵琶经不起这股大力，给那人一捶便捶扁了。

寇方皋这时也不由得心中一凛，只得暂且放开了曹锦儿，回头看时，捶扁了铁琵琶的乃是个身材高大的和尚。

原来这个和尚正是少林派十八罗汉之一的怀真，他因中毒被擒，在这班俘虏之中，武功最高，尚在曹锦儿之上。

这时，他服了金世遗的解药之后，已经完全恢复了功力，一口闷气正自无处发泄，一捶捶扁了铁琵琶，第二捶便向寇方皋当头捶下，寇方皋横肱一撞，顺势便抓他小臂的"曲池穴"！

寇方皋这一抓有裂石之能，哪知怀真和尚乃是少林方丈痛禅大师的得意弟子，所炼的"金刚不坏身法"已有了五成火候，寇方皋抓着他的臂膊，竟然如触铁柱，非但抓不进去，指头反而隐隐作痛，说时迟，那时快，怀真和尚一个"登山跨虎"，"砰"的一拳又照着寇方皋的胸口打来，这一拳是少林五行神拳中威力最大的龙拳，寇方皋急忙撤手，一个“吞胸吸腹”，上身陡地挪后五寸，怀真和尚的拳头刚刚沾着他的衣裳，便给他反手一拂，拂着脉门，怀真和尚有护体神力，虽然不至受伤，但那股刚猛的劲力，却也给他卸去了七分，剩下的三分力道，拳头触及他的胸口，只不过使得他的上身微微一晃而已。

两人交手两招，都已知道对方是个劲敌，怀真和尚为了掩护曹锦儿，拼命堵住他，将十八路神拳展开，每一拳都有雷霆万钧之势，寇方皋只能沉住了气，以刚柔并济的“拂云手”和“天星掌”对付他的罗汉神拳。

华山派的杜子祥和崆峒派的方桐是这班俘虏中仅次于怀真和尚与曹锦儿的高手，他们两人合力抵敌司空化，也恰恰是打成平手，难分高下。

孟神通这边，还有一个武功极强的凌霄子，论辈分是司空化的师兄，论功力也在司空化之上，他在邙山之战曾吃过厉胜男的亏，厉胜男此际虽然改了男装，但凌霄子却认出了她所使的那把宝剑，仇人见面，分外眼红，登时一展拂尘，便即拦住了厉胜男的去路。

厉胜男中了剧毒，全靠碧灵丹保住真气，功力已是大大减退，本来不是凌霄子的对手，幸而她这柄裁云宝剑乃是神物利器，舞到急处，化了一道光幢，护着全身，凌霄子急切之间，却也奈她不何。

在这场大混战中，最高兴的还是孟神通的弟子——神偷姬晓风，他趁浑水摸鱼，又偷了许多东西，不过，他却不敢去惹金世遗。他一见厉胜男亮出那柄宝剑，心中大喜，立即哈哈笑道：“我偷不到冰魄寒光剑，这柄宝剑也是稀世之宝，哈，哈，我只有不得已而思其次了。”

姬晓风行动有如鬼魅，厉胜男虽把宝剑舞得泼水难入，但他在旁边乘瑕抵隙，竟然有几次伸手进来，厉胜男的宝剑险些给他夺去。厉胜男接连撒出了两把毒针，见姬晓风依然窥伺在旁，待机而动，厉胜男人急智生，喝道：“你这小贼，怎的这样没出息，附近就是皇宫，皇宫里多少宝物，你不去取，却来觊觎我这把宝剑！”

姬晓风一连伸手几次，都不能得手，而且有一次指头险些被削，何况厉胜男又有许多歹毒的暗器，他也有点顾忌，得厉胜男一言提醒，他怔了一怔，立即笑道："你这话也说得有理，还是拣容易的偷吧！"

姬晓风一溜烟似的，来得快，去得也快，说到了末一个字，身形早已不见。寇方皋暗暗吃惊，但他给怀真和尚缠住，脱身不得，孟神通又正在全力和金世遗搏斗，根本就不管这个徒弟做些什么。寇方皋把心一横，想道："给这小贼偷去大内宝物，我固然要受罪责，但总比放走了这批俘虏罪名要轻一些。"这时，他们这一边已占了上风，寇方皋喝道："别的都不用管，先把那老太婆擒了！"

金世遗大为焦急，他虽然可以支持，但厉胜男已似渐渐支持不住，剑光的圈子越缩越小，凌霄子那柄拂尘盘空飞舞，把她的身形都笼罩了。卢道璘背着曹锦儿，被困在垓心，靠着杜子祥和方桐等几个好手，替他拼命招架，形势也是岌岌可危！

孟神通大喝一声，又是一掌挟着第九重修罗阴煞功的掌力劈下，金世遗接了这一掌，陡然心头一震，不由自己地打了一个寒噤，原来高手比斗，最忌分心，两人相差无几，金世遗牵挂着厉胜男，稍一疏神，孟神通便大大的占了上风。

曹锦儿这边的人，这时都已聚集在卢道璘的周围，缩成了一个圆圈，保护曹锦儿。但孟神通这边还有一个高手阳赤符，他的修罗阴煞功已练到了第七重的境界，保护曹锦儿的这一班人，无人能够抵敌，已给他伤了好几个人，眼看就要被他冲入。

就在这危急万分之际，忽听得当当的钟声，越来越急，后面是皇宫，不消说这当然是皇宫内告警的钟声了。

寇方皋、司空化大大吃惊，心想："难道是另有刺客偷进宫中！或者是宫中宿卫发现了姬晓风了？"是姬晓风那还便了，若是另外的刺客，那事情可就严重了。正在奋力进攻的卫士和御林军官为这钟声所扰，攻势登时缓了下来。寇方皋叫道："司空大人，你领一部分人回宫保驾！"

话声未了，忽见后宫的神武门打开，有四骑马冲了出来，随后是一大群的卫士。在宫中御道上驰马，这可是非同小可的事情，除非是皇帝、皇子和年高位尊的亲王才特准骑马进宫，现在一出来就是四骑，卫士们和军官们尽都惊骇，除孟神通还在力拼金世遗之外，其他的人都停了手。

转眼之间，那几骑马已来到了御河旁边，第一骑的骑士是个衣服丽都的少年皇子！

寇方皋认得是十五皇子颙琰，乾隆皇帝有十七个儿子，这颙琰的头上虽然有十四个阿哥，但却以他最得父皇的宠爱，亲信的大臣都知道乾隆有意叫他将来继承大位的。（按：这颙琰便是后来的嘉庆皇帝。）

第二匹马的马背上，却坐着两个人，一个是姬晓风，一个是年约六十左右，两鬓微斑，但却是精神奕奕、满面红光，没有显出些微老态的人，姬晓风被反剪双手，坐在他的前面，一望便知姬晓风已变成了这人的俘虏。寇方皋一见这个情状，比第一眼见十五皇子颙琰更要吃惊，心中想道："这是什么人？姬晓风是天下第一神偷，来去无踪，居然也被他捉了！"

第三、第四匹坐骑并辔而行，一男一女，看来乃是一对少年夫妇。

十五皇子颙琰满面惊惶的神色，待看见了寇方皋，方始吁了口气，急忙嚷道："寇大总管，这位唐先生找你！"接着回头问道："我可以回宫了吧。"那个被他称作"唐先生"的人微笑道："多谢皇子陪我同来，既然见了寇大总管，这里的事，我可以自己料理了，皇子你请便吧！"颙琰如遇大赦，急忙拨转马头，随着他的一大群卫士，有一大半跟着他回去，另外一小半却似是不愿错过一台好戏似的，留了下来。

寇方皋见十五皇子和这群卫士来去匆匆，莫名其妙，正想上前请问那"唐先生"是什么人，忽听得姬晓风也在嚷道："唐大侠，那位就是我的师父，你也可以让我走了吧？"那人点点头道："好，你走吧！"放松了手，姬晓风一个筋斗翻下马来，嘻嘻笑道："这还是我平生第一次失手被擒，不过，也还值得，普天之下，古往今来，大约未曾有过第二个同行，能够像我一样，在皇宫内跑过马了！"

像此为神
武门也明清
故宫之后门
对着煤山是
皇京之中轴
线也，过去谓
之风水线一切
大事都出于
此

话声未了，忽见后宫的神武门打开，有四骑马冲了出来……

跟着大声叫道："师父、师父，你留一点气力，别和那小子打啦！天山派掌门唐大侠来啦！"

寇方皋这一惊非同小可，这才知道捉了姬晓风的这个老头，乃是武林中公推为天下第一高手的天山派掌门唐晓澜！

孟神通听得徒弟的叫声，饶是他胆大包天，也不觉心头一震，暗自想道："一个金世遗已是劲敌，如今又来了一个比金世遗更厉害的唐晓澜，这却如何是好?"金世遗趁他心慌意乱之际，双臂一振，冲得孟神通闪过一边，金世遗倏地便跳出了圈子。

原来金世遗一则不愿在唐晓澜面前露出本来面目，二则以唐晓澜的身份，也绝不会要他帮手来斗孟神通，所以他趁此时机，摆脱了孟神通，拉了厉胜男便跑！

厉胜男在中毒之后，苦战半天，已是精疲力竭，她曾吃过唐晓澜的大亏，在他天山神芒之下，险些丧生，犹有余悸，如今唐晓澜突然出现，这一惊也是非同小可，幸而金世遗这时已到了她的面前，才把她摇摇欲坠的身子扶住，厉胜男抓着了金世遗的手，禁不住"哇"的一声，一口鲜血吐了出来！

凌霄子这时虽然亦已停手，但还在监视着厉胜男，忽见一团白影，风驰电逐般的倏然而来，还未曾看得真切，那人已拉了厉胜男便跑。凌霄子不知厉害，还想阻拦，拂尘方展，只听得"啪"的一声，已被打了一记耳光！这还是金世遗急于逃走，无意伤他的性命，这一记耳光，只用了三分力道，但饶是如此，凌霄子已是满面开花，现了五道指痕！

唐晓澜一眼就看出了厉胜男，也从金世遗的身法，看出了他就是以前曾在冯瑛剑下救了厉胜男的那个人，但他却不知道这人便是金世遗，心中亦是好生诧异，想道："我隐居了这几年，想不到后辈中竟是人才辈出！这人居然和孟老怪打成平手，实是不可小视，只不知他为何一见了我便跑?"若在平时，他一定要查出个水落石出，但现在他来的目的是为了救曹锦儿和对付孟神通，因此虽然心有所疑，却也无暇去管金世遗和厉胜男了。

原来唐晓澜已到了少林寺见过痛禅上人，知道曹锦儿被一个不知来历的黄衣人所擒，也知道了邙山大战，各正派的掌门人，几乎都在孟神通的掌下吃了败仗。以唐晓澜和邙山派前任掌门吕四娘的交情，不待痛禅上人请托，便毅然以营救曹锦儿为己任，他从徒弟钟展的口中，知道敌人之中，有一个是御林军的副统领白良骥，因此怀疑到那一群黄衣人多半与朝廷有关，于是留下了冯瑛、钟展、李沁梅三人在少林寺协助痛禅上人，而他自己则带了唐经天夫妇，潜入皇宫，查探消息。

唐晓澜在少年时候，曾经和吕四娘入过几次皇宫，自是熟识门路。他本来要径自去见皇帝的，到了御书房的门口，已经望见了乾隆，乾隆是学过武功的人，甚为机警，一见有个陌生的人影，立即遁入复壁，从暗门逃走，他抓不着皇帝，却抓着了侍立在乾隆旁边的十五皇子颙琰。

宫中侍卫闻声而来，唐晓澜不愿多伤人命，只得表露身份，并显了一手绵掌击石如粉的功夫，那班侍卫听说他就是天山派的掌门唐晓澜，早已吓得魂魄不全，何况又见十五皇子落在他的手中，当然更不敢动手。当下唐晓澜就向十五皇子打听，问他知不知道有大捕武林人物的这件事情。

唐晓澜是一代大侠的身份，本来无意挟持皇子作为人质，但颙琰被他一问，却是心惊胆战，生怕唐晓澜对他不利，急忙慌慌张张、结结巴巴地说道："这，这不关我和父皇的事，捉人的事，是、是、是寇总管管的，寇、寇总管今晚，不、不在宫中……"唐晓澜听说寇方皋不在宫中，皱了一皱眉头，颙琰连忙说道："他、他在团城离宫，好在离这里不远，你、你要是不信，我可以带你去找他。"唐晓澜一想，这也不错，有皇子同去，不愁寇方皋避而不见，颙琰为了急于脱身，顾不得宫中禁止骑马的禁例，还叫人给唐晓澜、唐经天和冰川天女都备了马。

姬晓风恰值也在这个时候潜入皇宫，卫士们无一发现，他在琉璃瓦背听得下面有喧哗之声，还影影绰绰的见了许多卫士的影子，似乎正在闹着什么事情，他一时好奇心起，探头下望，也想趁混乱的机会，偷些东西，他瞒得过所有的卫士，却逃不了唐晓澜的一双眼睛，唐晓澜见宫中竟有这等轻功超卓的人物，亦自觉得有些奇怪，当下一记劈空掌，就把他打了下来。

唐晓澜擒了姬晓风，听他一说，始知孟神通亦在那儿，心中大喜，于是将姬晓风也一并携来，来得正是时候。

孟神通有意先试一试唐晓澜的本领，上前迎接，以掌抚拳，施了一礼，说道："久仰大名，可惜邙山之会，唐大侠不肯屈驾前来，无缘领教。"

他这一揖，以绝顶的内功，发出了第九重修罗阴煞功的掌力，因为是以绝顶的内功发出，化猛烈为深沉，丝毫不带风声，但那股寒飙却似暗流汹涌，无声无息地向唐晓澜袭来。

唐晓澜淡淡一笑，回礼说道："听说孟先生在邙山上大显神通，可惜我没眼福。不过，现在见到了也是一样，要是孟先生不吝指教的话，唐某现在就可以奉陪，见识见识孟先生修罗阴煞功之外的功夫。"

孟神通见他神色丝毫不变，这一惊当真是非同小可，心中想道："要是我未曾和金世遗先斗了半天，大约还可以和他打个平手，现在交手，却是必败无疑。"急忙说道："这里靠近皇宫，咱们若然在此比试武功，恐防惊世骇俗，甚至震动九重，不如另外选个地方，拣个日子如何?"

唐晓澜受了他的一揖，其实也是暗暗感到寒意，不过他的功力深湛之极，所以连孟神通也察觉不到异状。

唐晓澜的内功早已到了诸邪不侵的境界，接了孟神通暗地发出的第九重修罗阴煞功，竟自感到寒意，亦不禁心中微凛，想道："这老魔头果然名不虚传，他的修罗阴煞功虽然不能伤我，但我要取胜，看来也不容易。"当下一笑说道："对啦，孟先生在久战之后，难显神通，理该歇息些时。任凭尊意，随你选择时地，我再领教除了修罗阴煞功之外，孟先生的其他功夫吧!"

孟神通听他再次提起"其他功夫"，即是在众人面前揭破了他已曾用修罗阴煞功暗袭，而且揭破了他不敢即时比斗的真正原因，孟神通禁不住面上一红，他生平自负之极，从来就不曾忍过这样的气，但现在碰到的对手是唐晓澜，尽管他面上一红，几乎就要立即决战，但毕竟还是忍下了。

当下，孟神通想了一想，便即说道："一月之后，在嵩山少林寺相见如何？据我所知，各派的掌门人还在那儿，咱们的武功优劣，也可以让他们作个见证！”

各正大门派的高手云集嵩山少林寺，孟神通竟敢提出要到嵩山少林寺比武，似乎他已胸有成竹，胜券可操，唐晓澜听了，也不由得吃了一惊。旁人的想法，孟神通这时显已处于劣势，唐晓澜要是立即迫他动手，纵不能即时将他除掉，最少也可以令他身受重伤，功力大减。但唐晓澜是何等身份，焉肯占人便宜，当下立即答允。孟神通带了姬晓风等人也便马上离开。

孟神通一走，寇方皋更是忐忑不安，唐晓澜面色一端，向他问道：“寇大总管，我这班朋友犯了哪一条皇法，寇大总管要将他们拘捕？”

寇方皋这时哪还敢与唐晓澜对敌，连忙将责任都推到西门牧野身上，恭恭敬敬地答道：“唐大侠请释雷霆之怒，这不关我的事。是西门牧野一人所为，现在他亦已死了。”

唐晓澜“哦”了一声，说道：“原来是西门牧野所干的好事么？他怎么死的？”寇方皋道：“就是刚才走掉的、你那位年轻朋友杀的。”怀真和尚打了半天，昏头昏脑，这时才注意到金世遗和厉胜男已经不见，失声叫道：“哎呀，我们这两位恩人已经走了，我还没有向他们道谢呢。不错，西门牧野是年轻那个姓李的杀了的。”

唐晓澜志在救人，不想再与寇方皋为难，说道：“既然不是寇大总管要将他们拘捕，那么我可以和他们走了吧。”寇方皋这时宁可掉了官职，也巴不得唐晓澜早走，当然不敢再道半个“不”字。

皇宫后面乃是景山，唐晓澜率领众人，退上景山，从容撤走。卢道璘背着曹锦儿，曹锦儿仍然昏迷未醒。

这时已不用担心会有追兵，唐晓澜道：“曹大姐怎么啦？放下来让我看看。”细察脉象，但觉六脉不调，心火燥盛，气息却很微弱，唐晓澜诧道：“曹大姐受的似乎不是内伤，却何以虚弱如此？”怀真和尚道：“她和我们一般，都曾中了阿修罗花的毒。”唐晓澜道：“察这脉象，似乎在不久之前，她曾动过真气，激怒之下，以至昏迷。不单单是由于中毒。”卢道璘道：“唐大侠明察秋毫，刚才那位朋友也是如此说的。”

唐晓澜道：“这是怎么回事？你所说的那位朋友是否就是刚才和孟神通对敌的那个人？还有，你们既然都中了阿修罗花的毒，却怎的又都恢复了功力？”

怀真和尚道：“不错，就是那个人给我们服了解药的。”唐经天插口问道：“那个人是否和那个妖女一道来的？你们可知道他们是什么人吗？”怀真和尚一愣，反问道：“什么妖女？”华山派的杜子祥最为仔细，他早已看出厉胜男女扮男装的破绽，便道：“哦，你是说使宝剑的那个军官吗？我也怀疑她是个女子。”怀真和尚道：“不管她是男是女，这两个人都是救了我们性命的恩人，可不是什么妖女呀！”怀真和尚生性耿直，幸亏说厉胜男是“妖女”的人乃是唐经天，他才客气几分，要是换了旁人，他可能就要大声斥骂了。

唐晓澜好生纳罕，想道：“如此说来，敢情那‘妖女’还不是坏人？她怎的又无缘无故地屡次与经儿为难？”饶是唐晓澜阅世甚深，见闻过不知多少稀奇古怪的事，这时却也想不出何以厉胜男忽正忽邪的道理。

唐晓澜再问道：“那么，曹大姐没有服他的解药么？”卢道璘道：“是呀，我也觉得奇怪得很。师姐把解药扔了，她也就是在那个时候昏迷的。”众人七口八舌，将刚才所经过的情形都对唐晓澜说了。

唐晓澜沉吟半晌，道：“且先把曹大姐救醒了再问。”手指搭着她的脉门，运用天山派的正宗内功，指力直透了进去，帮助她血脉流通，曹锦儿陡然一震，“哇”的一声，一口瘀血又吐了出来，卢道璘连忙将金世遗留给他的那颗解药，塞进师姐口中。

过了片刻，曹锦儿悠悠醒转，卢道璘道：“好了，好了，师姐，你看看谁在这儿？”曹锦儿气喘吁吁地问道：“那两个、那两个……”她“魔头”二字未曾说得出来，卢道璘便即接口说道：“那两位救我们出狱，赠我们解药的恩人，不知什么缘故，都已走了。”

曹锦儿听了，气得几乎再晕过去，要知邙山派与金世遗之间本来并无仇恨，只不过为了那年扫墓的事情，曹锦儿坚持门户之见，不许金世遗到吕四娘墓前拜祭，因而引起一场冲突而已。如今她虽然极之不愿接受金世遗的恩惠，但毕竟还是吞下了人家的解药。所以，在师弟的面前，要是她揭出金世遗的名字，将金世遗大骂一顿，她自己也觉得说不过去。但她又是个极要强的人，这口气只好哑忍。

唐晓澜扶着她走了几步，说道："这解药果然甚有灵效，曹大姐，你现在觉得如何?"曹锦儿只得点点头道："好、好得多了！多谢唐大侠相救。"唐晓澜笑道："这全是那两位朋友的功劳，与我无关。曹大姐，送你解药的那个人叫什么名字，你一定知道吧?"卢道璘也道："那人真是一片好心，他见师姐不肯服他的解药，特别给我留下的。师姐，你起初为什么不肯服他的解药，是疑心他的路数不正么?"

曹锦儿尴尬之极，把手一挥，斥卢道璘道："不要你管!"可是，她可以斥骂师弟，却不能不对唐晓澜交待，她回头一望，见唐晓澜正用着很诧异的眼色看着她，曹锦儿不禁又是面上一红，咬咬牙根，沉声说道："唐大侠，这人的来历，你何须问我。他是你所赏识的人，我听说你还曾经传授过他的内功心法!"

唐晓澜心头一震，要不是他修养功深，几乎就要失声叫了出来，心中想道："这怎么会，这怎么会？金世遗难道果真还未死么?"他的武学造诣是天下第一人，这时仔细一想，从金世遗刚才所显露的那几手功夫，有两手还可以看出毒龙尊者的家数，虽然已经加以复杂奇奥的变化，但究竟还未曾变化净尽。

这时唐晓澜也是心乱如麻，首先想到的是："要是沁梅这小妮子知道他还活着，不知又会闹出什么事来!"继而想道："金世遗和那小妖女形影相随，甚至不惜冒险从我的天山神芒之下，救了那小妖女的性命，这份交情不比寻常！呀，想不到金世遗竟是个用情不专，见一个爱一个的人！品格太差，武功再好也不足取了。呀，金世遗本来不应是这样的人，想来是因为'近朱者赤、近墨者黑'。和那小妖女混在一起，给那小妖女带坏了!"唐晓澜虽然甚为爱惜金世遗，但他也是个嫉恶如仇的人，对于金世遗他虽然不敢即下断语，观感却是坏了几分。再一想到李沁梅和钟展近来交情日好，终于下了决心："金世遗欢喜那少妖女就由他去吧，我不必多事再去告诉沁梅了。"

卢道璘等人做梦也想不到那人是金世遗。他们虽然很想知道那人是谁，但是曹锦儿和唐晓澜的面色都不大对，谁也没有胆子敢去追问。正是：

来去京华人未识，是仇是友费疑猜。

欲知后事如何？请听下回分解。

第四十三回　解困扶危闻恶耗
伤情怀旧上襄阳

暂且按下唐晓澜与曹锦儿等人不表。且说金世遗拖了厉胜男，离开斗场，向着距离最近的东门疾跑，街头上虽有巡逻的兵丁，但只见一团白影在他们的面前飞过，休说阻拦，连他们是什么模样，也未曾看得清楚。

跑了一会，只听得厉胜男娇喘吁吁，金世遗放慢脚步，忽觉厉胜男的身子软绵绵地倚靠着他，金世遗道："你怎么了?"厉胜男道："走不动啦!"金世遗定睛一瞧，只见她双颊火红，目光呆滞，金世遗道："你中了剧毒，又和那牛鼻子臭道士恶斗了半天，也实在太累了。不过，咱们这个模样，可不能找客店歇息，甚至在北京城里也有麻烦，只好到了城外，再找个合适的地方，给你疗伤。"一面说，一面伸开一条手臂，围着厉胜男的纤腰，几乎是抱着她跑路，厉胜男充满了喜悦，双眼忽地放出光芒，精神也恢复几分，但她却更放软了身躯，低下了头，靠着金世遗有力的肩膊，气息咻咻，发香缕缕，弄得金世遗颈项十分痕痒。

前面忽有一个军官骑马而来，喝道："什么人?给我站住!"原来这是一个派去巡视城门、刚刚回来的御林军军官，他认得金厉二人，看个清楚，大吃一惊，问道："怎么，你们不是随司空统领去赴宴的么?"金世遗道："不错，司空大人差我出城有事，借你的马一用。"不待这军官再问，立即将他掀翻，信手点了他的昏哑穴。

金世遗扶着厉胜男跨上马背，两人合乘一骑，赶到东门，天刚蒙亮，城门尚未打开。守城的军官问他们要出城的令箭，金世遗哪有工夫与他纠缠，拔了厉胜男那把裁云宝剑，一剑将锁着城门的大铁锁斩开，再一掌将那军官打倒，径自纵马出城。

厉胜男好像越来越虚弱的样子，在马背上摇摇欲坠，金世遗扶着她，手掌紧贴她的背心，一面策马疾驰，一面给她推血过宫。到得天色大亮，他们大约已离城二十余里，那匹坐骑虽然是匹蒙古健马，亦已口吐白沫了。

金世遗将手掌收回，问道："可觉得好了些么？"厉胜男道："好是好了一点，只是口干得要命。"金世遗回头遥望，说道："这个时候，他们大约会分出胜负来了。"忽地叹了口气。

厉胜男笑道："你为着我，宁愿失了眼福，我实在很是感激。"要知假若是唐晓澜大战孟神通的话，那实在是武林中百年亦难一见的好戏，厉胜男最熟悉金世遗的脾气，当然立即便猜到金世遗叹气的由来。

金世遗听她软语温存，心中所感到的遗憾登时烟消云散，也笑着道："为着你的缘故，我但愿唐晓澜能杀了孟神通！"

厉胜男道："不，我却但愿孟神通能活下来！"金世遗道："能够亲自手刃仇人固然痛快，但现在孟神通已是武林公敌，谁都想早日将他除去，你也不必固执着定要自己报仇了。"厉胜男摇了摇头，说道："孟神通若是由别人除去，那还罢了，我却最不愿意唐晓澜将他杀掉。"

金世遗默然不语，两人的意思，彼此都已明白。金世遗希望唐晓澜杀了孟神通，是想借此而消除厉胜男对唐晓澜的敌意，但听了她这番话，看来她还是念念不忘祖训，只因为天山派的始祖与三百年前的张丹枫大侠有一段渊源，而张丹枫却是乔北溟至死不忘的仇人，所以承继了乔北溟衣钵的厉胜男，技成之后，就非得为师门雪辱不可。

厉胜男道："你若是怕唐晓澜，你尽可置身事外。"金世遗道："我不是怕什么人，只，只……"厉胜男笑道："只什么？嗯，我知道你的意思啦，你对唐晓澜的那位宝贝甥女，只怕是到了如今尚未能够忘情，哈，只、只可惜她现在已经有了心上人啦！"

金世遗怒道："你胡说什么？"厉胜男伸了伸舌头，笑道："一句话就惹得你生气了？好，我说错了话，向你认错好不好？我应该说，其实你也早已有了心上人啦!”金世遗给她挑动了心事，谷之华的影子倏地从心头掠过，厉胜男忽地咳了几声，呻吟道：“口干得更要命了，好像是要冒烟啦。”金世遗笑道：“谁叫你说了一车子的话？口渴活该!”话虽如此，但见厉胜男忍受痛苦的情状，却不禁暗地生怜，抬头一望，笑道：“那边似乎有一家人家，咱们过去讨点茶水喝喝。”

厉胜男的目力不及金世遗，远远只见一团黑影，再策马走了一里多路，这才看清楚了，却原来是路边的一间茶铺。金世遗笑道：“正好，正好，不必向人家讨了。”

北方这种路边的茶铺，多数兼卖酒食，金世遗系好了马，拉了厉胜男进去，管茶铺的是一对老年夫妇。这时，天亮了才不久，他们的铺门也刚打开了一会儿，便有顾客进门，这两夫妻又是高兴，又是惊奇。

金世遗叫道：“有酒吗，给我打一斤酒，不，先倒两碗茶来喝喝。”那老婆婆陡地一惊，似乎是害怕什么似的，吓得说不出话来，那老公公颤声说道：“大人请、请坐，我、我就去倒茶。”金世遗这才注意到厉胜男衣裳上染有血污，心中想道：“这两位老人家见我们是军官打扮，身上又有血渍，难怪他们着慌。”

金世遗取出一锭银子，笑道：“我知道有些公差，总是白食人家不给钱的，我们却不是那号人。这锭银子你先拿去，酒钱菜钱，慢慢再算。嗯，你可有什么送酒的菜?”

这老头儿开了几十年的茶铺，还从未见过一个军官像金世遗这么和气的，他望着那锭白花花的银子，哪里敢接，连连说道：“没有这个规矩，没有这个规矩！你老赏面，肯到我的小店喝茶，我哪还能收你的银子？而且东西也还未曾端来，要是你老体恤我们，吃过之后，再随便赏几个小钱吧。”金世遗笑道：“你有你的规矩，我也有我的规矩。别人是先吃东西后付钱，我却是先付钱后吃东西的。你要是不收，就是把我们与那些鱼肉乡民、白吃白喝的混账王八蛋官差同样看待了，你先收下吧，待吃过了，再慢慢算账不迟。”

金世遗再三相强，老头儿只好先收下他这锭银子，说道：“小店可没有什么东西，只有昨天卖剩的一盘卤牛肉，拿来给你老送酒可成?”金世遗笑道：“成，成，我喜欢吃卤牛肉。”

经过这么一来，那老婆婆的恐惧也渐渐消除了，金世遗和他们聊天，知道他们本来有一对儿女，女儿已嫁，儿子在五年之前被拉伕，到现在都没有消息。因此只剩下他们两老管这家茶铺，茶铺后进有一间小房，用门帘隔开，做他们的卧房。

待那老头儿再去倒酒的时候，厉胜男悄声笑道：“好容易才使得这两个老家伙不怕我们，可是等下子我们上路，大路上人来人往，我这身染着血污的衣裳怎见得人?”金世遗笑道：“你改了半个多月的装束，想来也是很不舒服的了。”厉胜男道：“正是呢，改扮别的身份还好，扮成一个军官，乡下人见了都是又憎又怕，那还有什么意思?”金世遗笑道：“很好，很好!”厉胜男道：“别人正不舒服，你还说什么很好?”金世遗道：“你知道了叫人害怕对自己也并不是一件舒服的事情，那不是很好么?”

正在闲聊之际，忽听得蹄声得得，有两骑马停在路边，骑马的是两个佩有腰刀的壮汉。一个说道：“好极了，这家茶铺还兼卖酒菜的呢，咱们且进去歇歇喝上两杯。”

金世遗听得声音好熟，定睛一瞧，认得是邙山派第三代的弟子，曹锦儿的师弟白英杰和路英豪，他们的父亲也就是当年在武林中响当当的角色——江南七侠中的白泰官和路民瞻。

这两个人都是曾经和金世遗交过手的，但现在金世遗已改了容貌，他们却认不出来。

白英杰眼光一瞥，见有两个军官在座；他是个比较谨慎的人，踌躇一下，说道：“路贤弟，咱们赶路要紧，喝两碗茶算了吧。不要多耽搁了。”

路英豪道：“忙什么？这里离京城只不过四五十里，索性在这里吃点东西，然后一口气赶到北京吃午饭。何况，师姐……”说到这里，忽地打住，原来是白英杰狠狠地捏了他一把。

路英豪虽然较为鲁莽，经这一捏，也立即会意，心中想道：“师兄也太谨慎了，这两个鸟军官也用得着怕他们么?”不过，他素来敬服师兄，当下不敢多话，就在茶铺门前讨了两碗茶喝，付了几文茶钱，便匆匆走了。

厉胜男认不得白路二人，笑道："这两个人看来武功不弱，却怎的一见咱们便慌慌张张地走了？莫非他们是背着重案的江洋大盗，避忌公门的人？"

金世遗却是疑云暗起，想道："听他们的语气，似乎是已经知道了曹锦儿的下落，说不定唐大侠前往京师营救曹锦儿之事，他们也知道了。不过，既然有了唐大侠去营救，还何须他们冒险进京？莫非是邙山派另外发生了严重的事情，他们急着要去会见掌门师姐？即算见不着师姐，也一定要见着唐晓澜？"

厉胜男笑道："你在想些什么？"金世遗忽地也捏了她一下，指头稍稍用力，厉胜男"哎哟"一声叫将起来，金世遗叫道："不好，不好！你的伤口又发作了么？"

厉胜男何等机灵，知道他定有用意，立即呻吟道："是啊，我不该喝了半杯酒，伤口又裂开了，哎呀，痛得好厉害，不能再走啦！这怎么办？这怎么办？"

茶铺这对老夫妇心地甚好，急忙走过来道："要不要躺一会儿？"金世遗道："正是不敢启齿。我们昨晚去捕盗，强盗非常厉害，我这位兄弟反而受了伤。好在不是致命的伤。不过，现在不能走动，正想借你们的房间躺一躺，我到前面市集抓药，马上回来。"那老头儿道："行。前面不过三四里路，就有市集，你赶快抓药回来，我给你煎。"

金世遗扶了厉胜男进那间用门帘隔开的卧房，说道："你们出去招呼客人吧，我给他先换敷金创药，不必劳动你们两位老人家。那锭银子，你也不必找了，就当作房钱吧。"

厉胜男待他们走后，立即问道："世遗，你这是闹什么玄虚？"金世遗笑道："我给你去买一套衣裳，你也该回复本来的面目了。"厉胜男道："这敢情好。不过，恐怕你还有别的事吧？"金世遗笑道："什么都瞒不过你，我瞧那两个人有点可疑，想看一看他们是什么路道。反正你也要运功疗伤，这间房正合你用。我去去就回。"其实，他还是瞒了厉胜男，他是早已知道了白路二人的身份的。

厉胜男微笑道："我知道你不会丢下我独自跑的，好，你去吧!”听她的语气，她显然已知道了金世遗有些事情还瞒着她。金世遗不由得感到有点内疚于心，想到她病伤未愈，几乎要打消了去追踪那路白二人的念头，但另一个人的影子却在吸引着他，再想到厉胜男有宝剑防身，又有许多歹毒的暗器，虽然功力未曾恢复，但对一般的武林高手，已尽可应付裕如，这样一想，他好像找到了为自己辩解的理由，终于放心去了。

金世遗那匹马是匹蒙古良驹，快马加鞭，不消一顿饭的功夫，已望见了那两个人。路白二人这时正走到三岔路口，白英杰幼年随父亲到过京城，勒马一看，说道：“走东边这条路。”

金世遗正要策马追去，就在这个时候，西边那条小路，忽地有两匹快马疾驰而来，霎眼之间，便抄过了路白二人的前头，拦住了他们的去路。

路英豪大怒，反手拔剑，白英杰较为慎重，止住了他，叫道：“朋友，请借一借路!”话犹未了，前面那骑的高个子忽地手掌一抬，路白二人只觉寒飙刮面，吃了一惊，他们那两匹坐骑也忽地一声长嘶，跳了起来，路白二人急急翻身落马，只见那两匹坐骑好像发了狂似的，跳跃了几下，忽地口吐白沫，倒了下来，哀嘶不已。

金世遗认得这两个人是孟神通的弟子，那个高个子而且是孟神通门下功力最高的大弟子项鸿，另一个则是孟神通的三弟子郝浩。金世遗见项鸿一个劈空掌就打翻了路白两人的坐骑，心中想道：“几年不见，这厮的修罗阴煞功原来也练到了第四重了。怪不得这两匹坐骑禁受不起。”

这时，白英杰也已动了真气，沉声问道：“我与你们何冤何仇?你们何故将我的坐骑害了?”

项鸿冷冷说道：“我家小姐呢?”白英杰怔了一怔，道：“什么你家小姐?我根本就不知道你是何人?”项鸿冷笑道：“姓白的小子，你还装什么傻?你们到襄阳谷正朋家里做什么?快说，你把我家小姐藏到哪里去了?”

金世遗这时离开他们还有大半里路，但他们的说话却听得清清楚楚，不禁呆了。原来他之所以要追踪路白二人，甚至忍心抛下了尚在病中的厉胜男，为的就是想向路白二人打听谷之华的消息，想不到现在却在项鸿的口里先说了出来。他所说的“我家小姐”，毫无疑问，指的当然是谷之华。

路英豪大怒骂道：“胡说八道，谷姑娘是我的师妹，你是她的什么人，竟敢冒认她做你家小姐？”

项鸿冷笑道：“你的师妹？你们的掌门曹锦儿不是早已把她逐出门墙了么？”路英豪怒道：“这是我们本派的事情，不必你来多管！”白英杰道：“两位有所不知，谷姑娘早已重归邙山门下了。”路英豪长剑业已出鞘，“哼”了一声道：“白师兄，何必与他们多说，只问他们让不让路！”

项鸿笑道：“郝师弟，这浑小子竟敢在咱们面前强横霸道，这不是可笑得紧么？嘿，嘿！你要是不讲理的话，咱们就是不讲理的祖宗！”路英豪睁大了眼睛，忍着了怒气道：“听你们这么一说，你们倒像是满有道理似的？不错，我们到襄阳谷家寻找我们的谷师妹来着，这关你们什么事？你们有什么道理？快说，快说！”

项鸿有意戏耍他，哈哈大笑，慢条斯理地说道：“就算谷姑娘是你的师妹又怎么样？天、地、君、亲、师，这是每家人家都供有的牌位，你总该知道吧？师父虽属尊长，但总比不上亲生的父亲吧？何况那曹锦儿不过是她的师姐，你们也只是她的师兄！我奉了她亲生父亲之命，要找她回家，她的下落，我怎能不管？快说，你们把她藏到哪里去了？”

白英杰早已猜到他们是孟神通的弟子，正在暗运少阳神功，准备与他们的修罗阴煞功对抗，所以由得师弟与他们吵嘴。路英豪却是个耿直的人，在他心目中，从未曾把孟神通当作谷之华的父亲，因此在那两人称谷之华做“我家小姐”的时候，他竟然没有想到孟神通这方面去。这时如梦初醒，怔了一怔，立即暴跳如雷，大怒骂道：“原来你这两个坏蛋是孟老贼的奴才，哼，哼，我正要找你们的晦气！”

项鸿喝道：“你这浑小子嘴里放干净一点，你骂我们也罢了，竟敢骂我们的师尊？”路英豪道：“我偏要骂，孟老贼！孟老贼！”项鸿身形一闪，呼的一掌就向路英豪打去，喝道：“你骂吧，你骂一句，我就打你一记嘴巴！”

路英豪亦已有了准备，骂声出口，长剑立即挽了一朵剑花，刷地刺出；江南七侠之中，除了吕四娘之外，就要数到路民瞻的剑术最精，路英豪这一招攻守兼备，正是他家传的上乘剑法。

哪知项鸿这一掌却是用到第四重修罗阴煞功的掌力，而且他从师弟姬晓风那儿也学了几步轻巧的步法，路英豪陡觉冷气侵肤，寒风透骨，不由得心头一震，剑点落歪，说时迟，那时快，项鸿已移近身前，张开蒲扇般的大手，眼看就要拍到他的面门！

就在危机瞬息之间，忽见刀光一闪，从两人中间直劈下去！要知当年的江南七侠，各得独臂神尼的一套功夫，路民瞻以剑术见长，白泰官则以快刀驰誉，白英杰幼承家学，青出于蓝，在这柄单刀上已练得出神入化，这一刀突如其来，当真是势捷如电！

项鸿骤见刀光在面前疾闪，也不由得心头一震，这时他哪还来得及去打路英豪的耳光，饶是他已学得姬晓风的几步步法，刀光闪过，也削去了他的半条衣袖。

项鸿大怒，铁扇一张，护着前心，右掌一抬，再次发出第四重修罗阴煞功的掌力，这一次是全力向白英杰打来，而他的师弟郝浩也已向白英杰扑上。郝浩用的是单笔点穴，招数亦是凌厉非凡，不过他的修罗阴煞功却远远不及师兄，仅只到了第二重的火候。

路英豪虽然冷得牙关打战，但剑术还在，长剑一展，挡住了郝浩的判官笔，郝浩刚要发掌，白英杰忽地反手一刀，郝浩明明看见刀锋向他削来，却是无法闪避，但觉指头一凉，右手的尾指已给削断。这还是因为项鸿救得及时，用掌力震歪白英杰刀锋的缘故，要不然这一刀斩下，更是不堪设想。

登时两对师兄弟混战起来，但听得铮铮声响，白英杰一口气斩了十七八刀，第十七刀斩伤了项鸿的肩膊，第十八刀又削去了郝浩的一只手指。但路英豪却适得其反，剑招发出，渐渐力不从心。

按说他们各自秉承家学，武功不应相差如此之远，其中却有一个缘故。原来自从谷之华将吕四娘的遗著——三篇“少阳神功心法”交出之后，曹锦儿就挑选几位师弟来练“少阳神功”，练少阳神功不但要武功的基础好，而且还得心性冲和。脾气急躁的人，纵使武功多强，也是练不好的。（这也就是在抵御孟神通的修罗阴煞功方面，曹锦儿尚不如她的师弟翼仲牟之故。）白英杰是曹锦儿所选中的师弟之一，路英豪却完全没有学过“少阳神功”。

吕四娘在晚年所妙悟的“少阳神功心法”，本来就是准备对付孟神通的，不过要有她那样的功力，再学了少阳神功，才可以破解第九重的修罗阴煞功，像翼仲牟等人，则最多可以应付第七重。至于白英杰自然又差一些，不过，对项鸿的第四重修罗阴煞功还勉强可以应付。但现在是双方混战，他虽然还可以勉强应付，他的师弟路英豪却已应付不来。

金世遗一看，心中想道：“我若还不出去，他们可要吃不消啦！”他当然不会惧怕项鸿的修罗阴煞功，但却怕马儿禁受不起，于是，先把坐骑系在路旁的一棵柳树上，然后大摇大摆地走上去，捏着嗓子嚷道：“你们这班家伙是怎么搞的？白日青天，在路上打架，打又打得不爽快，打了半天，还是没完没了的！当真是混账之极！老子等得不耐烦啦，赶快给我滚开！滚开！”

这时，他们正打到最紧要关头，白英杰的快刀已渐渐给项鸿克住，项鸿眼见胜利在望，焉肯放松？路白两人给他们紧紧迫住，几乎喘不过气来，更不能“让路”了。

其实项鸿也早已瞧见了路上有人走来，但他却不认得这人就是金世遗，根本就不放在心上，见金世遗先系好了马匹，再大摇大摆地走来，说话又是带讽带骂，分明是有心混扰，登时怒从心上起，恶向胆边生，待得金世遗走近，突然一掌向他劈去！

金世遗骂道：“岂有此理，不让路也还罢了，还要打人！”项鸿这一掌正劈中金世遗的胸膛，见金世遗竟是若无其事地向他冲来，不由得慌了，说时迟，那时快，项鸿的第二掌刚要发出，已给金世遗一把捉着，就像提起一只小鸡似的，直摔出去！

金世遗直插入混战的中心，白英杰的单刀，路英豪的长剑，郝浩的判官笔，三般兵器，在这刹那之间，纵使想偏开亦已收势不及，三般兵器一齐戳到了金世遗的身上。

白英杰、路英豪失声惊呼，郝浩的判官笔却用力戳下，金世遗不理会白路二人，先把郝浩的判官笔劈手夺了过来，拗为两段，一声喝道：“你也跟你的师兄滚吧！”如法炮制，也像捉小鸡似的把郝浩提了起来，一把摔出，恰恰跌在他师兄的身边。

这两师兄弟被金世遗这么一摔，不但觉得疼痛，而且觉得浑身有如被火烧一般，原来金世遗已震断了他们三焦经脉，将他们的修罗阴煞功一举破了。幸而他们功力还未全失，尚能跑路，这时，他们只恨爹娘少生了两条腿，哪里还敢回头再望！

白路二人惊魂未定，定眼看时，见金世遗身上非但没有伤痕，连衣裳也毫无破损，而刚才他们的一刀一剑，却分明是已触着了他的身体的，这一惊比刚才更甚！刚才的吃惊是怕误伤了金世遗，现在的吃惊却是由于金世遗不可思议的武功。其实金世遗也不过只是用了内家功夫中的一个“滑”字诀而已，但一来因为双方本领差得太远，二来在他们的刀剑触及金世遗衣裳的时候，本能的反应令他们减轻了劲力，所以就连衣裳也没有伤损了。

路英豪名如其人，是个豪爽的汉子，对金世遗又是感激，又是佩服，走过来纳头便拜，金世遗笑道：“都是自己人，理该患难相助，路兄弟何必客气。”白英杰道：“恕小弟眼拙，不知在何处见过兄台？敢问兄台高姓大名，尊师哪位？”

金世遗胡乱捏了一个假名，说道：“白、路二兄原来已不认得小弟了，小弟是两个月前往邙山大会上与两位兄台见过面的。小弟是少林派的俗家弟子。”

参加邙山大会的各派弟子总计不下五六百人之多，路英豪和白英杰是邙山派中的头面人物，易于为人认识，金世遗这么一说，路英豪半点也没有怀疑，心中且有歉意，尴尬笑道：“邙山会上的人实在太多，我现在想起来了，甘兄不是在会期那一天才来，和邓朝元老英雄等人在一处的吗？我刚才一见就觉得相貌好熟，只是想不起名字。”那次大会，痛禅上人率领“十八罗汉”前一日赶到，第二天才是邓朝元率领二十多位俗家弟子前来，路英豪不好意思说认不得金世遗，因此把这件事提起来。而且在他的心目中，他也确实是把金世遗当作那次随邓朝元来邙山参加大会的、少林派的俗家弟子之一。

金世遗心中暗笑，却装出赞叹的口吻说道：“路兄的记性真好！那次大会，一共来了五百六十八个人，难为你还记得我的相貌！”

白英杰道："怪不得甘兄的武功如此高明，原来是少林派的高弟！甘兄刀枪不入，敢情是已练成了贵派的金刚不坏神功么？"

金世遗笑道："练是练过的，说到'练成'，那还差得远呢！小弟至多不过有三四分火候。"

白英杰却是个精细的人，听金世遗的话，越听越觉怀疑，原来那次大会，他正是奉命接待客人的"知客"之一，虽说来人太多，他已记不完全，但对于最重要的少林、武当、峨嵋几个大门派的弟子，他是特别留心的，却怎样也想不起有金世遗这样的人；而且他又知道少林派的金刚不坏神功极少传给俗家弟子，就算是俗家弟子之首的邓朝元，对这门功夫也不过略懂皮毛，当下心中想道："若然他真是少林派的俗家弟子，以他的武功而论，早已应该在江湖上大大有名，却为何我根本就未曾听过这个名字？"不过，他虽有怀疑，却也不会疑心到金世遗是个坏人。他对金世遗在他最危急的时候出手相助，心中也是感激得很的。

路英豪见师兄态度冷淡，颇为奇怪，心中想道："休说人家救了你的性命，即算仅是武林同道，你也不应该摆出一副冷面孔对待人家。咦，师兄平素也是个爱结交朋友的人，为何今日大大失了常态？"路英豪方自纳罕，白英杰却已站了起来，向金世遗施了一礼，说道："大恩不言报，我们还有点小事要赶着上京，就此别过。"路英豪正谈得高兴，被师兄催促，无可奈何的随师兄站了起来，忽地嚷道："糟糕，糟糕，我的两条腿麻木不灵，已经不听使唤了，这怎么赶路？"原来他因为未练过"少阳神功"，体内受阴寒之气所侵袭，无法解除，时间一久，手足的关节都给冻得僵硬了。

白英杰正要扶他，金世遗笑道："难得相聚，多谈片刻何妨，我还有点事情想请问两位兄台呢！"他右手拉着路英豪，左手拉着白英杰，路白二人休想移动分毫。

路英豪忽地感到似有一股暖流，在身体内流过，直透四肢，登时感到舒服无比。白英杰本来也有点春寒料峭的感觉的，经金世遗这么一拉，热力从他的掌心直透进去，这点轻微的寒意也立时消失了。

白英杰是个武学行家，当然知道这是金世遗在用上乘的内功替他驱散阴寒之气，只得停了下来，向金世遗谢道："多谢甘兄再次施惠，请问甘兄想知道的是什么事情？"

金世遗道："请问两位兄台，你们可是到过了襄阳谷家么？"白英杰道："不错。"金世遗道："可见过了令师妹么？"白英杰道："你问这个干么？"金世遗道："我与令师妹也曾相识，那次在邙山会上，她被孟神通点了穴道，后来就不知下落，我也想打听打听她的消息。"白英杰道："不劳甘兄挂心，那次她虽然遇险，幸得高人相救，早已平安无事了。"他怎也没有想到，那次救谷之华出险的人，就是在他对面，和他说话的这个金世遗。

金世遗道："我是想问她现在的下落，两位不是已经见过了她的吗？"白英杰迟疑片刻，答道："见过了。"金世遗道："那么谷姑娘现在何处？她的身体可完全恢复了么？"

白英杰又再迟疑，心中想道："这姓甘的是什么人？为什么也像孟老贼那两个弟子一般，絮絮不休地盘问谷师妹的事情？"路英豪忍不住答道："都是自己人，说你听无妨，我们在襄阳是见过谷师妹，但第二天她就失踪了。我们也正在想知道她的下落呢！"

路英豪此言一出，金世遗禁不住大吃一惊，急忙问道："这是怎么一回事？之华、之华、她、她怎样失踪了？"金世遗一直是捏着嗓子说话的，现在一时情急，不知不觉的放开了嗓子，露出原来的口音。白英杰心头一动，想道："这人的口音好熟，难道果真是相识的人？我却怎么想不起来？咦，他为何要用假嗓子说话？"

路英豪没有他师兄那么精细，但听得金世遗连叫两声"之华"，叫得这样亲密，也有点儿纳罕，暗自想道："听他如此称呼，他和谷师妹一定不是泛泛之交。"

不过，路英豪虽然有点怀疑，但他感激金世遗救命之恩，且又佩服金世遗的武功，因此仍然不加掩饰的，把本门的事情，对金世遗说了。

路英豪道："实不相瞒，我们是奉了掌门师姐之命，到襄阳去请师妹回山的。师妹的义父是襄阳谷正朋，谷正朋逝世多年，师妹还未曾到过他的坟前祭扫，所以那次邙山大会之后，掌门师姐不见她的踪迹，便料到她定是回义父家中去了。

“我们到了谷家，果然见着了师妹，但任凭我们怎样劝说，她都不肯回山。看来她好像十分颓唐，对什么事情也不感兴趣。口口声声，但愿侍奉义母终老，不想再入江湖了。”

金世遗听得心里凄酸，想道：“这都是我害了她。”路英豪道：“幸亏掌门师姐也料到她不愿回山，接着又派了程浩和林笙两位师兄赶来，捧出本门的金牌劝驾，她这才答应了。”

曹锦儿发出金牌，召见一个本门弟子，这可是非同小可的事情。要知这块金牌，大有来历，乃是邙山派的创派祖师——前明公主独臂神尼留下来传给历代掌门的。当年吕四娘也是在得到师父给她这块金牌之后，才敢诛杀了因。金世遗听到此处，已经完全明白了曹锦儿的用意，看来她不仅准许谷之华重列门墙，而且是有意将掌门之位传给她了。

果然路英豪接着就道：“曹师姐实是有意令她接任掌门，不过曹师姐的意思谷师妹未知道。只道曹师姐是怕她不肯回去，才用金牌召她的。她见了金牌，只好答应了。”

金世遗问道：“既然她已答应了和你们一道回山，怎的又中途失踪了呢?”路英豪道：“不是中途失踪，乃是当天晚上，在她家里失踪的。她和我们定实了第二天一早起程，哪知她当天扫墓回来，晚上便出了一件极为古怪的事情。”

金世遗道：“什么怪事?”路英豪道：“因为师妹已答应了明早同行，那一晚我便安心睡觉，哪知到了午夜时分，我忽被一声凄厉的叫声惊醒，白师兄也同时醒来，他比我精细，听出那叫声是来自西楼。”金世遗问道：“你们两位是同住一房?”路英豪道：“不错。我和白师兄同住，距离西楼较远；程林两位师兄另住一房，距离西楼较近。西楼是谷师妹的闺房所在，楼上有两间房，另外一间是她的义母韩氏夫人住的。”

金世遗道：“嗯，我明白了。那一声叫可是你师妹的声音吗?”路英豪道：“不是，那是她义母的叫声。后来我和白师兄赶到西楼，在楼梯口先发现了两个人。”金世遗道：“想必是你那两位师兄——程浩和林笙吧?”路英豪道：“这次你猜得对了，正是他们。程、林两位师兄的武功比我们高得多，可不知怎的，竟然糊里糊涂地受了人家的暗算。两个人倒作一堆，满脸黑气，验不出什么伤痕，但却是神智昏迷，只‘荷荷’地叫，像白痴一般，瞪着两只大眼睛，却认不得我们，又不会说话。”金世遗想道：“想必是他们碰到极为惊心动魄的事情，所以吓成这个模样。但这两人都是邙山派中出类拔萃的弟子，见过大风大浪的人，论理又不应这样。而且他们遇见强敌，又何以不出声呼叫？”

路英豪接续说道：“我们见此情形，知道不妙，急忙上楼去叫师妹，却只见她的房门已经打开，人早已不在了。这时，韩夫人听得我们的叫声，方始从房中出来。”金世遗道：“据我所知，谷正朋的妻子也是个武艺高强的女英雄，不在她丈夫之下，她可曾和敌人交过手么？”路英豪道：“没有。连敌人是什么相貌，她也瞧不清楚，据她说，她听得谷师妹房中有响动的声音，起来看时，却只见一条黑影，似乎是背着一个人，从对面的瓦背飞过，她还未来得及施展轻功去追，便给那个人用瓦片打了她一下，我们看见她时，她的额角还青肿着，血也还未止呢。”

金世遗大为惊疑，心中想道：“谷之华已尽得了吕四娘的真传，武功之高，远在曹锦儿之上，即那位韩夫人，武功也许比她稍差，但在江湖上亦已可算得是一流高手，怎的会毫无抵抗，就给敌人将谷之华绑架了去？”

路英豪续道：“我起初以为是孟神通的门人弟子所为，但据白师兄说，程林两位师兄的症状却不似是受修罗阴煞功的伤，可惜他们二人都已神智昏迷，不会讲话，我们请了名医给他诊治，过了几天，他们仍是那样，丝毫不见清醒。根本就没有办法从他们的口中探出什么消息。”

金世遗苦苦思索，但觉这件事情的经过，有许多离奇古怪的地方。谷之华是自行失踪还是给敌人掳去？若是给人掳去，那么这个人最少也是孟神通一流人物。

白英杰道：“我最初也曾怀疑是孟神通。但一来程林二位师兄并非是受修罗阴煞功之伤；二来刚才所碰到的孟神通那两个弟子，他们也在追查谷师妹的下落，可见谷师妹不是落在孟神通或他的党羽手中了。”金世遗心道：“还有第三个理由，你们尚未知道。孟神通现在正在京中，推算路程和时间，他不可能先到襄阳掳了女儿。”正因如此，金世遗更觉得这件事情是个难解之谜。

路英豪续道：“按照我们邙山派的规矩，接了掌门人以金牌宣召的弟子，必须带了金牌回去听令，因此，那面金牌，已是在谷师妹手中。”金世遗道：“这么说，那面金牌岂不是随同谷姑娘失落了？”路英豪道：“就是呀！所以我们要急着去见掌门师姐。现在各派掌门人还在嵩山少林寺，我们若是得见师姐，也准备先往少林寺一行，届时但愿得与我兄再聚。”金世遗道：“你们忙着赶路，我不耽搁你们的时间了。那两个家伙遗下的马匹正合你们使用。咱们就此别过，后会有期。”

路英豪正在与金世遗拱手道别，白英杰忽然说道：“此次多蒙兄台援手，感激不尽。但不知兄台的真名实姓，可肯赐告么？”一面说话，一面向金世遗深深一揖。路英豪怔了一怔，心道：“他的姓名不是早已告诉我们了吗？你怎么怀疑那是假的？”深恐金世遗因此不悦。

金世遗微微一笑，说道：“白兄果然是个精明的人。你们见了师姐，自然明白我是谁了！”

路英豪不觉愕然，就在这一瞬间，他还未来得及出声再问，金世遗身形一晃，早已过了三岔路口，跨上他的那匹骏马，绝尘而去了。

金世遗虽然和路白二人开了一个大玩笑，但他的心头可是沉重得很，一路思念着谷之华，心中想道：“之华碰到了灾难，我岂能不管？那晚曾与敌人朝过相的，只有程林二人，我要是能令他们清醒过来，或者可以探出一些蛛丝马迹。”想至此处，一幕往事忽然又浮上心头，那是他和谷之华在邙山重会的晚上，厉胜男忽然出现，不惜自断经脉，身受重伤，阻止了他去追赶谷之华。“假如我把这件事情告诉了胜男，她肯放我到襄阳去查访之华的下落么？她现在也正是毒伤未愈，要是她不肯与我同行，我可以丢下她不管吗？”两个少女的影子在他的心头忽起忽落，令得他心乱如麻！正是：

唯恐眼前人不谅，最难排遣旧时情。

欲知后事如何？请听下回分解。

第四十四回　渺渺芳踪无觅处
重重疑案费思量

金世遗委决不下，心想："且待回去见了胜男再说。"按照那茶铺主人的指点，先到小市集上去买衣裳，市集上没有成衣店，幸亏那日恰是墟期，好不容易找到了一档故衣摊子，金世遗知道厉胜男喜欢打扮，拣了又拣，费了好多功夫才拣到了两件比较漂亮惬意的女装。市集上的人见他挑选女装，无不奇怪，但因他是个军官，谁也不敢多口。

这时已是天将近午，金世遗心道："胜男一定等得心焦了。"急急忙忙骑马赶回。

那茶铺离市集不过四五里路，金世遗快马加鞭，不消一支香的时刻，茶铺已经在望，忽地迎面碰见两个乡农装束的汉子，慌慌张张的在路上奔跑，金世遗觉得可疑，大声喝道："你们是干什么的?"那两个人见是个军官，越发慌张，结结巴巴地嚷道："有强盗、有强盗，强盗杀、杀了人啦!"

金世遗吃了一惊，心想莫非是厉胜男在茶铺遇上了敌人，将人杀了?他一眼已瞧出那两个乡下人不会武艺，不似匪徒，便不再理他们，策马直奔茶铺。

只见茶铺里静悄悄的，金世遗已预感到有点不妙，走了进去，一眼瞥见在柜台下面和卧室门口，各有一具尸首，正是管茶铺那对老夫妻!摸了一摸，尸首尚还温暖，显见被害未久。

金世遗揭开门帘，大声叫道："胜男!胜男!"房子里只有一张空榻，哪里还有厉胜男的影子?

金世遗这一惊更甚，心想厉胜男持有宝剑，又有许多厉害的暗器，人也机警绝伦，虽然功力未复，但一流高手也未必奈得她何，怎能这样容易就给敌人掳去？而且她也知道自己是往市集买衣，纵使遇到强敌，抵挡不住，也该逃跑出来，用天遁传音呼救，茶铺距离市集和三岔路口都只不过四五里路，若是她用天遁传音呼救的话，自己理该听见。

饶是金世遗经历过无数风波，这时也自有点心慌意乱，但觉厉胜男的突然失踪，和他所听到的谷之华的失踪一样，同是离奇难解！

就在这时，门外人声嘈杂，有人叫道："里面有声息，凶手还躲在里面，小心，小心！"接着又有人失声吆喝，喝令凶手出来，金世遗应声跳出，只见茶铺外面，黑压压的一大群人，原来是保正听得出了命案，带了团练来查勘了。

那些人见出来一个军官，尽都呆了，一时之间，无人动手。金世遗瞧见那两个乡农也在人堆里面，急忙将他们抓住，喝问道："你们可瞧见强盗是什么模样么？"

那两个乡农慌忙答道："我们根本没有见过强盗的面。"金世遗道："那你刚才又在大嚷强盗杀人？"那两个乡农道："我们进来想喝一碗茶，发现这两老的尸身，嗯，那、那当然是强盗杀的了。"

金世遗自己也觉得好笑，心里想道："我也真是急得糊涂了，从他们口中，问得出什么？"无暇纠缠，立即推开众人，跨上坐骑，拣了一条他刚才未走过的路追下去，背后只听得那班人大叫大嚷，原来那些人把他当作凶手，以为是他吃了东西不肯付钱，在纠缠中将这个老人杀了。要知那时一个军官恃强杀人乃是常有之事，怪不得他们怀疑，鼓噪，好在有那两个乡农说明这个军官是在路上碰见的，鼓噪的声音才渐渐平息下去。

金世遗一口气跑了十多里路，用天遁传音呼唤，没有听到回答，在路上也未发觉有什么可疑的物事，于是再向另一个方向找寻，直到天黑，四面八方都查探过了，兀是找不到半点蛛丝马迹。

金世遗大为失望，但失望之中，不知怎的，却又似有一些轻松之感，心里想道："胜男不是个普通的女子，不但武功高强，机智亦非常人可及，纵使落在敌人手中，只要敌人不是当场把她害死，她总有脱身之计。”而且金世遗尚未知道孟神通与唐晓澜比武的结果，在他以为孟神通这次不死亦必重伤，有可能伤害厉胜男的敌人绝不会是孟神通，所以便更觉宽心了。当下心里想道：“谷之华的失踪之事，虽然是同样离奇，但襄阳谷家，还有程浩和林笙二人，只要我能令他们清醒过来，总可以从他们口中探出一些消息。”

金世遗打定了主意，便连夜动身，那匹马已累得不堪，他索性舍了坐骑，趁晚上施展轻功，一个晚上赶了将近三百里的路程，拂晓时分，歇息一会，再到附近的市集买了一匹马代步，如此这般，晚上用轻功赶路，日间另外换过坐骑，不过十三天便从北京赶到了襄阳，好在他的内功已差不多到了最上乘的境界，每天歇息个把时辰，体力便自恢复。

谷正朋虽然早已在五年前去世，但说起两湖大侠谷正朋的名字，在襄阳仍然是尽人皆知，金世遗很容易的就打听到了谷家的所在，那是在襄阳西郊离城约十里左右的一个村子。

金世遗马不停蹄，直奔谷家，只见大门紧闭，墙角生苔，似是这间大宅久已无人料理，金世遗拉起大门的铜环，扣了几下，大门开了一扇，里面还有一重铁栅栏，一个丫环模样的少女站在栏栅后面问道：“你是什么人？”

金世遗道：“我姓甘，是你家小姐的朋友，特来探访她的。”那丫环道：“小姐不在。”金世遗道：“那就请见你家主母吧，烦你通报一声。”那丫环道：“你是从哪儿来的？”金世遗道：“我是从嵩山少林寺来的。”他知道谷家是武学世家，即使丫环婢仆，也必然知道少林寺的名头，甚至知道武林的近事，他怕那个丫环不肯给他通报，或者通报了而谷老太太不肯见他，所以冒称是少林寺的来客。要知各派的首脑人物都还聚集在少林寺，他声称从少林寺赶来，谷老太太定然以为是有什么重要的事情，不会不见。

那丫环打量了他一眼，慢条斯理地说道：“我家主母也出门去了，你若有拜帖，就留下来吧。”金世遗好生失望，说道：“怎么，你家主母也出外未回？什么时候出门的？”那丫环道：“差不多有一个月了。”金世遗推算时间，那是在谷之华出事之后不久，便再问道：“那么她什么时候回来？”那丫环道：“这我怎么知道？她老人家去什么地方，要去多久，我们做丫环的是从来不敢问的。”

金世遗想了一想，又再问道：“那么有两位邙山派的弟子，一个叫做程浩，一个叫做林笙，听说在你家养病，我和他们都是相识的朋友，请你让我见见他们，好吗?”那丫环蹙了双眉，说道：“你是说那两位一直昏迷未醒的、我家小姐的同门师兄吗?”金世遗喜道：“正是，正是。他们现在都还昏迷未醒吗？不要紧，我略通医道，或者可以治好他们。”

那丫环道：“那两位大爷也早已离开这里了。”金世遗大为奇怪，问道：“他们既然一直昏迷未醒，又怎能离开?”那丫环道：“当然是有人接他们的了。”金世遗道：“什么人?”那丫环似乎有点不耐烦的神气，说道：“你这人怎的这样好查根问底，我怎知道是什么人？总之不是他们的朋友便是他们的同门兄弟了。”顿了一顿，又道：“这屋子里只剩下我们几个下人，你要找的人都不在。你既然没有拜帖留下，待我家主母回来，我再告诉她吧。”说罢便“砰”的一声关上大门。金世遗忙再提声问道：“等一等，我还有一件事要问问你，那些人是什么时候接了他们走的?”那丫环在里面没好气地答道：“记不清楚了，大约有十来天吧。”随即听见她的脚步声走进屋内。

金世遗一无所获，大为失望，没精打采地从原路走回。走了一会，猛地想道：“这丫环的说话有个大大的破绽，她说谷老太太出门将近一月，而程、林二人却不过是十多天之前才离开的。这二人受伤昏迷，谷正朋的妻子韩夫人（谷老太太）和她的丈夫同以侠义著称，岂有丢开这两人不管，独自出门之理?”

若依金世遗以往的脾气，此时便要再闯谷家，但一来他经过这几年的磨炼，尤其是在与谷之华相识之后，性情已改了许多；再则想到谷老太太是谷之华的义母，若然确在家中，自己破门而入，双方面子也不好过。因此终于打消了这个念头，心中想道：“且待我今晚再去瞧个明白。现在先到襄阳找个客店歇歇再说。”

金世遗没精打采地走出村子，忽见有几个小叫花在村子里走来走去，探头探脑的似乎对自己甚为注意，金世遗暗暗奇怪，心道：“莫非他们因为我是陌生人么?”那几个小叫花见金世遗望着他们，便上来讨钱，金世遗虽然有点疑心，但因心中有事，也不理睬他们，扔了几个钱便走。

回到襄阳，已是将近黄昏的时分，在城门外面的一个角落，有个老叫花正在打开棉袄捉虱子，金世遗第一眼瞥见他的背影，暗自笑道："怎的今日老是碰见花子太爷？"忽地那乞丐回过头来，金世遗一看，不由得心里一跳，原来这老叫花不是别人，正是江南丐帮的帮主翼仲牟。

金世遗这时已改了衣装，不再是军官服饰，但尚未恢复本来面貌，翼仲牟认不得他，虽然觉得这人似乎有点相识，却也并不怎样在意。

金世遗故意放慢脚步，心里想道："翼仲牟来襄阳做什么？"就在此时，有一行三人走出城门，为首的衣服丽都，肥头大耳，似乎是个富豪，另外两人则似是他的跟班，那富豪盯了翼仲牟一眼，骂道："哪里来的臭叫花拦着城门讨乞，公差们也不管管，真是失了咱们襄阳的体面。"翼仲牟懒洋洋地答道："我在这里捉虱子，可并没有拦着城门讨乞啊！"

那富豪大怒骂道："臭叫花还敢多嘴！"翼仲牟淡淡说道："我闻你身上的气味比我还要臭得多！"那富豪大叫道："反了，反了！"说时迟，那时快，他的两个随从早已向翼仲牟扑去，一个嚷道："公差不管我来管！"一个嚷道："你顶撞了齐大爷，我要剥你的皮！"

金世遗冷眼旁观，暗自笑道："这两个狗腿子可要吃苦头了。"心念未已，忽见那两个随从出手如电，一个用的是分筋错骨手法，一个使的是鸳鸯连环腿的功夫，手脚起处，劲风呼呼，哪里是普通的随从，竟分明是两个内家高手！

翼仲牟本来是懒洋洋地躺着在晒太阳，这一来大出他的意外，几乎给那个随从踢中，幸而他应变得快，使出丐帮的绝技"降龙手"，坐在地上，身形似陀螺般一转，一捉就捉着那随从的脚后跟。

就在这时，另一个随从亦已使"分筋错骨手"的功夫，向翼仲牟抓到。金世遗一见他们出手，便知道这两个随从虽然不是寻常之辈，但以翼仲牟的功夫，还尽可以对付，因此便不管他们，却特别注意那个貌似富豪的胖子。

只见他手指一弹，倏地飞出一线银光，这是梅花针刺穴的绝技，在金世遗眼中虽算不了什么，但那富豪距离翼仲牟有六七丈远，梅花针若能打到三丈开外，在江湖上已经算得是一流高手了，而这个人竟然在六七丈外发出梅花针，金世遗一见便知道他的功力在翼仲牟之上。翼仲牟若是没有那两个随从与他纠缠，或者还可以避开，但现在他要同时应付三人，那却是绝对应付不了。

金世遗心念一动，立即"呸"的一声骂道："三个人欺负一个老叫花，那才真是不要脸!"随着那"呸"的一声，银光立即消失，原来金世遗也从口中吐出一枚飞针，将那个人的梅花针打落了。

翼仲牟抓起那个随从的脚后跟向前一送，另一个随从的"分筋错骨手"恰好抓着他的同伴，痛得他"哎哟"一声叫将起来，粗壮的身躯登时软得似一团烂泥，两个人倒作一堆。

那富豪模样的人喝道："哪条线上的朋友？何妨出来见见!"口未闭拢，忽地一团泥巴飞来，将他的口塞得满满，耳朵边只听得有人说道："你再欺负那位花子大爷，我就要再喂你三斤臭水沟的污泥，你这个下三流的小辈，要想拜见我还得再练十年!"他耳边听得声音，眼中却不见人影，口又不能说话，把他简直气得死去活来!

翼仲牟这时亦已知道有高人暗助，但金世遗用"天遁传音"之术向那富豪说话，他却不见，当下他暗里谢了一声，便向空中一揖说道："这位好心的朋友不必动怒，俺老叫花是给人欺侮惯了的。哎，这位大爷不许我在这里捉虱子，我就避一些吧！你们自己人打自己人可不关我的事，三位大爷，请了！请了!"边说边拿起拐杖，"笃笃"有声，躲到另一个远处角落，坐了下来，仍然懒洋洋地打开棉袄捉虱子。那个富豪这时哪里还敢多事？吐出了嘴里的泥巴，拉起他那两个随从，各赏了一巴掌，三个人嘀嘀咕咕地连忙走开，嘴里虽在小声的骂，却不敢再看翼仲牟一眼。

金世遗心里好生痛快，想道："可惜我另外有事，没功夫追查这三个家伙的来历，哼，只叫他们吃点小苦头，算是便宜他们了。"这时他已在襄阳的大街行走，忽见迎面又来了两个乞丐。

金世遗心里想道："是了，怪不得我今天碰见这么多叫花，想来他们都是丐帮的弟子，帮主来了，他们自应朝见。”

夜幕将降，华灯初上，襄阳大街上人来人往，甚为热闹。金世遗因为特别留意那两个乞丐，忽然瞥见人丛里似乎有一个相识的人，倏地从那两个乞丐的旁边擦肩而过，似是轻轻地碰了他们一下，那两个乞丐以事属寻常，毫不在意，仍然是自顾自地赶路。

金世遗可猛地心中一凛，这时他已认出了这个人是姬晓风，不禁有些奇怪：“姬晓风为什么也赶到了襄阳？这两个叫花子身上有什么东西，值得他施展妙手空空的绝技？”

姬晓风身法好快，一下子就溜入了人丛之中，但在大街上他到底不方便施展轻功，金世遗暗暗运了两分内劲，挤入人丛，在他周围的人都突然感到似有一股大力将他们推动，不由得两面分开，金世遗一下子就抓住了姬晓风，低声说道：“朋友，跟我来！”姬晓风跟了孟神通三年，武功亦差不多可以跻进江湖上一流高手之列，给金世遗一把抓着手腕，全身酸麻，动弹不得，大吃一惊，唯有俯首帖耳地让他拖走。旁人虽然觉得这两个人有点古怪，但却以为他们是老朋友相遇，并不感到意外。只是有一些人被金世遗的暗劲推开，莫名其妙地瞪大了两只眼睛，还不知道是金世遗捣的鬼。

金世遗将姬晓风拖过一边，悄悄地在他耳边说道：“把你从那化子身上偷来的东西交给我！”姬晓风是天下第一神偷，眼光特别锐利，金世遗虽然改了面貌，却给他认出了就是在北京与自己师父交过手的那个乔装军官，当下自叹倒霉，冷冷说道：“算我遇到了贼祖宗了，好，交给你，你先松手！”摸出一包东西，金世遗接过来一捏，四四方方硬硬的似乎是个小匣子，金世遗道：“是这个吗？在这里我给你几分面子，你若骗我，我可要叫你大吃苦头。”姬晓风一副委屈的神气说道：“你的武功虽高，却原来是个新入行的，我们这行的规矩，碰到了更高明的黑吃黑的对手，他要索取什么赃物，我们只有双手捧上，绝无瞒赃或掉赃之理。”金世遗见多识广，一想黑道上是有这么一条规矩，被同道所“吃”的人，纵然心有不甘，也只是事后设法报复，在被“吃”的当时是只有服输的。

当下金世遗将那包东西纳入怀中，说道：“且慢，我还要问你几句话。”姬晓风已猜到了他要问些什么，趁金世遗将东西纳入怀中的时候，忽地身形一起，疾如飞鸟地飞身上屋，金世遗稍为缓慢，一抓竟然没有抓着，姬晓风在屋顶大叫道："有贼，有贼，快捉贼呀！快捉贼呀！"

大街上正是热闹的时候，姬晓风突然飞身上屋，再加上这么一嚷，登时惊动了看热闹的闲人，人声鼎沸："看飞贼呀，看飞贼呀！""贼在哪儿？贼在哪儿？""哪个是贼？哪个是贼？"就在这纷扰混乱之中，姬晓风早已逃得无踪无影！

金世遗的轻功虽然不弱于姬晓风，但他稍为慢了一步，有些人的目光又已向他投来，在这样的情形下，他若也飞身去追，将更骇人耳目，金世遗不肯败露行藏，只有让姬晓风逃脱，当下施展天罗步法，在人丛中左边一兜，右边一绕，避开了众人的注意，悄悄地溜出了人丛。

金世遗本来想抓住姬晓风，向他盘问孟神通的消息的，却不料姬晓风十分狡猾，稍一疏忽，就给他逃了，金世遗心里想道："姬晓风此来襄阳，多半是奉了孟神通之命，来追查谷之华的下落的。这样看来，敢情那老魔头并未丧生在唐晓澜剑下！"

金世遗在较冷静的街道找了一间小客店暂且栖身，关上房门，打开那包东西一看，却原来是一方拜匣，里面有翼仲牟具名的拜帖，是给谷之华的义母、谷正朋的妻子韩氏夫人的。

金世遗本来就怀疑韩夫人未曾离家，见了这张拜帖，不啻又得了一重证实，心里想道："丐帮的消息最为灵通，要是韩夫人不在此地，翼仲牟断不会来，更不会具帖求见。看来那小丫头说的全是诳话，不但韩夫人未曾离家，那程浩、林笙二人也必然还在谷家，所以翼仲牟才急急赶来。"只是有一件事情金世遗还未明白：那小丫头若不是秉承主母之命，断不敢胡造诳言；那么韩夫人为什么要对外人隐瞒？难道她早已料到了他会前来，或者是谷之华已告诉了她，他还未死？而谷之华不肯见他？因此，虽然是谷之华业已失踪，而韩夫人也不愿意他来探问谷之华的消息。

金世遗心乱如麻，百思不得其解，心里想道："不管怎么样，且待我今晚去看了再说。"金世遗上次在邙山玄妙观的时候，曾遭遇龟灵子与释道安二人，金世遗在暗中将他们捉弄，剥了他们的人皮面具，此刻他准备去夜探谷家，想到这人皮面具正好可派用场，不料一检查身上的东西，却发现少了一张面具，金世遗起初呆了一呆，随即省悟，哑然自笑道：“是了，我迫姬晓风交出赃物，却想不到他也偷了我的东西。幸好还剩下一张人皮面具。”

待到二更时分，金世遗戴上面具，悄悄离开客店，不到半个时辰，便赶到谷家。正进了围墙，忽听得有衣襟带风之声，只见两条黑影，也正从园子的东北角飞进谷家。

金世遗吃了一惊，心道：“好俊的轻功，后面这个也还罢了，前面这个真是轻如片叶，落地无声，若然只论轻功，只怕孟神通还比不上他！”金世遗屏息呼吸，在繁枝密叶之中瞧出去，后面那人正是日间所遇的那个富豪模样的胖子，前面那个有着一张毫无表情的面孔，冷森森的令人感到几分鬼意，金世遗暗自笑道：“我道是谁，原来是姬晓风。怪不得他偷了我一张人皮面具，敢情是要扮鬼来吓唬谷老太的！”

心念未已，跟着又是两条黑影越过墙头，在金世遗眼中，这两个人的轻功可差得多了，不但有衣襟带风之声，甚至可以听得出他们粗重的呼吸气息，在他们将落地的时候，姬晓风轻轻将他们一带，这才没有弄出声音。金世遗认得他们就是富豪的那两名随从。其实以一般的江湖人物而论，这两个人的轻功也不算差了，不过，与姬晓风比较，那当然是相形见绌。

姬晓风游目四顾，摆了摆手，表示四下无人。原来姬晓风耳目非常灵敏，只要有些微声息，他就能听得出来。这也是金世遗为什么要屏息呼吸的缘故。金世遗暗自好笑，冷眼旁观，看姬晓风捣什么鬼。

只见姬晓风作了几下手势，指一指园中央的一栋房子，随即便独自离开，一溜烟似的直奔谷家正屋。

金世遗懂得黑道上的“手语”，姬晓风那几个手势“说”的是：“你去绊住那个老太婆，我去找人。”

金世遗本来要跟踪姬晓风的，转念一想：“不如先去瞧瞧谷老太太吧，这胖子的真实武功在姬晓风之上，只怕谷老太太对付不了他。反正姬晓风总要与他们会合的，就是让他偷了谷家几件东西也算不了什么。”

那富豪带了他那两个随从，上了瓦背，金世遗悄悄跟着他们，那房子里透出一点灯火，富豪模样那个胖子举动却十分轻灵，用了一个“倒卷珠帘”的姿势，挂着檐角，偷偷向下张望。那两个随从则挤在一起，从屋顶中央所开的嵌着玻璃的小天窗望进去。金世遗就伏在他们的旁边，而且轻轻地揭开了一片瓦，这两个家伙竟然丝毫没有发觉。

金世遗早就听出了屋子里有两个人在下棋，心里正自好笑：“韩夫人也算得女中英杰，怎的这两个笨家伙在天窗上偷看，她都没有发现？居然还有这样的闲情逸致下棋。”不料一看之下，金世遗也不禁大吃一惊，却原来和韩夫人下棋的竟是冯琳，当真是大出金世遗意料之外！金世遗定了定神，心中想道：“怪不得韩夫人丝毫不加戒备，却原来有冯琳在这儿！”

只听得冯琳笑道：“韩大姐，你这一着好厉害，我没法解救，只好和你打劫了！”（按：“打劫”是围棋的一个术语，在彼此可以互吃的情况下，己方的子给对方吃去之后，须等待一着，才可以将对方的子吃回。因此这一着必须找对方的要害攻击，使对方不能不应。这便叫做一个“劫”。）韩夫人道：“哪里有劫给你打？”冯琳道：“莫忙，莫忙，哈，我找到啦，瞧，我打给你看！”

她的手心本来扣着几粒棋子，说到一个“打”字，蓦地将棋子一甩，冯琳的“飞花摘叶”功夫，何等厉害，一花一叶，亦足以致人性命，何况是比花叶坚实得多的棋子，只听得刺耳的破空之声，向上打的两粒围棋子竟然力透瓦背，正正打中伏在屋顶中央向天窗偷看的那两个人，“扑通”连声，登时都跌了下来。

那个胖子的武功却极为了得，见冯琳把手一扬，立刻脚尖一松，“咯”的一声，竟然施用“头锤”，破门而入，但饶是如此，他的屁股也给那枚棋子打中，虽然皮粗肉厚，但给棋子擦过，也有如刀剜一般。

那胖子怒吼道：“好狠的贼婆娘，我与你拼了！”声到人到，腰带一挥，便向冯琳扑去。他的腰带是用白金所炼的软剑。

冯琳笑道：“我道是谁，原来是恶商贾商浩，这次买卖你可要吃亏啦。”说罢也解下她的束腰绸带，向那胖子卷去，一面笑道：“绸带换金带，这利钱可算不错。”

原来那胖子姓商名浩，因他生得肥头大耳，又是姓商，在江湖上常以富商的身份出现，所以得了一个绰号叫做“恶商贾”。那两个随从是他的徒弟。

冯琳挥动绸带，夭矫如龙，呼呼风响，威力竟似比商浩的那柄白金软剑还强三分，商浩虽然暴怒如雷，却只有招架的份儿。

金世遗不想给冯琳见到，心中想道：“冯琳大约总得过了十招，才可以把这胖子收服，我趁这机会先去瞧瞧姬晓风捣什么鬼，看他要找的是什么人？”

金世遗跟着姬晓风刚才所走的方向，奔向谷家正中的那栋大屋，但见屋内的门户尽都打开，有好几间房子里都站着一个丫环，目光呆滞，纹丝不动，有如泥塑木雕，这当然是姬晓风所干的把戏。金世遗心道：“姬晓风果然是个老贼，准备冯琳和韩夫人赶来，让他们先要救人，先要查问，这样他便可以赢得时间，可以从容找人了。”

金世遗已经知道是谁干的，所点的又并非致命的穴道，不必急于施救，便径自穿房入室，不久，便在一间房子外面，听到了姬晓风的声息。只听他自言自语道：“真倒霉，不见师妹，却见了这两个病鬼。”

金世遗好生奇怪，心中想道：“姬晓风口里的师妹，指的当然是谷之华。孟神通已差遣项鸿和郝浩到过此间窥探，难道谷之华失踪的消息他还不知道吗？何以听姬晓风的口气，好似认定了之华还在谷家似的？”

房间里有两张卧榻，躺在左手边的是程浩，右手边的是林笙，还有一个丫环，已给姬晓风点了穴道，这个丫环，正是日间不肯给金世遗开门的那个丫环。

姬晓风游目四顾，自言自语道：“找不到人也得拿一点东西，总不能空手回去。”在那丫环身上摸了一会，摸了一方手绢，展了开来，凑到鼻端一闻。笑道：“好香，好香！”姬晓风戴的是人皮面具，那丫环又怕又羞，浑身颤抖，满面通红。

金世遗瞧那丫环的窘态，心里发笑："谁叫你日间对我这么凶，且让你吃姬晓风一点苦头。"他心里一想发笑，便透出了一点声息，姬晓风倏地回头，一个"谁"字还未曾出口，已给金世遗一把抓住。

金世遗笑道："你偷了我的东西，又到这里来戏弄人家的丫环，我也得让你吃点苦头。"即以其人之道，还治其人之身，剥了他的面具，信手又点了他的穴道。

金世遗扶起了程浩仔细审视，程浩口中发出"荷荷"的声音，眼发青光，状若白痴，林笙也是如此。

金世遗大吃一惊，原来这两个人也是给点了穴道的，"点穴"这种功夫本来不足为奇，奇在连金世遗也看不出是哪一家的手法，急切之间，竟是无法解开。而且照一般的情形，穴道若被封闭在十天以上，武功多高，元气也要大受损伤，而这两个人的脉象却并不显出什么异状，可见这是一种极为奥妙的邪派点穴功夫。

金世遗沉思了一会，心中一动，想道："莫非是西藏红教的点穴手法?"他所得的乔北溟那半部武功秘笈，罗列了正邪各派的点穴手法，以及各种解穴的功夫，只有红教密宗的点穴，秘笈上只是提到所受者的几种症状，对他的手法和解穴之道，却付阙如，想是当年的乔北溟也未参透出来。而秘笈上所载的症状，其中有一两点正与程林二人所显露的相同。

金世遗心道："奇怪，红教密宗中的几个武学大师从来不理外事，而且程林二人在武林中的身份也是微不足道，他们岂能干这样的事情?"心念未已，忽听得外间似有声响，金世遗急忙躲到帐后，只见冯琳和韩夫人走了进来。冯琳一见姬晓风便骂道："我道是谁，原来是你这个小贼!"

去年冯琳母女在冰宫作客的时候，姬晓风替孟神通送信，邀唐经天夫妇赴邙山之会，曾顺手牵羊，就在冯琳的眼皮底下，偷去了她女儿李沁梅的一股玉钗；冯琳记起前仇，将他抓住，信手便打了他一记耳光。姬晓风早已被金世遗点了穴道，动弹不得，只有自叹倒霉。

冯琳这记耳光，打肿了姬晓风半边面孔，见他仍是纹丝不动，以冯琳的武学修为，当然立即察觉他也被人点了穴道，这一惊更是非同小可。

金世遗屏息了呼吸，冯琳听不出些微声息，而且她也料不到还有人躲在房中，当下唯有先替姬晓风解开穴道，再审问他。

岂知金世遗用的是毒龙尊者所传的独门点穴之法，冯琳在急切之间，也解不开他的穴道。不过冯琳懂得红教密宗的一种功夫，能够以本身真力震荡对方的奇经八脉，使对方的穴道自解。

不过这种解穴之法极为霸道，身受者的穴道虽然可以解开，元气却要大受损伤，所以上次在邙山会上，谷之华被她的父亲点了“隐穴”，冯琳便不敢用这个方法替她解穴。

现在冯琳要取得姬晓风的口供，姬晓风不比谷之华，冯琳对他当然不必有什么客气，她用其他的解穴方法，试了几次毫不见效之后，眉头一皱，手掌一抬，冷冷说道：“好，反正你是一个小贼，残废了也是活该。我不要你的性命，只叫你今后不能再偷东西。”

金世遗听得冯琳如此说法，知道她是要用残酷的方法为姬晓风解穴，禁不住心头一凛，一来他怕姬晓风说出他来，二来他对姬晓风也有几分爱惜，心中想道：“姬晓风虽然是孟神通的弟子，但却并无大恶。而且江湖上有这样的一个妙手神偷，也可以平添许多热闹，毁了他那不是太煞风景么?”

这时，韩夫人已替那丫环解开了穴道，那丫环抖抖索索他说道：“房间里、还有、还有一个人!”

冯琳的手掌将拍未拍，听了这话，陡然一惊，就在这瞬息之间，金世遗突然将床帐一扯，跳了出来，轻轻地在冯琳的虎口一弹，同时替姬晓风解开了穴道，在他的耳边，用天遁传音之术说道：“小贼，快跑!”

金世遗这几下动作快如闪电，冯琳手腕一麻，但见一张灰暗的竟似带着鬼气森森的面孔在她身旁一掠而过，饶是冯琳技高胆大，也不禁吓了一跳！说时迟，那时快，姬晓风和金世遗都已窜出门外，一溜烟地跑了。

这两人的轻功都在冯琳之上，冯琳要追也追不上。

金世遗见冯琳并未来追，他也不去追姬晓风，他正有几个疑团待解，想了一想，悄悄地再折回来，偷听冯琳说话。

冯琳遭遇了这件意外的事情，惊奇之极，这时她已从那小丫环口中，知道制服了姬晓风的便是从帐后突然扑出，并救走了姬晓风的那个人，越发感到迷惑，金世遗暗里偷窥，但见她在房间里走来走去，自言自语道："莫非又是他？莫非他当真还活在世上？"冯琳本来是个聪明绝顶的人，她接连遭遇了几次金世遗，而且有一次是当她和赞密法师比武的时候，金世遗暗中以绝顶神功相助，助她反败为胜的，虽然金世遗每次都未曾露面，但冯琳却已疑心是他了。不过，她现在却是做梦也料想不到，金世遗又会回来，就在窗外，暗地里窥探她的动静。

韩夫人拉开了覆盖在程林二人身上的床帐，吁了口气，说道："幸好没有事情，刚才真是吓了我一大跳。"

冯琳笑道："韩大姐受惊了，不过，这两个人却不会受惊。在他们的穴道尚未解开之前，就算是天翻地覆，他们也不会知觉。"韩夫人道："依你猜度，刚才那个怪人来此有何用意？会不会是曹锦儿派来的人乔装的？要是给他们瞧出了破绽，这可真不好意思！"冯琳笑道："不会，邙山派的人连曹锦儿在内，都不会有这等功夫。而且，就算他们起了疑心，也一定是依照江湖礼节来拜访你，断不会像我这样胡来的。"

金世遗听得莫名其妙，正在琢磨韩夫人所说的"破绽"、冯琳所说的"胡来"是指什么，就在这个时候，一个丫环进来报道："南丐帮帮主翼仲牟求见主母，拜帖已经递上来了。"金世遗心道："想是因为他那份拜帖被姬晓风偷去，要另外备办一份，所以阻迟到这个时候才来。"

韩夫人道："话说曹操，曹操就到。冯大姐，你料得不错，曹锦儿果然派遣她的师弟登门求见了，他急不及待地深夜赶来，定然是为了他的师弟师妹了，我只怕瞒他不过。"冯琳道："我暂时不见他，要是你怕为难的话，迫不得已时，可以将一切都推到我的身上，就说是我点了他们的穴道，叫翼仲牟找我说话。料翼仲牟和曹锦儿不敢对我怎么样。"

金世遗心上的疑云豁然开朗，这才明白了她们刚才的话语。暗自笑道："我真是糊涂了，竟没想起冯琳也会红教密宗的点穴功夫。"其实这并不是他聪明一世，懵懂一时，而是因为他绝对意想不到竟会是冯琳干的！正是：

疑云阵阵仍难去，此事离奇不近情。

欲知后事如何？请听下回分解。

第四十五回　玉女深情怀旧友
金牌有命护同门

程林二人被何人点穴这个谜虽已解开，但另一个谜却更加难解，冯琳为何要用红教密宗的点穴秘法将他们两人变成白痴？虽说冯琳越老越“淘气”，但如此“淘气”，岂非太出情理之外？

只听得冯琳再次叮嘱道：“要是翼仲牟瞧不出破绽，瞒得过就瞒他，非到迫不得已时，不要把我说出来。”韩夫人笑道：“我知道。”当下冯琳留在室内，由得韩夫人独自去见翼仲牟。金世遗分身乏术，想了一想，抱着“看把戏”的心情，心道：“还是去瞧瞧翼仲牟如何闹事好些。”便舍了冯琳，悄悄地跟着韩夫人。

韩夫人收了拜帖，便在客厅会见翼仲牟，寒暄既毕，韩夫人问道：“不知翼帮主深夜前来，有何见教？”

翼仲牟道：“有两件紧要的事情，非得请夫人赐示与帮忙不可，因此深夜求见，失礼之处，尚望夫人海量包涵。”

韩夫人道：“翼帮主太客气了。不知是哪两件紧要的事情？”

翼仲牟道：“第一件事是我受了痛禅上人的委托，要我找冯女侠火速回去。”

韩夫人听说是痛禅上人要找冯琳，吃了一惊，问道：“可是少林寺又发生了什么事情么？”

翼仲牟道：“正是。孟神通已约好天山派的掌门唐晓澜，定期在下月十五，在少林寺比武，这是敝帮在北京的弟子替唐掌门用飞鸽传书，报告痛禅上人的。孟神通敢上少林寺挑衅，定然是有备而来，所以痛禅上人也须早作准备，约齐各派高手，共谋应付。而且冯女侠的姐姐冯瑛也已到了少林寺了，等待和她的妹妹见面。”

金世遗心道：“原来唐晓澜和孟神通在北京果然没有决战，现在距离约战之期只有十七天，怪不得翼仲牟如此心急，也幸亏丐帮消息灵通，又有飞鸽传书，才能四方送信。”

翼仲牟望着韩夫人，歇了一歇，接着说道：“听说冯女侠是来了夫人这里，不知可以让我见见她么？”

韩夫人颇为诧异，心中想道：“冯琳曾说，她来我这儿事先并没有告诉给少林寺诸老，而且她也是为了找寻女儿，顺道到我家的，翼仲牟却何以知道？”但这次翼仲牟是奉了痛禅上人之命，韩夫人的身份也不容她说谎，翼仲牟既然明白道出，韩夫人只有说道：“不错，冯女侠是在我这儿。你且稍待一会，待我叫个小丫环去请她出来。冯女侠素来喜欢热闹，知道了这件事情，明天一定会和你们赶回少林寺的。还有第二件事呢，又是什么紧要的事情？”

翼仲牟道：“第二件事是我奉了掌门师姐之命，务必要找到谷师妹，并请她立即回去，要是现在不回去的话，只怕以后不能再见面了。”

韩夫人诧道：“这话怎说？令师姐尚未知道之华已失踪了么？”

翼仲牟道：“曹师姐最近方自京城脱险回来，正因为她听到了谷师妹突然失踪的消息，所以特别着急，日夜盼望谷师妹能赶早和她见面。因为、因为她恐怕不能再等待多少日子了。”声音低沉，忧虑之情，见于辞色。

韩夫人大吃一惊，急忙问道：“令师姐玉体欠安么？”

翼仲牟道：“正是。敝师姐虽幸得唐大侠援手，脱险归来，却不料又得了重病。她已是上了年纪的人，这次在监狱里受了许多折磨，出狱后又面临本派的难关，当真是心力交疲，所以一得了病，便不能起床了。”

翼仲牟叹了一口气，继续说道：“曹师姐这次在京师被囚，深知朝廷以邙山派为大敌，只怕纵然过了孟神通这一关，本派的祸患也还方兴未艾呢！在本派的第三代弟子之中，谷师妹乃是前任掌门吕师叔的衣钵传人，久受熏陶，虽然年纪最轻，但她的见识、武功都是出类拔萃之选，所以曹师姐早就有意命她继任掌门，前次差遣

哭声中只见一个少女揭帘而出，正是谷之华！

程林二位师弟将金牌来招她，便是想请她接任掌门的。”

韩夫人点点头道：“令师姐的用意我也早已明白，可惜之华那晚失踪之后，直到现在还是没有半点消息。”

翼仲牟不理会韩夫人的说话，竟似当作谷之华就在旁边似的，自顾自地说道：“曹师姐怕谷师妹为了以前曾将她逐出门墙之事，耿耿于心，一再向我表示悔恨，叮嘱我尽力向谷师妹解释，谷师妹呀，你若然不肯回去，曹师姐定然以为你仍在怪她，只怕她死了也不能瞑目！

“曹师姐还说：要是谷师妹不肯做掌门，也应该回去见她一面，彼此商量，应付本派的内忧外患。曹师姐还说：吕姑姑（吕四娘）一生以反清复明为职志，吕姑姑死后，她接任掌门，自愧不能承前人遗志，谷师妹是吕姑姑的衣钵传人，她只有寄望于谷师妹了。她说：‘谷师妹虽然怨我怪我，但看在她师父的分上，在此际本派面临灾祸之时，谷师妹似乎也该捐弃前嫌，回来和一众同门共谋应付。’她千叮万嘱，叫我一定要将她这番话转告谷师妹。韩夫人，你可以帮帮我的忙找她，让我见见她吗？”

话犹未了，忽听有人哭道：“曹师姐，是我错了。可是，我却并没有怪你啊！”哭声中只见一个少女揭帘而出，正是谷之华！

金世遗暗里偷瞧，见谷之华出现，当真是又惊又喜，几乎疑是梦中。要不是顾忌着有韩夫人与翼仲牟在旁，他几乎就要扑了进去。

只见谷之华颜容憔悴，好像是刚病了一场似的，别说是金世遗感到悲痛，翼仲牟也忍不住心里一酸，说道：“谷师妹，以往令你受了许多委屈，曹师姐也觉得难过得很，叫我向你致歉。我刚才的话，你可都听到了？”

谷之华以袖拭泪，点了点头，低声说道：“我很感激师姐的好意。”

正在此时，冯琳走了进来，见谷之华泪痕满面，只道她是受了师兄的责怪，登时沉了面向翼仲牟发作道：“老叫花，这些事情都是我干的，点了程浩、林笙穴道的是我，叫之华不理金牌宣召，抗曹锦儿之命的也是我，全不关你谷师妹的事，你要责怪尽管责怪我好了，我不能让你欺负她！”

原来冯琳是为了女儿的缘故，才到襄阳谷家来的。李沁梅脱险之后，未曾回到少林寺，便在路上碰到了出来找她的母亲，李沁梅很挂念谷之华，她猜测谷之华那日在邙山失踪，很可能是已经脱险，回到襄阳看她的义母去了，因此有意往襄阳一行。冯琳知道了女儿的心意，借口怕孟神通的党羽在途中将她伤害，便将她劝住，自己愿意代替她上襄阳去寻访谷之华，并叫她不可将自己上襄阳的事告诉旁人知道。

冯琳早已疑心金世遗尚活在人间，也已疑心到了那晚在邙山玄妙观上大闹之时，那个神出鬼没、暗中助她，后来又将谷之华携走的人就是金世遗，甚至她还猜度金世遗和谷之华也许都在襄阳。

冯琳曾亲眼见过金世遗和厉胜男、谷之华亲热的情景，对金世遗已是极为不满，好在她的女儿和钟展日益亲近，婚事可期，这时，在冯琳的心目之中，钟展当然要比金世遗更为可靠，她也愿意女儿和他能够成为夫妇了。

因此，她甚怕枝节横生，若是给女儿知道了金世遗仍在世间，甚或在襄阳见到了金世遗，那么，她和钟展的婚事定然告吹，而且还不知要闹出什么事来！所以她才极力劝阻女儿，不惜亲自代她去走一趟。她准备到了襄阳之后，若然是见着金世遗，就把金世遗骂一顿，警告他不可再招惹自己的女儿；若见不着金世遗，只见着谷之华的话，她也要对谷之华劝告一番。要知冯琳和她的姐姐冯瑛，当年与吕四娘合称“江湖三女侠”，吕四娘居长，就等于她们的姐姐一般，冯琳认为：为了爱惜吕四娘的唯一弟子，她应该对谷之华揭穿金世遗的“假情假义”，劝告她不可再上金世遗的当。

果然，她到了襄阳，只见着谷之华。她们还未来得及深谈，第二天就来了程林路白等人，令谷之华陷入了深深的苦恼之中。

要知谷之华为了她父亲的事情，尤其是那次在邙山调解失败之后，她早已意冷心灰，这才回转襄阳，决心奉养义母终老的。然而，创伤尚未过去，她的掌门师姐已接连派人来催她回去，最后甚至差遣了程浩、林笙两位大师兄用金牌来宣召她！

当时，谷之华接了金牌，当真是左右为难，肝肠寸断！虽然程浩、林笙未曾说出曹锦儿要她接任掌门的命令，但她已隐约猜到了曹锦儿有这个意思。虽然，她对孟神通早已断了父女之情，可是，他终究是自己的生身之父，要是接任了掌门，那即是要把生父变成死敌！谷之华可以不理她父亲的事情，甚至任何人将她的父亲杀死，那也是他罪有应得，谷之华都可以不闻不问。但若要她统率同门，与生身之父拼个你死我活，那却是她不忍做的！

韩夫人没有子女，对谷之华是爱逾骨肉，当然也希望她伴着自己，但谷之华是邙山派的弟子，现在邙山派的掌门用她师父所传下的金牌来召她，武林中人最讲究尊师重道，韩夫人也不敢自作主张，将她留住。

当晚两母女商量再三，踌躇莫决。冯琳知道了这件事情，她是个最爱管闲事的人，一方面为了她的女儿，（在她女儿结婚之前，她不愿意女儿和谷之华见面，免得泄漏了金世遗在生的消息。）一方面为了要替谷之华解决难题，竟然想出了一个怪招，把事情揽到自己的身上，当晚就把程林二人点了穴道，又要谷之华佯作失踪，谷之华别无他法，而且冯琳又是个说了就做、不计后果的人，谷之华只好听从她的摆布。

冯琳替谷之华应付了这件事情，又用了一个晚上，劝谷之华从此不可再理会金世遗。其实不须冯琳这样过分的热心，谷之华对于金世遗也早已心似寒灰了。在邙山玄妙观之夜，西门牧野派人偷袭，金世遗将她救到石窟，厉胜男突然出现，她亲眼看到金世遗为了厉胜男的缘故，停下了向她追踪的脚步，而且把厉胜男揽在怀中！（她可不知厉胜男是用自断经脉的法子阻止了金世遗去追她的。）不过，由于冯琳这一番热心相助，不啻加重了金世遗寡情薄义的罪恶，也加重了对谷之华的刺激，谷之华第二天便病倒了。

翼仲牟到来的时候，谷之华的病虽然已有起色，但尚未完全恢复，她听得丫环报道丐帮帮主来到，强自支撑，悄悄出来偷听，正听得翼仲牟后半段的说话！

她听到了曹锦儿重病垂危，渴望在临死之前见她一面；她听到了翼仲牟用她师父的名义，以大义相责，要求她回去共同应付本派的危难；她到底是受过吕四娘多年熏陶的人，听到这里，眼泪禁不住夺眶而出，终于跑出来和师兄相见！

翼仲牟道："谷师妹，我的话你既然都听到了，那么你意下如何？明天可以和我们同走么？"谷之华道："我听师兄的吩咐，不过我得把话说在前头，我非常感激曹师姐的厚意，但掌门人我却是不敢当的。请翼师兄先向曹师姐讲个明白。"翼仲牟微笑道："你放心，曹师姐决不会让你难为。接不接任掌门，到时再慢慢商议吧。"

冯琳这才知道翼仲牟并非责怪师妹违抗金牌宣召，而是奉了曹锦儿之命，仍然要请谷之华回去接任掌门。冯琳听得谷之华一口答应随师兄回去，有点不高兴，淡淡说道："原来你们两人早已讲妥了，这倒是我多事了。"顿了一顿，面向谷之华续道："接任掌门倒不打紧，只是你的精神尚未完全恢复，到时怎能应付那场大战？"

谷之华怔了一怔，问道："什么大战？"冯琳道："你尚未知道吗？孟神通已约好了日期，下月十五，就要到少林寺去与咱们一决雌雄。你的曹师姐现在少林寺，你这一去，正巧赶上。"

谷之华陡然一震，面色灰白，翼仲牟忙道："这次有唐大侠主持，必操胜算。曹师姐她在病中是决不会出场的。你要是不想参与，到时也可以避开。或者咱们早两天赶到，你和曹师姐会面之后，可以先回邙山。道璘他们在那里看守你师祖、师父的坟墓，你去帮忙他们也好。"

谷之华心头一阵阵作痛，用力扶着几案，这才支持得住。金世遗藏身在树上，居高临下，屋内各个人的神情都看得清清楚楚，也禁不住为谷之华伤心，暗骂冯琳多事。但转念一想，要是冯琳现在不说，待到谷之华赶到少林寺才知道，那她所受的刺激就更大了。现在谷之华及早知道，去与不去，还可以由她决定。

谷之华的脑海里出现了两个场景，一个是曹锦儿躺在病榻上，咽着最后一口气，眼睛尚未闭上，定要等待自己到来；另一个场景是孟神通在耀武扬威，各正派人物纷纷向他咒骂。前一个场景令她感到心中何忍；后一个场景令她感到耻辱难堪；当真是去也难不去也难。就在她柔肠寸断，心乱如麻之际，她听到翼仲牟提起她师父的名字，师父的音容笑貌登时如在眼前，师父一生为国忘家，何曾有片刻只想到自己？思念及此，谷之华好似增加了勇气，突然抬起头来，说道："本派既是面临危难，曹师姐又在病中，于情于理，我都该随师兄回去。好，到时如何，我听翼师兄的安排便是。”

翼仲牟吁了口气，回过头来，冷冷地望着冯琳。

冯琳道：“你瞪眼睛、吹胡子作甚？敢情是要向我兴问罪之师么？”翼仲牟道：“不敢，只是想请问程林二人何事冒犯了你冯女侠，请你说出来，好让我处罚他们。”要知冯琳与邙山派虽然渊源甚深，但她出手点了程林二人的穴道，等如扫了邙山派的面子，这是犯了武林大忌之事，故此翼仲牟非要她赔罪不可。

翼仲牟不愧是一帮之主，说的话毒辣之极，并非直接向冯琳问罪，而是反过来问冯琳他的这两个师弟有什么罪，要是冯琳答不出来，那就得自认理亏了。

冯琳想不到翼仲牟如此认真，顿然间给他问住，眼看就要翻脸，谷之华忽地跪倒地上，向师兄磕了一个响头，说道：“这都是我的过错，我因为当时不想回去，所以才请冯姑姑用这个法子替我暂时应付，我愿意领受本门家法。”其实当时全是冯琳的自作主张，谷之华只是听她摆布而已。

翼仲牟当然知道这是师妹为了替冯琳解围，故意将过错揽到自己身上。但既然有本派的弟子出头认错，便不能再迁怒外人，这样一来，反而令他为难了。

韩夫人道：“好在程林两位虽然穴道被封将近一月，身体却是丝毫无损，穴道一解，便可恢复如初。他们是我的客人，要是翼帮主有所责怪的话，请责怪我吧。”

翼仲牟趁势收科，将谷之华拉起，说道：“看在你义母的份上，事情已经过去了，便算了吧。冯女侠，现在可得麻烦你给我那两个不中用的师弟解穴了。”

冯琳甚是尴尬，轻轻哼了一声，就在这时，忽听得屋子外面有轻微的声响，冯琳正在气头，骂道：“又有小贼来找死了！”抓起一把棋子，使出天女散花手法，用力向外面一掷！

只听得一个苍老的声音冷笑道：“韩夫人，你这样待客，未免太过了吧！”冯琳吃了一惊，与韩夫人走出来看，月光之下，只见三个老头儿排在一起，左首的是孟神通的师弟阳赤符，右首的是凌霄子，站在当中发话那人则是屠龙岛主符离渐，夜风吹来一片粉末，冯琳那一把棋子都被符离渐用降龙伏虎掌的掌力击碎了。

韩夫人只认得屠龙岛主符离渐，知道这符离渐和孟神通乃是好友。廿余年前，武林第一次围袭孟神通的时候，谷正朋夫妇都有参加，曾与符离渐遭遇，谷正朋和他对了一掌，稍稍吃了点亏，后来两夫妇联手，才把他打败了。不过奇怪的是：待到廿年后孟神通再次震动武林，却并未见符离渐与孟神通为伍。

原来符离渐在中原失意之后，逃到东海一个小岛，苦练武功，孟神通出海找寻乔北溟秘笈之事，他本不知情，后来因为孟神通一去三年，毫无音讯，阳赤符知道符离渐的所在，便到那个小岛找他，请他派船去查访孟神通的下落，孟神通困在火山岛上，既不懂造船，又不懂航海的技术，幸亏符离渐的船来到，方能脱困，重回中土。那时符离渐所练的一种奇门武功，尚未大成，孟神通感他相救之恩，恰巧他所得的那半部秘笈，有关于符离渐所练的那种功夫的秘诀，孟神通便传了给他，并与他相约，待他练成之后，即来与孟神通会合。

孟神通的党羽甚多，他也早已知道他的女儿在襄阳谷家，第一次他派了大弟子项鸿和四弟子郝浩来，无功而返；因此这次特别请了符离渐来找寻他的女儿，并派师弟阳赤符、神偷姬晓风、崆峒羽士凌霄子、恶商贾商浩等人协助他，孟神通也估计到他的女儿不肯依从，在他们临行的时候又交下锦囊妙计，叫他们绑架谷之华的义母韩夫人，这样拿韩夫人为质，就不怕谷之华不跟来了。

商浩、姬晓风等人是第一批，不料商浩遭遇冯琳，姬晓风遭遇金世遗，一败涂地。商浩被擒，姬晓风也险些废在冯琳掌下。姬晓风逃脱之后，不敢再来，只把在谷家所见的情形，告诉了师叔阳赤符，只瞒过了被金世遗制服的那一节。

阳赤符、符离渐、凌霄子跟着进来，正巧听得冯琳、翼仲牟、谷之华等人说话的声音。不费吹灰之力，便寻到她们的所在了。

韩夫人见是符离渐，心内暗惊，只道他是来报当年的一箭之仇，当下依照江湖礼节，施礼问道："符岛主此来何意?"

符离渐笑道："特来向你讨一个人，你为什么把人家的女儿收藏起来?"冯琳骂道："放屁，韩夫人自己的女儿，何用收藏?"符离渐道："你才是放屁，谁不知道她的义女本来是孟先生的亲生女儿？好，现在我不和你说话，等下咱们再比划比划！"

阳赤符道："我师兄看在你收养他女儿许多年的份上，不愿意和你为难，你知趣的就快快叫她跟随我们回去！"

韩夫人怒道："你想拿孟老怪来威吓我吗？哼，休说是你，就是你的师兄亲自到来，我也决不能让他将我的女儿掳去！"

符离渐冷笑道："你有胆说这样的话，好，我就请你向孟先生当面说说吧！"话声未了，身形倏起，五指如钩，向韩夫人搂头抓下！当真是势若狂飙，迅如闪电！

冯琳早已蓄势待发，一见符离渐出手，她的长袖也立即一挥，两人动作都是快到极点，只听得"啪"的一声，冯琳使出"流云铁袖"的功夫，软绵绵的衣袖，登时变得有如铁棒，正正拍中了他的虎口。

符离渐大喝一声，身形一斜，向前冲出几步，五根指头插入了墙壁，这才煞住那急冲之势。

泥屑纷飞，墙壁上现出五个窟窿，符离渐一个转身，大怒喝道："好呀，我就先打发你这个老虔婆！你亮剑吧，符某就凭这一双肉掌，斗一斗你的天山剑法！"

冯琳冷笑道："对待你这个老贼，何须用剑。"解下束腰的绸带，迎风一抖，夭矫如龙，竟然使出长剑的招数，向符离渐挥去。

冯琳用铁袖的功夫拍中他的虎口，他的虎口竟然没有破裂，本来就不该轻敌。但冯琳是骄傲惯了的，虽然知道这人武功甚高，但刚才那一招总算是占了一点上风，符离渐要用肉掌斗她的天山剑法，她怎肯输口，所以宁可用绸带迎敌。近十年来，她除了对待极强的对手之外，已经甚少用剑，却另外练成了一门功夫，可以把绸带当作软剑来使，又可以用来卷敌人的兵器，她自信就凭这根绸带，纵然胜不了符离渐，也决不会输给他。

岂知符离渐刚才那一抓，是因为想生擒韩夫人，只用了七分力道，冯琳若然用剑，最多也不过与他打个平手，如今改用绸带，虽则她的内功已到了上乘境界，绸带与宝剑相比，威力总是不如，十数招一过，渐渐便有点相形见绌。

但见符离渐一掌拍出，便是一股劲风，冯琳的绸带在他的掌风激荡之下，东飘西荡，哪里能触及他的身体，激战中忽听得“嗤”的一声，符离渐五指一钩，将她的绸带撕去了一片，符离渐得理不饶人，立即欺身进招，第二抓便向冯琳的胸口抓下！

冯琳也真了得，就在这刹那之间，她已用了一个“卸”字诀，绸带脱出了敌人的掌握，反卷回来，同时，突然使出红教密宗的点穴手法，左手中食指一弹，弹中了符离渐的“曲池穴”。

符离渐料不到她竟然懂得红教中从不外传的点穴手法，这一下反变成了他轻敌冒进，吃了个亏。

幸而符离渐刚练成了“太行五玄阴气功”，与金光大师的太清气功，一正一邪，有异曲同工之妙，他的“曲池穴”一给冯琳弹中，立刻生出反应，真气逆运，把被封闭的穴道冲开，但饶是如此，一条手臂也登时麻痹，几乎不能动弹。当下左手拍出一掌，慌忙退开三步。可惜冯琳没有抓紧时机，她见符离渐给她点中了穴，竟似若无其事，禁不住心头一凛，就这样稍为缓慢，符离渐的真气已经运了一转，贯达四肢，恢复正常了。

符离渐试了这一招，知道冯琳的点穴功夫厉害，不敢再欺身进击，当下把掌力催紧，一掌猛过一掌，劲风呼呼，有如排山倒海而来，冯琳的内功虽然到了一流境界，也感到压力沉重，渐渐有点支持不住。但因为符离渐不敢冒险进招，双方仍是个缠斗的局面，一时之间，尚难分出胜负。

凌霄子与阳赤符早已等得不耐烦，凌霄子道：“韩夫人，你说孟先生的掌珠不在这儿，请恕贫道放肆，要进去搜一搜了！”韩夫人面似寒霜，冷冷说道：“谷正朋虽然去世，他的家人岂能容人欺侮？刀来！”两个丫环，各自抛出一口柳叶刀，韩夫人手持双刀，守在门口，沉声说道：“你要进来，请先问我这两口宝刀！”

凌霄子冷声笑道：“正想请教夫人的峨嵋刀法！”拂尘一展，立即向韩夫人的刀柄缠去！

韩夫人是峨嵋派无相神尼的女弟子，少年时候，凭着一对柳叶刀，与丈夫在江湖行侠，所向无敌，谷正朋赢得“两湖大侠”的名头，得他妻子的助力着实不小，如今虽已老了，雄风犹在，双刀霍霍展开，与凌霄子斗在一起。

凌霄子自恃武功高强，第一招就想把韩夫人的双刀夺出手去，哪知韩夫人的峨嵋刀法，确有过人之处，刀光电掣，倏地贴着拂尘削去，凌霄子没有缠上刀柄，忽觉冷气沁肌，急忙将拂尘一扬，但听得“嚓”的一声，刀锋过处，他的尘尾已有几根给刀锋削断！韩夫人这一对柳叶刀乃是百炼缅刀，要不是凌霄子缩手得快，手指也险些给她削断。

凌霄子的这柄拂尘，也是一件宝物，尘尾乃是乌金玄丝所炼，只因刚才散开，韩夫人的缅刀才能够削断几根。凌霄子一见不妙，招数立变，真力直透拂尘的末梢，千百根尘尾聚成一束，状如狼毫大笔，猛地一挥，铿然有声，竟如金属相触。在孟神通的党羽中，凌霄子是有数的高手，功力要胜韩夫人三分，韩夫人给他拂尘一挥，双刀虽未脱手，却也给他的猛力冲开了几步！

韩夫人离开了门口，阳赤符身形一晃，便即进入屋内，哈哈笑道：“老叫花，老朋友来啦，你怎么还躲在里面不肯见人？好，你不见我，我只好来见你啦！”

翼仲牟因为谷之华病体初愈，精神未复，所以在屋内保护她。谷之华本来想不顾病体，帮助义母抵御强敌的，翼仲牟以师兄的身份，坚决不许她动手，并要她退入厢房，厢房里有一道暗门，必要时可以从暗门逃走。

翼仲牟撑着铁拐，兀立如山，大声喝道：“阳赤符，你师兄已是自身难保，你还要与他同恶相济么？趁早少做坏事，将来或者还可以对你网开一面！”原来阳赤符为人较为谨慎，虽也曾协助师兄为恶，但其恶不大，所以翼仲牟才肯苦口劝他。

岂知阳赤符自从师兄取得乔北溟的武功秘笈之后，以为他们师兄弟二人从此即可称霸天下，已是死心塌地甘为师兄所用，哪里还听得进翼仲牟的金玉良言。

阳赤符大笑道：“我给孟师兄找他的亲生女儿回去，怎能说是同恶相济？老叫花，你与我的年纪也差不多，却怎的这样老糊涂了？我劝你少管闲事，我也可以对你网开一面！”

翼仲牟沉声说道：“好，你既不听良言，我只好与你一决雌雄了！”阳赤符笑道：“正是呢，咱们五年前在孟家庄之战，未决雌雄，正好看一看这几年来彼此的进境如何？”笑声一收，立即一掌劈出！

阳赤符得他师兄传授，不但会了许多奥妙的武功，修罗阴煞功亦已经到了第七重的境界，满以为这一掌打出，翼仲牟非死亦伤。

却不料翼仲牟只是闷哼一声，立即便拐杖一抡，向阳赤符迎头痛击！

原来翼仲牟在邙山派的第三代弟子之中，功力最深，他的掌门师姐曹锦儿也不如他，加以他心性纯正和平，所以在曹锦儿挑选的几个曾学过“少阳玄功”的师弟之中，以他的成绩最好，现在他接了阳赤符的一掌，虽然仍是觉得寒气侵肤，甚不舒服，但却还可以支撑得住。

阳赤符见他居然接下了自己第七重的修罗阴煞功掌力，亦不禁有点诧异，但仍是傲然不惧，一声笑道：“老叫花，原来你也是今非昔比了。咱们可得好好较量一番了！”使出天罗步法，避开了翼仲牟这一拐，紧接着使出阴阳抓的功夫，双手扬空一抓，两股力道互相牵引，翼仲牟的铁拐歪过一边，说时迟，那时快，阳赤符立即欺身直进，第二招便向翼仲牟的胸膛抓下，要是给他抓实，便是开胸破腹之灾！

翼仲牟忽地打了一个盘旋，跌坐地上，拐端一翘，反指阳赤符胸膛的“愈气穴”，这一招用得精妙非常，狠辣无比，设若阳赤符仍然俯身插下，难免两败俱伤，阳赤符自信胜算可操，焉肯与他硬拼，只得先用天罗步法避开，再图反击。

哪知翼仲牟的拐杖抡圆，就如一片杖林，在面前布起了一道铜墙铁壁，阳赤符接连使出几种奇奥的武功，竟是攻之不入，摧之不毁！翼仲牟已是把师门绝学的伏魔杖法使出来了。这一套伏魔杖法，乃是邙山派的祖师独臂神尼所创，中间又经过了因和尚、甘凤池、铁拐仙吕青等人的精研，演成一百零八路招数，每一杖打下都有千钧之力，而且杖头杖尾都可用以点穴，其中还夹有刀剑的路数，端的是厉害无比！

阳赤符见他杖法凶猛，只好不求速胜，当下退开几步，以劈空掌发出修罗阴煞功，翼仲牟使伏魔杖法，已是耗力非常，又要运用“少阳玄功”来抵御刺骨侵肤的阴煞之气，时间稍长，渐渐便感到力不从心，黄豆般粗大的汗珠一滴滴流下，同时却又牙关打战，全身颤抖。

两人各施绝学，越斗越烈，翼仲牟使到了伏魔杖法第二段的三十六招，用的全是内家真力，每一招都似金刚猛扑，隐隐挟着风雷之声，阳赤符每一掌发出，也是狂飙卷地，有如排山倒海而来。这间屋子虽然是青砖建筑，极为牢固，但在这两大高手激战之下，也震得墙壁摇动，屋瓦碎裂，泥屑纷飞！

谷之华躲在厢房之内，虽然师兄早有严命，禁止她出来动手，但到了这个时候，她好似坐在风雨飘摇的小舟之内，怎忍让师兄一人独自抗御风浪，她咬了咬牙，提起了霜华宝剑，倏地拉开了房门。

翼仲牟大吃一惊，急忙叫道：“师妹，你快走！”就在这时，谷之华的耳边忽然听得一个极熟悉的声音说道：“之华，你别担心，让我替你将这老贼打发了吧！”谷之华怔了一怔，登时呆若木鸡。

翼仲牟本来已是勉力支撑，加上这一分神，伏魔杖法不觉迟缓下来，威力大减，阳赤符一见有机可乘，立即施用天罗步法，欺到翼仲牟身前，一掌向他劈下！

这一掌有若奔雷骇电，沉猛之极，翼仲牟的铁拐正使到一招“铁锁横江”，横扫出去，万万料不到阳赤符会欺到他的身前，铁拐来不及收回，掌风已是压顶！

就在这生死俄顷之际，奇迹忽然发生，但听得“蓬”的一声，双掌相交，阳赤符陡然一震，竟似皮球般给抛了起来，飞出门外！翼仲牟硬接了这一掌，虽然仍是感到寒意直透心头，但对方的掌力却远不如料想的强劲，翼仲牟糊里糊涂地击败敌人，连自己也不禁呆了！

门外传来了韩夫人的叫声，翼仲牟定了一定心神，急忙追赶出去，他还以为是韩夫人受到了凌霄子和阳赤符的夹击，哪知出去一看，不但是阳赤符逃得无影无踪，凌霄子也正在倒卷拂尘，败下阵来，一声不响，急急忙忙，往外飞奔，状若丧家之狗。韩夫人也像他刚才那样，呆在一旁，喃喃自语道：“这是怎么回事？这是怎么回事？”

原来凌霄子与韩夫人大战了将近百招，韩夫人的刀法虽然精妙，气力终是不及对方，凌霄子的拂尘时散时聚，散时有如千针刺穴，聚时有如大笔横挥，到了将近百招的时候，已是把韩夫人的双刀克住，凌霄子正要抓着时机，痛下杀手，耳边忽听得一个声音说道：“牛鼻子臭道士，你不快滚，难道要我再赏你一记耳光吗？”

凌霄子与孟神通上次在御河边大战群雄的时候，凌霄子为了要捉拿厉胜男，被金世遗狠狠地打了他一记耳光，及今思之，犹有余怖，这时忽然听得就是那个打了他耳光的人在他耳边说话，这一惊当真是非同小可，高手比斗，哪容得失惊无神，就在他吓得猛然一震的当儿，韩夫人刀锋划过，立即在他的肩头拉开了一道三寸多长的伤口，其实，即算他不受伤，听到这个神出鬼没的声音，也要吓得飞逃了！

这时只剩下了冯琳和符离渐这一对还在厮杀，符离渐见两个同伴都败走了，也禁不住心慌，冯琳绸带一挥，向他左足卷去，符离渐跳起避开，落地之时，无巧不巧，忽有一颗石子向他滚来，刚好碰着他的脚趾，说也奇怪，符离渐的护体神功，也已差不多到了第一流境界，但给这颗石子碰了一下，竟然痛彻心肺，立足不稳，冯琳尚未知是有人暗助，一见有机可乘，立即一脚踢去，正正踢中符离渐的屁股，这一脚用尽全力，直把符离渐踢得滚出三丈开外！

符离渐也真了得，一个鲤鱼打挺，翻起身来，立即便越过墙头，狠狠地扔下两句话道：“你偷施暗算，胜了也不光彩。有胆的到少林寺再决雌雄！”

冯琳哈哈大笑道：“输了就是输了，还说这些遮羞话儿作甚？谁施暗算来了？哈哈，真好笑，好在你们都在旁边看着，他给我一脚踢翻，败得这样狼狈，居然还不服气呢！”

冯琳正自得意，忽见韩夫人与翼仲牟面面相觑，半句也没有附和她，脸上更是一点笑意都没有。冯琳怔了一怔，笑声登时止了，好半晌才听得翼仲牟喃喃说道：“我看今晚之事，甚是蹊跷！”冯琳本来是武学大行家，一时得意之后，仔细一想，也觉得这次获胜，胜得太过意外，她心里正在想说话，已给翼仲牟先说了出来。冯琳猛地叫声："不好!"一把拖着韩夫人，连声说道："快、快去看你的女儿去!"

金世遗暗助翼仲牟和韩夫人，打败了阳赤符和符离渐，又吓走了凌霄子之后，趁着屋内无人，施展绝顶轻功，从树上飞下，一闪闪进屋内，推开了厢房的房门，低声叫道："之华，之华！怎的你不作声，恼了我么?"

房间里的少女一声不响抬起头来，这刹那间，直把金世遗惊得呆了，这少女竟然不是谷之华，而是厉胜男！

金世遗强自镇定心神，讷讷问道："你，你怎么也来了这儿?"厉胜男"哼"了一声，淡淡说道："你来得，我就来不得么?"金世遗道："你，你那日是怎么回事？我还以为你是失踪了!"厉胜男道："别人失踪，你着急得不得了，赶忙老远的赶到襄阳来，我失踪了有什么打紧?"

金世遗无暇与她斗口，急忙一把抓着了她，问道："谷姑娘呢?"厉胜男嘴角噙着冷笑，慢声说道："谷姑娘么？——"金世遗道："她怎么样?"厉胜男道："你自己找去!"

厉胜男脸上一股怨毒的神情，金世遗给她瞧得汗毛凛凛，猛地一惊，叫道："你把她杀了?"抓住了厉胜男的手用力一捏，厉胜男忍着痛不作一声，金世遗竖起耳朵一听，屋子外面有隐隐的哽咽喘气之声，金世遗把厉胜男一摔，猛地向墙上一撞，墙壁登时裂开，发现了那道暗门，金世遗这时已顾不得行藏败露，将厉胜男甩开，立即便飞奔出去。

那道暗门通向后园，在淡淡的月光之下，花树丛中，有一个少女的影子踽踽独行，金世遗稍稍宽心，脚尖一点，身形如箭，一掠掠到了那少女的面前，叫道："之华，之华，你，你没事么?"正是：

无限伤心无限恨，哪堪情海起波澜。

欲知后事如何？请听下回分解。

第四十六回　诀别魔头留秘笈
重来浪子负芳心

金世遗刚要拉着她的衣袖，猛听得“刷”一声，谷之华抽出宝剑，一剑挥下，登时把被金世遗拉着的那半截衣袖削了。金世遗吃了一惊，想要施展弹指神通的功夫，将她的宝剑弹出手去，却又怕更得罪了她，稍一迟疑，只见谷之华已倒转剑锋，指着自己的胸口，说道：“你敢碰一碰我，我立即死在你的面前。”

金世遗手足无措，急切间竟不知说什么话好，只听得谷之华接着说道：“从今之后你是你，我是我，彼此各不相关，只当以前没有相识一场!”语气神情，都冷到极点！金世遗讷讷说道：“你，你这是什么意思？你听我说，你听我说……”谷之华道：“你说什么话我都不能信你!”金世遗急得额露青筋，叫道：“之华，你定然是有所误会了！她，她……”他和厉胜男的关系，岂是三言两语所能解释？连说了几个“她”字，竟然不知从何说起。谷之华听了几个“她”字，越发恼怒，冷冷说道：“她都说了，不必你再说了！你再不走，我可要喊捉贼啦!”当真大声喊道：“妈，这里有贼，快来捉贼!”

韩夫人和冯琳等人听得屋内墙坍柱倒之声，早已赶来，厉胜男披头散发，恰好从里面冲出来，韩夫人见是个陌生的少女，“咦”了一声，还未来得及问她是谁，厉胜男正在气头上，拔出“裁云”宝剑，出手如电，“当当”两声，登时把韩夫人那两口柳叶刀削断，冯琳大怒，绸带一挥，向她双足卷去，哪知厉胜男这柄宝剑乃是神物利器，比游龙剑还更锋利，当真是削铁如泥，吹毛立断，绸带虽然全不受力，冯琳又用了粘、卸两字诀，但给她的剑光一圈一划，便似化成片片蝴蝶，散了满地，只剩下手中的半段。

翼仲牟认得厉胜男是当年大闹孟家庄的那个少女，急忙叫道：“这是熟人！”冯琳手心扣了一把棋子，已经用“天女散花”的手法打出，冯琳的“飞花摘叶”功夫乃是武林一绝，何况是分量远比花朵树叶沉重的棋子，厉胜男虽有宝剑护身，后心的“风府穴”、左肩的“肩井穴”、右足的“驿马穴”仍然给她的棋子打中，幸而她已练成了乔北溟武功秘笈里“挪移穴道”的功夫，虽然疼痛，还可以抵受得住，冯琳听得翼仲牟的叫喊，还剩有五六粒棋子没有打出，厉胜男趁她未曾扑上，“嗖”的一声，身形疾起，有如怪鸟穿林，早已飞上一株大树，跳出花园去了！

这时谷之华正在大叫捉贼，冯琳和韩夫人顾不得去追厉胜男，急急忙忙朝着声音的方向赶去，冯琳与金世遗打了一个照面，大吃一惊！

要知金世遗是戴了人皮面具的，谷之华因为先听了他的声音才认得他，冯琳和韩夫人见了，却不免骤然一惊。

谷之华跑到了她义母前，再也支持不住，倒在她的怀中，全身发软。韩夫人将她紧紧揽住，又惊又急，低声唤道：“之华，之华，你怎么啦？”谷之华嘶哑着声音说道：“妈，你赶快和我离开这儿！”就在这时，远远传来了厉胜男“嘿、嘿、嘿、哈、哈、哈……”的冷笑声。

冯琳何等聪明，一见谷之华这个模样，立即明白，断定这个人是金世遗，不由得怒从心起，将剩下的六七粒棋子一齐掷出，厉声喝道：“亏你还有脸来见我！”

金世遗一声长叹，飞身疾起，越过墙头，今晚之事，已是无法解释，他也只好走了！那几枚棋子碰着他的身体，他也没有防备，只是本身的护体神功自然生出反应，将那几枚棋子全部震落，由于不是着意施为，身体也感到一阵疼痛，但这一点痛楚比起他心上的创伤，那就简直不算什么了。

厉胜男跑到了山边的小路上，金世遗追上了她。厉胜男冷冷一笑，停下步来，说道：“你老远的赶来襄阳，怎么不与你的心上人多相聚一会儿，却来追我作甚？”

金世遗气得大失常态，双眼一睁，喘着气问道：“你到底和她说了些什么话？”

厉胜男淡淡说道：“没什么呀，你喜欢的人我巴结她还来不及呢，还敢去得罪她吗？”金世遗喝道：“你到底说了些什么？”

厉胜男慢条斯理地说道：“你这样着急，为什么不亲自去问她？”顿了一顿，忽地噗嗤笑道：“你放心，我对她是一番好意，对她说的话，全是为她着想的。”金世遗道：“到底怎么说？”厉胜男道：“我是向她讨喜酒喝的，我说，我三年前在孤岛上和你拜堂成亲，没办法请她来喝喜酒。我还劝她，结婚的时候最好多请几位武林名宿来作证婚，可靠一些！”

金世遗气得七窍生烟，大骂道：“你、你、你、你真是……”厉胜男也双眼一睁，喝问道：“真是什么？”金世遗本来想说的是：“你真是不识羞耻！”被她一喝，话到口边，却又忍住，说道：“你真是太过分了，和我开玩笑也不该这样！那次我和你拜堂成亲，是在你叔叔的威迫之下，我和你不是早已说清楚只是做一对假夫妻，一回中土就应该以兄妹相处的么？”厉胜男板起了脸孔道：“金世遗，你讲不讲道理？”

金世遗面孔铁青，忍住气道：“好呀，你还有什么道理？我倒要听听！”厉胜男道：“尽管咱们在孤岛上只是假夫妻，你总是和我拜过堂成过亲的不是？我只是实话实说，可并没有向她扯谎说是真夫妻呀！谁叫她未听我说完就跑开了，这怪得我吗？”

金世遗给她一番歪理气得死去活来，半晌说道：“好，我再问你，那日在茶店里，我为你到镇上买衣服，叫你等我回来，你为什么不等？你是故意自行失踪的，是不是？”厉胜男道：“不错！”金世遗怨道：“我有哪点对不住你？你、你、你……”他心中在骂厉胜男离间他和谷之华，但不知太过气愤还是另有顾忌，说了几个“你”字，竟然接不下去。

厉胜男冷笑道：“你对得住我？你那日为什么骗我？说是替我去买衣服，却原来是去追邙山那两个小子，探问你的谷姑娘的消息，你当我不知道么？”

原来厉胜男绝顶聪明，那日在茶居里碰见路白二人之时，她已瞧出金世遗神色不对，后来又在他的言语里听出破绽，早已起疑。因此金世遗一走之后，她也假作失踪，探听到了确实的消息，便立即赶来襄阳，比金世遗还要早到半天，金世遗到谷家的时候她早已躲在韩夫人的那间厢房里了。

金世遗吃她问住，微感内疚，但立即又给怒火遮过，双眼瞪着厉胜男道："即算我这件事瞒了你，你也用不着这样呀。好，我再问你，茶店里那对老夫妻是你杀的不是？"厉胜男道："不错，是我杀了他们灭口的！反正他们都是六七十岁的老人了，我不杀他们，他们也活不了几年！"

金世遗怒不可遏，不假思索，倏然间便跳了起来，一掌扫去，啪的一声，玲珑清脆，狠狠地掴了厉胜男一巴！

厉胜男做梦也想不到金世遗竟会打她，翻身跳起，尖声叫道："金世遗，你好，你好……你好狠呀！我就是死了，也要教你一世不得安乐！"掩面疾奔，再也不看金世遗一眼！

金世遗这一掌打下，忽然感到心头剧痛，顿然间全身乏力，一片茫然，自己反而呆了。过了好一会，方始渐渐恢复知觉，喃喃自问："我做了什么？我做了什么？我怎么可以打她？我怎么可以打她？"猛的一拳，自击心胸，狂叫道："胜男！胜男！"但厉胜男已去得远了，山谷里只传出他的回声！

金世遗浑身战栗，似乎刚才那一掌并不是打厉胜男而是打他自己，而且这样的痛苦是他有生以来从未曾感受过的！

突然间一幕可怖的景象在他面前浮现，那是邙山会战之夕，他将谷之华从玄妙观中救出来，正想向她倾吐情愫之时，厉胜男突然出现，自断经脉，阻止了他去追谷之华，现在他不用闭上眼睛，厉胜男那满面血污的形象就似在他面前摇晃，他不由得大叫一声，猛地想道："胜男，她、她会不会自寻短见呢？这一次我令她难堪、令她伤心，比起上次可要更甚得多！"

想到此处，一股冷意直透心头，金世遗有如疯狂了一般，满山乱跑，用天遁传音之术招唤，将"胜男"两个字，叫了数十百遍，但空山寂寂，哪里有厉胜男的回音？金世遗的手足都给荆棘刺破了，中國之传統繪画在布局上很多就与西洋之繪画有别。如此才呈其繪画之民族性、独立性。这种東方民族独有的美感和欣赏习惯才有别于世界其它画种、繪画。而这种東方风格理所当然地以中国为主体了。历史的长河使华夏民族文化影响于東方邻国。即如孔子之儒家思想影响一样。构图上的以白当黑、大比留出空白。就是其它民族所没有的。

一九八五年二月远玄画 梁羽生之著作有感

朝阳照亮了山谷，晨风吹醒了野花，金世遗的心胸也好像突然明朗起来。

饶是他武功绝顶，也抵受不了这恐怖的袭击，终于弄到力竭精疲！

金世遗颓然坐下，身边正有一股山泉流过，金世遗手掬清泉，洗一把脸，又洗涤身上的血污，脑筋稍稍清醒过来，突然间，他又想起了厉胜男刚才那怨毒的眼光，耳边再一次响起了厉胜男离开他的时候，那怨毒的咒骂：“金世遗，你好，你好……你好狠啊！我就是死了，也要教你一世不得安乐……”

这眼光，这咒骂，固然令他心灵懔栗，但却也令他感到一点安慰，因为他想起了厉胜男的性格，她决不会让自己得到谷之华，这咒骂正表示了她决意要向自己报复，除非她看到了自己和谷之华的不幸，她绝不会自寻短见，死在前头！

金世遗渐渐冷静下来，但不久，忽地又有另一个令他害怕的念头在他心中升起，他自己问自己道：“我到底爱谷之华呢？还是爱厉胜男？”他一向以为自己是爱谷之华的，但经过了今晚这一场事故，他打了厉胜男的耳光之后，所感到的悔恨与悲伤，如今冷静想来，似乎不仅是厉胜男单方面对他的痴情眷恋，而是他对厉胜男也产生了一种难以解释的感情了！

金世遗越想越感到混乱，不知不觉，已是天明时分，朝阳照亮了山谷，晨风吹醒了野花，金世遗的心胸也好像突然明朗起来，他想起了厉胜男的种种邪恶行径，尤其是杀了茶店那对慈祥的老夫妻，这件事更是令他不能容忍，顿然间他心意立决：“我所要的当然是谷之华！”他咬紧牙根，好像用尽了全身的气力似的，极力将厉胜男的影子从他心坎深处排挤出去！于是他走下山来，前往嵩山，他知道谷之华是不愿见他的了，但他已决意暗里跟踪她，希望等到她感情平复的时候，能找到一个向她解释的机会。

谷之华经过了感情的大震荡，心灵已是大受创伤，但却也促使她下了决心：永远与金世遗相绝！这么一来，心无杂念，反而显得比从前安定了。第二天一早，她便和冯琳、翼仲牟、程浩、林笙等四人同行，赶去少林寺见她们的掌门师姐。

冯翼二人顾虑她的病体初愈，冯琳给她服了两粒碧灵丹，另外由翼仲牟妥作安排，用飞鸽传书，通知每个站头的丐帮弟子，每到一处，便有人来接，并给他们换马。沿途有人照顾，一路平安无事。

这一日到了偃师县城，距离嵩山只有三十里路，依谷之华的意思，本来还想赶路，到少林寺再歇宿的。但那时已是黄昏时分，翼仲牟顾念到她尚未完全恢复，山路难行，而且距离孟神通的约会之期还有两天，当下便劝告谷之华在偃师且住一晚，明早赶路不迟，并且为了免使曹锦儿挂虑，一到偃师，便命丐帮弟子先用飞鸽传书，向少林寺报告他们已经到达的消息。谷之华见师兄已安排妥贴，也不便再持异议了。

这晚冯琳与谷之华同房，约莫三更时分，谷之华在朦胧中忽听得冯琳一声大叫，紧接着哗喇喇一片响声，谷之华猛然惊醒，就在这时，只觉有人来揭床帐，谷之华的霜华宝剑正放在枕边，就在这人的手伸进来的时候，谷之华立即拔出宝剑，一个鲤鱼打挺跳了起来，一剑向那只大手斩去。

这人好生了得，百忙中抓起枕头一挡，谷之华力透剑锋，一剑把枕头刺穿，但被他这么一阻，剑势已缓，那人已抛开枕头，退了三步，谷之华正好跃下床来，只见冯琳已与另一个汉子相斗，房中杂物散了满地，桌上的茶壶茶杯、瓷器摆设等等都已碎裂了！

那人笑道："你要打只有自己吃亏！"左臂一伸，五指如钩，硬来扣她的脉门，谷之华一招"横云断峰"，闪电般横削出去，那人似乎料不到她的剑法如此精妙，"哎哟"一声，急忙缩手，却仍然笑道："没砍着！"谷之华听得是个陌生的口音，紧接着又一剑刺出。

外面传进来兵器碰击的声音，翼仲牟也正在大声叫喊，听来他们已碰到了强敌。与冯琳恶战的那个汉子喝道："到外面打去，舒展一些。"冯琳怒道："我还怕你不成！"听这口气，冯琳似乎并未占到便宜，谷之华不由得心中一懔。

那汉子一脚踢破房门，谷之华也跟了出来，外面是一个庭院，只见翼仲牟等人，已经在那里捉对厮杀！

翼仲牟的对手是个老头，长髯飘拂，使一对虎抓，把翼仲牟的铁拐紧紧迫住，打得难解难分，程浩和林笙则双战一个手持钢鞭的中年军官，那军官挥动钢鞭，虎虎风生，以一敌二，兀是攻多守少。

原来和冯琳对敌的那人乃是大内总管寇方皋，要捉拿谷之华这人乃是御林军统领司空化，恶斗翼仲牟的那个老头是御林军的教头南宫乙，独战程林二人那个军官则是御林军的高手呼延旭。原来那次寇方皋代表皇帝主持的庆功宴，先是给孟神通前来寻事，跟着又给金世遗搞得一塌糊涂，西门牧野被杀，众俘虏尽皆越狱，这还不算，同一天晚上，又发生了唐晓澜父子闯进皇宫，擒了十五皇子颙琰，威胁他带路去向寇方皋问罪等等事情。事情过后，乾隆皇帝“龙颜震怒”，将寇方皋、司空化二人降了三级，责令他们戴罪图功，第一件事就是要他们将邙山派的首脑人物再俘虏回去。因此寇方皋、司空化只好与孟神通合作，他们已知道孟神通约好了唐晓澜在少林寺决战，他们便也带了一帮大内高手，先期来到，散布在嵩山附近的要道和市镇，等待机会下手，他们打的算盘是：即算抓不到邙山派的首脑人物，抓到几个前来赴会的邙山派弟子，也可以勉强交差。

冯琳这一行人所投宿的客店，有他们预先布置的“眼线”，冯琳一进门，消息便已传了出去，他们打听得有四个邙山派的重要人物在内，而且其中还有一个吕四娘的衣钵传人谷之华，当真是喜出望外。要知吕四娘乃是刺杀乾隆父亲雍正皇帝的凶手，若能捉到谷之华献给皇上，那是比单掳曹锦儿更能邀功领赏了！这消息司空化最先知道，便知会了寇方皋，并带了南宫乙、呼延旭这两个御林军高手，连夜赶来捉人，于是便爆发了这一场激战。

这四个人中，本来以寇方皋的本领最高，但因为这消息是司空化最先得到的，寇方皋只好把“头功”让给他，由他去捉拿谷之华，自己则去对付冯琳，冯琳也是当年随同吕四娘闯宫的人物，身份的重要不在谷之华之下。

岂知他们这一安排却是百密一疏，他们只知道冯琳武功最高，以为谷之华年纪轻轻，再强也强不到哪里去，由司空化亲自出手，定然手到擒来。哪知谷之华年纪虽轻，却已尽得了吕四娘的衣钵真传，一手玄女剑法更是精妙无比，司空化和她动手，过了二十二招，兀是占不到半点便宜，倘非谷之华精神尚未完全恢复，他早已落败了。

但谷之华也正是吃亏在病体初愈，精神未复，三十招过后，渐渐感到力不从心，司空化大喜，掌法一变，使出七十二路大擒拿手的功夫，拍、按、抓、拿、掌劈指戳，一招紧似一招，本来这擒拿手法算不得是什么奇奥的武功，若在平时，以谷之华的轻功，尽可以应付裕如，但现在她因为病体初愈，气力不加，闪、展、腾、挪，已不似平时灵活，而司空化的大擒拿手又蕴藏着极雄浑的内力，谷之华的剑点每每给他荡开，圈子越缩越小，渐渐她那精妙非凡的玄女剑法，也感到有点施展不开了。

冯琳见状大惊，要想过去援救，脚步刚刚移动，已给寇方皋察觉，大声笑道："你泥菩萨过江，自身难保，还想救人么？给我安分点吧！"冯琳大怒，滴溜溜一个转身，倏然间双袖挥出，但听得"啪哒"一声，寇方皋的小腹给她拍个正着，冯琳施展的是"铁袖神功"，这重重的两记赛于钢鞭抽击，若是换了另一个人，只怕当场就要腹破肠流，但这寇方皋身为大内总管，武功上确有惊人的造诣，冯琳双袖拍下，竟似拍在一堆棉花上一般。原来寇方皋有意卖弄功夫，让她打中，趁着冯琳招数用老，双手又藏在袖中未能即时伸出之际，猛地大喝一声："乖乖地给我躺下吧！"双掌平推，掌力一发，有如排山倒海！

幸而冯琳也是个惯经阵仗的人，一觉不妙，立即便施展猫鹰扑击的绝技，寇方皋双掌推出，陡觉眼睛一花，冯琳早已凭空拔起，也是一声喝道："乖乖地给我躺下吧！"五指聚拢，形如鹤嘴，凌空扑下，向寇方皋的顶心便"啄"，寇方皋霍地一个"凤点头"，斜窜丈许，结果当然是双方都没有躺下。

寇方皋斜窜的方向，恰恰是拦在冯琳与谷之华之间，这时双方都取出了兵器，寇方皋以一柄流星锤抵挡冯琳的天山剑法，他的流星锤铁链长达一丈三尺，施展开来，周围二丈之内，风雨不透。冯琳胜在剑法精妙，而寇方皋则胜在功力深湛，冯琳已有将近十年未曾用剑与人对敌，满以为剑法一展，便可以稳操胜算，哪知仍是给寇方皋的流星锤拦住，不能通过。这客店的院子并非宽敞，给寇方皋的流星锤占去了二丈的空间，谷之华可以闪避的地方更为有限了。

冯琳冲不过去，而另外两处的厮杀，翼仲牟与南宫乙，刚好是势均力敌；程林二人双战呼延旭则兀自处在下风，无法相救，谷之华的处境更是越来越险了。

司空化冷笑道："还不扔剑，更待何时！"声到人到，猛地欺身急进，左掌一托剑柄，右掌便向谷之华肩头抓下！

这一抓使得狠毒无比，谷之华的剑柄给他托住，无法回剑拦削，眼看司空化五指如钩，堪堪抓到，指尖已沾着衣裳了，只要劲力一发，谷之华的琵琶骨就要给他捏碎！

就在这间不容发之际，猛听得一声喝道："住手！"司空化一听得这声音，登时怔了一怔，指甲虽然已经划破了谷之华的衣裳，却不敢用劲捏下。

说时迟，那时快，但见一条黑影，疾似离弦之箭，倏地射到了司空化面前，"卜"的一声，那人双指一弹，正弹中了司空化的虎口。司空化大叫一声，踉踉跄跄倒退了六七步，大叫道："孟先生，孟先生！你这是干嘛？"原来来的竟然是孟神通！

孟神通骂道："你这小子，怎么欺负、欺负一个女子？"司空化叫道："孟先生，你有所不知，这女子是邙山派吕四娘的弟子，是曹锦儿已经内定的邙山派继任掌门！而且，她、她也是皇上所要捉拿的钦犯呀！"

其实，司空化才是"有所不知"，孟神通怎容得他欺负自己的女儿，不待听完，已是勃然大怒，手掌一张，闪电般的便打了他一记耳光，喝道："我不管你什么钦犯不钦犯，你敢动她一根毫发，我就要你的命！"一巴掴了，余怒未息，又把司空化一把抓了起来，就像提起一只小鸡似的，一摔便将他摔出了围墙。

孟神通这一突如其来，打斗的双方尽都大吃一惊，谷之华更是呆了！

只听得孟神通大喝道："你们都给我滚出去！"南宫乙一见不妙，先跳出墙头，寇方皋心道："孟神通难道是疯了不成？"稍一踌躇，孟神通已是一记劈空掌向他扫去，饶是寇方皋功力深湛，也不禁打了一个寒噤，浑身发抖，急急忙忙逃命。那呼延旭却是个莽夫，尚想与孟神通理论，孟神通哪有耐心听他分辩，"腾"的一脚，将他踢得飞上半天，幸而寇方皋正跃上墙头，未曾跳下，呼延旭的身子又正向着他飞来，寇方皋急忙将他一把抓住，带了他逃走，可是呼延旭虽然逃得性命，挨了孟神通一脚，他所练的金钟罩功夫已经废了！

孟神通是听得他的弟子姬晓风回来报告，知道了谷之华也要来少林寺的消息。他爱女心切，一听到了这消息便立即赶来，来得正是时候。

孟神通将这三个大内高手打发之后，双眼一瞪，又向冯琳等人喝道：“你们的耳朵是聋了的吗？还不快快给我滚开！”冯琳大怒，挥剑便向孟神通攻去，翼仲牟硬起头皮，铁拐一挥，也把伏魔杖法施展出来！

孟神通眼露凶光，一声狞笑，双掌一分，左击翼仲牟，右击冯琳。谷之华见他神色不妙，心头大震，急忙叫道：“你要是杀他们，我也决不再活！”

孟神通双掌击下，听了这话，陡地一个转身，硬生生把吐出去的掌力收回了五成，沉声说道：“好，看在你的面上，我不要他们的性命便是，但我也不能叫他们在我的面前碍眼！”

翼仲牟的铁拐被他掌力一震，登时歪过一边，冯琳的功力与他相差不远，孟神通单掌发出的五成内力却挡不住她，冯琳的剑法是白发魔女这一派嫡传，与唐晓澜这一派的正宗天山剑法相反相成，又号称“反天山剑法”，奇诡之处，各派剑法均所不及，孟神通未运足掌力，冯琳的剑尖一颤，立即反弹削出，竟然从孟神通绝对意想不到的方位削来。孟神通“哼”了一声，挺肩硬接，冯琳的长剑已搭着他的肩头，但觉一股极为强劲的力道把她的长剑托了起来，竟然削不下去！说时迟，那时快，孟神通已发动了本身的护体神功，将冯琳撞得倒退三步，几乎碰着了翼仲牟打横扫来的铁拐。

谷之华只道她的父亲已然施展杀手，一声惊叫，扑了上来，孟神通刚好转过身来，手臂一伸，立即将她抱起，笑道：“我答应了你的，决不食言，你别担心，且看我怎样打发他们吧！”谷之华给他挟着，动弹不得，听了他这番说话，才稍稍宽心。

冯琳骂道：“好不要脸，恃强抢人！”孟神通怒道：“岂有此理，我的女儿，关你屁事？你再多嘴，叫你也吃一记耳光！”冯琳当真怕他说到做到，果然不敢再骂。

孟神通将女儿抱在怀中，是怕她自杀，但如此一来，他只手应付冯、翼两大高手的进攻，却也颇为吃力。

激战中但听得嗤嗤声响，冯琳运剑如风，奇诡莫测，片刻之间，已在孟神通的身上，连刺了七下，孟神通有护体神功，剑尖一触及他的身体，立即给他卸开了刺来的劲力，但他的身体虽然没有受伤，衣裳已给刺穿了无数小孔！

程浩、林笙二人武功相差太远，插不进手去，只好在一旁观战，孟神通接连吃了冯琳好几次亏，又有话在先，不好使出杀手绝招，取她性命，心中极为气怒。眼光一瞥，猛见程林二人站在旁边，心念一动，立即得了一个主意，身形一晃，从剑拐交击的缝中直冲出去，径扑程林！

翼仲牟这一惊非同小可，连忙跟踪急扑，挥拐来救。哪知孟神通正是要他如此，但听得啪啪两声，程林二人已经倒地！

翼仲牟只道师弟已遭毒手，急怒交加，大喝一声："孟老贼我与你拼了！"拐杖抡圆，猛向孟神通的天灵盖击去！他使的这一招名为"雷电交轰"，乃是伏魔杖法中威力最大的一招，浑身劲力，尽都用在这一击之中！这一招使出了，不是敌死，便是我亡，倘非准备与强敌同归于尽，绝不轻易使用。

就在这时，冯琳也使出猫鹰扑击之技，长剑一招"倒卷银河"，凌空击下，这一招也是天山剑法中的杀手绝招，倘若两招同时攻到，孟神通以只手对待，只怕还未必对付得了，但现在他们各自忙着救人，脚步参差，心浮气躁，却给孟神通以可乘之机，就在这间不容发之际，但听得孟神通一声长啸，手掌轻轻一带，翼仲牟的铁拐先到，给他一引，登时变了方向，打横扫出，正好碰上了冯琳凌空击下的这一剑，但听得轰的一声，冯琳的长剑折为两段，身形仍向翼仲牟冲来，翼仲牟也站立不稳，向前倾倒。眼看两人就要碰上，孟神通哈哈一笑，双指疾弹，瞬息之间，就点了两人的穴道。翼仲牟脸朝地，冯琳脸朝天，同时跌落。孟神通大获全胜，却也暗自叫了一声"好险！"要知他答应女儿在先，不能伤害这两人的性命，所以一手用的纯是巧劲，让两人的力量对消，他便可以从容制服强敌，这种以巧制胜，借力打力的上乘武功，拿捏时候，要恰到好处，若然差之毫厘，自己便要先送了性命。

谷之华看得心惊胆战，一见两人同时倒地，尖叫一声，登时也晕了过去。孟神通在她背心轻轻一拍，以本身的真力，助她血脉畅通，过了片刻，谷之华悠然醒转，孟神通笑道：“傻孩子，爹答应你的话，岂有食言之理？你瞧他们死了没有？”

谷之华这时才看清楚，但见冯、翼、程、林四人，横七竖八地倒在地上，身上毫无血迹，每个人的气息都很沉重，他们面前的尘土，也随着他们的呼吸卷起来。谷之华是吕四娘的衣钵传人，功力虽然稍差，在武学上的造诣已是到了第一流境界，一看便知道他们四人乃是被父亲用重手法点了隐穴，虽然失去知觉，性命却可无妨。

孟神通将女儿放下，笑道：“好了，现在咱们两父女可以好好地谈一谈了。你已经知道了我与唐晓澜约期比武的事了，是么？”谷之华淡淡说道：“不错。”孟神通道：“那么，你现在赶来，可是要帮他们与你的父亲作对么？”

谷之华道：“要是你不痛改前非，天下人都会与你为敌。”孟神通道：“你不要回避我的问话，我是问你！你呢？”谷之华吃她父亲一迫，泪盈于睫，半晌说道：“我、我本来不想见你，这次是为了曹师姐病重，我才赶来少林寺的。不幸、不幸……”孟神通道：“不幸正巧碰上我这桩事情，是不是？”谷之华眼中突然发出希望的光芒，柔声说道：“为祸为福，系于一念，要是、要是你临崖勒马，听我的话，那么我这次适逢其会，却是不幸中的大幸了！”

孟神通吁了口气，沉郁的脸孔，像暴风雨过后的天空，渐渐开朗，说道：“好，尽管天下人都与我作对，只要你不与我作对，那就行了，我在邙山的时候已经问过你了，现在再问你一次，这次也恐怕最后的一次了，你、你、你到底愿不愿意认我做父亲？”

谷之华抬起了眼睛，凝望着她的父亲，缓缓说道：“我的答复仍和从前一样，只要你依我那三个条件，我愿意侍奉你，让你安享天年。”孟神通默不作声，脸上现出一种非常古怪的神色，谷之华惴惴不安地望着他，过了好一会，孟神通忽地说道：“哪三个条件，你再说一遍！”

谷之华再次燃起希望的火花，朗声说道：“一、你交出乔北溟的武功秘笈；二、从今之后，你永远退出武林；三、给受过你伤害的各正派掌门人赔罪，求他们饶恕。你要是做得到这三件事情，我愿意替你说项。待到恩仇了结，咱们父女就找个山明水秀的地方隐居，共享天伦之乐!”

孟神通叹口气道：“现在已经迟了，我已约了唐晓澜后天比武，要是我答应了你做那三桩事情，天下人只道是我怕了他!”谷之华道：“不，不！你若能幡然悔悟，他们只会称赞你是大智大勇……”孟神通“哼”了一声，不待她把话说完，便斩钉截铁地说道：“不行！你简直不懂我的为人，我只要有三寸气在，绝不向人低头！何况我费了一生心力，练成今日的武功，为的就是要与武林公认的第一高手一试。我不要别人的口头恭维，现在我已约好了唐晓澜，就非得与他一决雌雄不可!”

谷之华失望之极，哽咽说道：“那么咱们之间就没有什么好说了!”孟神通又叹了口气，面色沉重之极，忽地露出一片柔和的眼光，说道：“不过，我可以答应你一个条件，这只是为了你的!”

谷之华心头怦然一跳，急忙问道：“哪一个条件?”孟神通道：“我要把我所得的武功秘笈交给你！至于另外两桩事情，那我可办不到了，嗯，你明白我的用意么?”

谷之华怔了一怔，一时间猜不到父亲的用意。孟神通深沉地看了她一眼，低声说道：“你可知道朝廷要搜捕你们邙山派的人，特别是要捉拿你么?”谷之华道：“知道!”孟神通道：“刚才和你对敌那人就是御林军统领司空化，和冯琳对敌那人就是大内总管寇方皋。以你的武功，对付司空化还勉强可以，对付寇方皋么，你再练五年，只怕也还不是他的对手，何况大内高手不止他们二人，你说我怎能不为你担心?”

谷之华亢声说道：“我师父在日，时时教诲于我，做事只问当为与不当为，当为之事，即便是以弱敌强，以寡敌众，赴汤蹈火，亦所不辞。我师父当年，只凭三尺青锋，闯进皇宫，刺杀暴君，又何曾顾到本身生死?”谷之华侃侃而谈，不肯去接那半部武功秘笈，但她感念父亲的好意，却是不觉的形之于外，目光稍转柔和。

孟神通点点头道：“尽管咱们行事不同，你有这番志气，就不愧我的女儿!”顿了一顿，声调一转，缓缓说道：“我这次约了唐晓澜比武，胜败难测。若然我侥幸得胜，我就是武林至尊，自然可以庇护你。但我自问这场比武，只怕凶多吉少，要是我输了的话，那就是我毙命之期了！当年我与你俩母女失散，无力照顾你，让你托庇他人，改姓他人之姓，我终身引为遗憾。现在我将这半部武功秘笈传给你，不过是想稍赎前愆，我生前不能照顾你，死后也可以照顾你。你已得吕四娘的衣钵真传，得了正宗的内功心法，若再能参透秘笈上的武功秘奥，不难成为天下第一高手！好，不管你叫不叫我做父亲，你也该让我了却这番心事吧?”

孟神通的声调苍凉之极，简直像是临终的遗嘱！谷之华这才明白她父亲的用心之苦，想到他是冒了性命危险，历尽万苦千辛，才取得这半部武功秘笈的，如今竟肯拿来送给与他敌对的女儿，尽管她恨她的父亲，却也不禁大为感动，一时泪咽心酸，“爹爹”二字，几乎就要冲口而出，但终于还是忍住了。

孟神通见他女儿终于接过了他手上的残书，心中如释重负，眼泪却不自禁地掉下来，他明明知道女儿是不愿跟随他了，但仍然不舍得离开，要多望她几眼!

孟神通伸出手来，谷之华动也不动，孟神通凄然说道：“这次只怕是咱们最后一次见面了，你就让我再亲你一下吧!”就在这时，忽听得耳边有个声音叫道：“孟老贼，你只知欺负弱小，可敢来与我一决雌雄么?”孟神通心头一震，谷之华听不到这个声音，仍然呆呆地站在那儿!

孟神通听了这个声音，再望一望女儿，见谷之华仍是木然毫无表情，就在这时，那熟悉的声音又在他耳边响道：“孟老贼，你没胆来与我一战么?”孟神通面色倏变，低声说道：“这本秘笈，你要善自保藏，不可落在他人手上!”说到最后一句，他的身形已然越过了围墙!

谷之华只道父亲是因为自己不理他，故此心伤色变，绝望离开，顿时间，心里头似打翻了五味架似的，也不知是什么味儿，捧着那本武功秘笈，但觉一片茫然!

她哪里知道孟神通是被金世遗用“天遁传音”将他激走的。原来金世遗一直在暗中保护她，他就住在相邻的客店，听得这边有厮杀的声音，便急忙赶来，不过他还是比孟神通慢了一步。待到孟神通伸出手来，想拉他的女儿，金世遗不知就里，只道他是要把女儿劫走，因此接连地发出“天遁传音”。

孟神通满肚皮郁闷，正自无处发泄，身形一起，便循声觅迹，向金世遗藏身的方向扑去。这两人展开了绝顶轻功，当真是有如追风逐电，片刻之间，已离开了市镇。金世遗有意诱敌，径自向嵩山的方向飞奔。

孟神通喝道：“金世遗，你有胆向我挑战，为何只顾逃走？”金世遗笑道：“我正想找一处方便动手的地方呢！”孟神通冷笑道：“你我动手，也要拣择地点么？我看你是想找一处好风水的墓地吧？好！这里便很好，你便埋在这里吧！”

金世遗的轻功不在孟神通之下，但论到内功的深厚，却要稍逊一筹，两人都开口说话的时候，孟神通的速度丝毫不减，而金世遗却要略受影响，说时迟，那时快，就在这一瞬间，孟神通已是声到人到，一掌向金世遗劈去！

这一掌挟着第九重的修罗阴煞功掌力，自是非同小可，好在金世遗早已有了防备，身形一晃，使出独门的点穴手法，反手便弹！

金世遗的点穴手法，已得毒龙尊者的衣钵真传，堪称邪派中最厉害的点穴手法，与红教密宗的秘传点穴法异曲同工。毒龙尊者是乔北溟死后一百多年才出生的人物，所以乔北溟的武功秘笈，不可能有破解之法。

孟神通知道他的点穴法厉害，也有些忌惮，为免两败俱伤，便把实招变作虚招，用“天罗步法”闪开。金世遗凭着本身的护体神功，只要不给他打中身体，这第九重的修罗阴煞功却也伤他不了。

金世遗只想将他缠住，一意与他游斗，哪知孟神通见一掌无功，猛地大喝一声，双掌一齐推出，左掌右掌，竟然都挟着第九重修罗阴煞功的掌力！

金世遗大吃一惊，要知修罗阴煞功最为耗损真力，单掌发出，已是不易，而今孟神通竟然能够双掌连环发出，威力陡然增强了一倍，登时把金世遗迫得透不过气来！

原来孟神通为了对付唐晓澜，这个月来，苦心钻研，参透了武功秘笈上最后的一重秘奥，修罗阴煞功已可以随心所欲，收发自如，这时双掌同时发出，就等如有两个以前的孟神通与金世遗搏斗了。

金世遗上次在御河边与孟神通敌对，还要稍稍吃亏，如今孟神通运用修罗阴煞功的威力已增加了一倍，金世遗如何抵挡得住？还幸在他上次吃亏之后，想到了用独门点穴法与他游斗的法子，要不然只怕十招也抵挡不住。

孟神通催紧掌力，双掌连环不断地攻了十几招，金世遗但觉气血翻涌，五脏六腑几乎像是要翻转过来，急中生智，突然“呸”的一声，一口痰涎，向孟神通吐去。孟神通知道他有口吐毒龙针的绝技，虽然他现在的功力，即算中了几枚毒龙针，亦可无妨，但若给他唾涎溅上了一点，也是一个耻辱，因此迫得运用内家真气，一口气将他吐过来的唾涎反吹回去。但这样一来，虽能避过唾脸之辱，掌力已经稍减。金世遗趁此时机，施展师门所授的古怪身法，一个筋斗，翻出数丈开外，脱出了孟神通掌力笼罩的范围。

孟神通大怒喝道：“好小子，你要无赖么？好呀，看你逃得到哪里去？”脚尖一点，疾如飞箭，紧紧跟着金世遗的脚步，似影随形。

看看就要给他追上，忽见有三个人迎面而来，其中有一个少女的声音嚷道：“大姨，这个老家伙就是孟神通！”

原来少林寺接到翼仲牟的飞鸽传书，知道冯琳、谷之华等人已到了偃师县城，离嵩山不到三十里路，李沁梅一来渴望见谷之华，二来也怕她发生意外，便央求冯瑛与她同来迎接，冯瑛也想早与妹妹相聚，索性带了钟展与她一道，连夜赶来。

冯瑛并不知道给孟神通追赶的人乃金世遗，只道是哪一位正派的门下弟子，正要遭孟神通的毒手，立即便拔出剑来，连人带剑，化成一道银虹，向孟神通疾刺！

冯瑛是天山派前辈女侠易兰珠的弟子，武功远比妹妹高强，与她的丈夫唐晓澜也不相上下，这一剑刺去，有如雷霆疾发，孟神通不由得心头一凛，硬生生地将去势煞住，只听得刷的一声，剑光掠过，孟神通的头发已被削去了一绺！

孟神通固然是心头一凛，冯瑛也禁不住大吃一惊，她这一剑用的乃是天山剑法中最精妙的“大须弥剑式”，满以为最少可以在孟神通身上留下一道伤痕，哪知却仅仅是削去他的一绺头发，这还是孟神通正在急步追赶金世遗，身形一时难以煞住之故。

说时迟，那时快，但听得孟神通大吼一声，双掌已是平胸推出，这掌力一发，登时有如寒风怒号，卷地而来！冯瑛宝剑一展，化成了一道光幢，护着全身，孟神通攻不进去，冯瑛在光幢笼罩之下，衣袂飘飘，竟然仍是神色自如，并未为孟神通的威势震慑。

李沁梅忽地骇叫一声，紧紧地拉着钟展，原来金世遗戴着人皮面具，形状十分可怖，李沁梅这时刚和他打个照面，她做梦也想不到这个人就是她几年来所要苦心寻觅的金世遗！

钟展也吓了一跳，但随即便镇定下来，说道：“别怕，别怕，这是咱们自己人。”他和冯瑛一样想法：这人既是被孟神通追赶，那定然是正派的门下弟子了。

钟展情不自禁地将李沁梅拥住，忽见这个形状可怖的“怪人”正向他走来，不觉面上一红，连忙放手，正想上前与金世遗打话，金世遗突然似一阵旋风从他们身旁掠过，李沁梅感到有一只手在她的头发上轻轻摸了一下，不禁又骇叫一声，转眼之间，金世遗已去得远了。

谷之华独自留在那客店的院子里，过了好一会子，神智才渐渐清醒过来，周围没有半点声音，静寂得令人心悸，原来这客店里的住客和伙计，都已给孟神通点了穴道，而冯琳等人更是给他用重手法封闭了穴道的，非过十二个时辰，不能自解。

谷之华试替冯琳解穴，毫无效果，正自焦虑，忽听得一个声音说道：“不用担忧，我会解救。”只见月光下人影一闪，金世遗已站在她的面前。

谷之华待要避开，双脚却不听使唤，金世遗轻轻叹了口气，说道：“你只听我说两句话行不行？咳，你既知今日，何必当初？”谷之华不禁问道：“今日怎样？当初怎样？”金世遗道：“当初你第一次见我，那时人人骂我是个魔头，你却一见我便相信我；后来咱们都遭遇过许多伤心的事情，彼此都能互相劝慰。想不到你现在反而相信外人的话!”谷之华怔了一怔，问道：“什么外人?”随即省起金世遗所指的“外人”乃是厉胜男，心中忽地感到有点甜意，但仍然绷紧着脸道：“什么外人？你把自己的妻子也当作外人么？我真想不到你是个无情无义之辈!”正是：

本是知心同命鸟，缘何却自起疑猜?

欲知后事如何？请听下回分解。

第四十七回　专使驰书少林寺
正邪大会千嶂坪

谷之华说到最后一句，禁不住眼圈一红，她最后这句乃是责备金世遗“无情无义”的，从语气连接下来，似乎是帮厉胜男说话，其实却是她自己不知不觉，将怨恨的心情流露了出来！

金世遗急道：“谁说她是我的妻子?”谷之华道：“她自己说的，还有假的么？我不相信天下会有一个女人，肯不顾羞耻，冒认别人做自己的丈夫！她说，她和你是在荒岛上成婚的，主婚人就是她的叔叔，有这事么?”金世遗神情尴尬，只好点点头说：“不错，是有这事!”

谷之华面色大变，衣袖一甩，便要离开，但身子却似麻木了一般，只觉地转天旋，浑身乏力，金世遗一把将她拉住，叹了口气道：“你不知道这里面还有内情，这只是当时的权宜之计，这，这是假的，假的！假的夫妻！你明白吗？呀，你还不明白？我对你实说了吧，你知道她是谁？她便是乔北溟当年的大弟子厉抗天的后代!”

谷之华怔了一怔，道：“这和你们做夫妻之事又有什么相干?”这时，她虽然仍是伤心透顶，但见金世遗急成这个样子，不觉心中有所不忍，辞色已是稍稍缓和。

金世遗从最初认识厉胜男起，一直说到在荒岛上和她做了半个月的假夫妻止，说了半个时辰，方始将前因后果，交待清楚，最后说道：“我是为了她曾对我有恩，因此才答允助她报仇，与她兄妹相处的。你现在明白了我的心事么?”他一口气说至此处，方始停下来，望了谷之华一眼，但随即又低下头来，感到难以为情。要知厉胜男的仇人乃孟神通，金世遗答允助她报仇，那即是要除掉谷之华的父亲了，尽管谷之华也恨她的父亲，那仍是会觉得尴尬的。

谷之华呆若木鸡，好久，好久，仍然说不出一句话来。在这静默的时刻中，她的心头却是波涛澎湃，想到了许许多多事情。从厉胜男的故事中，她更知道了父亲的凶险毒辣，为了乔北溟的武林秘笈，不惜杀害了厉胜男的全家。因此她虽然对金世遗的说话，最初有点难堪，随即也便谅解了。

可是，她对金世遗却有非常不能谅解的地方，女儿家的心是最敏感的，她从金世遗的话中，听出了金世遗对厉胜男不仅只是怜惜而已，要是没有丝毫爱意的话，以他的性格，又岂肯甘受委屈，与厉胜男作假夫妻？又岂肯一直陪伴着她，对她小心呵护？也许这蕴藏在心中的爱意，连金世遗自己也不知道，但谷之华那敏感的心灵，却很容易的觉察出来！试想情人的眼中，岂能容得下一颗砂粒？

另一方面，谷之华知道了厉胜男的身世之后，也感到内疚于心，虽然她不肯认孟神通是她的父亲，但孟神通究竟是她的生身之父，而杀害了厉胜男一家的，就正是孟神通啊！思念及此，她觉得自己也好像欠了厉胜男一笔债似的，要是再夺了她心上的情郎，欠的“债”就更加重了。

谷之华转了无数念头，过了好一会，方始叹了口气，幽幽说道：“世遗，我已经知道你的心事了！”金世遗似是一个待决的囚徒，急忙问道：“你现在可以原谅我了么？”

谷之华低声说道：“这谈不上什么原谅，你爱交什么朋友，我怎能阻碍你呢？你给过我许多鼓励与帮忙，我是感激得很。只是，只是——”金世遗道：“只是什么？”谷之华面晕红霞，终于说道：“只是这儿女之情，我今生是再也不想谈了！”

金世遗叫道：“之华，你还是不肯相信我么？”谷之华道：“不，我相信你不会走上邪途，我师父对你期望很大，我也盼望你在武学上有更大的成就，在武林中千古留名！”金世遗道：“不，我说的不是这个意思！”谷之华不答这话，径自往下说道：“你对我的好意我全都知道，但我已经决定了的事情，那是永不能更改的了。我没有什么可以报答你的，这半部武林秘笈，你拿去吧！”

金世遗呆了一呆，谷之华已把那小册塞到他的手中，她的神情坚决之极，似乎是在发出一个命令，非要金世遗接受不可！

金世遗正要说话，一时之间，却不知说些什么才是，就在这时，忽听得李沁梅在外面叫道："谷姐姐，谷姐姐，想煞我啦！"原来孟神通见金世遗已走，无心恋战，忙用金刚掌力，冲开了冯瑛的剑光圈子，便逃跑了。冯瑛早就从翼仲牟的飞鸽传书中得知他们住在这间客店，打退孟神通之后，遂与钟李二人寻来，李沁梅渴念良友，她不管会不会吵醒其他住客，一到旅店外面，便用"传音入密"的内功，把声音先送了进去。

金世遗心头一震，李沁梅与钟展同来，他不愿意让她知道自己还活在世上，他望了望手上的那半部武功秘笈，待想不要，忽地心头一转，终于藏在怀中，低声说道："你不要让沁梅知道是我，之华，以后我还可以见你吗？"谷之华摇了摇头，但见金世遗呆在那儿，不觉又点了点头，这时冯瑛等人已进来了。

金世遗飞身从另一墙头越过，随手弹出几个预先扣在掌心的小石子，给冯琳等人解开穴道。只听得李沁梅嚷道："咦，又是这个怪人！这，这是怎么回事？妈、妈呀，你怎么啦？"

冯琳、翼仲牟等人横七竖八地躺在地上，不但李沁梅见了大吃一惊，冯瑛也吓了一跳，她本来想去追问这个逃跑的"怪人"的，见了如此景象，只好留下来了。

冯琳功力深湛，穴道一解，最先醒转，一睁眼睛，连忙问道："那孟老贼呢？"李沁梅道："那孟老贼给大姨打跑了。妈，你这是怎么回事？"冯琳满面通红，讷讷说道："不小心，便受了那孟老贼的暗算，幸亏姐姐你来得及时。"她还以为是冯瑛赶了到来，才将孟神通打跑的，正自要向姐姐道谢，冯瑛笑道："沁梅说得不清楚，把这件功劳也算在我的头上了。我和孟神通交手是在离此十里之外的地方，给你们解开穴道的另有其人。"

这时翼仲牟等人相继醒来，闻言问道："是什么人呢？"冯瑛道："是一个戴着人皮面具的怪人。我与孟神通遭遇的时候，他正被孟神通所追赶，想不到他的脚程竟也如此快疾，已先回到这儿了。"

翼仲牟“啊呀”一声，连忙问道：“这怪人呢?”冯瑛道：“他一见我和沁梅进来，便立即跑了。你可知道他是谁么?”冯琳听了姐姐的叙述，已经知道了是金世遗，急忙咳了一声，说道：“他呀?他，他是峨嵋派金光大师的第三个弟子，性情与我一样，喜欢胡闹，姐姐，你也是见过他的，不过他带上面具，你一时认不得他罢了。”金光大师只有两个弟子，都是非常庄重的人，冯瑛怔了一怔，但她深知妹妹的为人，立即便猜想到一定是内有古怪，她不愿意将这个人的来历当众说破，所以才胡说一遍，当下便不再问。

李沁梅又嚷道：“谷姐姐，你怎么好像很不高兴的样子？不想见我吗?”冯琳悄悄拉了谷之华的衣袖一下，谷之华微笑道：“我怎么会不想见你呢？不过我挂念掌门师姐的病，是以心里愁烦。”李沁梅方始释然，点点头说道：“你那曹师姐以前对你不好，现在可真是想念你，每天都向我们问几遍，问你到了没有，等下天亮咱们就立刻动身吧。”

冯瑛在客店里巡视一遍，将那些被孟神通点了穴道的住客和伙计，都解救过来。孟神通点这些人的穴道，用的是最轻的一种点穴法，冯瑛悄悄地给他们解了穴道，他们也一点不知道，好像做了一场梦似的。

冯瑛留下了房钱饭钱，天刚蒙亮，便即离开，赶到了少林寺，还未过午。

孟神通和唐晓澜的约战之期便是明天中午，这时少林寺正是一片紧张，各派高手，差不多都已来了。

谷之华本来准备探病之后，便即回转邙山，给她的师祖、师父守坟的，不料曹锦儿病得十分沉重，由于谷之华的到来，她出现了“回光返照”的现象，强振精神，与谷之华说了一会话，便昏迷不省人事，陷入了弥留的状态中。如此一来，谷之华当然不便离开，只好留在病榻旁边，服侍她的掌门师姐。幸而曹锦儿早就为她设想得很周到，预先指定了在她病重的时候，由翼仲牟暂代掌门，死后再由谷之华继任，因此谷之华可以无须出面与她的父亲为敌。

但虽然如此，谷之华还是忐忑不安，因为孟神通是说好了要上少林寺来向唐晓澜挑战的，“要是他来，见呢还是不见呢?”对谷之华来说，这总是一件难堪的事情。

这日一早，少林寺合寺人众，都怀着紧张的心情，等待孟神通的到来。“十八罗汉”中的大智大悲两位禅师，在“外三堂”担任警戒，忽听得大门外一片喧嚣的声音，大悲吃了一惊，说道：“难道孟神通这样早便来了？”

大智正想传声报警，只见三个陌生人已闯进了外三堂，在大门外守卫的弟子竟然阻拦不住。

大智、大悲认得一个姬晓风，其他两个则是高鼻深目的西域僧人，上次邙山大会时没有见过的。

大智、大悲同声喝道：“来人止步！”姬晓风嘻嘻笑道：“我不耐烦等候你们通报！”一侧身，便从两位禅师身边溜过。大智、大悲怒道：“少林寺岂容外人胡闹！”两人四掌，一齐劈下，赛如四面闸刀。那两个番僧“哼”了一声，道：“哪来的这些臭规矩！”肩头一撞，但听得“蓬，蓬！”两声，如击败革，大智大悲给震得飞了起来，幸亏他们功力甚深，在半空中一个鹞子翻身，便即安然落地。他们乃是“十八罗汉”中内功最高的两位，要是换了他人，更要当场出丑，少林寺的弟子和在场的宾客，无不吃惊，纷纷传声报警。

来人不待他们合围，已闯过了外三堂。忽听得一声咳嗽，出来了两个相貌清癯的老僧，乃是达摩院中和痛禅上人同一班辈的两位长老——唯识大师和唯真大师。

姬晓风刚要踏入内三堂中的“达摩院”，唯识、唯真合十说道：“请问施主，何事前来？”姬晓风只觉得一股强劲的潜力推来，登时气血翻涌，还幸他的身法奇快，一觉不妙，立刻倒纵出三丈开外，这才离开了少林二老的掌力范围。

那两个番僧却大踏步向前走去，拱手问道：“你们两位，哪一位是少林寺的主持方丈痛禅上人？”

说话之间，双方的内力已经碰上，少林寺两位长老身上的僧袍鼓胀起来，好像被风吹过的湖水一般，起了一圈圈的皱纹，那两个西域僧人，上身也微微地晃了一晃。

唯真大师道：“原来你们三位乃是来找本寺方丈的，请稍待，让我遣弟子前往通报。”

姬晓风道："有劳你请天山唐大掌门也一并来吧。"他已见识过这两位长老的本领，说话就不敢再似刚才的轻佻了。

唯识大师在前引路，将客人带进"结缘精舍"等候，那是少林寺接待外客的地方。坐下不久，痛禅上人与唐晓澜便联袂而来。

痛禅上人是主人身份，见有佛门弟子在内，便口宣佛号，合十问道："大德光临，失迎见罪。不知三位何事见教？"

姬晓风恭恭敬敬地施了一礼，说道："奉家师之命，致书问候大方丈与唐掌门。"

那两个西域僧人刚才与唯识、唯真二长老暗较内力，不分高下，这时又有意较量一下痛禅上人与唐晓澜，两人同时合十，作势向外一拱，同声说道："小僧竺法兰、竺法休久仰贵寺盛名，承这次孟老先生之请，来观盛会，急不及待，先来瞻仰！"

痛禅上人微微一笑，说道："原来如此，瞻仰二字，实不敢当。"他有金刚不坏的护体神功，身子纹丝不动，竟似毫无知觉一般。

痛禅上人慈悲为怀，且是主人身份，因此手下留情，接了他们的暗劲，却并未反震回去；唐晓澜可没有他那么客气了，护体神功用了五成的反震之力，那两个西域僧人的内家真力发了出去，竟似石子投入大海一般，毫无影响，方觉不妙，忽地心头一震，有如被巨浪当头压下，登时踉踉跄跄地倒退几步，几乎栽倒！唐晓澜笑道："两位站稳了，不必客气，请坐下来叙话吧。"

那两个僧人好生惊异，狂妄之态尽都收敛，重新向唐晓澜施了一礼，说道："久闻唐大掌门的武功是中土一人，果然名下无虚，还望恕罪。"这次是规规矩矩地施礼，唐晓澜也真真正正地还了他们一礼，不再运用神功反震。

唐晓澜虽然慑服了他们，心里也自有点嘀咕，要知这两个西域僧人的功力，仅在痛禅上人之下，比起许多正派的掌门人还要胜过一筹，看来孟神通这次又延揽了不少能人助阵，唐晓澜自己固然不惧，但要是发生了大混战的话，各派弟子可就难免死伤了。

姬晓风将书信呈上，痛禅上人看了一遍，便递给唐晓澜道："孟先生不来少林寺了，比武时间不改，地点则拟改在千嶂坪，唐掌门，你意下如何？”

唐晓澜接过那封信一看，大意是说怕在少林寺中比武，万一毁损古刹佛像，于心难安，因此拟请改在“千嶂坪”会战。唐晓澜早也有此顾虑，当下便向姬晓风说道：“令师之言，正合吾意，就请你回去上复尊师，唐某依时到达便是。”

那两个西域僧人道：“久仰贵寺乃是中土的佛门胜地，古刹庄严，果然是气象不凡，今日有缘到此，甚愿得以观光瞻仰一番，不知方丈可肯俯允么？”

痛禅上人念了一声“阿弥陀佛”，说道：“同是佛门弟子，两位远道而来，小寺理该招待。唯识、唯真，你们两位和本空师弟就陪他们去看看吧。”本空是少林寺的监寺，武功仅次于痛禅上人，痛禅上人知道姬晓风是妙手神偷，所以要加多一个本空来陪伴他们，这也是含有监视的意思。

客人退出了“结缘精舍”之后，痛禅上人眉头略皱，说道：“唐大侠，你瞧孟神通真有这么好心么？当真是为了爱护少林寺才要另改地点？”

唐晓澜道：“或者他是怕咱们占着地利，所以不愿到少林寺来。那千嶂坪在什么地方？”

痛禅上人道：“就在嵩山北面，离本寺不过数里之遥。”唐晓澜道：“那也很方便呀。”痛禅上人道：“不过千嶂坪的地形却是一个绝地。”唐晓澜道：“怎么？”痛禅上人道：“千嶂坪是谷底的一片平地，在群山环抱之中，所以称为千嶂坪。地方倒很宽广。”

唐晓澜笑道：“即使他们在谷中藏有埋伏，咱们亦何惧哉？而且据我看来，孟神通虽然无恶不作，但他平生自负，想不至于要用卑劣的手段胜我。”

痛禅上人道：“两害相权取其轻，你说得好，即使他们在谷中藏有什么埋伏，也好过在少林寺动武。”

少林寺高手云集，自从得知孟神通要来挑战之后，日夜都有人在四面山头巡值，负责调派巡值的人是少林寺“十八罗汉”之首的大雄禅师。痛禅上人为了谨慎起见，唤大雄禅师来问，大雄禅师说在千嶂坪一带，从未发现过什么可疑的人物，痛禅上人方始放心。

过了一个时辰，本空大师前来禀报师兄，说是已把客人送走。唐晓澜笑道：“你可有失掉什么东西么?”本空大师道：“我也知道这厮是妙手神偷，早加防备了。我只带他们观光几座大殿和一些不紧要的地方，藏经阁可不敢让他们进去。姬晓风那对贼忒忒的眼睛好不厉害，到了每一处地方，都好像非常留意。哎呀，呀……”

痛禅上人道：“怎么了?”本空大师叹口气道：“想不到我那么小心防备，还是着了他的道儿!”痛禅上人道：“失了什么东西，可关紧要么?”本空大师道：“是一枚古玉戒指，虽然无关重要，却是我心爱之物。我戴在右手的中指上，这厮临走之时，回头向我一揖到地，我为了还礼，扶了他一下，想不到就给他偷去了，现在才发觉。”言下闷闷不乐。原来本空大师是丧妻之后，才半路出家的，这枚古玉戒指，乃是他妻子的遗物。

唯识禅师道：“出家人四大皆空，身外之物，失去了也就算了。倒是今日之事，孟神通既然易地约战，却要请两位师兄，多费心思，另作一番布置呢。”

要知孟神通这次，虽然只是向唐晓澜单独挑战，但与两方面有关系的人，以及闻风而来的正邪各派高手，为数极多，到时难保没有意外的事情发生，故此在事前必须有周密的布置。

痛禅上人沉吟半晌，说道：“本空师弟，你和达摩院的四位长老以及大雄大智大通等一干弟子留在本寺。内三堂僧众，也留下一半在本寺内外戒备，余下的随我到千嶂坪去。至于各派弟子，则由他们的掌门人自行分派。”

计议既定，当即传下方丈法谕，半个时辰之内，诸事已经布置停妥，少林寺弟子将近千人，虽有一半人去了千嶂坪，仍然足够防卫本寺。至于各派弟子，差不多人人都想看这一场百年罕见的比武，只有青城派几个女侠，邙山派的程、林、路、白四大弟子，和天山派的李沁梅愿意留下来，陪伴曹锦儿和谷之华。冯琳本来想与女儿一同留下来的，但舍不得不看这场热闹，终于还是去了。钟展是唐晓澜的弟子，不能不去，也只好与李沁梅暂时分手。曹锦儿在弥留的状态中，随时都可能死去，邙山派的众弟子本来不忍离开她，可是孟神通乃是他们一派的公敌，因此商议再三，最后仍然决定了只留下谷之华和四大弟子，其他的人都由翼仲牟率领，到千嶂坪给唐晓澜押阵。

一行人等浩浩荡荡地开到千嶂坪，正是中午时分。孟神通的人早已在那里等候了，他的左右，除了阳赤符、姬晓风、符离渐、凌霄子和刚才到过少林寺的那两个番僧之外，还有好几个陌生的人，各派掌门都不知道他们的来历。痛禅上人再问过预先留在千嶂坪巡视的少林弟子，知道孟神通这班人也是刚来了一会儿，并无什么特别的布置。当下各据一方，两阵对圆，孟神通与唐晓澜、痛禅上人三人，缓步走出场心。

痛禅上人是主人身份，与孟神通先见过礼，说道："两位都是当世的武学大师，今日驾临嵩山，本寺忝为地主，同感荣宠。但老衲亦心有所危，有几句话不得不说。"孟神通道："但说无妨。"痛禅上人道："以两位的造诣，今日之会，足令武学大放光芒，可无疑义。但望两位止于以武会友，免至名山罹劫，同道遭殃。"

痛禅上人的意思，明白地说，就是希望这场比武，仅仅是他们两个人的较量，最好不要发生大混战的事情；同时也希望他们在武学上一决雌雄便了，不必伤及性命。

唐晓澜道："孟先生是客，我愿听从孟先生的意思。"

孟神通道："方丈慈悲为怀，孟某佩服得很。但只怕不能尽如方丈所愿。一来，今日捧场的朋友极多，这些人不是我的部属，我可不能约束他们；二来，我今日向唐掌门请教，当然是希望他毫不藏私，令我得窥天山绝技，一开眼界；而我当然也不敢藏拙，纵然相差甚远，也必然要尽献所能，如此一来，殊难'点到即止'，看来只有各安天命，要是我丧在唐掌门剑下，死而无怨，万一我胜了一招半招失手伤及唐掌门，也得请老禅师饶恕。不过，我的原意却是和老禅师相同，今日只是想向唐掌门请教而已，与他人无关。要是我输了而又未丧生的话，我一定从此永远退出武林，事后决不寻仇，即使有其他人向我寻仇，我也仅限于与寻仇者周旋，决不多事。"

孟神通虽然不能依照痛禅上人的意思，但他已矢誓败即认输，亦即是这场比武，只是他和唐晓澜两人之间的事情，即算中途演成混战，他也只是对付唐晓澜一人，而不会乱打胡来，伤及其他人的了。痛禅上人预料唐晓澜大半可操胜算，只要孟神通不乱打胡来，也就可以放心了，当下说道："既然尊意如此，老衲不再多言。如何比武，就请两位自行定夺吧。"言罢徐徐退下。

唐晓澜道："孟先生，你是客人，请你划出道，我奉陪便是。"

孟神通早有成竹在胸，故意作态想了一会，然后说道："我想武学之道，精深奥妙，方面甚广，并不仅限于'武学'一样，而且以我二人的修为，岂能一上场便即抬拳动腿，论刀舞剑，效那鲁莽匹夫所为?"

唐晓澜道："孟先生说得是，那么以你的意思可是要文比么?"心内暗暗纳罕：孟神通刚才还说要与他生死相搏，各安天命，怎么一下子又改了口风了?

孟神通淡淡说道："不仅是文比，也不仅是武比，今日难得有此机缘，要比嘛，就得咱们的平生所学，尽都较量一番，判个孰优孰劣!"

唐晓澜道："武学之道，有如大海，茫无涯际，若要全面较量，不知当如何比法，还请孟先生指示。"

孟神通道："武学之道虽然包罗甚广，但依我愚见，不出这三个方面，一是对武学的识见，二是习武者的勇气和胆量，第三才是本身的武技。我想就这三方面各出一个题目来比试，不知唐大掌门以为合否?"

唐晓澜心中想道："识见和本身的武技都是同等重要的，这个他说得不错。但对于勇气和胆量，他却说得有点含混不清，武学的最高境界不是匹夫之勇，也不是绝不畏死的那种胆量，而是沛然莫之能御的一股浩然正气，但这却不足为孟神通道了。"

不过，唐晓澜虽然不尽同意孟神通的见解，但已有言在先，而且他所说的大部分也还合理，因此便只好点点头道："那么就请孟先生出题吧。"

孟神通道："唐大掌门学究天人，本来孟某不该僭越出题，但既承推让，恭敬不如从命，我也只好不怕见笑了。"顿了一顿，接道："三项比试，谁胜了两项，便算得胜。我知道唐大掌门胸襟旷达，胜负未必放在心上，但也得言明在先，免得旁人议论。”唐晓澜拈须微笑道：“孟先生说得是，谁胜谁负，不必介怀，要是我先输了两场，那第三项当然不必比试了。”

唐晓澜同意了他这三项比试，各正派的掌门人尽皆震动，心内暗暗嘀咕，要知若是只比试武功本领，大家都认为唐晓澜赢面较大，但若要比试什么“识见”和胆量，却不知孟神通要出些什么刁钻的题目，胜负就难以预测了。

孟神通道：“好，那么我现在就出第一个题，请唐掌门派一个最得意的弟子出来，与小徒一较武功！”

唐晓澜诧道：“不是说第一项是比对武学的识见么？”孟神通道：“不错，但正如唐掌门所说，武学浩瀚无边，若是你我二人，就武学的精义，互相诘难，三天三夜也未必谈得完，旁人也未必欢喜咱们的高谈阔论。不如让你我的弟子，各以本门武功较量一样，然后咱们就他们所演出的武功，指出其优劣的地方，你说一项，我就跟着说一项，这样也就等如你来评论我这门的武功，我来评论你那门的武功了。看谁说得中肯，指出的优点缺点更多，便算得胜。这不是比空谈奥义更有实际的根据么？”

唐晓澜点点头道：“这办法是效古人论剑之举，却又不尽相同，倒也别开生面。”孟神通道：“唐掌门既然同意，就请派一位高足出来吧。这位是小徒姬晓风，唐掌门和痛禅方丈都是见过的了。”

唐晓澜见孟神通派出的人是姬晓风，眉头一皱，心中想道：“此人轻功超妙，只怕钟展应付不了。”要知道这一场实在是“双重的比武”，虽然胜负取决于唐晓澜与孟神通对对方武学的识见，但要是代表本门的弟子输给人家，那到底是不光彩的事。

唐晓澜的大弟子是钟展，虽说剑法已得真传，火候究嫌未够，唐晓澜正在踌躇，唐经天走过来道：“爹爹，就让我向孟先生的高足领教领教吧。”

孟神通哈哈笑道：“得少掌门亲自出场，那真是太过抬举小徒了。你就小心向少掌门请益吧！”唐经天是天山派少掌门身份，且又成名已久，威望比之许多正大门派的掌门人还高，与姬晓风比武，实是胜之不武，不胜为笑。刚才唐晓澜未曾想到要他出场，就是为此，但现在事已如斯，也只好让他出马了。

姬晓风笑嘻嘻地道："请唐少掌门亮剑！"唐经天面色一沉，道："你用掌我也用掌！"孟神通笑道："唐少掌门，你有所误会了，这一场是我与令尊比试对武学的识见，用这个办法比试，正是要见识对方的武学精华，然后才能据以评论。贵派以剑法驰誉武林数百年，少掌门若然舍剑不用，等下我从何论起？"

唐晓澜道："经儿，你就用剑吧！"唐经天无奈，只得将游龙宝剑拔了出来，姬晓风一声笑道："这把剑光华熠熠，倒是好玩得很！"一伸手，猛地就向唐经天的手腕抓来。

唐经天大怒，一招"横云断峰"，反削出去，他的剑法已到了收发随心的境界，倏然间一剑削出，恍如惊雷掣电，姬晓风叫声："哎哟，不好！"一飘一闪，转过头又笑道："还好，没给剁着！"使出天罗步法，配合绝顶轻功，话声未了，早已绕到唐经天背后，一伸手，仍然要抢他的宝剑。

姬晓风情知自己的真实本领远远不及唐经天，因此有意将他激怒，好乘隙下手，唐经天果然中计，开首几招，由于心浮气躁，有一次竟给姬晓风的手指触及剑把，幸而唐经天的根基极好，一觉不妙，内家真力立即随念而发，姬晓风的手指有如触电，给反震得倒退三步。

唐经天定了定神，收敛了浮躁的意念，一声长啸，展开了天山剑法的"追风十八式"，一招紧接一招，瞬息万变，端的有如大海潮生，一波未平，一波又起！

姬晓风的身法也端的是快到了极点，他以天罗步法配合绝顶轻功，居然在唐经天的剑光穿插缝中，钻来钻去。但见剑光人影，重重叠叠，在场边观战的人，也觉得眼花缭乱，头昏目眩，好像要跟着姬晓风旋转起来。

唐经天一声叱咤，剑招越展越快，剑光的圈子越扩越大，竟似织成了一片光网，将姬晓风罩在当中，姬晓风虽然还勉强可以应付得来，但这"追风十八式"奇幻无比，若然稍有不慎，便要血溅尘埃，而且他的内力也不似唐经天能够持久，这样下去，只有挨打的份儿，姬晓风何等机灵，瞧出不妙，忽然冒险进招，欺到唐经天身前，双指一弹，一缕寒风，竟似无形的冷箭一般，径射唐经天的双目。

姬晓风使的是“玄阴指”功夫，这门功夫是乔北溟当年从修罗阴煞功演变出来的，不过修罗阴煞功用的是掌力，威力当然比指力大得多，可是修罗阴煞功难练，而玄阴指易练，孟神通为了使他速成，取得秘笈回到了中土之后，立即便教姬晓风先练这门功夫。

姬晓风此际的玄阴指力，约相当于第三重的修罗阴煞掌功力，本来是不可能伤得了唐经天的，但他现在仗着轻灵的身法，用险招来袭击唐经天的眼睛，唐经天虽然内功深厚，这眼睛却是内功练不到的地方，幸而他也机警，一觉不妙，急忙闭了双目，一个盘龙绕步，转过身去，饶是如此，额角也给姬晓风弹了一下，再张开眼睛时双眼已是又红又肿，迎风流泪。

姬晓风笑道：“少掌门，我不过轻轻打了你一下，想来不会怎样疼痛，可用不着哭呀！”唐经天大怒，使出杀手，一招“大漠风砂”，剑光横卷过去，一口剑登时好似化成了数十百口，从四面八方向姬晓风攻来，但听得嗤、嗤、嗤一片声响，姬晓风身上的衣衫被剑尖撕破了五六处，但仍然没有伤及他的身体。

姬晓风也真胆大，在漫天剑影之下，居然又再欺到唐经天身前，重施故伎，发出玄阴指力，这回唐经天已有防备，一口内家真气吹将出去，有如春风解冻，把他的玄阴指力尽都消解。

可是如此一来，唐经天以内家真气来抵御玄阴指力，也免不了影响到他剑招的速度，姬晓风又渐渐可以稳住阵脚了。

刚才双方都受到惊险，一个双目红肿，一个衣衫破碎，算是扯了个直，但以唐经天的身份，却感到羞愧难当，心中想道：“我若容他逃出百招之外，尚有何面目对在场的众多前辈?”他在武学上的造诣远比姬晓风高明，想了片刻，立即有了一个主意。

唐经天的武学造诣甚高，深知要克敌制胜，必须以己之长，攻敌之短，当下剑法一变，从极快而变为极慢，剑尖上坠了千斤重物似的，慢腾腾的东刺一剑，西刺一剑。姬晓风心头一震，只感到重重压力，从四面八方向他挤来，饶他步法轻灵，身手矫捷，竟是再也不能近得了唐经天。在唐经天的周围八尺之内，便似布起了一道铁壁铜墙一般，而且这一道铁壁铜墙还不断的向外扩张，将姬晓风也包围起来了。

原来唐经天已是使出了天山剑法中最奥妙的“大须弥剑式”，全身内力贯注剑尖，表面看来，远不及“追风剑式”的凌厉无前，但却是劲力深藏，有若暗流汹涌。姬晓风的轻功比唐经天高明，内功的造诣则还相差甚远，这一来被“大须弥剑式”困住，俨如在急流激湍之中挣扎，纵然善泳，也难以脱身，稍一不慎，便有灭顶之祸！

姬晓风暗叫不妙，心想：“我输了不打紧，但束手待擒，师父的面子上须过不去，我输也要输得光彩一些。”

唐经天正在步步迫紧，姬晓风忽地向他剑尖冲来，竟似豁出了性命不要似的。唐经天怔了一怔，要知双方有言在先，这一场比试，只是各自代表本门，与对方印证武功，虽说兵刃无情，死生由命，但姬晓风罪不至死，要是不慎将他杀了，总有点说不过去。

唐经天的剑术已到了收发自如的境界，心念一动，剑尖立即往旁一滑，哪知姬晓风正是要他如此，趁此时机，所受的压力稍轻，立即施展“一鹤冲天”的绝顶轻功，腾身飞起，同时使出了“阴阳抓”的功夫。

这“阴阳抓”的功夫，双掌发出的真力一刚一柔，两股力道，互相激荡，也卷起了一个漩涡，正足以抵消大须弥剑式所发出的潜力，要是姬晓风的功力能达到师父的五成，那就不但可以消解所受的压力，而且可以将敌人的力道借为己用，将唐经天置于死地了。

唐经天立即知道上当，左掌一按，往下一引，使出七分真力，好个姬晓风，一面展出绝顶轻功向上冲去，同时就在这刹那之间，向唐经天攻出了三招，这三招都是乔北溟秘笈上的邪派武功，一是阴阳指，一是摧心掌，一是玄阴指，唐经天以宝剑护身，本身的功力又远胜于他，不至于遭受暗算，但却也有点应付不暇，转眼之间，已给姬晓风逸去。

姬晓风正自庆幸，刚要回头说几句嘲讽的话，哪知身形尚未落地，忽听得极强劲的暗器破空之声，姬晓风在半空中陡地一个翻身，饶是他闪避得快，也中了唐经天的一支天山神芒，登时跌落尘埃。正是：

非为除魔施辣手，师门荣辱最关情。

欲知后事如何？请听下回分解。

第四十八回　唐晓澜巧使天山剑
孟神通大展阴煞功

这天山神芒乃是威力最强的暗器，幸而唐经天手下留情，而姬晓风又是掠出了七八丈外才给他射中的，因此小腿虽给神芒刺入，却还没有伤及骨头。

这场比试，唐经天胜是胜了，却也胜得甚为吃力，心中暗叫："惭愧。"

唐晓澜道："经儿，把一颗碧灵丹给他。"姬晓风一跃而起，说道："不用你给，我已经自取了。"说罢，拿出了一个小玉瓶，里面有十多颗丹丸，他取出了两颗，便将瓶子向唐经天掷去，笑道："多谢你手下留情，我不敢多要，剩下的还给你吧。"原来他刚才与唐经天贴身换掌之时，已将他的玉瓶掏去。当时，唐经天全神贯注，应付他的怪异武功，却不料已着了道儿。当下接过玉瓶，作声不得。

孟神通淡淡说道："你们两人都已各尽所能了，现在轮到我向唐大掌门请教武学的精义了。"唐晓澜道："孟先生不必客气，便请你对小儿的武功，先予指教吧。"

孟神通道："也好，我先来抛砖引玉。先说令郎的内功，依我看来，他已练成了神与气合，却还未至三象归元的境界。"唐晓澜吃了一惊，想不到他对本门的正宗内功心法，竟然也了如指掌。

原来乔北溟当年曾与天山派的祖师霍天都辩论内功奥义，这一番谈话，乔北溟曾录在武功秘笈之中。不过正宗的内功，必须从根基扎起，要练成最高境界，最少也得三十年功夫，远不及邪派内功的易于速成，故此孟神通虽从秘笈上知道正宗的内功心法，但仅仅三年，休说他没有耐心，即算肯练，也难以精纯，不过他用来谈论，却是可以口若悬河，滔滔不绝。

唐晓澜点点头道：“孟先生所指出的，正是小儿不足的地方，唐某佩服。”孟神通道：“请唐掌门也不必客气。”唐晓澜道：“依我看来，令徒的内功，似乎是过分注重洗毛伐髓的功夫，霸道有余，王道不足。”唐晓澜只是凭着本身的武学修养来评论对方的武功，不及孟神通说得精到，但也算得抓着了痒处，孟神通心里也暗暗佩服，点了点头。

接着孟神通便谈论唐经天的天山剑法，要知乔北溟当年败在张丹枫剑下，后来他在荒岛上潜心苦学了几十年，假想敌便是张丹枫，天山剑法是霍天都得张丹枫的指点而创，虽然不尽相同，而且经过了两百多年天山派杰出人物的增益，内容已丰富得多，但到底与张丹枫的剑法，还是属于同一流派。

但听得孟神通滔滔不绝，竟似不假思索般地信口道来，一口气就把唐经天剑法中的破绽说了十三处之多，跟着又把他剑法中的精妙之处说了十一项，听得唐经天也不禁目瞪口呆，暗暗佩服。孟神通顿了一顿，微微一笑，然后再道：“令郎的剑法虽然有十三处破绽，但其中有九个破绽是自己还未练得到家的缘故，真正属于贵派剑法的缺点，却仅是四个而已，在天下各家各派的剑法之中，还应数贵派第一！”

唐晓澜听了他的称赞，心里更是愁烦，姬晓风所用的那几种功夫，都是他从未见过的，凭着他本身的武学修养，将优点缺点勉强凑上，最多也只不过能说得出十项，与孟神通所说的二十四项比来，那是相差一倍有多了。

孟神通笑道：“小徒仅仅在我门下三年，武学尚未窥藩篱，破绽定必更多，还望唐大掌门不吝指教，使孟某亦得聆高论。嗯，唐大掌门何故踌躇？喏，对啦，咱们这场比试，还缺少评判，是否要请几位武学大师出来，对咱们的评论也评论一番？”

唐晓澜沉声说道：“不必了。孟先生武学渊博，识见过人，唐某远远不如，这场比试，我认输便是。”

一九八五年二月

孟神通……说道：“这一场比的是勇气和胆量，不知唐大掌门可有此胆量，陪我同尽一杯么?”

此言一出，全场失色，许多人为他暗暗不平，真正的比武，是他儿子赢了，口头上的比武，却是他输了，这岂不是孟神通大占便宜？但他们有言在先，讲好了是如此比法，众人虽然心有不忿，却也无可如何。

孟神通道：“唐大掌门谦抑自下，孟某惶恐，谬承赞誉，愧不敢当，只好在此多谢你让了这一场了。好吧，现在可以开始第二场的比试了吧？”

唐晓澜道：“请孟先生出题。”心里暗暗嘀咕，不知他又要出些什么刁钻古怪的题目。

孟神通叫道：“阳师弟，你准备好了么？”

阳赤符应道：“好了！”只见他捧着一个托盘，越众而出，盘中有一个大杯，两个小杯，大杯里盛满了水，小杯则是空的。众人都觉古怪，不知这些道具是要来做什么的。

孟神通掏出一个小纸包，当众撕开，将里面所包的白色药粉倾入大杯之中，摇匀之后，再注入两个杯中，那两个小杯的容量刚好等于一个大杯。孟神通做好了这些事情，然后缓缓说道：“这包药粉，乃是最厉害的七种毒药合成的，服下之后，立即七窍流血而亡！这一场比的是勇气和胆量，不知唐大掌门可有此胆量，陪我同尽一杯么？”

孟神通提出这样的比试办法，当真是谁也料想不到，登时似煮开了一锅水，沸沸扬扬，全场喧闹，“好不要脸，分明是想暗害唐大侠！”“不要上当，他定有解药！”“他是知道死期将至，难逃公道，所以要拉唐大侠陪他同死！哼，哼，真是异想天开！”“哪有这样比试的道理。要决生死，何不干脆在武功上判个强存弱亡！”有骂孟神通的，有劝告唐晓澜的，骂声劝告声杂成一片。

孟神通冷冷说道：“诸位别闹，请先听我一言。”他说话的声音不高，但每一个字都似金属敲击一般，送进耳鼓，登时把全场的声音都压了下去。

孟神通嘿嘿冷笑道：“要说到解毒的药物么，天下没有哪一样能赛得过天山雪莲了，唐大掌门身上便有用天山雪莲炮制的碧灵丹，若说要偷服解药取巧，我岂能占得了唐大掌门的便宜！”接着又道："这一场是比试胆量，并非比试解毒的本领，唐大掌门固然是望重武林，孟某也非无名之辈，试想在众目睽睽之下，谁敢在饮了毒酒之后，眼望对方死去，而自己却偷服解药求生，不怕天下英雄耻笑么？"

这几句话说得厉害之极，将唐晓澜可能求生的后路也切断了，众人面面相觑，作声不得。只听得孟神通又哈哈大笑道："其实诸位的多疑都是杞忧，我更明白的对各位说了吧，我这包药粉，乃是孔雀胆、鹤顶红、金蚕虫、蝮蛇涎、断肠花、腐骨草、黑心莲七样至毒的东西合成，倘只是其中一样，有天山雪莲之类的解毒灵药，立即服下，或者还可以保得一时；七样合成，再溶化在鸩酒之中，那天下是无药可解的了！所以这是一场最公平的比试，我与唐大掌门同饮毒酒，同时死亡，谁也占不了谁的便宜！"

唐晓澜与他有言在先，由他出题，而他提出的办法，虽然荒唐得难以想像，但听起来却又是公平得很，唐晓澜这一边的人，心中都似十五个吊桶一般，七上八落，人人都现出惊惶的神情望着唐晓澜，心中暗叫："糟了，糟了！"试想唐晓澜是何等身份，有言在先，岂能反口？

阳赤符将盘子托到他们的面前，孟神通道："唐大掌门要是无此胆量，现在认输也行。那么，以后孟某的事情，就不必再劳唐大掌门多管了！"唐晓澜已经输了一场，若再认输这场，第三场根本就不用再比了，按照武林规矩，他就该立即回转天山，故此孟神通有此言语。

唐晓澜一直默不作声，这时方始说道："不必多言，我奉陪便是！"声音镇定如常，神态庄严之极！

痛禅上人口宣佛号，低声赞道："唐大侠当真是大慈大悲，大仁大勇，虽然未经剃度，却已是菩萨心肠！"

唐晓澜的心情正是这样，他深知自己若然认输，孟神通将无人能制，是以甘愿与这大魔头同归于尽，挽救武林的浩劫。

唐晓澜毫不踌躇地应允了同饮毒酒，孟神通似乎颇感意外，面色微微一变，但随即便恢复正常，沉声说道："既然如此，咱们便开始吧。唐大掌门，这两杯毒酒都是一样，但为了避免别人多疑，还是请你先拣一杯吧。”

唐晓澜道：“我当然信得过孟先生。”随手便拈起了面前的一杯。

孟神通跟着拿了那另一杯，两人对面而立，孟神通道：“唐大掌门，现在请你指定一个人发号，数到‘一’字，咱们一同举杯；数到‘二’字，将杯贴到唇边；数到‘三’字，咱们便同时将毒酒倾入口中，你看这可公平了吧？”

唐晓澜道：“令师弟现在场中，由他发号便了。”心想：“要是让我的朋友发号，只怕他们未必叫得出声。”

阳赤符虽然早就知道师兄所定的这项比试办法，但却想不到唐晓澜竟会同意，这时也吓得面青唇白，他退到场边，深深吸了口气，半晌方始颤声叫道：“一！”

两人同时举杯，唐晓澜这边的各正派弟子，有人以手掩面，不敢再看，有人在低声啜泣。

阳赤符再叫道：“二！”唐孟两人都把毒酒贴到了唇边，唐经天心头大震，几乎就想取出天山神芒，将那盛满毒酒的酒杯射碎，心念方动，忽见他的父亲双眸炯炯，眼光如电，正向自己射来！唐经天不觉心中一凛，无可奈何地低下头去。

在四面山坡上作壁上观的不下千人，这时却静寂得有如死谷，简直是一根针跌在地下都会听得见响！

“万木无声待雨来！”终于来了，阳赤符用低沉的声音叫出了一个“三”字！

就在这刹那间，忽见孟神通抬起左手，双指一弹，“呛啷”声响，唐晓澜手中的酒杯跌落地上，碎成片片，毒酒四溅，发出蓝色的火焰，沾着毒酒的野花野草，登时枯萎。

唐晓澜喝道：“这是怎么？”话犹未了，孟神通已把自己手中那一杯毒酒也远远地摔了出去，苦笑说道：“唐大掌门果然好胆量，这一场算我输了！”

孟神通本来是博唐晓澜不敢服毒酒的，到了这生死关头，他想到自己已先赢了一场，终于软了下来，宁可与唐晓澜决个最后胜负，却不敢以性命再赌下去了！

这场比试，孟神通一直来势汹汹，极尽虚声恫吓之能事，旁观人众，人人心上都似压了一块千斤大石，直到此刻，听清楚了孟神通亲口说出认输的说话，方始吁了口气，放下了心上的石头。

唐晓澜道："我以为不用比第三场了，想不到孟先生让回一场，唐某只好再向孟先生讨教了。"

孟神通强笑道："孟某正是为了想见识唐大掌门的绝世武功，方可死也无憾；要是刚才咱们二人同死，就没有这个眼福了。"这话固然是替自己解嘲，却也显露了他欲与唐晓澜一拼的意图。众人方始松了口气，这时又紧张起来。

唐经天道："爹爹，游龙剑给你。"唐晓澜笑道："也好，我已有将近二十年不用剑了，今天就为孟先生破例一用吧！"

孟神通道："多承青眼，便请赐招。"唐晓澜道："孟先生是客，唐某不敢僭越。"孟神通道："如此，有僭了！请——指——教——"这三个字拖长了声音，十分刺耳，竟似一柄利锥，一下又一下地刺进耳膜一般，这是邪派中的一种怪异功夫，名为"厉声夺魄"，虽然比不上佛门的"狮子吼功"，但却最能扰乱对方的心神。作壁上观的各派弟子，其中功力稍低的已是禁受不起，连忙用手指塞着耳朵。

唐晓澜的内功、定力，都是当世一人，这种旁门左道的伎俩，当然不能令他心神分散，可是他却也要凝神应付，孟神通说到最后的那个"教"字，突然合掌一揖，紧接着平推出去，表面看来，是他礼仪周全，在动手之前，还未忘记要向唐晓澜施礼，实则已是暗中用上了第九重的修罗阴煞功掌力，而且是双掌齐发，比起上次，威力强了一倍有多，端的有如暗流汹涌，突然间无声无息地卷来！

唐晓澜心头微感寒意，但仍然神色自如，抚剑还揖，身形不变，向后退了三步，这一瞬间只见他长须飘拂，目闪精光，冷冷说道："孟先生不必多礼，唐某还招！"游龙剑嚓地出鞘，缓缓刺出。

这一剑来势虽缓，其中却藏着极为复杂微妙的变化，孟神通知道只要自己的身形一动，对方的利剑便会如影随形地跟着刺来，索性兀立不动，横掌当胸，含笑说道："孟某已先献拙，请唐大掌门不必客气，尽管赐招便是。"举止似是傲慢，其实却是深得武学的诀要，以不变应万变。要对付唐晓澜这种最上乘的剑法，舍此之外，也实在别无他法了。

除了痛禅上人、金光大师这两位武林泰斗之外，其他的人都看得莫名其妙，暗暗纳罕，多嘴的江南已忍不住地嘀嘀咕咕地说了出来：“这样的打法倒真是稀奇古怪，嘴里说得客客气气，眼睛睁得灯笼一般，你瞪着我，我瞪着你，好像斗鸡似的，却又不肯爽爽快快地动手，老是你推我让的，这算是什么门道呀?”旁边几个峨嵋派的女弟子给他逗得笑出声来，陈天宇横了他一眼道：“你懂得什么，快别胡说!”其实陈天宇也瞧不出什么门道，他是怕江南越说越不像话，容易给别人误会是对唐大侠不敬。

场中唐孟二人却是聚精会神，对旁人的议论恍如不闻，唐晓澜纹丝不动，宝剑停在孟神通胸前三尺之处，剑尖微颤；孟神通也仍然横掌当胸，神色沉重之极。约过了一盏茶的时分，唐晓澜瞧出孟神通眼光中已微露怯意，陡然间一剑便刺出去!

要知他们攻守双方，都是用上了最深湛的武学，先动手攻击的这一方若非算得非常准确，一开首就取得压倒的优势，那么攻势一发，己方的守势也定然相因而削弱，对方就可以乘虚而入了。

唐晓澜的剑术当真静如处子，动如脱兔，但见他的游龙剑扬空一闪，登时幻出漫天剑影，在这一招之内，他已遍袭了孟神通的三十六处大穴。但听得嗤嗤嗤一片声响，紧接着极为清脆的“叮”的一声，这回竟是连痛禅上人和金光大师也未曾完全看得清楚，只见孟神通已是一个筋斗倒翻出去。唐晓澜跟踪急上，白光如练，紧紧贴着孟神通的背心，地上尘砂滚滚，似是给旋风卷了起来，登时把两人都罩在风砂之内!

痛禅上人定了定神，吁了口气，对金光大师道：“好险，好险，不过，毕竟还是唐大侠占了上风了!”

原来孟神通所得的那半部武林秘笈，最主要的部分便是用来对付天山剑法的，好在唐晓澜使的这招是他师祖凌未风所自创的新招，那已是乔北溟死后多年的事了，唐晓澜再加以变化，趁孟神通稍露怯意的时候，突然使出，果然杀得他措手不及，这一剑便削去了他颔下的长须，又在他的长衫上刺破了七处之多。不过孟神通也真了得，他虽然不识此招，却懂得天山派剑学的原理，就在那性命悬于一发的俄顷之间，竟给他用“天罗步”的身法配合上“登云纵”的轻功脱出身去，而且在避招之际，还能够使出“玄阴指”的功夫，在唐晓澜的剑脊上弹了一下。这一弹虽然奈何唐晓澜不得，但他那柄游龙宝剑已是冻得有如坚冰！

唐晓澜也禁不住心头微颤，原来孟神通已练成了邪派中最厉害的“隔物传功”的本领，他以玄阴指发出修罗阴煞功，弹中了游龙剑，登时便似有一股寒流，从剑上传来，冲击唐晓澜握着剑的右手的寸关尺脉。

脉门是人身要害之处，仅次于心脏，唐晓澜的内功虽然精纯之极，也不能不运气防御。

这一战在孟神通来说，乃是死里求生，因此虽然在游龙剑的极大威力的镇压之下，仍然拼命抢攻，各种古怪刁毒的邪派武功，层出不穷，当真似是骇浪狂涛，一个浪头紧接着一个浪头的卷扑过来，痛禅上人已是得道高僧，且又明知唐晓澜可以稳占上风，但看了这一场从未有的恶战，也不禁有点心弦颤抖。

唐晓澜这时却采取了孟神通刚才的战略，以不变而应万变，展开了天山剑法中的大须弥剑式，将敌我双方都笼罩在剑光之内，任孟神通如何狂攻猛扑，他脚步也未曾移动半分。孟神通的各种奇招怪着虽是层出不穷，却无法突破他的护身剑光。而且唐晓澜的内功之深，当世无二，孟神通在剑光外层施展的邪派神功，潜力触及他的身体，便即给他化解，有如投石入海，纵能荡起涟漪，不足造成灾害。

孟神通狂攻不逞，心里暗暗胆寒。本来，他这次安排的三个比试办法，已是用尽心机，第一场由姬晓风来斗唐经天，便是一个双管齐下的妙策，一方面可以在武功的评论上胜过唐晓澜，另一方面又可以从旁细心窥察天山剑法，所以这第一场也实即是为第三场的真正较量作准备的。哪知他虽然从乔北溟的秘笈中，获得了对付天山剑法的秘方，临时又作了实地的观察，但一动起手来，仍是感到难以应付。这不但是由于天山剑法已有增益变化，而且由于唐晓澜以精纯的内功来运用这千变万化的剑术，每每一招寻常的剑招，威力也大得出奇，孟神通准备好的那一套，只能勉强招架，焉能谈到破解。

激战中但听得嗤嗤声响，孟神通的长衫又穿了几处，接着肩头又中了一剑，幸而他早有准备，知所趋避，天罗步法，也用得出神入化，仅仅是皮肉受了一点轻伤，便即闪过了。孟神通又惊又急，心里想道："如此缠斗下去，我只有招架的功夫，终须丧在他的剑锋之下。"恶念陡生，以排山掌力，稍稍荡开唐晓澜的宝剑，疾如电闪地欺近身前，铮、铮、铮！又在他的剑柄上弹了三下！

这一招用得险极，但见剑光掠过，孟神通的头发给削去了一大片，几乎变成了秃子！阳赤符和姬晓风都不禁失声骇叫。

刚才双方激战的时候，唐晓澜的宝剑已曾经给孟神通弹中了四五次，但每次的间隔都有些少时候，脉门虽然受到阴寒邪气的袭击，以唐晓澜的内力，尚还不觉什么，这回是接续的连弹三下，饶是唐晓澜的内功并世无双，也禁不住心头一震，手腕微微感到麻木失灵。

说时迟，那时快，孟神通双臂箕张，和身便扑上来，唐晓澜喝声："来得好！我便试试你的修罗阴煞功吧！"游龙剑脱手掷出，一道银光，直上遥空，众人方自惊骇，但听得"蓬，蓬！"两声，他们已是四掌相交，粘在一起。

各正派弟子见唐晓澜宝剑脱手，无不相顾失色。殊不知唐晓澜乃是自行弃剑，有意和他比拼内功的。要知他的脉门不断受到阴寒邪气的袭击，手腕已感到有些微麻木，要是仍然使用天山剑法，不能灵活如初，便有可能给孟神通所乘，故此不如以精纯的内功与他硬拼，更能稳操胜算。

孟神通也正是有意要他如此，他当然知道自己的内功不及唐晓澜，可是他的修罗阴煞功却最能耗损对方的真气，在此消彼长的情况下，或者还可以侥幸图胜；而且即算不敌，到了最后，他还可以施展最厉害的邪派神功，与敌人同归于尽。

过了片刻，只见唐晓澜的头顶，好像蒸笼一般，发散出热腾腾的白气，在场的几个武学大师知道他正在以绝顶内功，把孟神通攻进体内的邪气驱出，不禁又佩服，又是担忧。

孟神通已练成了正邪合一的内功，虽然不若唐晓澜的精纯深厚，但却霸道得多，这时已是双方决生死、定存亡的时候，孟神通加紧施为，内力有如排山倒海般地从掌心发出，直攻过去！唐晓澜长须飘拂，头顶上白气越来越浓，可是唐晓澜发出的内力虽然是柔和之极，却坚韧非常，任孟神通如何冲击，他总是防御得了，脚步依然未曾移动分毫。不但如此，孟神通狂攻过去的内力，还竟似给他化解于无形。这两人一正一邪，各以绝顶神功相拼，一个有如严冬肃杀，一个有如春日和煦，肃杀的寒气终于在春风中溶解。

可是这等微妙的变化，连在场的几位武学大师也未能看得出来，他们只看得出是一攻一守，而且是唐晓澜主守，孟神通主攻。

连痛禅、金光这两位武学大师都看不出其中的微妙变化，其他人等，自是更不用说。他们起初都看好唐晓澜，以为只要一比真实的功夫，唐晓澜便能稳操胜算，现在看到两人较量内功，竟是相持不下，唐晓澜还似乎略处下风，不由得大感意外，甚是担忧。要知比试别的，败的一方，或许还能逃命，只有比试内功，却绝难侥幸，胜负一分，亦即是生死立判了！若然势均力敌，更可能两败俱亡！而且这两大高手，都挟着绝世神功，一胶上了，天下无人能够化解！

众人都在凝目注视，紧张得几乎喘不过气来。在这紧张之极的气氛中，痛禅上人瞑目细听，忽似听得地下有“滋滋”的声响，痛禅上人吃了一惊，急忙问道：“道兄，你听，这是什么声音?”金光大师凝神一听，道：“奇怪，地底下似是有什么东西向这边钻过来。”痛禅上人道：“不像是人?”金光大师道：“不像。听那滋滋声响，倒像是烧着了纸媒似的。”

这声音极为微细，除了这两位大宗师，谁都没有发现，痛禅上人越听越疑，正想出声示警，忽听得孟神通那边的人哗然惊呼，但见一条人影，疾如鹰隼，突然窜入人丛，挟起了一个人便跑，凌霄子、阳赤符、金日磾、符离渐等众多高手，竟然都拦阻不住！

冯瑛叫道：“咦，妹妹，你看，这人就是那日恶斗孟神通的那个人！”冯琳睁大了眼睛，却不作声，心里想道：“幸而沁儿今日留在寺中。”

这人戴着一张人皮面具，动作快得出奇，竟似在白日青天之下，突然有个鬼魅出没一般，除了冯琳之外，别人都不知道是谁，但却认出了他所挟着的那个人，正是御林军的统领司空化！

司空化的本领是大家都知道的，虽然算不得顶儿尖儿的人物，也差不多可以跻身第一流之列了，如今竟被那人手到擒来，而且来去自如，如入无人之境，这等怪事，当真是谁也料想不到，连痛禅上人在内，个个皆惊！

就在众人哗然大呼的嘈杂声中，那人已从山坡上疾驰而下，少林派几个大弟子急忙上前拦阻，那人忽地沉声说道："你这件家伙正合我用！"一伸手已把"十八罗汉"之首的大悲禅师的方便铲抢到手中，他挟着一个司空化，身手仍是非常矫捷，少林派的众弟子列阵阻拦，竟是连他的衣角都沾不着！

这时唐经天也认出了这人就是那日救走厉胜男的那个人，生怕他对父亲不利，一扬手便连发了三支天山神芒！

那人一手挟着司空化，一手提着方便铲，正从半山腰跳下，天山神芒来得有如闪电，他脚尖尚未沾地，神芒已射到了他的背心。

天山神芒是威力最强的暗器，在平地上也不容易拨打、闪避，何况他身子悬空？江南忽地失声叫道："唐少掌门，不可，不可——"但他叫得已经迟了。

只听得"当"的一声，那人回铲一拍，将第一支天山神芒打落，在半空中一个"鹞子翻身"，"嗖"的一声，第二支天山神芒几乎贴着他的顶心射过，这一下身法美妙非常，闪避得恰到好处，但在这样的紧张气氛之下，人人看得目不转瞬，却没有一句彩声。

说时迟，那时快，第三支天山神芒又到，那人已似流星陨石一般俯冲下来，正跌落在下面流泉飞瀑所汇成的水潭！

登时喝彩声与哗叫声乱成一片，有些人是为了他刚才那美妙的身法，现在才喝出彩声，有些人则是为了他跌落水潭而惊呼！

痛禅上人大感意外，心道："这人武功卓绝，和唐晓澜只怕也差不了多少，按理说他可以把这支天山神芒也一举打落，何至于弄得如此狼狈？"

就在众人的惊叫声中，那人已从潭中跳起，全身水淋淋的，仍然一手挟着司空化，一手提着方便铲，如飞下山！

江南见这人没有受伤，方始吁了口气，抹了一额冷汗，陈天宇道："江南，你怎么啦？刚才为何叫唐少掌门不可出手？"江南讷讷说道："我看这人九成是、是——"陈天宇道："是谁？"江南道："是金大侠！"陈天宇道："你又来胡说八道了，金世遗已被海中的鲨鱼吞了，天山冯女侠亲自到过蛇岛，拾回了他的遗物，还有假么？他岂能还活在人间？"江南道："你不信，你再仔细瞧瞧，他虽然戴了面具，身材和步法却是不会变的，你看不出么？"金世遗刚才只是沉声说一句，陈天宇没有怎么留意，现在睁眼仔细打量，这人的身材果然极似金世遗，不禁也自起了疑心。这时，彩声叫声，仍然未绝，他们两人的谈话，被淹没在声音的海洋中，谁也没有注意他们说些什么，好一会儿才静止下来。

这时金世遗挟着司空化已到了谷底，金世遗在他耳边喝道："快说，火药埋在什么地方？"骈指在他胁下一戳，这是金世遗的拿手好戏，一戳之下，司空化登时感到好像有千万条毒蛇在体内乱啮，当真是惨过受世上的任何毒刑！金世遗放开了他，在肩膊上再轻轻一拍，稍稍减轻他的痛苦，喝道："你快带我去，将那药引熄掉，否则还有更好受的滋味让你尝尝！"

地底下"滋滋"的声响，已然越来越近，原来这是寇方皋和司空化所定下的毒计，预先在谷底埋了大量的火药，在地下钻开了一条只有三寸来宽的窄槽，安放信管，药引则接到谷外一个秘密处所，待谷中激战正酣之时，谷外所埋伏的人便点燃药引。这千嶂坪乃是群峰环抱下的一块盆地，约有里许方圆，乃是一个没有逃生之路的"死谷"，若然火药爆炸，可以把整个千嶂坪炸得翻转过来，在谷底的人，甚至在山坡上较低处的观战者，都要被炸得尸骨无存！

他们劝孟神通改换地点，到千嶂坪来与唐晓澜决战，所持的理由是：少林寺乃是敌人的大本营，在少林寺决战，于己不利。孟神通听他们说得有理，再想到女儿在少林寺中，他也怕在决战之时见到女儿会影响心情，而千嶂坪又的确是一个良好的比武场所，便接受了他们的建议。不过他们另一个建议，建议孟神通率领党羽，和少林寺这边的人，在谷中来一场大混战，孟神通却没有接纳。孟神通已经是一个心狠手辣的大魔头，想不到他们还更狠毒，竟然要把连孟神通在内的武林人物都一网打尽。

金世遗一直在暗中窥伺司空化和寇方皋的行动，探听到了这个秘密，却不知药线埋在何处，因此只好现出身形，在现场将司空化捉来，威迫他去发掘火药。

其实这时无须金世遗再用毒刑，司空化也要赶快去弄熄药引了，要知这时他已身在“绝地”，火药认不得人，一旦爆炸了，岂非连他也要炸得粉身碎骨。

司空化跑到一块大石旁边，用力搬开石头，金世遗立即挥铲铲土，只见下面果然铺了一层厚厚的炸药，再铲开去，只见一条燃烧着的火线，似小蛇般蜿蜒而来，金世遗急忙一脚踏熄，叫了一声：“好险！”药线距离火药，已是不到一丈的距离！

惊魂未定，忽听得“蓬”的一声，一枝火箭在半空中爆炸开来，挟着一溜火光，就向他们的面前落下，金世遗一记劈空掌打去，将那团火光打了回头，说时迟，那时快，第二枝、第三枝火箭相继射来，金世遗脱下了湿淋淋的上衣，往那层火药上一盖，接着就点了司空化的穴道，将他也掷到火药的上面。

抬头一看，只见寇方皋那班人在山坡高处，将火箭密集射来，好在他们为了避免波及，据在山坡上较高的所在，除了寇方皋和几个大内高手所发的之外，其余的火箭未到谷底，便在半山腰处落下了。登时惊叫之声四起，正邪各派，都有许多人被火箭烧伤！这一个突然发生的意外事件，登时令到全场大乱，正邪各派高手，都是又惊又怒，纷纷向寇方皋那班人攻去！

寇方皋率领有四十个大内卫士和御林军将领，盘踞在一个山头，位置在众人之上，居高临下，仍然不停放箭！

这时，唐晓澜和孟神通正到了紧要的关头，双方都在全神贯注，应付对方的进攻，谁若稍一松懈，便要给对方的内力震毙！周围尽管闹得天翻地覆，他们两人竟似视而不见，听而不闻。

有几枝火箭落在他们的身边，已把野草燃烧起来，差幸还未烧到他们的身上。那火药堆也是火箭的目标，金世遗没法分身，眼见唐晓澜就要给火箭射中，地下熔熔的火光也正向着他们卷来，再不过去救援，便将是玉石俱焚，唐晓澜与孟神通都要丧身火海！金世遗当机立断，马上离开火药堆，滚进了火光之中，滚到了他们的旁边，一个鲤鱼打挺，跳将起来，运了全身功力，双掌当中一插，左右一分，就在这时，只听得轰然一声巨响，震耳欲聋，那火药堆已给寇方皋的火箭射中，登时爆炸！正是：

只为邀功求上赏，伤残同党又何妨？

欲知唐晓澜与孟神通性命如何？请听下回分解。

第四十九回　千重剑气消魔焰
一片柔情断侠肠

金世遗的功力在他们二人之下，按理说纵然是用了全力，也无法分开他们，好在金世遗极为聪明，他用的是武功秘笈中巧妙的卸力功夫，把双方的力道都卸去了三成，本来仍然不能分开，但恰在这时，火药爆炸，这爆炸之力，任何武林高手都不能与之相抗，只见三条人影，倏地分开，唐晓澜给抛出十数丈之外，孟神通功力稍逊，向后跌进火堆，金世遗早有准备，凌空跳起，脚踝被烧焦了一片，伤得最轻。

幸亏金世遗已弄湿了上层的火药，又有一个湿淋淋的司空化躺在上面，虽然仍弄成爆炸，威力已然比原来的预计差得太远，但这仅及原来预计的百分之一的威力，已是大得惊人，方圆数十丈内的石块都给抛了起来，而且火药继续燃烧，闷雷般的爆炸声不绝于耳，火光迅速蔓延开去，不消片刻，整个山谷都被包在融融的烈焰之中。至于那倒霉的司空化，则早已被炸得尸骨无存。

这一次真是险到了极点，若非金世遗卸去了唐孟二人的三成力道，他们的双掌胶着，谁也不能撤手，被那猛然的一震抛将起来，火药爆炸的震力加上对方的掌力，势必同归于尽！又倘若火药未曾弄湿，则更是不堪设想，他们纵有天大的神通，恐怕也要步随司空化的后尘，被炸得粉身碎骨了！

这时，山上山下，都乱成了一片。在千嶂坪观战的人，纷纷向高处夺路逃生，在山坡上的人，则纷纷向寇方皋那班人所盘据的山头攻去。

金世遗好在曾在水潭中浸湿了身子，首先从火光之中冲出。唐晓澜脱下长袍，使出绝顶内功，将长袍舞得呼呼风响，赛如一面盾牌，将两边的火头拨开，但待他冲出了火场，那件长袍亦已烧成了灰烬！冯瑛与痛禅上人连忙过来接应，给他服下了少林寺秘制的能解火毒的百花玉露丸。

火光中但听得孟神通一声怒吼，凶神恶煞般地冲出来，他发出第九重的修罗阴煞功掌力，一股阴寒之气护着心头，火毒难侵，胜于服百十颗百花玉露丸，硬从浓烟烈焰之中冲出，与唐晓澜差不多同一时候。孟神通所受的内伤比唐晓澜重得多，但因他有修罗阴煞功护体，从火场冲出，表面看来，却不似唐晓澜的狼狈。

他与唐晓澜同时逃出，但却不同方向。痛禅上人大吃一惊，生怕他趁此混乱时机，胡杀一通，唐晓澜瞧了一瞧孟神通奔逃的方向，说道："他已被我震伤了三阳经脉，那边有金光大师和青城派的辛掌门，纵然他敢胡来，也绝不能讨了好去。"

猛听得孟神通一声喝道："寇方皋你这小子好狠，居然想把我老孟一齐烧死！我活了六十多年，今天还是第一次受人暗算，哼，哼，我若不把你这小子杀掉，岂不教天下英雄耻笑！"但见他这几句话说完，身形已在数十丈的峭壁之上，他是选择了最险峻的捷径，向寇方皋那班人所盘踞的山头扑去！

唐晓澜叹道："这大魔头也真是骄傲得紧，不肯吃半点亏。他伤得不轻，再这么动了怒气，即算他现在即刻闭关疗伤，也至多只能再活半年了，他居然还要去和人动手！"

这时，唐经天等人也差不多攻到了那个山头，有好几个大内高手已给他的天山神芒射伤，阵脚大乱。寇方皋本来就要撤退，猛见孟神通冲来，而且声言要取他性命，更吓得魂魄不全，哪还敢多留半刻。

孟神通从峭壁直上，先到山头，手起掌落，打翻了几个御林军统领，那班人发一声喊，四散奔逃。唐经天觑准了寇方皋，一枝天山神芒射去，寇方皋早已和衣滚下山坡，神芒射到，却恰好碰上了孟神通，孟神通冷笑道："你射伤我的徒弟，好，我也叫你吃我一箭！"双指一弹，那枝天山神芒竟然掉转方向向唐经天射来，冯琳在他身边，连忙将他推开，“嚓”的一声，神芒从他们中间射过，孟神通哈哈大笑，径追寇方皋去了！

山坳里忽然跳出两个人，怒声喝道：“孟老贼，你还想逃命么?”一个是单丐帮的帮主翼仲牟，一个是青城派的代掌门辛隐农。

这两人和孟神通都有深仇大恨，翼仲牟恨他杀死了师兄——前任丐帮帮主周骥（孟神通即是因这宗血案，而成为邛山派与丐帮的公敌的）；辛隐农恨他打伤了本派的掌门师兄韩隐樵，至今尚未复原。翼辛二人明知不是孟神通的对手，也要和他拼命。他们但求能绊得孟神通片刻，山上高手如云，只要几位武学大师一赶到，便可以将孟神通擒获。

翼仲牟的伏魔杖法刚猛非常，辛隐农更是海内有数的剑术名家，若在平时，孟神通还未曾将他们放在眼内，如今身受内伤，却不由得心中一凛。

说时迟，那时快，辛隐农的青钢剑扬空一闪，已然朝着孟神通的胸口刺来，孟神通一个盘龙绕步，避开剑锋，双指疾弹，一缕寒风，径射辛隐农的双目，辛隐农剑招如电，倏地一矮身子，截腰斩肋，但听得“刷”的一声，辛隐农左手的脉门已给孟神通弹中，痛彻心肺，但孟神通的小腹也中了他的一剑，血流如注！就在这同一时刻，翼仲牟的铁杖也以泰山压顶之势，猛砸下来，孟神通大吼一声，反手一掌，发出了第九重的修罗阴煞功掌力，翼仲牟的铁拐杖脱手飞出，这一招是伏魔杖法中的最后一招杀手，名为“潜龙飞天”，那是准备与强敌同归于尽的。

这一杖正中孟神通的背脊，饶是孟神通已差不多练成了金刚不坏的护体神功，也禁不住双睛发黑，“哇”的一声，一口鲜血喷了出来。这时翼仲牟已给他的掌力震倒地上。孟神通大怒，立即回身掌劈。就在此时，痛禅上人已经赶到，一扬手将一百零八颗念珠一齐发出，孟神通大叫一声，向后一跃，倒翻了一个筋斗，落下山腰，那一百零八颗念珠触及他的身体，全都给他震成粉碎，但其中有七颗打中他的大穴，也令他伤上加伤，真气几乎不能凝聚！

痛禅上人念了一声“阿弥陀佛”，将翼仲牟扶了起来，好在翼仲牟练过“少阳玄功”，受了孟神通这一掌尚不至于毙命，但也像患了疟疾一般，抖个不停。辛隐农未练过少阳玄功，被掌风波及，伤得比翼仲牟还重，幸他功力深湛，虽然伤得较重，亦尚无大碍。

翼仲牟道：“孟老贼似是受了内伤，修罗阴煞功的威力已是远不如前，老禅师为何不趁此机会将他除了？”

痛禅上人低眉合十，念了一声“阿弥陀佛”，缓缓说道：“孟神通罪恶满盈，死期将至，居士的仇亦已无须自报了。”要知孟神通伤了三阳经脉，本来就至多不过能活半年，如今经过了这场恶斗，受了翼仲牟一杖，又中了痛禅的七颗念珠，那是决不能再活十天了。痛禅上人是个以慈悲为怀的有道高僧，本来不欲乘人之危，如今为了救翼辛二人的性命，迫得施展佛门的“定珠降魔”的无上神功，加促了孟神通的死期，虽然问心无愧，却也有些不忍。

寇方皋趁此时机，急急忙忙如丧家之犬，一口气逃出十多里路，方自松一口气，猛听得耳边厢有极为尖利的声音喝道：“好小子，你逃到天边也逃不脱我的掌心！”寇方皋这一惊非同小可，这声音明明是孟神通的声音，但却不见他的影子。

寇方皋被孟神通以“天遁传音”之术，扰乱心神，心慌意乱，虽然使尽了气力逃跑，两条腿却竟似不听使唤，不消多久，便给孟神通追到跟前。

寇方皋叫道：“大敌当前，孟先生何必同室操戈？”孟神通骂道：“放屁，刚才又不见你说这样的话！你连老夫也要害死，还想我饶恕你吗？”

寇方皋见孟神通执意不饶，横了心肠，便不再哀求，反而冷笑道：“孟先生，你只知责人，不知责己，不错，我是想令你与唐晓澜同归于尽，但到底未曾杀了你呀！你说我暗中害你，请问你这一生所害的人还算少吗？我姓寇的也不过是学你姓孟的榜样罢了！”

孟神通怔了一怔，急切间竟是无言以对。寇方皋伺机又逃，孟神通忽地大喝道：“宁我负人，毋人负我，好呀，我姓孟的做了一世恶事，今天杀了你，也算是做了一件好事！”话声未了，修罗阴煞功已使出来！

寇方皋拼了全力接他一掌，但觉血气翻涌，全身寒战，但他并未即时倒下，连自己也觉得有点意外。

寇方皋身为大内总管，武功造诣确是不凡，踉踉跄跄地接连退出了六七步，消解了身上所受的劲力，定了定神，心中忽然燃起了一线希望，望着孟神通哈哈大笑道："孟先生，原来你也受了重伤，你杀了我，你也不能活命，何苦来呢？我这里有大内灵丹，不如咱们讲和吧！"

孟神通何尝不知道自己死期将至，不但如此，而且他还知道所受的伤任何灵丹也不能救活的，这一点寇方皋却不知道。

孟神通淡淡说道："多谢你的好心，但你可知道我现在正想些什么？"寇方皋瞧他神色不对，怔了一怔。孟神通冷笑道："我横行一世，只有人家吃我的哑亏，今日我意想不到几乎丧在你的手上，当真是阴沟里翻船。哼，哼，我若不在临死之前杀了你，教我怎能瞑目？"

寇方皋颤声叫道："孟先生，你、你不听良言，连自己的性命也不要了么？"孟神通笑道："不错，我正是要你这位总管大人给我垫底！"笑声未了，寒飙陡起，左掌发出刚猛无匹的金刚掌力，右掌发出第九重的修罗阴煞功！

这双掌齐发的至阴至阳、刚柔并重的奇功，乃是孟神通毕生功力之所聚，寇方皋如何抵挡得了，但听得一声裂人心肺的惨叫，寇方皋似一团烂泥般地瘫在地上，血肉模糊，显见不能活了。

孟神通仰天大笑，忽觉真气涣散，腹痛如绞，就在此时，突然有一个声音在他耳边说道："孟老贼，现在轮到我和你算账了！四十三条命债，廿余年的血海深仇，这笔账该如何算法？你自己说吧！"声音充满怨毒，饶他是个杀人不眨眼的大魔头，听了这个讨命的怨毒之声，也自不禁心头战栗，说这话的不是别人，正是厉胜男。

孟神通回过头来，说道："厉姑娘，你苦心孤诣，蓄意报仇，老夫好生佩服！我杀了你的一家，只有一条性命抵偿，你要拿就拿去吧！"忽地身形一晃，自行迎上前去！

厉胜男早有准备，把手中所持的喷筒对准孟神通一按，一团烟雾，疾喷出来，孟神通大叫一声，跃起三丈来高，说时迟，那时快，厉胜男又飞出一条五色斑斓的彩带，缠他的双足。

孟神通头下脚上，倒冲下来，执着彩带一撕，哪料这条带上满插毒针，登时在孟神通的掌心上刺穿了无数小孔，彩带本身，又是十几种毒蛇皮所制成的，在毒蛇液中浸过，毒性可以见血封喉。孟神通有如受伤了的野兽一般，狂嗥怒吼，全身三十六道大穴，尽都麻痒非常！

原来厉胜男从西门牧野那儿，取回了《百毒真经》之后，已配制了《真经》中两种最厉害的毒药，一样是喷筒所喷发的“五毒散”，另一样就是这样“蛇牙索”，这两件秘密武器使将出来，即使孟神通未曾受伤，也自难当，何况他现在真气涣散，事先又未曾留意防备？

孟神通双眼圆睁，叫道：“好呀，你这小妞儿的报仇手段，比老夫还狠！”猛地嚼碎舌头，一口鲜血喷了出去！

随着这口鲜血喷出，孟神通突然一声大喝，在烟雾之中冲出，倏地向厉胜男扑去，人还未到，掌力已似排山倒海般的压下来！

这是最厉害的一种邪派功夫，名为“天魔解体大法”，一用此法，本身亦必随之死亡，但却可以将全身精力凝聚起来，作临死前的一击，威力可以平增三倍以上，孟神通与唐晓澜比拼内功的时候，就曾经想过在到最后关头的时候，要用此法与唐晓澜同归于尽的。

厉胜男大吃一惊，急忙拔出裁云宝剑，说时迟，那时快，孟神通已扑了到来，而厉胜男的宝剑亦已然刺出。

就在这电光火石的刹那之间，厉胜男正自给孟神通的掌力压得透不过气来，忽觉身子一轻，给人拖着，转眼间已离开了孟神通十余丈远。

厉胜男站稳了脚步，睁大眼睛时，只见孟神通已倒在血泊之中，胸口插着那柄裁云宝剑，剑柄兀自颤动不休！

孟神通在血泊之中挣扎，忽地坐了起来，拔出宝剑，一声狞笑，叫道：“这条性命偿还给你，但却不能由你动手！”宝剑一横，一颗头颅登时飞了出去！

厉胜男自有知觉以来，即无日不以复仇为念，但如今看了这般景象，也自不禁目瞪口呆，为之心悸！

孟神通之下場
一九八五年二月畫雲海玉弓緣

只见孟神通已倒在血泊之中，胸口插着那柄裁云宝剑，剑柄兀自颤动不休！

金世遗走了出来，摇了摇头，叹口气道：“多行不义必自毙，这句话真是一点不错。胜男你今日报了大仇，我还望你以孟神通为戒，不可再蹈他的覆辙。”

救厉胜男脱险的正是金世遗，也幸而孟神通经过连番恶战，伤上加伤，虽用“天魔解体大法”，功力平增三倍以上，也只不过比未受伤之前略高少许，所以金世遗才能禁受得起。倘若他少受一点伤的话，只怕金厉二人都要毙在他的掌下了。

厉胜男呆了半晌，方始定下心神，冷冷说道：“金世遗，你不到少林寺看你的谷姐姐去，来这里作什么？”

金世遗未来得及说话，厉胜男已离开了他，只见她把孟神通的首级拾起，放入革囊之中，然后一步一步地向孟神通的尸首走去。

厉胜男所用的毒药猛烈无比，不过一支香的时刻，尸首已经化成一摊浓血，只剩下毛发和一堆白骨和少许零星物件。饶是金世遗胆大包天，看了也不禁毛骨悚然。

厉胜男心里其实也有点害怕，但她却硬起头皮，取回宝剑，拨开骨头，细心检视孟神通的遗物。

金世遗道：“不必找了，在我这儿!”厉胜男愕然回顾，沉声问道：“你说什么!”

金世遗取出孟神通留给他的女儿谷之华，再由谷之华送给他的那半部武功秘笈，说道：“你不是要找寻这本书么?”

厉胜男怔了一怔，问道：“你怎样得来的?”金世遗道：“你不用管。这本书应该归你所有，你拿回去便是。”厉胜男道：“你怎么不要?”金世遗淡淡说道：“我本来无意要乔北溟的任何东西，以前因为我对你有所允诺，要助你报仇，故此才学了那上半部武功秘笈，现在你的大仇已报，我的心事亦了，我还要它作什么?”

金世遗所得的那上半部武功秘笈早已交给了厉胜男，现在又将孟神通所得这下半部也交了给她，从今之后，就只有厉胜男一人可以学全乔北溟的绝世武功了，可是她听出了金世遗的话中有话，心中的恐惧远远超过了得书的喜悦，禁不住心头一震，颤声问道：“你，你，你这话是什么意思?”

金世遗缓缓说道：“我答应你的事情，都已做了，从今之后，咱们可以各走各的路了！你要是愿意的话，咱们还可以兄妹相称，你要是不愿意的话，那也就算了！”

厉胜男面色大变，厉声叫道：“好，好！你走吧！总有一天，我要你跑回来，跪在我的面前，向我哀求！”

金世遗这一番话虽然说得极为平静，但心中却是痛苦万分，这一番话是他经过了无数个不眠之夜，数十百次思量，才下了决心要向厉胜男说的，现在终于是说出来了！但想不到经过深思熟虑，说出来之后，仍然是感到这么痛苦！

他不敢再看厉胜男的面色，他不敢再听厉胜男的声音，怕的是自己支持不住，决心又会动摇，他抛下了那半部武功秘笈，转身便走，再也不敢回头！

天空中突然响起霹雳，雷鸣电闪，大雨倾盆，金世遗给大雨一冲，稍稍清醒，心道：“这场雨正下得合时，他们不必费气力去救火了。这个时候，他们该回转少林寺了吧？”“每一个人都有他要去的地方，我呢，我现在应该去哪里呀？”

在闪电的亮光中，远远望见少林寺最高的建筑物——金刚塔，原来不知不觉间他已走近了少林寺了。金世遗猛然省起，他原来是要到少林寺去看谷之华的！

他向前走了几步，忽地又向后倒退几步，心底下自己对自己说道：“不可，不可！沁梅今天没有在千嶂坪，一定是在寺中陪伴之华，这个时候，我还不宜于见她！”

金世遗回头走了几步，再想道：“我决心和胜男决裂，为的什么？不是要使之华明白我的心迹么？她现在一定难过得很，可以安慰她的，只有我一个，我却为何要畏首畏尾，不敢早去看她？”想到此处，又回过头来，向少林寺行去，但只不过行了几步，心中却又想道：“她正陪着重病垂危的曹锦儿，那曹锦儿恨我切骨，我这一去，她见了我必定生气，说不定就此呜呼哀哉，岂不令之华更为难过？而且少林寺人多嘴杂，也不是谈心之所。罢、罢、罢，我还是再忍一些时候，待她经过了这场风波，创伤稍愈之后，再去看她！”

雨下得越发大了，金世遗心中也似有漫天风雨，乱成一片。本来他所想的也很有理由，但在他心底深处，这时不去少林寺似乎还另有一个原因，那是他连想也不敢想的。连他自己也不明白，在和厉胜男决绝之后，不敢即刻去见谷之华，这究竟是为了谷之华呢？还是为了厉胜男？或者只是由于自己心底隐隐感到的惶恐心情？

金世遗终于还是向少林寺相反的方向走了，他在漫天风雨之中孑然独行，但感一片茫然，自从他和厉胜男相识以来，他便一直为了不能摆脱她而烦恼，如今是摆脱了，他似乎感到了一阵轻松，但随即又似乎感到另一样深沉的烦恼。好像一个人突然不见了自己的影子，禁不住惘然如有所失。

忽地有一条黑影从他旁边数丈处掠过，风雨中天色阴暗，那条黑影又快得异乎寻常，若非金世遗自幼练过梅花针的功夫，目力特佳，几乎就要给他毫无声息地溜过。

金世遗吃了一惊，猛然醒觉，喝道："姬晓风，是你！"姬晓风不得不停下步来，回头说道："金大侠，是你！上次多蒙释放，姬某这厢有礼了！"金世遗道："你鬼鬼祟祟的干什么？"姬晓风道："我找师父，我知道你们都憎恨他，可是他到底是我的师父，他受了伤，我不能不找他。"金世遗道："想不到孟神通竟有你这个忠心徒弟，他也应该瞑目了。"姬晓风惊道："你说什么？"金世遗道："你不必再找了，你师父已经死了！他一生不知杀了多少人，如今被仇家所杀，这正是天道好还，报应不爽，你也不必为他哀痛了。你赶快走吧，少林寺的人就要回来了，我可以放过你，他们未必肯放过你！"说到这里，果然已听到远处有纷乱的脚步声。

姬晓风急忙溜走，金世遗不愿与冯琳这些人碰头，遥望少林寺叹了口气，心道："待之华回转邙山，我再去见她吧。"加快脚步，也冒着暴风雨走了。

谷之华在病榻旁边，陪伴着曹锦儿，心情本已阴沉，更兼风雨如晦，更增伤感，曹锦儿似是回光返照，忽地挣扎着坐了起来，靠着床壁，问道："有消息么？"谷之华道："没有。"曹锦儿叹口气道："我只怕等不到好消息来啦，不过，这次有唐大侠主持，我是放心得很。我不放心的只是你……"

谷之华吃了一惊，道："师姐不放心什么？"曹锦儿气吁吁地咳了两声，沉声说道："之华，我要你答应两件事，否则我死难瞑目。"谷之华道："请掌门师姐吩咐。"曹锦儿握着她的手道："第一件，你一定要接任掌门，本派能否中兴，全仗望你了！"谷之华道："这个，这——"曹锦儿双眼一翻："你，你，你当真要教我失望么？"谷之华道："这个，我，我尽力而为，受命便是。"曹锦儿方始露出一丝笑意，道："好，这才是我的好师妹。"谷之华扶着她喝了一口参汤，她喘了一会，又再说道："第二件，这、这，我或者是要强你所难了，你、你、愿不愿意答应在你，但，我、我却是不得不说！"谷之华道："师姐但请吩咐，不管什么为难之事，赴汤蹈火，在所不辞！"曹锦儿道："本派是六个正大门派之一，你既答应接任掌门，我望你重视这邙山派的掌门人身份，不要再与那魔头来往！"曹锦儿挣扎着一口气说了出来，睁大了眼睛看她，咳个不停。

谷之华一听，当然知道她所指的魔头乃是金世遗，不禁又羞又恼，横起了心肠说道："师姐放心，我这一生决不嫁人！"话是说了，泪却倒流，心中如割！

曹锦儿咳了几声，含笑说道："这，我就放心了，不过不嫁人嘛，这也不必……"正要再说下去，忽听得风雨之中，似有喧闹之声。曹锦儿惊道："出了什么事情？难道，难道是孟、孟神通杀进来了？不、不会有这样的事吧？你、你叫沁梅去问问看。"曹锦儿虽说是信赖唐晓澜，但今日之战，关系太大，她又病在垂危，一有风吹草动，便禁不住疑鬼疑神。

谷之华尚未走出房门，只听得白英杰已在高叫"师姐"，匆匆忙忙地撞进门来！

曹锦儿忙问道："英杰，什么事情？"白英杰上气不接下气地说道："曹师姐，大喜大喜！"曹锦儿道："喜从何来？"白英杰道："那孟、孟神通已是不能活命了，咱们的翼师兄亲自打了他一铁拐！"曹锦儿呆了一呆，道："此话可真？"白英杰道："千真万确，千嶂坪已经有人报讯来了，唐大侠他们随后就到！"这白英杰乃是留守少林寺的邙山派弟子之一，他从监寺那儿听到了这个消息，赶忙来报，一时来不及讲述详情，便把翼仲牟打了孟神通一拐之事提出来先说，听起来，却似是孟神通给翼仲牟打死了。

这么一说，曹锦儿反而不敢相信，睁大了眼睛，喃喃自语道："真的？真的？"话犹未了，只见冯琳也已匆匆跑来，一进门便哈哈笑道："曹大姐，贵派的大仇已报，那、那孟神通是再也不能活命的了！"原来冯琳惦念女儿，所以一见大局已定，便先跑了回来，她碍着谷之华的面子，也像白英杰一样，出口之时，将"孟老贼"三字改成了孟神通。

谷之华这时心如浪涌，她父亲作恶多端，死于非命，早已在她意料之中，但如今亲耳听到了这个消息，仍是禁不住心头震动。

曹锦儿道："那老魔头死在谁人手上？"冯琳道："他被晓澜震伤了三阳经脉，其后又给翼帮主打了一拐，再又给痛禅上人打了他一串念珠，现在虽然尚未毙命，但决不能再活十天了。晓澜和痛禅上人都是这样说的，所以才让他逃去。"曹锦儿道："为什么让他逃去？"冯琳道："痛禅上人说，念在他也是一位武学大师，反正不能活了，就让他自行毙命吧。"冯琳他们都还未曾知道，孟神通已给厉胜男杀死，连尸首也已化成血水了。

曹锦儿道："那么，这老魔头是死定了？"冯琳道："死定了！"曹锦儿双眼一翻，突然哈哈大笑，冯琳听得笑声有异，吃了一惊，忙道："曹大姐，你怎么啦？"笑声突然中断，冯琳上前一摸，已是气息毫无，曹锦儿竟是笑死了！

谷之华号啕大哭，冯琳道："你师姐死得欢欢喜喜，人谁无死，难得她死得如此快乐，你还哭什么？"谷之华半是哭她师姐，半是为她自己的身世而流泪，冯琳越劝，她哭得越是伤心。

没多久，唐晓澜、翼仲牟、痛禅上人等人都已回来。听得曹锦儿的死讯，都挤进房来吊唁。

痛禅上人、唐晓澜大妇，和几位与邙山派交谊甚厚的掌门人，依礼节瞻仰了曹锦儿的遗容之后，房中留下谷之华和邙山派的几个女弟子，给曹锦儿装殓，李沁梅虽然不是邙山派的人，但她见谷之华哀痛异常，也留在房中陪她。

各派首脑人物更换了衣裳，到结缘精舍与痛禅上人叙话。这时，少林寺派出去搜查的弟子，已发现了寇方皋的尸首，回来报讯，众人听了，都是喜上加喜。虽然死了个曹锦儿，但武林的大害已除，御林军统领和大内总管又相继毙命，各正派中人，都可以放下心头大石了。

可是少林寺几位护寺禅师，却都是眉心深锁，非但看不出半丝高兴的样子，却反而面有愧色。冯琳心中一动，问道：“适才我在途中，见一个人在风雨中疾奔，模样似是姬晓风，可是这厮乘虚偷入了少林寺么?”

监寺本空上人道：“正是。贫僧疏于防守，已给他在藏经楼偷去了三卷经书，正要向方丈师兄告罪。”痛禅上人道：“是哪三卷经书?”本空上人道：“是三卷关于内功心法的。一是练气的太虚真经，一是练神的太玄真经。”少林最重要的武功秘笈是易筋、洗髓二经，但是这三卷内功心法也是很重要的内家典籍，众人听了都大惊失色。

本空又道：“那姬晓风就是和今早到本寺瞻仰的那两个西域僧人来的，那两个僧人已给达摩院长老擒获，请问师兄如何处罚?”痛禅上人道：“念在同是佛门弟子，且又曾是本寺客人，放了他们吧。孟神通已死，姬晓风难成气候，你替我挑选十六名得力弟子，分向八方缉拿便是。只是经此一役，以后更要多加小心。”各派掌门人见少林寺发生此事，过意不去，也都许下允诺，协助少林寺留意姬晓风的踪迹。

原来那两个西域僧人，早已有到少林寺盗书之意，乘着千嶂坪大混乱，痛禅上人未曾回寺之际，说动了姬晓风帮他们盗书。姬晓风正要找寻师父，心想师父或者也可能趁此时机，往少林寺闹事，便答应了他们，顺道到少林寺一探消息。姬晓风是做惯了贼的，每到一处，必定要顺手拿些东西，所以他虽然本意不想盗书，结果也把少林寺的三卷内家典籍偷去了。也幸亏有那场暴风雨，要不然他纵有绝顶轻功，只怕也不能在达摩院的长老眼底下溜走。这正是应了那两句俗话“有意栽花花不发，无心插柳柳成荫”了。

议过了姬晓风这件事情，翼仲牟道：“这次全仗唐大侠和各位拔刀相助，歼了武林公敌，敝派亦得以报了大仇。敝派的掌门曹师姐虽然不幸逝世，死也可以瞑目了。曹师姐在生之时，已指定了吕师叔的弟子谷之华作为邙山派的继任掌门人，待安葬了曹师姐之后，敝派当再择定吉日良时，举行典礼，现在先行禀告，到时还望各位长辈光临。”

依照武林的传统规矩，继任的掌门人要为前任掌门服孝三月，孝服满后，方始可以正式接位，到时要举行继位大典，邀请各派观礼。

各派首脑人物听了这个消息，都深庆邙山派继位有人。尤其是唐晓澜和冯瑛更为欢喜，唐晓澜掀须笑道：“当年我们和吕四娘入宫刺杀雍正，往事如在眼前，如今又看到她的弟子接任掌门了，日子真是过得快啊！我们也都老了！”想起当年和吕四娘的交情，想起少年时候的英雄事迹，不禁又是欢喜，又是黯然。

时间还有三月，各派首脑人物见少林寺已平静无事，便自行散去，约定了到时再往邙山道贺。只有天山派因为路途遥远，唐晓澜便留下了儿子和媳妇，作为天山派的使者，届时前往邙山观礼。

李沁梅本来也想请母亲和她留下来，可是冯琳却不肯答应，冯琳借口天山派每三年要较考武功一次，今年是考较之年，要女儿回山加紧练剑。冯琳笑道：“天下无不散之聚会，你和你的谷姐姐已聚了多时，终须一别，不如留些未了的情意，以后再来吧。何况你这三年来，久疏练习，连你钟师兄的剑术也已超过你了，你不怕将来给他欺负吗？”李沁梅羞得满面通红，道：“妈，你好不正经，又来取笑女儿了。”冯琳道：“妈可不是说笑的，纵然钟展忠厚老实，不会欺负你，但你也该为妈争一口气，武功上总得要强过他呀！”这些年来，钟展对李沁梅百依百顺，尤其是这次共同患难之后，两人的感情日益增进，李沁梅也已暗中愿意许身他了，所以听了母亲的话，只觉害羞，却并不生气了。她是个好胜的人，给母亲一激，想想也有道理，而且钟展也希望她一道回山，李沁梅拗他们不过，只好允从，却不知母亲是怕她知道金世遗还在世上的消息，所以才要催她回山的。

过了几天，邙山派的弟子运曹锦儿的灵柩回邙山安葬，唐晓澜等人回转天山，李沁梅只得和谷之华告别，临别依依，自是不须细说。

临行分手，李沁梅忽地低声说道：“谷姐姐，你还记得那位厉姑娘么?”谷之华怔了一怔，道：“你说的是厉胜男么?”李沁梅道：“不错。我知道她以前是跟金世遗出海去了的，可是我的表哥最近却碰到她，不知何故，她好像对天山派甚有仇恨，抢了我表哥的游龙剑，后来才给我姨母夺了回来。这位厉姑娘呀，实是教人难以猜测，有个时候，她好像对我很好，但有一次却又骗我。我瞧她对你也似乎不怀好意，她现在已经重现江湖，你可要当心一些。”李沁梅尚未知道，谷之华早已见过厉胜男。谷之华给她挑起旧事，又是一阵伤心，强行忍着，说道：“谢谢你，我会当心的。不过，依我想来，那位厉姑娘大约也不会再找我了。”因为在她想来，她已经拒绝了金世遗，厉胜男当可以称心如意地和金世遗结合了。

李沁梅有点奇怪，问道：“为什么你会这样想?”谷之华不愿向她透露金世遗尚在人间的消息，支吾说道：“不为什么，我和她已无纠葛，她还来找我做什么?”谷之华这么一说，李沁梅想到了另一方面，心道：“不错，厉胜男和孟神通有仇，以前她恨谷姐姐，大约是因为谷姐姐乃是孟神通女儿的缘故，如今孟神通已死，想来她不会再找谷姐姐的麻烦了。”她怕再提此事，会令谷之华难堪，便改转话题说道：“谷姐姐，恭喜你就要接任掌门，可惜我不能前来观礼了。有件小小的礼物给你，聊表寸心，望你哂纳。”说罢拿出一个匣子，再说道：“这里面是一朵天山雪莲，你留下以备不时之需吧。”谷之华见她情意殷殷，只好受了，当下两人洒泪而别。

谷之华回山守孝，精神渐渐恢复正常，要知以前常觉愧对同门，乃是为了父亲的缘故，如今她父亲已死，虽然一时难免深受刺激，但事情已经过去，有如阴霾散尽，现出晴空，她反而因此下了决心，要重振本门声威，好为父亲赎罪。另一方面，她亦已矢志终身不嫁，爱情上的伤痕虽然仍在，却不似以前的混乱了。翼仲牟等一众同门见她一天好过一天，渐渐振作起来，也都暗暗欢喜，深庆掌门得人，邙山派已有了中兴之象。

转眼过了三月，翼仲牟择了八月十五这个中秋佳节，作为新掌门正式就任的好日子，事先遍发请帖，各派掌门，有的亲来，不能亲来的，也派了专人前来道贺。

这一日邙山上喜气洋洋，新掌门的接任大典按时举行，昭告了上三代的掌门祖师之后，典礼完成，刚好是中午时分。随即便是接受各派观礼使者的道贺。

正在贺声盈耳之中，担任知客的邙山派大弟子林笙忽地进来报道：“外面有个黑衣女子要来进见掌门，是否接见，请掌门赐示。”谷之华道：“是哪一派的朋友，你可曾问明来历？”林笙道：“她说与掌门乃是旧日知交，掌门见了，自然知道。”

谷之华心头一动，说道：“好吧，你请她进来。”她已经知道来者何人，但今日是她举行接任大典的日子，于理于情，不能拒绝贺客，即算明知她意欲前来闹事，亦不可示弱。

片刻之后，林笙带了一个女子进来，谷之华一看，果然是厉胜男。

邙山派中翼仲牟、路英豪、白英杰等人是见过厉胜男的，他们只知厉胜男与孟神通有仇，虽然觉她来得突兀，却也并不加意提防。

贺客中的唐经天夫妇可不禁暗暗吃惊，心中恼怒。但因今天他们也是贺客的身份，虽然面对仇人，也只好暗中戒备，隐忍不发。

谷之华道：“厉姐姐，今日什么风把你吹来的？恕我有失远迎了。”厉胜男笑道：“今日谷姐姐你荣任掌门，江湖上哪个不知，哪个不晓？我是特来叨扰你一杯喜酒的。”谷之华见她颜色和悦，言笑自如，心中想道：“此间高手如云，即使她诡计多端，也未必闹得出什么事来。”当下便和她客套几句道：“小妹何德何能，有劳姐姐莲驾，这厢还礼了，请上座。”

厉胜男不坐到宾客席上去，却向她走近了两步，缓缓说道：“今日我一来是向姐姐道贺，二来嘛，也备办了一件贵重的礼物，给姐姐锦上添花！”

从来没有客人自夸自己的礼物贵重的，因此，厉胜男此言一出，邙山派的弟子和一众宾客都是大大惊奇。谷之华怔了一怔，道：“姐姐莲驾亲来，我已是感激不尽。何必还携来贵重的礼物？心领了吧！”厉胜男笑道：“不必客气，别的礼物你可以不收，这件礼物，你却是非收不可的！”正是：

口中如蜜腹藏剑，诡计阴谋害掌门。

欲知后事如何？请听下回分解。

第五十回　贺礼送来成祸害
灵丹难觅费思量

谷之华疑云大起，只好说道："如此，小妹拜领了。翼师兄，就请你将厉姑娘的厚礼收下来吧！"厉胜男却笑道："这礼物先得请姐姐过目，非是小妹敢厚颜自夸，这件礼物确是不比寻常，尤其对于贵派更加珍贵无比！"

只见她非常郑重地捧着一个四方匣子，慢慢揭开，邙山派的弟子都睁大了眼睛，要看里面藏的到底是什么贵重的礼物。

陡然间，只听得谷之华一声尖叫，但见一颗人头滚了出来，须眉怒张，神色如生，竟是孟神通的首级！

孟神通首级一现，登时全场惊呼。要知在千嶂坪比试之后，虽经唐晓澜断定孟神通必死，但未见他的尸首，武林人士究竟未能放心，因此这三个多月来，各派人等都四出搜查，如今突然见着他的首级，焉能不骇异失声！

厉胜男笑道："如何？我送来了贵派仇人的首级，大约没什么礼物比这个更好了吧？"

这一瞬间，谷之华似是灵魂离开了躯壳，呆若木鸡，半句话也说不出来，翼仲牟正要过去扶她，她已不自觉地双手捧起了父亲的首级！翼仲牟道："师妹，交给我吧，不要看了！"按照武林的规矩，有人送来了仇家的首级，这确实是一件无可比拟的礼物，邙山派的弟子都应该向厉胜男叩谢才对。因此翼仲牟虽然明知道厉胜男是有意来刺激他的掌门师妹，却也只能这样讲法，不能去责备厉胜男。

哪知道话声未了，谷之华突然又是尖叫一声，人头落地，她自己也晕倒了。有两个邙山派的弟子抢上去扶她，触及那个人头，也同样发出了裂人心肺的叫声，他们非但没有扶起谷之华，连自己也随同跌倒了！

翼仲牟这一惊非同小可，贺客中有江南医隐叶野逸急步上前，大声叫道："有剧毒，不可触这人头！"

厉胜男趁这混乱的时机，跑了出来，扬声叫道："谷姐姐，但愿后会有期！"唐经天眼明手快，一扬手便是三支天山神芒连珠射出，喝道："小妖女，你害死了人，还想逃么？"

厉胜男拔剑拨落了他的三支天山神芒，冷笑道："少掌门，你别忙，我了结了这件事情，以后自会到天山找你！"说时迟，那时快，唐经天已挥剑攻上，冰川天女也发出了冰魄神弹。

叶野逸用布袋一罩，裹好了孟神通的首级，那两个邙山派的弟子，早已七窍流血而亡！

谷之华亦是面色惨白，双目已闭，峨嵋派女侠谢云真上前一探，连忙叫道："还有一点气息！"要知谷之华已得吕四娘的内功心法，与那两个邙山派的弟子相比，自是不可同日而语，因此虽然中毒更深，却还未曾毙命。

翼仲牟道："我记得李沁梅曾送她一朵天山雪莲，快把那藏雪莲的玉匣子找出来！"

江南医隐叶野逸道："这毒药厉害无比，天山雪莲只怕也只能保得一时。解铃还须系铃人，快把那姓厉的女子追回来，迫她取出解药。"

谢云真是前任丐帮帮主铁拐仙吕青之妻，亦即是谷之华的师嫂，她性情最为急躁，外号人称"辣手仙子"，听了此话，立即叫道："对，翼师兄，咱们赶快去追呀！"翼仲牟一带头，各派高手纷纷跟着他追出去。

厉胜男这时正在玄女观外与唐经天夫妻激战，一见众人追来，蓦地冷笑说道："你们这是怎么，想欺负我一个单身女子吗？好，先给点颜色让你们看看！"唐经天正自一剑刺去，厉胜男忽地将宝剑高举，挺胸迎了上来，任何剑法都没有这样故意露出破绽，让敌人从容攻击的，唐经天不禁一怔，就在这电光石火的俄顷之间，厉胜男已从他剑旁穿过，衣袖一带，只听得“当”的一声，唐经天的游龙宝剑却与他妻子的冰魄寒光剑碰在一起，厉胜男哈哈大笑，一剑当中劈下，在众人骇叫声中，唐经天夫妻早已闪开，但见地下的一块石头劈成了两半。这固然是他们夫妇的应变机灵，也由于厉胜男这一剑只是想吓吓众人的缘故，要不然只怕唐经天多少也要受一点伤！

原来厉胜男得全了乔北溟的武功秘笈，经过三个多月的苦练，武功已是大胜从前，虽然目前尚比不上有限的几个武学大宗师，但比起唐经天夫妇，却已是要高出不止一筹了！她到现在才施展杀手，正是有意要在众人面前示威。

厉胜男好整以暇地缓缓插剑归鞘，淡淡说道：“唐少掌门，你不是我的对手，回去告诉你的父亲，早做准备吧。我多则三年，少则一载，总要到天山上向他领教。”唐经天气得七窍生烟，可是以他的身份，夫妇联手，亦已败了一招，若再上去与众人攻打她，那就更丢脸了。所以只有怒目而视，闭口不言。

众人见唐经天夫妇都败下阵来，不禁呆住。厉胜男冷笑道：“翼仲牟，我给你们邙山派诛了大仇，还不惜远道而来，向你们送礼，如今你竟要恩将仇报么？”翼仲牟刚说得一句：“不是这个意思……”厉胜男又厉声斥道：“不是这个意思？那你们声势汹汹地追来干什么？”

翼仲牟忍气说道：“厉姑娘送来了我们仇人的首级，敝派弟子，感激得很。只是敝派掌门，却因此中了剧毒……”厉胜男“哼”了一声，冷笑道：“你们刚才都曾眼见，又不是我向她下的毒，她自不小心，中了毒只能怪她自己，与我何关？”翼仲牟道：“话可不能这样说，首级上的毒总是厉姑娘下的，现在我们暂且不论恩怨，只求厉姑娘先赐解药。”

厉胜男侧目斜睨，“哼”了一声，又冷笑道：“解药我是有的，要讨也不难，你叫她找一个合适的人来讨，你们这帮人，我看着就不顺眼，跪下来求我，我也不会给你！”

“辣手仙子”谢云真早已沉不住气，听了这话，更是勃然大怒，立即骂道："岂有此理，你这小妖女是什么东西？胆敢目中无人，在邙山上胡闹！"声到人到，一剑就向厉胜男刺去。萧青峰、辛隐农等各派高手，亦都被她激怒，不约而同地都冲了上前！

只听得"当"的一声，厉胜男拔出裁云宝剑，已然把谢云真的长剑削断，说时迟，那时快，第二剑第三剑又接连而来，一剑将谢云真的外衣挑开，再一剑把谢云真的裙带也割断了，谢云真又惊又羞，又气又恼，急忙将裙子拉着，幸而未曾落下。

厉胜男把手一扬，一团五色的烟雾向前面一片草地罩下，烟雾所过之处，但见那一片生机蓬勃的野花野草，尽都焦黄枯萎，饶是各派高手，也都心中一凛，只听得厉胜男沉声喝道："你们若再不知进退，休怪我不客气了！翼仲牟，你的掌门师妹一时尚死不了，你回去将我的话告诉她吧！"说到最后一句，人已下到半山，休说众人怕她毒药，即算都去追赶，亦赶她不上！

邙山、嵩山、武当山、天山乃是武林四大圣地，如今竟被一个年轻的女子，在邙山派新掌门接任之日，大闹一场，伤人、骂人，辱尽各派高手，然后才从容而退，各派高手气得几乎爆了肚皮，却是作声不得。只好没精打采地一窝蜂又随翼仲牟回去。

叶野逸正在替谷之华把脉，一见翼仲牟那副神情，不必再问，已知他们定是失败而归，未曾讨得解药。

叶野逸叹口气道："事到如今，只好听天由命了！"这时，在观中留守的女弟子早已把那个藏着天山雪莲的玉匣找了出来，唐经天道："有天山雪莲也不顶事么？"叶野逸道："我姑且试试吧。"将那朵雪莲取了出来，在碗中捣烂，用参酒调匀，一面说道："看这症状，谷掌门中的毒，似乎是一种非常厉害的邪派毒药，而且据我所知，那是早已无人懂得使用了的！"

唐经天问道："什么毒药，这样厉害？"叶野逸道："三百年前，就是与张丹枫、乔北溟同一个时候，有一个邪教，叫做七阴教的，你可曾听说过？"唐经天道："听说过。我派的始祖霍师祖在年轻的时候，还曾经见过七阴教主。不过这个邪教当霍祖师在生之日，就早已被消灭了。以后也没有复兴。"叶野逸道："七阴教有一种秘制的毒药叫做五毒散，我祖传的医书载有受这种毒的症状，至于这种毒散是哪五样毒物合成，如何解法，那却就不知道了。据古老传说，七阴教有一本《百毒真经》，后来也是给乔北溟抢去了的。如今乔北溟的武功已由孟神通而再传人世，只怕那《百毒真经》也已经发现，落在这姓厉的女子之手了！”各派高手尽都面面相觑，心中均是想道：“若然如此，岂不是一个孟神通刚死，又一个孟神通出来？”

翼仲牟听了这话，更是心头沉重，可是他又有点疑惑，厉胜男刚才还托他传话给谷之华，照她的说法，谷之华似乎在短期内不会死去，但照现在看来，连叶野逸也觉得凶多吉少，难道厉胜男是骗他不成？但厉胜男既然存心毒害谷之华，又何必骗他欢喜？

说话之间，叶野逸已经把天山雪莲捣烂与参酒调匀，谢云真接了过来，撬开谷之华的牙关，喂给她吃。

谷之华这时只剩下一丝气息，肌肉也差不多僵硬了，雪莲塞进了她的口中，她已是不能咀嚼，连吞下去也困难。叶野逸用银针刺激穴道的办法，再用参酒灌进她的口中，好不容易才使得谷之华在失掉知觉的状态中，将“雪莲糊”咽进肚内。

可是过了许久，谷之华仍是昏迷不醒，脉息也不见好转。唐经天道：“天山雪莲本来是最好的解毒圣药，怎的会失掉功效？”叶野逸叹口气道：“不是天山雪莲失掉功效，这是因为她的生机已差不多停顿，气血不能运行，纵有起死回生的灵药，只怕也不能见效了。所以我刚才说，只能姑且一试。”唐经天道：“能不能给她打通经脉，助她气血运行，发挥药力。”叶野逸道：“难，难！除非是请得令尊前来，以他的绝顶内功相助，或且还有一线希望。而且即算如此，也只暂时保全性命，要想痊愈，那却是非得到对症的解药不可。翼帮主，恕我直言，贵派掌门的病，现在已非人力所能挽回的了，还是请你准备后事吧！”

翼仲牟神色惨然，心痛如绞，邙山派的那几个女弟子更是禁不住哭了出来。

翼仲牟心乱如麻，烦忧交集，捶胸叫道：“三个月中，两位掌门遭逢不幸，难道是我邙山派气运当衰？”就在此时，忽听得外面人声鼎沸，脚步声，吵闹声，乱成一片，翼仲牟大怒道：“岂有此理，一波未平，一波又起，我邙山派当真是好欺负的么?”他只当是又有什么魔头，继厉胜男之后，上门闹事，不由得气得面色铁青。

金世遗在十分郁闷的心情下过了三个月，几次想上邙山，都因时机未到，终于忍住。直到听得谷之华已经康复，并已发出请帖，定期接任掌门，心情方始稍稍开朗，暗自想道：“风波已过，想来她的心情亦当渐渐恢复平静了。沁梅与钟展已回转天山，我现在即在人前露面，亦已无妨，应该去看看她了。”他也料到自己的出现，必将引起哄动，所以不愿在典礼进行的时候，作为一个贺客去见谷之华，他在邙山脚下徘徊了许久，直到日影当头，听到了山上举行大典的钟声，这才缓步登山。

可是他还有一事心中未决，是单独见了谷之华之后再公开露面呢，还是先行露面，见过了翼仲牟等人之后才去见谷之华?

金世遗一路上神思惘惘，不知不觉已来到了独臂神尼墓园下面的银盏坳，从山脚上玄女观，到这里已是一半路程，忽见一条人影，从山坳转角处疾奔出来，金世遗心头一震，呆了一呆，失声叫道：“胜男，是你? ……”

厉胜男面挟寒霜，衣袖一拂，冷冷说道：“金先生，你待怎么?”金世遗已伸出手来，要想把她拉着，见她这副神情，不觉呆住。厉胜男冷冷笑道：“你呆在这里作甚? 人家在等着你呢，还不赶快上去!”金世遗讷讷说道：“胜男、你、你、怎么也来了?”厉胜男道：“怎么，我不能来吗?”金世遗急忙问道：“你已经到了玄女观了? 可是刚刚从上面下来? 你要到什么地方去?”厉胜男淡淡说道：“你与我已恩断义绝，你走你的阳关道，我走我的独木桥，你管我从什么地方来，到什么地方去?”

“恩断义绝”这四个字第一次从厉胜男的口中说出来，金世遗听了，有如在头顶上着了一个焦雷，一时之间，竟然不知如何说好，厉胜男早已走过了他的前头，独自下山去了。

金世遗几乎忍不住就要去追赶她，忽地省起了自己今天是来探望谷之华的，定了定神，自言自语道：“不可，不可! 我心里头只能有谷之华一个人了。胜男，她、她既然不愿与我兄妹相待，我还去追赶她作甚？自惹麻烦，自讨苦吃么？”

这时正是中午时分，丽日当空，繁花铺地，邙山上大好风光，可是金世遗的心情却是惨淡之极，他想起了在荒岛上与厉胜男的三年相处，多少软语温存，多少殷勤呵护？历尽风波，曾经患难，想不到今日如此收场！金世遗意冷心灰，心里想道：“过去了的就让它过去吧，我对胜男只是问心无愧。好吧，只当当初并没有认识这个人。”

可是厉胜男的影子仍似在他面前摇晃，最先浮现的是她娇痴的惹人怜爱的笑容，转眼之间，这笑容变了，变了怨毒的眼光，愤激的神情，冷若冰霜的面孔！金世遗蓦地打了一个寒噤，“她到邙山来做什么？她为什么用那样的目光看我？似是充满了嘲笑的、邪恶的、怨毒的、而又快意的目光？”

这么一想，寒意直透心头，金世遗已隐隐感到了不祥之兆，这时，他已再无暇回忆温馨的往事，这时他所想知道的只是谷之华是否平安。他急急忙忙三步并作两步，箭一般射上邙山！

守在玄女观前的邙山派弟子，蓦地见金世遗到来，都不由得大吃一惊，四年前金世遗曾大闹邙山，令曹锦儿几乎下不了台。这几个弟子恰巧是当时曾和他交过手，吃过他的亏的。邙山八大弟子之一的卢道璘急忙发出警号，与众弟子排成方阵，拦在观前，横刀喝道：“你这魔头还没死呀？到这里来干嘛？我们又没给你发出请帖！”

金世遗哪有心神与他打话，一掌将卢道璘推开，叫道：“我不是来打架的，你们的谷掌门怎样了？我要见她！”众弟子大怒骂道：“你还要见她！”抡刀舞剑，一窝蜂的就围上来！要知金世遗在未出海之前，已与厉胜男形影不离，武林中知道的甚多，有许多人甚至已把他们当成情侣。如今厉胜男刚走，金世遗就接着来，这几个邙山派的弟子更把他当作了厉胜男的同党。

金世遗施展出“沾衣十八跌”的武功；碰着他的人都跌了开去，片刻之间，邙山派弟子所列的方阵已给他冲得七凌八乱。正闹得不可开交，路英豪、白英杰二人已闻声赶出，金世遗一手一个，揪着他们，“路兄、白兄，快带我进去，我不是来闹事的！怎么，你们瞪眼睛作什么？认不得我么？今年春天，在北京城外打走了孟神通弟子的那个人就是我！你们记起了吧？该相信我没有恶意了吧?”那次金世遗冒充少林寺的俗家弟子，在项鸿、郝浩的毒掌之下救了路白二人，白英杰当时就已对他的身份起疑，此刻听了他这番说话，恍然大悟。

路英杰叫道：“好，原来你就是那位恩人，我带你进去。不过，请你把手放松一点行不行?”原来金世遗一着急，抓着他们的手不知不觉使出劲来，几乎把他们的骨头都捏碎了！

翼仲牟、唐经天等人，听得外面喧闹，不约而同地出来看个究竟，一抬头便见金世遗气急败坏地跑来，翼仲牟吃了一惊，唐经天已拔剑喝道：“金世遗，你想怎么?”金世遗叫道：“谷之华呢，怎不见她?”唐经天道：“你还问她，你的好朋友已经把她害死了!”

金世遗这一惊非同小可，登时呆若木鸡，说时迟，那时快，唐经天已一剑向他刺去，冰川天女忙道：“不可!”伸手将他拉住，只听得“刷”的一声，游龙剑贴着金世遗的身子穿出，要不是冰川天女这么一拉，险些就要在身上戳一个窟窿！

唐经天气道：“你怎么还帮他说话？那次在我父亲剑底救走了那个妖女的就是他，你难道还不知道?”原来金世遗先后被冯琳、唐晓澜识破之后，他们已告诉了唐经天与钟展，只瞒着李沁梅一人而已。

冰川天女道：“你瞧他这副神气，绝不会与那妖女同谋!”金世遗呆了一呆，猛地大叫一声，衣袖一挥，把唐经天几乎摔倒，再一伸手，又把翼仲牟揪着，叫道：“她在哪里，赶快带我去看!”

翼仲牟老于世故，这时亦已看出了金世遗绝无恶意，心中一动，便道：“随我来吧，呀，她现在只剩下一口气了!”

金世遗走进房内，见到邙山派的女弟子正在替谷之华装殓，不由得浑身颤抖，眼睛发黑，膝头一软，便跪下去喊道：“都是我的罪过，我来迟一步了!”

翼仲牟所想到的冰川天女也想到了，忙道：“世遗，你静一静，之华姐姐尚未断气呢！我们已给她服下了天山雪莲，只是没法令她气血运行!”

金世遗跳了起来，顾不得男女嫌疑，便伏到谷之华的胸口，听她那微弱的心跳声息，过了半晌，他站起身来，眼睛中射出一线希望的光芒，对翼仲牟道：“快给我准备一间静室，将之华搬进去。”

翼仲牟喜出望外，立即依从。金世遗进了静室，便关了房门，郑重吩咐，不许人来打扰。

邙山派的卢道璘等好些有地位弟子，都是惴惴不安，围着翼仲牟问道：“这事有些不妥吧？你信得过这魔头吗?”

要知谷之华现在已是邙山派的掌门身份，翼仲牟让他们孤男寡女同在一室，要是金世遗能把谷之华救活，也还罢了；如若不能，邙山派就更加多一重耻辱，只怕谷之华死后，也要蒙上不白之冤。

翼仲牟听了众师弟的话，虽然不禁心头一凛，但随即便神色如常，点了点头，毅然说道：“不管旁人怎样说他，我相信他!”翼仲牟在邙山派的地位仅次于前任掌门曹锦儿，声望甚至还在曹锦儿之上。他这样说了，邙山派众弟子自是不敢多言。

金世遗关上了房门，定下心神，调匀气息，默默祷告：“上天垂佑，助我救活之华妹妹。”当下盘膝而坐，双掌贴着谷之华胸口的“璇玑穴”，徐徐给她推血过宫，谷之华的内功根底本来不弱，得到外力相助，自然而然地生出反应，过了半个时辰，只听得她喉头咯咯作响，胸口渐渐一起一伏，那是呼吸已经恢复，体内的瘀血亦已有化开之兆。

金世遗大喜，加紧施为，再过半个时辰，谷之华呼吸的气息更粗，差不多已与常人一样了。谷之华身上所受的剧毒传到了他的掌上，他只得以最上乘的内功逼聚指尖，他将两手的中指咬破，挤出毒血，然后以一指禅功连点她周身三十六道大穴，谷之华的经脉一通，雪莲的药力流贯四肢，终于悠悠醒转。金世遗也累得不堪了。

金世遗又惊又喜，心头怦怦作跳，紧紧抓着谷之华的双手，只见谷之华慢慢张开了眼睛，叫道：“咦，这是什么地方？我是在做梦不成？你，你，你，你……”金世遗忙道：“我是世遗，你不要害怕。”

谷之华道："你怎么在这儿？"眼睛眨了几下，似乎在追忆前事，忽地甩脱了金世遗双手，叫道："不对，不对，厉姑娘呢？呀！你怎么可以和我单独相对？你的厉姑娘就在这里，你怎么不去陪她！"

金世遗道："是她害了你，也怪我来迟了一步！她已经跑了，从今之后，咱们都别再理她！"谷之华低声道："你说什么，别再理她？你和她不是一同来的？"金世遗道："当然不是一同来的！早在几个月前，我就与她分手了！呀，我真想不到她的心肠如此恶毒！不过，这些事情都过去了，之华，你愿意和我终生相伴么？"

谷之华呆了一呆，身躯微微颤战，却坐不起来，金世遗双手扶她，谷之华忽地叫道："不成，不成！世遗，多谢你这次将我救活，但最好咱们今后别再相见了！"

谷之华似是因为太过激动，喘着气说了这几句话，便连连咳嗽，但觉浑身无力，四肢僵硬。金世遗垂泪道："都是我连累了你，害得你几乎丧命，难怪你不肯饶恕我！"

谷之华道："不，我一点也不怨你。说实在的，厉胜男下毒手害我，我反而欢喜得很！"金世遗不觉愕然，谷之华忽地微微一笑，说道："傻子，这个也不懂吗，你试想想，她为什么要害我，若是，若是……"咳了几声，说不下去，脸上泛起一片娇红。

金世遗恍然大悟，要知厉胜男之所以害谷之华，那当然是因为金世遗爱谷之华的缘故，而谷之华遭了毒手反而高兴，那也就表露了她已知道了金世遗的心意了。

金世遗在她身边低声说道："你累了，好好躺着吧，我替你把那两句话说出来。'若是，若是你令她称心如愿，她还会向我下毒手么？'谷妹妹，你想说的是不是这两句话？"谷之华倚着枕头不作声，但她脸上那一丝苍白的笑容，已不啻默认金世遗说得不错了。

金世遗道："妹妹，那你该相信我了吧？为什么你还不肯答允？"谷之华道："我已经是一个废人了，天山雪莲只能令我苟延残喘，你难道还看不出来？"

金世遗抓着她的手道："我服侍你一生一世！"谷之华眼泪盈眶，那是伤心的眼泪，也是感激的眼泪，这刹那间，她几乎就要开

金世遗……当下盘膝而坐，双掌贴着谷之华胸口的“璇玑穴”，徐徐给她推血过宫……

口答允金世遗的求婚，可是她说出的仍然是那两个字：“不成!”

金世遗道：“为什么!”谷之华道：“我已答应了曹师姐，今生今世是决不嫁人的了。”金世遗道：“何必让死了的人拦在咱们中间?”谷之华咬着嘴唇道：“不，我答应了曹师姐在先，这是不能更改的了！世遗，我死了也会感激你，但是，我不能做你的妻子！话已说尽了，你走吧，今后也不必再来看我了!”她一口气说了这么多话，已是累得不堪，说到后来，气若游丝，声音都听不清楚了。

其实，她心里已是一百二十个愿意，但正因为她感激金世遗的挚爱深情，所以才不愿金世遗为她牺牲，才不愿以残废之躯，连累金世遗一生一世，她将对曹锦儿的允诺拿出来，不过是作为一面盾牌而已。

金世遗呆了一会，再仔细咀嚼谷之华的话语，他本来是个聪明的人，渐渐也猜到了谷之华的心意，知道若要得她答允，除非她已恢复如常，这样她和自己结婚，才不会觉得是拖累了丈夫。可是怎样才能令她恢复健康，这却不是金世遗所能为力的了。

金世遗给她放下纱帐，低声说道：“过去的是一场恶梦，不要再想它了，你好好睡吧，我会回来唤醒你的。”谷之华微笑道：“我心里宁静得很，你不用为我担忧，如果今夜有梦，那也一定是个好梦。世遗，你让我把好梦做得长久一些，不必忙着来唤醒我。我想，你也一定会在梦中见着我的，就让咱们在梦中相见，不更美吗?”

金世遗又是欢喜，又是辛酸，欢喜的是：雨过天青，误会终于消解；辛酸的是：只怕这果然只是一场梦，纵使恶梦变成好梦，梦也不会成真!

翼仲牟等人正在等得心焦，忽见金世遗面色苍白，神情萎顿地走出来，不由得尽都呆了。好半晌，翼仲牟才鼓起勇气问道：“怎么样了?”金世遗颓然坐下，道：“她已经活了过来，现在又睡去了。”翼仲牟道：“只要没有性命之忧便好。”金世遗道：“性命大约是没有危险了，但要想复元只怕也很难。叶先生，你医道高明，不妨再去诊断一下。”

众人都是武学大行家，见金世遗累成这个样子，知道他为了救活谷之华已是耗尽精神。唐经天颇感不安，走上前来，施了一礼，说道："世遗兄，我刚才错怪你了！"金世遗道："连我自己也不能原谅自己，怎能怪得你们。唉，这件祸事都是因我而起！"冰川天女已猜到了六七分，见众人惊愕，便微笑道："世遗，你也累了，歇一歇吧，别再胡思乱想了。"

过了一会，叶野逸走出来道："脉象和我的预料相同，性命可以无忧，但要想免于残废，还必须对症的解药！这妖女的五毒散太过厉害，她已经全身瘫痪了。"

这时，翼仲牟已把厉胜男前来闹事的经过，一一告诉了金世遗，最后叹口气道："这桩事情，可真是令人难测。你说那妖女是成心要害死谷师妹吧，在谷师妹中毒之后，她当时便可要了她的性命，看来她好似是故意留下一条后路，好让人去向她讨解药的。"金世遗问道："你们当时向她讨过没有？"翼仲牟道："怎么没有？可是她不卖账，说是要讨解药，须得找个合适的人来。"

金世遗心头一震，他当然明白，厉胜男认为合适的人，除了他再无别个！看来一切都已在厉胜男算定之中，她算定了金世遗必上邙山，算定了金世遗可以将谷之华救活，也算定了金世遗必会寻她乞求解药。只是金世遗却算不准她会出些什么难题，然后才肯交出解药？

唐经天道："这妖女不知与我天山派有何冤何仇，屡次与我作对，而且刚才在此闹事之后，还口出大言，说是总有一天，要到天山与我父亲较量呢！哼，她若真的敢来，那倒好了，省得咱们要到处寻觅她。"

翼仲牟道："令尊武功盖世，降伏她自非难事，只可惜不知道要等到何时？谷师妹目前虽说并无性命之忧，但总是希望解药能够早日到手的好。"接着又叹口气道："那妖女得了乔北溟的武功秘笈，又得了久已失传的七阴教的《百毒真经》，当今之世，能够制服她的，恐怕也只有令尊了。换了别人，即算是找到了她，也没这本领迫她交出解药，求她呢，又不知道哪个才是她肯卖账的人。"

金世遗深深吸了口气，沉声说道："此事因我而起，不管她对我卖账也好，不卖账也好，总之这解药包在我的身上便是。救人如救火，请恕我少陪了。”向翼仲牟一揖到地，说道：“翼帮主，以后就全仗你小心照料她了！”转过身来，又对冰川天女一揖说道：“我辜负了唐大侠、冯女侠和你的深恩厚望，从海外回来之后，又未曾到天山请罪，这其中实有难言之隐，桂姐姐，你是明白我的人，我也不多说了。”

众人目送金世遗走出观门，冰川天女低声叹道：“金世遗虽然有时行事乖谬，却到底是个至情至性的人。”唐经天对金世遗虽无好感，胸襟还相当阔大，笑了一笑，说道：“看来，他倒是把你当作知己呢。不过，我别样讨厌他，他的从来不会作假，我却是也颇为欣赏。你瞧，他不高兴我，就不和我说话，换了别人，绝不会这样。”冰川天女笑道：“你生气了？”唐经天道：“几年之前，或者我会生气，现在嘛，我倒是有点可怜他了。但愿他能取得解药，早日成就美满姻缘。”

不说旁人的背后议论，且说金世遗下得山来，已是午夜时分，这一日正是中秋佳节，天上的月亮又大又圆，金世遗百感交集，心中想道：“中秋节又名团圆节，想不到我和知心的朋友，却都是各自分离！胜男变成这样，更是我始料不及！”“唉，这一切都是因我而起，若然胜男不肯交出解药，我又将怎样对付她？”想至此处，连自已也答不出来。端的有如作茧自缚，惘惘然意乱情迷。这一晚他找遍了邙山周围百里之地，用“天遁传音”之术到处呼唤厉胜男，但厉胜男却不知躲到哪里去了。

自此之后，金世遗便在江湖漫游，到处寻访厉胜男的消息。春去春来，花开花落，霎眼过了两年，金世遗踏遍闹市长街，荒村野店，但厉胜男仍是踪迹杳然，江湖上也没有谁曾碰见过她。

厉胜男虽然未曾露面，可是她大闹邙山之事，却已震动了整个武林，人人把她看作孟神通第二，武当、少林、峨嵋、青城等各大门派，都在小心戒备，准备一发现她的踪迹，便鸣鼓而攻。金世遗重现江湖的事情，也同时在武林中传遍了。

不过，这两件事情，虽然武林人士，几乎是尽人皆知，却还有一个人被蒙在鼓里，这个人就是李沁梅。唐经天回到天山，将事情的经过禀告了父母之后，唐晓澜夫妇与冯琳商议，决定暂时瞒着李沁梅，不让她知道金世遗已经回来；连带谷之华受伤的消息，也准备等到她结婚之后再告诉她，免得会发生变卦。

其实，经过了这几年的相处，李沁梅和她的师兄已是感情日进，而且她又早已知道了金世遗与谷之华原是一对恋人，因此，即算她知道金世遗尚在人间，大约也只是激动一时，欢喜如狂，却不会再移情别恋的了。

就在谷之华出事将近两年的时候，唐晓澜和冯琳选择了七夕佳期，为他们的徒弟、女儿完婚。

天山僻处西陲，距离中原太远，因此唐晓澜并没有遍发请帖，但由于他是武林领袖，闻得消息、远道而来的亲友也很多，贺客中有少林寺的监寺本空上人、峨嵋派金光大师的首徒青松道人、青城派名宿萧青峰夫妇、崆峒派的元老乌天朗等等。邙山派的翼仲牟不能亲来，也派了师弟白英杰作为代表，送来贺礼。翼仲牟已经从唐经天口中约略知道了金世遗与李沁梅过去曾经相恋之事，经过了邙山上那日发生的事，他也看出了谷之华与金世遗的关系，因此在白英杰临行之前，又再三叮嘱他不可泄露。白英杰是个机伶人，无须师兄多说，已是懂得应该怎样去做，到了天山，便即自行编造一套说辞，说是谷之华因新任掌门，事务繁忙，不能亲来贺喜。李沁梅果然毫无怀疑。

到了正日，冯琳、唐经天等人也自有些提心吊胆，生怕会有意外，直到新人交拜了天地，婚礼告成，冯琳方始松了口气。

钟展苦恋多年，今日方始得偿心愿，当真是乐在心头，喜上眉梢，他本来是个老老实实、不会应酬的人，在这个大喜的日子，更是乐得迷迷糊糊，好似在云里雾里一般，好些人客向他贺喜，他只会傻笑。这样一来，贺客们更是纷纷拿他打趣。

贺客中有杨柳青母女和江南、陈天宇夫妇等人，江南和杨柳青的女儿邹绛霞去年成了婚，杨柳青与唐晓澜乃是世交，因此带了女儿女婿前来道贺。陈天宇的妻子幽萍本是冰宫侍女，她嫁了陈天宇之后，冰川天女认她作义妹，因此也算得是唐家的亲戚。论起亲疏的关系，江南和唐家还要亲一层。因为杨柳青的父亲杨仲英曾是唐晓澜的恩师，故此天山派的弟子也都对江南另眼相看。

邹绛霞向李沁梅取笑道：“我来过天山几次，从未见钟师兄笑过，今天却是乐得合不拢嘴来，我敢写包单，新郎一定听你的话。”李沁梅也反过来取笑她道：“难道江南就敢不听你的话吗？我瞧他服服贴贴地跟在你的背后，一点也不像从前那个蹦蹦跳跳的江南了。我才佩服你的本领呢，不过一年工夫，就把丈夫驯服得好像绵羊了。”邹绛霞道：“他呀，他哪有钟师兄那样老实，我本来不想带他来的，后来一想，叫他来学学别人做好丈夫的榜样也好。”

李沁梅向江南招手道：“江南，你今天怎的变成个锯嘴葫芦了？过来和我说话呀！”要知江南向来以多嘴出名，李沁梅想逗他说话，好转移众人取笑的目标。江南嘻嘻笑道：“好吧，我先给你说两句吉利的说话，祝你明年今日，添一个白白胖胖的孩子。”李沁梅“呸”道：“一说话就没正经，我还当你改了脾气呢。”忽地发现江南虽是堆着满面笑容，却似笑得有些勉强，看来他是强打精神，故意插科打诨，引众人笑乐的。

李沁梅怔了怔，道：“江南，你有什么心事？”江南道：“我的心事嘛，就是想早日吃你的红蛋。”习俗添了孩子就要派红蛋，有人插口笑道：“天山上又不能养鸡。”江南道：“你是只知其一不知其二，天山雪鸡的味道比家鸡还好呢，想来雪鸡的蛋也一定不错。”

李沁梅道：“别胡闹啦，咱们总算是共过患难的朋友，还记得当年咱们在江南道上的事吗？你是什么话都肯对我直说的。记得有一次那厉姑娘骗我，还是你把她的谎话戳穿的。”李沁梅是心无尘垢的少女，她一直思念金世遗，即是对未婚夫钟展也从不隐瞒的，所以一见了江南，想起当年她和江南、陈天宇等人寻觅金世遗之事，便不自禁地提起来。岂知这正触动了江南的心事，原来江南是个最重友情的人，他正是为了金世遗而伤感，李沁梅已经有着落了，金世遗和谷之华却还是磨难重重。

邹绛霞也曾叮嘱过江南不可胡乱说话，但这时江南给挑动了心事，却忍不住道：“是呀，我早就看出那个厉姑娘不是好东西，所以不待今天大家恨她我才恨她，我是早已恨她的了！”

李沁梅怔了一怔，道：“你说什么，厉胜男又在江湖上出现了么?”江南省起自己说错了话，一时间难以转圜，只得支吾说道：“这个么，这个么……我倒没有听说。”李沁梅道：“不对，你不是说现在有许多人恨她么?”江南道：“她一向行事狡猾狠毒，当然有许多人恨她。”李沁梅道：“不、不，不对，你刚才说的是着重在‘今天’二字，不是说她过去。她一定是回来了，不知做出了什么事情，和人结怨，所以你才这样说。”

要知厉胜男当年是和金世遗一同出海的，若然厉胜男已经回来，金世遗就可能活在人间，即使不然，最少也可从厉胜男口中知道他死生的确讯。李沁梅是如此想，冯琳、唐经天等人也知道了她定是如此想。冯琳皱了皱眉，正想编一套说辞，李沁梅已急不及待地问道：“江南，你一定知道厉姑娘的消息，她在哪儿?”最欢喜说话的江南，这时却是一改故态，别人问到他，他也默不作声。

李沁梅接着叹口气道：“可惜谷姐姐今天没来。”她这话含有两种意思，第一，若是谷之华在此，她便可以有人商量，第二，她以为谷之华也像她一样，尚未知道金世遗生死之谜，所以恨不得早点告诉谷之华：厉胜男已经回来了，从厉胜男那儿便可以追查到金世遗的消息。原来在李沁梅答应钟展婚事的时候，心里早已经作了决定：即使金世遗活着回来，她也决意让与谷之华了。就在今天她的大喜日子，她也曾向上天祷告，预祝谷之华与金世遗能成就美满姻缘。

李沁梅刚刚说了一句，忽听得有一个声音在她耳边笑道：“还是你不错，我以为你只惦记你的谷姐姐呢?却原来还记得我。我就在这儿!”

李沁梅大吃一惊，跳了起来，就在这时，只听得唐晓澜朗声说道：“是哪位贵客来了，请恕失迎。”原来厉胜男是用“天遁传音”之术，向李沁梅说话，别的人听不见，但唐晓澜的内功已到了炉火纯青之境，他虽不懂“天遁传音”，却已发觉到了空气波动的异状。

只见大门外影子一闪，厉胜男格格娇笑，走了进来。担任知客的天山弟子，突然见一个美貌的女子出现，竟不知她是从什么方向来的，都吓得呆了。

说时迟，那时快，冯琳与唐经天已是同时出手，冯琳背朝着她，反手长袖一拂；唐经天亦已拔剑出鞘，向她挥去！与此同时，邹绛霞和李沁梅亦都发出一声惊叫，只见江南一个筋斗倒翻出去，去势极急，直撞到了墙边，才给萧青峰拉住，险些撞得头破血流。正是：

新房不意来妖女，只为多言几丧生。

欲知后事如何？请听下回分解。

第五十一回　红烛未残妖女至
冰峰较技掌门危

江南十分机警，一见厉胜男进来，便知她将对自己不利，立即用金世遗教过他的古怪身法，一个筋斗倒翻出去，也幸亏冯琳和唐经天已经攻到，厉胜男本想打他一记耳光的，由于腾不出手来，只得改用劈空掌的暗劲推他一把，令他稍稍吃了一点亏。

冯琳挥袖拍出，只听得“嗤”的一声，衣袖已给撕下一部，唐经天的宝剑疾如电掣，看来就要刺到她的身上，却不知怎的，捌了个空，脚步不稳，向前冲出了几步，“喀嚓”一声，宝剑刺入了李沁梅身旁的茶几，溅了李沁梅满身茶水。

厉胜男冷笑道：“这是哪门的规矩，虽然我未接请帖，到来贺喜，这也总不至于就犯了死罪吧？你们为什么就想要我的性命？”

唐晓澜道：“琳妹住手，且先问明她的来意。厉姑娘，你若果真是为他们的婚礼而来，唐某当以礼相待，不管你往日的恶行，今日决不难为于你。你若是想来捣乱的嘛，这天山上可不是你撒野的地方！”

厉胜男淡淡说道：“哦，原来天山是这样的圣地么？今日算是见识了！有唐大掌门在此，小女子焉能撒野？”她直闯到礼堂，天山派弟子始发现，所以她这几句暗含讽刺的话一说出来，天山门下都觉面上无光，但因碍着掌门人的面子，他们唯有敢怒而不敢言。

厉胜男歇了一歇，又再缓缓说道：“你要问我的来意么，我刚才已经说过，当然是贺喜来的。沁梅姐姐，咱们虽非知交，当年在孟神通家中，总算是有过同牢之谊，我今天作了一个不速之客，前来道贺，你总不至于拒人千里吧?”

李沁梅道：“多谢了。”她望了望她姨父和母亲的面色，说了这三个字，便不再言。

厉胜男又道：“不过嘛，也不全是为了道贺!”冯琳忍不住喝道：“你还想怎的?”

厉胜男冷笑道：“不是我想怎的，你的女儿想见我，她的话我已听见了，不是看在你女儿与我的交情分上，我还不想来呢！沁梅姐姐，你要见我，可是要向我打探什么人的消息么?”

李沁梅禁不住问道：“听说你前几年漂洋出海，是和他同去。现在你回来了，是一个人回来呢，还是两个人回来?”厉胜男格格笑道：“什么‘他呀、他呀’，你做了新娘子不好意思说么？我替你说了吧，你是想问金世遗的消息是不是?”此言一出，满堂宾客，面色全都变了。

厉胜男笑了一笑，冷冷说道：“你倒好心，还想着他，可惜他早已不把你放在心上了。不过，正是如此，我要向你大大的贺喜。不是我当面奉承你的丈夫，你嫁给他，可要比嫁给那个寡情薄义的金世遗好得多了!”

冯琳大怒道：“小妖女，你放屁放完了没有？给我滚出去!”

厉胜男冷笑道：“吓，我说错了么？难道你这位丈母娘现在还认为金世遗要比你那个女婿好吗?”冯琳给她气得七窍生烟，钟展低声说道：“妈，沁妹想知道金世遗的消息，就让这位厉姑娘说吧。别人的闲话，我不在乎!”

厉胜男笑道：“可见我的眼光不错，到底是这位新郎哥通情达理。沁梅姐姐，对你实说了吧，金世遗是还活着，可是他心里只有一个谷之华，早已忘记你了。”

李沁梅大喜，喃喃说道：“这就好了，这就好了。可不知谷姐姐知道没有?”厉胜男接着便道：“你说好吗？不错，金世遗也想得好。可惜呀，可惜——只怕他们的美满姻缘，今生是无望了!”李沁梅叫道：“为什么?”厉胜男缓缓说道：“谷之华现在嘛，是生不如死，她既不能做金世遗的妻子，也不能来看你了!”

李沁梅大吃一惊，巍巍地站起来，正要问她是何缘故，唐经天、

武林之間的恩怨，擾長了几代
張丹楓与喬北冥，累及了唐曉
瀾与呂勝男，真人何苦也，所以
尚武也應重德、重慈。董〇八格

唐晓澜道：“厉姑娘……你若是想来捣乱的嘛，这天山上可不是你撒野的地方！”

白英杰已忍不住同时骂了出来，“沁妹，不要问了。谷之华就是这妖女害的!”“千刀万剐的小妖女，你害了我们的掌门，还敢到这里夸耀!”登时群情汹涌，骂声四起，人人都不肯放过她。

厉胜男叫道：“唐大掌门，你怎么说？说过了的话算不算数?”

唐晓澜面色铁青，摆摆手道：“各位暂且静静。厉姑娘，你今日算是我的客人，我不为难你。邙山的谷掌门是我的侄女，她的事我也不能不管。听说你有意抻量我天山一派，那么，过了今日，就请你厉姑娘订个日期如何?”

此言一出，众人都是又惊又喜，惊者是唐晓澜以天下第一高手的身份，竟不惜自贬身份，与厉胜男约战；喜者是唐晓澜这一出头，厉胜男飞上天去也逃不过唐晓澜的手心，谷之华的仇是有人报了。

满堂宾客寂静无哗，大家都在看厉胜男如何回答。只见厉胜男格格一笑，说道：“多谢唐大掌门抬举于我，我还有一件贺礼，且让我先拿出来再说吧。”她这话一说出来，许多人都吓了一跳!

厉胜男以前曾把孟神通的人头作为贺礼，令谷之华中毒，此事人人知晓。如今厉胜男又要拿出“贺礼”，众人想起前事，自不免心内暗惊，不知她又有什么古怪。冯琳急忙护着女儿，唐经天夫妇也急忙护着钟展。

厉胜男娇声笑道：“我这件小小礼物，虽非价值连城之宝，却是唐大掌门求之不得的东西。”说罢拿出一个五寸来长的羊脂白玉瓶，瓶内有三颗粉红色的丹药，厉胜男将瓶子一晃，接着笑道：“这是五毒散的解药，连服三颗，便可完全复原。唐大掌门，你若将这三颗解药转送给谷之华，邙山派可要大大领你的情了!”

为了这个解药，曾累得邙山派的众弟子和许多武林高手，到处追踪，想不到厉胜男此际竟然自愿献出。唐晓澜怔了一怔，说道：“人有善念，天必佑之。厉姑娘，多谢你的礼物，从今之后，你与邙山派的冤仇可以一笔勾销，我也无须与你算账了。”

却不料厉胜男笑了一笑，接着又道：“这件礼物么，本来我是诚心送给你的，可惜你们却不把我当作客人看待，我一进门来，你们就‘妖女’‘魔女’的骂个不休，如今嘛，你要这件礼物，可得拿点东西来交换了。”唐晓澜沉声道：“你要什么东西?”厉胜男淡淡说道："要你的三记响头！从今之后，我所到的地方，天山弟子要闻风远避三十里！"话未说完，满堂宾客已是怒声雷动。

唐晓澜须眉怒张，"哼"了一声道："厉姑娘，你也未免太欺负人了！"厉胜男笑道："你不肯向我磕头也可以，可是你得用自己的本领来拿了。"

唐晓澜道："吓，原来你今天就想与我见个高下？"厉胜男道："不错，你赢得了我，我奉送解药；我若侥幸赢得了你，你这天下第一高手的名头可以转让给我了。一物换一物，这也是公平得很呀！当然，你唐大掌门还怕赢不了我吗？所以，我拣正这个日子前来，好让你在天下英雄面前大显威风，取得解药，这正是双喜临门呀！"

唐晓澜道："厉姑娘，我不会与你斗口，闲话少说，划出道来！"厉胜男道："礼堂红烛高烧，在这里比武，未免太煞风景，唐大掌门，到对面冷峰之上，我向你一样一样领教如何？"

唐晓澜道："随你的便。"他虽然怒极气极，仍是不失礼数，当下禁止弟子喧闹，亲自在前带路，登上对面冰峰。

一天喜事想不到发生了这件事情，满堂宾客，顾不得寻常礼节，不待相邀，都跟了出去；就连一对刚刚拜堂成亲的新人，也都穿着礼服，追随在主婚人唐晓澜之后。江南嘻嘻笑道："这样的婚礼倒是自古所无。"邹绛霞道："你还好笑呢，你的额头都碰穿了！"江南笑道："是还有一点儿痛，可是有这样百年难遇的热闹可瞧，痛也就不觉得了！哈，哈，你瞧他们这对新人穿着礼服奔跑的怪模样，待将来他们的孩子长大之后，我还要拿他们取笑呢！"

邹绛霞又好气又好笑，道："你呀，几时才能长大成人。你都快做父亲啦，还是这样孩子气！"江南手舞足蹈，叫道："真的？真的！哈，哈，你有喜啦！"邹绛霞狠狠地捏了他一把，低声喝道："噤声，你要嚷得通天下都知道么？三个月了。哼，祸都是你惹起的，你还开心？"江南也低声说道："你有喜，怎么是我惹的祸了？"邹绛霞满面通红，"啐"道："胡说八道，我是说你今天惹的祸！"幸亏众人都在注意厉胜男的行动，没有留神听他们的打情骂俏，要不然，只怕江南想取笑别人，却要反过来给别人取笑了。

众人随着唐厉二人上了冰峰，只见冰峰上已有八名白衣少女相候，见了厉胜男都躬身相迎，口称“小姐”，看来似是她的丫环。群雄不禁大是惊奇，要知能上到天山绝顶，武功已非泛泛，想不透厉胜男怎的仅在两年之内，就找到了这样的八个丫环。

厉胜男笑道：“今天是唐大掌门约我单打独斗，你们站在一边瞧，不必动手。”转过身又对唐晓澜笑道：“唐大掌门，你可还有什么事情要向你的儿子交待么？”那意思是说：“你与我比武，可得预防不测，还是交待了后事的好！”

饶是唐晓澜涵养极佳，听了这番说话，也不禁心头火起，当下强抑怒气，沉声说道：“如此说来今日这场比武，厉姑娘是有意与老夫赌上性命的了？”厉胜男道：“不敢。可是拳头兵刃上没有眼睛，还是先说开了的好。我是个无名小卒，能够死在唐大掌门手下，那是死而无怨的。”唐晓澜道：“好，唐某年过六旬，若能埋骨天山，亦是死无可怨的了。你厉姑娘有这样的志气，我这几根老骨头，就交给你吧！”

唐晓澜只是怒在心头，未曾表露。但宾客们却已忍不住厉胜男这般嚣张的气焰，登时有两个人跑出场来。一个是须眉皆白的老头，一个是手提长剑的中年道士，前者是崆峒派的元老乌天朗，后者是峨嵋派金光大师的首徒青松道人。

青松道人叫道：“杀鸡焉用牛刀！唐大侠，请让我代你料理吧！”乌天朗却慢吞吞地说道：“唐大侠，你中计了，这小妖女目中无人，你与她单独较量，赢了她也是抬高了她的身份。老朽最恨狂妄无知的后生小辈，待我教训教训她。”

厉胜男冷笑道：“你这老浑蛋活了一大把年纪，还是不知天高地厚，你上次给孟神通打伤，好了没有？居然还敢来撩是生非。我最恨倚老卖老的狂妄之辈，好呀，冲着你这几句话，我就要给你一个教训，让天下英雄一笑！”

乌天朗在武林的成名人物中年纪最长，上次给孟神通打伤，引为奇耻大辱；但孟神通到底还是与他同一班辈，现在给一个年纪轻轻的女子一顿臭骂，比起以前受孟神通的侮辱更甚百倍，乌天朗气得七窍生烟，登时怒冲上去，挥掌便攻。

厉胜男一闪闪开，叫道：“且慢！”话声未了，突然到了青松道人面前，向他轻轻一拍，说道："还有你这个臭道士，我瞧着也不顺眼，我没工夫和你们一个一个地打，你与那老浑蛋一齐上吧！"青松道人已尽得乃师真传，早已进入一流高手之列，但厉胜男这一拍他竟然没有躲过，不由得又惊又怒，学武之人受了袭击，本能的一剑就刺了出去。

在此情形下，唐晓澜要想阻止已来不及，顿足暗道："糟了，糟了！"

说时迟，那时快，厉胜男一声笑道："老浑蛋，你要倚老卖老，我先拔掉你的胡子！"乌天朗双掌成圈，使出崆峒派的镇山绝技"金环掌"，封住了门户。这套"金环掌"法用于防守，最是无懈可击，加上乌天朗几十年的功力，双掌合成的圈内，即算利剑插进，也会给他的掌力震断！哪知厉胜男忽地欺到身前，乌天朗明明见她伸手来扯胡子，双掌一合，竟未能挟着她的手腕，厉胜男的手法快得无以形容，待到他双掌合时，一大把胡子已经给她硬生生地拔去，乌天朗颏下登时现出一片血痕！

就在这瞬息之间，只听得厉胜男哈哈大笑，一个转身，青松道人的长剑也已到了她的手中。厉胜男皓腕一抖，"啪"的一声，那柄长剑当即断为两段！厉胜男大笑道："老浑蛋，臭道士，还要来教训我吗?"

这一下，登时令到全场震骇，连唐晓澜也吃了一惊！本来，唐晓澜已看出了厉胜男的武功怪异，也预料到乌天朗与青松道人不是她的对手，可是却想不到他们竟败得这么快，这么惨！要知若将天下武林人物排名的话，乌天朗绝不会在十名之外，当年他与孟神通相斗，也曾斗了数十招方始落败，如今又加上金光大师的首徒青松道人，按说可以支持更久，却不料仅仅数招，便都给厉胜男轻描淡写地打发了，这样的结果，唐晓澜虽是天下的第一武学宗师，亦是始料不及！

其实，并非厉胜男的功力已高出当年的孟神通几倍，而是她学会了乔北溟的武功秘笈之后，对各家各派的镇山绝技，已是心中有数，看出了乌天朗功力虽高，但年纪老迈，身法步法都没有她的灵活，所以才能够用迅雷不及掩耳的手法，一举手便突破了他的防御。不过，她以内力震断青松道人的长剑，却是绝非取巧的真实本领，唐晓澜看得出来：现在的厉胜男，单论内功造诣，亦已决不在当年的孟神通之下。

在场的峨嵋派和崆峒派的门人急忙跑出去救人，只听得乌天朗一声大叫，朝天跌倒。原来是气得昏过去了。

唐晓澜道："厉姑娘好本领，还是由我来领教吧。朋友们对我的情谊，我心领了！"各路英雄虽然心头气愤，但一来自问武功不及，二来唐晓澜已是如此说法，因此也就无人敢再上去向厉胜男挑战。

青松道人退下，崆峒派弟子也将乌天朗抬回去。场面从喧闹而复归平静。人人聚精会神，准备看唐晓澜如何对付厉胜男。

唐晓澜道："姑娘远来是客，如何比法？请姑娘划出道儿。"

厉胜男道："唐大掌门昔日与孟神通比武，是三场定胜负；现在我也援例，以三场与大掌门决生死！"说到最后那三个字："决生死"，特别加重语气，当真是比当年孟神通的气焰还要咄咄逼人！

当年孟神通在三场比赛中，有两场是并非以本身武技决胜负的，唐晓澜当时几乎被他的古怪的比武办法难倒。现在厉胜男依样画葫芦，又要以三场来"决生死"，唐晓澜还不怎么，群雄听了，都不禁暗暗嘀咕。

唐晓澜虽不畏惧，却也心中怒道："这妖女比孟神通还更狡猾，不知她要用什么刁钻的办法来难我？"

厉胜男在众人目光注视之下，缓缓说道："我可不像孟神通那样，要比什么胆量呀、见识呀等等，我这三场比斗，干脆得很，就是凭着各人平生所学，决一生死！"

唐晓澜松了一口气，淡淡说道："厉姑娘当真是快人快语，那么请问这三场当如何比法？"

厉胜男眉毛一扬，说道："我这三场是专拣你最拿手的本领来比，定能令你称心如意。第一场我要与你比斗剑法；第二场我要与你较量内功；第三场我要领教你的暗器功夫，要看一看你的天山神芒到底有何厉害？"

此言一出，在场的各路英雄均是又惊又喜，要知厉胜男所要比试的这三种功夫，正是天山派压倒武林的绝技，天山派剑法融会各家各派之长，数百年来，武林公推第一；唐晓澜的内功，并世无双，当年力抗孟神通的修罗阴煞功，尚且毫无伤损，厉胜男仅是个二十多岁的少女，本领纵能胜过孟神通，内功绝不能及孟神通；天山神芒是威力最强的暗器，厉胜男指定要唐晓澜用这种厉害的暗器，当真是胆大到了极点！众人大惊之后，均是暗中想道："这妖女真是不知死活，竟然要与唐大侠较量他这三样武林绝技！饶她本领再高，逃得过唐大侠的游龙剑，也受不了唐大侠的内家真力；何况还有最后一关：那天山神芒的穿喉戳体之灾！"

有人问道："既然讲明了是比试这三种武功，那么若用毒药取胜，是否应该禁止？"

在场的客人以少林寺的监寺本空大师资望最深，当下说道："以老衲之见，若用喂毒的兵器和暗器，虽然有欠光明正大，还未超出厉姑娘自定的比赛范围，若然使用毒物毒药，则似乎应该禁止了。不知厉姑娘以为如何？"本空这话，表面上似乎对厉胜男有利，其实却是暗里帮了唐晓澜。要知以唐晓澜这样卓绝的武功，焉能给厉胜男的兵器暗器斫中射中？本空上人担心的只是厉胜男在比赛中突然使用奇毒的药物而已。

厉胜男听了，嘿嘿冷笑，说道："本空大师，你也忒小觑我了！"

本空大师合十说道："这么说，厉姑娘是不打算使用毒药了？若然如此，就算是老衲出言无状，以小人之心度君子之腹，恕罪，恕罪！"

厉胜男冷笑道："当着天下英雄面前，你们若见我出手使用毒药，我任凭你们乱剑分尸！非但如此，而且我的兵刃暗器，也决不沾半点毒药。"

众人听她如此说法，都放下了心头大石。唐晓澜却在暗暗惊奇，心道："这妖女口气如此之大，她不用毒药，凭什么本领胜我？难道在这短短的两年之中，她当真已练成了并世无双的怪异武功？"

厉胜男拔剑出鞘，站在下首，抚剑说道："请唐大掌门亮剑赐招！"

厉胜男的剑一亮出来，众人都不禁吃了一惊，但见那柄剑通体透明，其薄如纸，发出一层淡淡的青光，一看就知是神物利器，剑质只怕还在天山派镇山之宝的游龙剑之上。

唐经天生怕父亲托大，急忙将游龙剑递过去道：“爹，你就用这把剑吧。”唐晓澜道：“也好！”接过剑来，苦笑说道：“想不到在这两年之中，我竟然要两次动用这柄宝剑！厉姑娘，你远来是客，请先赐招！”

厉胜男虽然气焰嚣张，但在比剑之际，却还依着后辈之礼，站在下首，抚剑一揖，然后“刷”的一剑刺出。

这一剑劲道十足，但在唐晓澜眼中，招数却也并无什么奇特之处，唐晓澜是天下第一剑学大宗师，这时一见她如此出手，便知她是想倚仗宝剑之利，削断自己的游龙剑，当下将计就计，并不避开，横剑一封，使了个“粘”字诀，便将厉胜男的裁云宝剑胶着。

裁云剑的剑质确实是比游龙剑更胜一筹，若然双方功力相等，双剑一交，游龙剑定然断折，可是如今双剑相交，但听得嗤嗤声响，厉胜男的裁云剑跟着游龙剑上下翻腾，却竟然摆脱不开。原来她攻过来的劲力，已给唐晓澜尽都化解，宝剑虽利，使不出劲来，那也等于无用了。

唐晓澜默运玄功，正要把她的剑绞脱，厉胜男忽地纤腰一弯，宝剑往前一探，用了上乘武功中的借力之法，登时反弹起来，解开了唐晓澜那股粘劲，身形一晃，斜窜出三丈开外，接连打了两个盘旋。唐晓澜道：“厉姑娘站稳了，唐某还招！”

唐晓澜试了这招，已知厉胜男的功力尚不如他，不过她能够解开自己的粘劲，与当年的孟神通也不相上下了。

唐晓澜胜算在操，顾着身份，等她脚步站稳了方才出剑还招，厉胜男冷笑道：“你别客气，我不领你的情！”唐晓澜这一招是“大须弥剑式”中的一招困敌妙招，名为“八方风雨”，若待他剑招用实，敌人就要被困在剑光圈里，再也不能突围。可是因为他先打了一个招呼，出手稍缓，厉胜男施展“天罗步法”，一飘一闪，竟似游鱼一般从他的剑光缝隙里“滑”了出来，陡然间刷的一剑，便立即反守为攻，连袭唐晓澜九处大穴。

唐晓澜微笑道：“好，你的剑法也可以自成一家了！”举剑一迎，抖出九朵剑花，将厉胜男这一招奇门刺穴的剑法，尽都化解。厉胜男倒吸一口凉气，心中想道："乔祖师穷毕生之力，精研破天山剑法之道，如今看来，只怕乔祖师复生，在剑术上也未必能轻易言胜。"

可是，也正因为厉胜男曾学过乔北溟的秘传剑法，虽然不能破天山剑法，却也还可以勉强周旋，但见两道剑光在冰峰上盘旋飞舞，剑光所至，冰屑纷飞，在阳光下幻出奇丽无俦的色彩，看得众人目眩神迷！心中均是想道："怪不得唐大侠要亲自出马，这妖女的剑术果然非同小可！"在场的都是武学行家，一方面固然对厉胜男的剑术啧啧称赏，另一方面也看出了唐晓澜稳占上风，时间一长，厉胜男绝非其敌。所以他们看这场比剑，全是带着"欣赏"的心情，并无一人为唐晓澜忧虑。

果然在斗了将近百招的时候，唐晓澜用了一招"龙门鼓浪"，游龙剑扬空一闪，登时银光绕地，紫电飞空，将厉胜男的宝剑迫得施展不开，有几个心急的观众已在嚷道："唐大侠胜了！"

哪知就在喧闹声中，忽见厉胜男一个转身，背向着唐晓澜的宝剑，这一来等于大开门户，毫无防备的任唐晓澜的宝剑戳她的背心，众人虽然都预料唐晓澜必胜，却想不到厉胜男竟会如此应招，都不禁呆了！

唐晓澜精通各派剑术，但任何一派的剑术，也没有自行送死之理，因此唐晓澜遇此怪招，也不觉陡然一怔，他这一招去势如电，收手已来不及，只听得"叮"的一声，剑尖已触及了厉胜男的背心！

意外之事突然发生，按说以游龙剑的锋利，加上唐晓澜的功力，这一剑非在厉胜男的背心搠个透明窟窿不可，可是厉胜男竟似若无其事，就在游龙剑刺中她的时候，只听得她一声娇笑，倏然间反手一剑，直指唐晓澜的咽喉！

原来厉胜男披着一件薄如蝉翼的软玉甲，这是乔北溟所遗留的三宝之一，乔北溟也预防到他的隔世弟子未必能胜得了张丹枫的传人，故此在秘笈的最后一章传了一个破敌的妙计，教弟子用他所传的三宝取胜，即是：先用裁云宝剑削断对方的兵刃；若然不能，再用软玉甲作防身之具，卖个破绽，拼着受对方一剑，然后乘机反击；

若还不能得手，最后才动用那玉弓。孟神通曾得到秘笈的后半部，也知道这个破敌的妙计，可是因为乔北溟的三宝都落在厉胜男的手中，所以孟神通无法施用。

这件宝甲可以抵御凡间的宝刀宝剑，因此厉胜男被游龙宝剑刺中，虽受对方的内力震撼，却并未受伤，当下立即依照秘笈所授，用闪电般的手法，反剑疾刺！

这一下变出意外，场边观战的群雄，人人都是心头大震，登时所有的欢呼喝彩的声音尽都止了。

就在这千钧一发之时，众人眼花缭乱之际，忽听得唐晓澜一声喝道："好狠的剑法！"连本空大师也还未曾看得清楚，陡然间只见唐晓澜已脱出身来，游龙剑的剑光已把厉胜男全身笼罩！

原来幸亏唐晓澜存着一念之慈，在厉胜男骤然以背相向的时候，他虽来不及立即收势，但却收回了七分劲力，剑招因此也就未曾放尽。在唐晓澜的原意，是不想把全无防御的敌人毙于剑下，却料不到因此一念之慈，却反而救了自己的性命。

因为他的剑招未曾放尽，后劲也蓄而未发，故此厉胜男突然反击，他才能够抵挡，厉胜男这一剑攻到他的胸前，正巧他已撤剑回来。唐晓澜虽然有点措手不及之感，但究竟他的剑术已是炉火纯青，终于在那千钧一发之时，将厉胜男的狠招化解了。

如今，唐晓澜重展"八方风雨"的绝招，厉胜男却因招数已经使老，再想用天罗步法闪开已来不及，只要唐晓澜剑尖往前一送，立即可以穿过厉胜男的咽喉！

唐晓澜却忽地哈哈笑道："承让了，这一场不必再比了吧？"倏地将剑收回，正容说道："厉姑娘，你虽然定要与我决死生，我却只要与你分胜负！"

厉胜男吓出浑身冷汗，呆了片刻，说道："你本来可以要了我的性命，你不要那是你自己的事。这一场我是输了，下两场还是要比的。"唐晓澜点点头道："这个当然，说明了要比三场，当然应该比下去。你也不必领我的情，有本事只管施展好了。唐某但求一开眼界，死生并未放在心上。"

旁观众人都有点愤愤不平，觉得唐晓澜太过宽大，但下一场就是内功的较量，较量内功全仗真才实学，决不能取巧，唐晓澜的功力胜过对方不止一筹，这已经是有目共睹，因此众人虽感不平，但心中均是想道："这一场饶了她，下一场比试内功，这妖女仍然难免落败，纵使唐大侠不取她的性命，她连败两场，依照诺言，那解药就应该献出来了！"

场中有一块冰岩，约有三丈来高，上面形如圆镜，厉胜男道："咱们就在这上面较量内功如何？要是谁支持不住，先摔下来，那也算输了。"

唐晓澜道："主随客意，厉姑娘请。"两人跃上冰岩，盘膝而坐，各以双掌相抵，便即较量内功。

两人的掌心一接，唐晓澜立即感到冷得异常，心里暗自笑道："是了，她现在亦已练成了第九重的修罗阴煞功，怪不得要选在冰岩之上比试，好加强阴寒之气。"

过了片刻，但见冰岩的上层渐渐溶解，两人盘膝而坐的地方都凹了下去，原来是唐晓澜以纯阳的内功反击，非但将厉胜男的修罗阴煞功抵消，余力还传到了冰层之下。

再过片刻，厉胜男衣衫尽湿，气喘吁吁，在场的武学行家，都以为唐晓澜即将获胜了，哪知仔细看时，却发现了唐晓澜的神色越来越沉重，竟似全神以赴，丝毫也不敢放松，在厉胜男周围那些正在溶化的冰块，又再凝结起来。

原来厉胜男在比试之前，服食了大量的阿修罗花，这种花香，中人如酒，武功稍差的闻到香气，便要昏迷。厉胜男在《百毒真经》中学到了服食奇花、吐气伤人之法，现在正使用来对付唐晓澜；她喘气愈急，阿修罗花的香气也愈浓。

饶是唐晓澜的内功深厚无比，也要分神应付，这样一来，双方的距离便拉近了好多。虽然唐晓澜仍占上风，但厉胜男亦已可以勉强应付了。

唐晓澜当然也察觉到了厉胜男是在弄鬼作怪，但她刚才说是"决不出手使用毒药"，所以现在她口吐香气，不算是违背诺言。而且唐晓澜的内功已练到了诸邪不侵的境界，他本来就准备厉胜男使用毒药；要禁止厉胜男使毒，那只是本空大师诸人的意思。

当下唐晓澜屏息呼吸，默运玄功，不消多久，又取得了压倒的优势，只见厉胜男面色灰白，嘴角忽地沁出血丝！

唐晓澜心头一软，正要收回几分真力，免得将她毙于掌下，心念方动，陡然间忽听得厉胜男一声狞笑，从她双掌攻过来的力道忽地大大增强，唐晓澜吃了一惊，拼了全力抵挡，兀自有点抵挡不住，登时上身晃了两晃！

这真是不可思议之事，厉胜男的功力本来不及唐晓澜，而且又分明是已到了气衰力竭之际，却突然间会转弱为强，甚至还超过了唐晓澜！这一来，不但是在场观战的几个武学大师都感到惊奇，连唐晓澜也觉得莫名其妙！

幸而唐晓澜的内功深厚无比，当下沉住了气，全神应付，厉胜男的攻势有如狂风暴雨，但却不能持久，过了一会，唐晓澜渐渐扳平，正要伺机反击，厉胜男忽地又是一声狞笑，一口鲜血喷了出来，这一回比上次更为厉害，掌力竟如排山倒海而来，同时，唐晓澜的体内也似乎有一股寒流侵入，冻得他皮肤起粟，气血难舒！

原来厉胜男用的是一种邪派中最为狠毒古怪的内功，名为“天魔解体大法”，这是准备与敌人同归于尽才用的，可以把全身精力都凝聚起来，作雷霆万钧的一击。以前孟神通就曾用过这个邪法，在重伤之后，临死之前，一举而击毙了大内总管寇方皋。如今厉胜男全部通晓了乔北溟秘笈的上乘心法，运用起来，比孟神通更为厉害，等如功力骤然增强了三倍，唐晓澜至多能应付两个厉胜男，因此便自然感到招架不住了！

本空大师看出了苗头不对，顾不得比赛规矩，叫声：“不好！”便奔出场去，要想舍出性命，将两人拆开！

就在此时，厉胜男忽地一声长笑，双掌一收，只见唐晓澜头下脚上，一个倒栽葱从冰岩上直摔下来！厉胜男朗声说道：“一报还一报，咱们彼此都不必领情。我对你如何，唐大掌门，你自己应该明白！”

本空大师抢上去扶唐晓澜，厉胜男击唐晓澜那一掌，掌力未衰，本空大师的手指刚触及唐晓澜的身体，就有如受到雷轰一般，登时跌出一丈开外。

唐晓澜到底是当世一人，武功之强，远非本空大师可比，眼见他就要栽倒地上，一个筋斗就翻了过来，反而抢过去扶起了本空大师。本空大师暗暗叫了一声："惭愧！"这才知道，要是自己刚才上去解拆的话，那只有送了性命，仍然无济于事。

唐晓澜转过身来，拱手说道："多谢姑娘手下留情！姑娘内功玄妙，唐某佩服！"

此言一出，全场人等均是大惊失色！因为唐晓澜这话，不但承认了厉胜男的内功确是比他高强，而且承认了厉胜男有取他性命的本领，仅仅摔下冰岩，已经算是她手下留情了！刚才以为厉胜男吹牛的人，都禁不住面面相觑，作声不得！

唐晓澜光明磊落，他从本身所感受的对方内力来判断，确信厉胜男的内功有将他震毙的能耐，因此不惜当众承认厉胜男手下留情。其实唐晓澜却有所不知，"天魔解体大法"最为损耗本身精血，厉胜男用这种邪派武功，若然发挥到了极度之时，不错，是可以取了唐晓澜的性命，但她本人，也必定要当场呕血而亡！

厉胜男跃下冰岩，淡淡说道："比剑那一场你饶了我，这一场我饶了你，刚好扯直，此事不必再提，现在该我来领教唐大掌门的天山神芒了。"

唐经天见父亲目光呆滞，面色灰暗，这是从来所无的现象，知他已是元气大伤，心中忧虑，上前低声说道："爹爹，不如与她改到明天再比暗器吧！"

唐经天已是尽量压低了声音说话，但厉胜男却已听见，哈哈笑道："唐少掌门要为令尊向我求情么？唐大掌门，你若当真已是精疲力竭的话，我也可以不为已甚，让你再多活一天！"

唐晓澜双眼一睁，精光四射，蓦然间好像换了个人，朗声说道："言明今日比试三场，唐某无论如何，也总得奉陪到底！这一场彼此不必留情，你有本事，尽管要了老夫性命便是！"

厉胜男的面色这时也是惨白如纸，但她却哈哈笑道："好，果然不愧是号称天下第一的武学宗师！"把手一招，只见四个白衣侍女，抬着一把大弓，这把弓通体晶莹，宝光耀目，原来就是乔北溟所留下的三宝之一——用海底寒玉所造成的那把玉弓！

在场的各路英雄都是见多识广的人物，但是这样的玉弓，却是从来未有见过，也从来未有听人说过，登时全场的目光都集中在这把弓上。江南暗自嘀咕道："这把弓莫非有什么古怪？"

厉胜男环目一扫，冷冷说道："我不自量力，就准备用这把弓来应付唐大掌门绝世无双的天山神芒！请哪位武林前辈出来一验！"

唐晓澜怔道："验什么？"厉胜男道："有人疑心我这把弓有古怪，不验一验，怎能令各位放心？"

唐晓澜皱了皱眉，道："何必呢？"江南却叫道："让大家见识见识也好。"辛隐农走出场来，说道："这位小哥的话说得对，老夫不是有所怀疑，实在因为这把弓确是人世罕见的宝物。"辛隐农是青城派的代掌门，武功之高，犹在本空大师之上，而且精通各种暗器，见识过人，他与唐晓澜交情甚厚，口中虽说没有怀疑，其实正是因为放心不下，怕唐晓澜吃亏，所以要上前瞧一瞧这把古怪的玉弓。

厉胜男见唐经天面上也有惶惑的神色，微笑说道："多两个人来验看吧，也不必定是武林前辈，唐少掌门，你们父子相关，不必客气了，请出来吧。还有你，江南，你也出来吧，看清楚了，免得你再说怪话。"

江南道："好呀，既然有请，我也乐得一开眼界。"唐经天也随着走过去。

江南伸手一摸，只觉着手生凉，除此之外，并无异状。那四名侍女忽地齐声说道："接稳了！"四人同时放手，那把弓落到江南手上，江南大叫一声："压死我也！"扑通便倒，唐经天大惊，急忙接下，幸而他就在江南身边，而江南又闪避得快，倒地一滚，一个筋斗便翻出了三丈开外，只是给弓梢碰了一下，饶是如此，他站起来时，已是面无人色，嘴角沁出血丝。

杨柳青母女急忙过去，邹绛霞埋怨道："都是你好管闲事，怎么样了？"江南道："还好，还好！幸而没有给它压下来，要不然就要成为肉饼了。"

唐经天的功力当然是远胜江南，但他接下那把玉弓，却也并不好受，要知这种海底寒玉，比同样体积的钢铁要重百倍，当年金世遗初到火山岛的时候，亦只是仅仅拿得起这把玉弓，而不能将它运用。如今唐经天的功力与当时的金世遗大约不相上下，所以他拿起了这把玉弓，时间稍长，额上亦自青筋暴露，气喘可闻。

辛隐农吃惊非小，忙道："待老夫开开眼界。"将玉弓接了过来，他的功力又要比唐经天稍胜一筹，但仍然感到吃力，他仔细验看，除了觉得沉重异常，太过古怪之外，其他方面，却无异状。他也看出了这把弓乃是玉质，任何毒药若用银器玉器来试，必现黑点或灰暗之色，如今这把玉弓通体晶莹，自是可以放心得下。

厉胜男笑道："将那三支玉箭，也一并给辛大掌门验看吧。"辛隐农见三支都是一样，接过一枝，放在弦上试拉，饶他用尽浑身之力，怎也不能拉满。吓得他连忙放下，说道："厉姑娘神力惊人，能用这样沉重的玉弓，老夫只有佩服！"

厉胜男冷笑道："你们已验看清楚了？我这副弓箭该不是喂毒的暗器吧？"辛隐农无话可说，打了个哈哈道："姑娘取笑了。我们不过是来开开眼界，并非不信姑娘。"

唐经天可在心里暗暗担忧，想道："弓箭虽然无毒，但却重得惊人，想来用这把宝弓发箭，威力只怕比天山神芒还大，我爹爹刚刚与她比拼了内功，只怕，只怕——哎，事已如斯，箭在弦上，不得不发。但愿上天保佑，遇难成祥！"

本来在场的人都以为唐晓澜可以轻易胜得了厉胜男的，这时也都似唐经天一样，为唐晓澜担惊受怕。

众人目光注视之下，只见厉胜男轻掠云鬓，理好衣裳，从容不迫的缓缓说道："唐大掌门，咱们彼此胜了一场，这一场是最后决胜负了。上两场承你让我先发招，这一场，我该让回你了。就这样吧，请你先发三枝天山神芒，然后我再回敬你三枝玉箭。要是我抵挡不了你的神芒，先给你射死，那也是我命该如此，绝无怨言！"

众人都想不到在这样决胜负的重要关头，厉胜男竟会让唐晓澜先发。他们正自担心唐晓澜内力未曾恢复，只怕接不了厉胜男的强弓猛箭，若由唐晓澜先发，那就有取胜的机会了。这时他们都怕唐晓澜不肯答应，本空大师首先说道："厉姑娘说得对，礼尚往来，该当如此！"萧青峰也跟着说道："不错，厉姑娘这番好意，唐大侠理该接受，要不然，老是你让她先发，反而给人误会你是小觑她了！”

唐晓澜心里甚为难过，想不到自己以天下第一高手的身份，竟要一个年轻的晚辈让回一场！但萧青峰的话说得甚重，唐晓澜只得说道：“好，既然厉姑娘如此说法，唐某只好从命了。”

唐经天选好了三枝天山神芒递给父亲，唐晓澜吸了口气，说道：“厉姑娘，老夫有僭了！”双指一弹，登时一道暗赤色的光华，闪电般的向厉胜男射去！神芒过处，带着极为强烈的啸声！

众人见他在刚刚较量了内功之后，神芒发出，威势还是这样惊人，都不禁为之咋舌！

厉胜男弯下身躯，拔剑一迎，只听得“叮”的一声，一道白光飞起，那道暗赤色的光华给白光一绞，登时中断！天山神芒竟给她的裁云宝剑削为两段！

天山神芒坚逾金石，这还是第一次给人用兵刃削断，众人都大惊失色！但见厉胜男也踉踉跄跄地倒退了七八步，倚着一棵松树，吁吁喘气，脸色惨白如纸！

唐晓澜道：“姑娘可要歇歇么?”话犹未了，只见厉胜男一跃而前，站在场心，淡淡说道：“天山神芒的威力确是并世无双，但也未必能射得死我，唐大掌门，尽可不必为我担心，还有两支，请快发吧！”说罢，喀的一声，又是一口鲜血吐了出来。

唐晓澜见她吐血之后，精神反而大振，好生怪异，心道：“这种邪门内功，当真是见所未见，闻所未闻！”这时，他哪还敢手下留情，当下默运玄功，力透指尖，将第二支天山神芒发出！

这一支神芒挟风呼啸，来势比第一支更为强劲，厉胜男似是为了保存气力，收回宝剑，待到那支天山神芒射到跟前，她突然一飘一闪，似燕子般斜飞出去，但听得“嗤”的一声响过，她罗裙的下摆给神芒撕去了一幅，接着“卜通”一声，她也倒了下地！

众人未曾看得清楚，只道厉胜男已给神芒射伤，纷纷骇叫失声，众人的心情都是十分矛盾，起初大家都希望唐晓澜将她除去，后来看她年纪轻轻，便已练成了一身超凡入圣的武功，因此见她伤在神芒之下，又不禁为之惋惜。

就在众人骇叫声中，只见厉胜男又已翻身跳起，冷冷说道："还剩下最后一支了，此时不发，更待何时?"原来她以天罗步法配合最上乘的轻功，避开了这支神芒，虽然未曾受伤，却也气衰力竭，她是因为气力不支而自己跌倒的。

唐晓澜乃是天下第一的武学大行家，这情形当然看得出来，心肠一软，第三支神芒几乎不忍出手。但他深知对方内功怪异，而且转念一想，要是自己手下留情，待到她发箭之时，只怕自己性命却未必能保。

这当真是箭在弦上，不得不发！唐晓澜咬了咬牙，心中默祷："但愿这一支神芒只是将她伤了！"虽然如此，但因这一箭胜负攸关，他也不敢不全力以赴！

这第三支神芒，唐晓澜用了十成功力，神芒射到，隐隐挟着风雷之声。厉胜男却也怪，既不拔剑抵御，也不用轻功闪避，但见神芒射到，她一个转身，"刷"的一声，那枝神芒正正射中她的背心，她惨叫一声，带着神芒，奔出了几步，摇摇欲倒！她的侍女急忙将她扶住！

这时，在场人等都紧张得不敢透气。但见厉胜男忽地将侍女推开，反手将神芒拔下，神芒上不沾半点血渍！厉胜男将神芒一抛，冷冷说道："唐大掌门，现在该轮到我了！"原来她乃是仗着寒玉软甲之力，硬接了唐晓澜最后一支神芒，虽因受唐晓澜的内力所震，元气大伤，但却还支持得住。

厉胜男这几句话一说，全场鸦雀无声，只听见彼此的心跳。到了如今这个局面，唐晓澜即使不为她的玉箭所伤，至多也不过扳成平手了。

唐晓澜缓缓说道："唐某已经献拙了，只望抛砖引玉，便请姑娘发箭！"

那四个侍女抬起了玉弓，厉胜男却并不就接，但见她皱了皱眉，脸上现出一丝苦笑。

众人见她如此神情，心中又燃起了一线希望，均是如此想道："唐大侠固然是元气大伤，但看这情形，这妖女只怕比他伤得更重，用这样沉重的玉弓，未必便能得心应手！"

众人心念未已，只见厉胜男双眼一睁，突然咬破舌尖，喷出了一蓬血雨，倏然间精神大振，接过玉弓，张弓搭箭，尖声叫道："唐大掌门接箭！"

说时迟，那时快，只听得弓如霹雳，箭若流星，玉箭寒芒，已是向唐晓澜劈胸射到！

唐晓澜陡地一声大喝，游龙剑化成了一道银虹，破空飞去，两道光华在空中一碰，发出了一片断金戛玉之声，震得众人耳鼓都嗡嗡作响，但见银光泻地，剑箭俱坠，插入了冰岩，剑柄箭尾，兀自颤动不休！刹那间的异样沉寂过后，全场爆发了如雷的彩声！

本空大师、辛隐农、萧青峰这几位武学大师却并不随着众人喝彩，心情反而更沉重了。唐晓澜掷剑击箭这手功夫虽然漂亮之极，但比起厉胜男刚才用剑削断神芒的功夫，已是逊了一筹了。唐晓澜要借宝剑飞出去的冲击之力，才能把对方强弓猛弩的劲道抵消，显见他对本身的功力已失去了信心，不敢等待箭到跟前才举剑拨落。

这几位武学大师暗暗担心，却不知厉胜男却也是吃惊非小。她本来以为唐晓澜在较量内功、跟着又以全力发了三支神芒之后，应该已是力竭精疲，想不到他居然还能够把自己的神箭打落！心中想道："我是以天魔解体大法来强自提神，而他仅是凭着本身残余的功力。这等真实的本领，我再练十年，只怕也未必及得上他。"

唐晓澜深深吸了口气，忽地盘膝坐在地上，说道："厉姑娘，你的神箭威力，确是世上无双，我若死在你的箭下，死亦可以无怨了。请再发吧。"厉胜男咬了咬牙，沉思片刻，挽起玉弓，拉满了弦，嗖的一声，第二支玉箭射出！

唐晓澜已无宝剑防身，眼看那支箭射了到来，他却仍然坐着不动！

就在众人骇叫声中，只见唐晓澜双掌平伸，说也奇怪，那支箭射到他的身前，忽然似受了一重阻力似的，来势骤缓。唐晓澜双掌一招，那支箭落了下来，平平正正地摆在他的掌上，就似有人轻轻搁下去似的！

唐晓澜显露了这手奇妙的功夫，登时令得那些骇叫之声一变而为喝彩，可是却也令得他们大惑不解：唐晓澜用游龙剑抗击厉胜男的第一支玉箭之时，是何等费力，现在接她这来势更劲的第二支箭，却反而这样轻描淡写般的，一举手便接下了？

这些人哪里知道，唐晓澜这时正在暗暗叫苦。在旁人看来，他接这支箭是毫不费力，其实这却是他毕生功力之所聚，接了这一支箭，他的内功已差不多耗尽了！

唐晓澜油尽灯枯之象，旁人未曾察觉，厉胜男却是心中有数，较量了三场，她对唐晓澜亦已暗暗佩服，当下暗自问道："我难道当真要把天下第一的武学大宗师毙于箭下？"这刹那间，她几乎心软下来，但是一转念间，她想起了乔北溟所留的遗嘱，脑海中又掠过了金世遗的影子，心里又自己回问自己道："我这一箭，其实射的并不是唐晓澜！"她咬了咬牙，狠起心肠，缓缓地挽起玉弓，第三支箭向唐晓澜射去！

唐晓澜仍然盘膝坐在地上，听她弓弦声响，心中已是完全绝望："想不到我唐晓澜竟会死在一个年轻的后辈之手！"

就在这弓弦声响的同时，忽地听得有人大声喝道："住手！"厉胜男的手指一颤，但仍然将那支箭发出！

陡然间只见一团白影，疾若流星，就在离开唐晓澜不到十步之处，迎上了那支玉箭，只见他捷如鹰隼，倏地就拔身冲上，"当"的一声，那支箭掉转了头，将一块冰岩射裂，那个人也跌了下来！

登时有许多人同声叫道："金世遗！"江南手舞足蹈，大声喊道："我早知道金大侠要来的！喂，金大侠，我在这儿！"人声鼎沸，金世遗哪听得见他？

李沁梅是又惊又喜，她想奔上前去抓着金世遗，可是双脚却不听使唤，这刹那间，她也不知心里是什么滋味，只是喃喃说道："他回来了，他已经到过我那儿了。"原来金世遗用以击落玉箭的正是他以前所用的兵器——毒龙尊者传给他的那枝铁拐。这枝铁拐由冯琳从蛇岛取回，一直就放在李沁梅的卧房里的。

金世遗对这些声音，恍如不闻，他跌了下地随即一个鲤鱼打挺翻起身来，便向厉胜男走去！正是：

死生争一着，恩怨未分明。

欲知后事如何？请听下回分解。

第五十二回　佳偶竟然成冤偶
多情却似反无情

厉胜男正眼也不瞧他，却对唐晓澜冷冷说道："唐大掌门，这是你的地头，现在有人搅局，你怎么说？咱们要不要再来比过？"

唐晓澜叹了口气，站起身来，缓缓说道："厉姑娘，我承认你的武功远胜于我，还比什么？"声音甚是苍凉，在场各路英雄，人人替他难过。

厉胜男忽地仰天大笑，说道："唐大掌门，你不是输给我，你是输给了我的乔祖师，你知道么？我是三百年前乔北溟的隔世传人！乔祖师呀，我已遵照你的遗言，将张丹枫、霍天都的传人打败，你心愿已还，地下亦当瞑目了！"众人这才知道，厉胜男此战原来是为师门争荣，是为乔北溟一雪三百年前败给张丹枫的耻辱！

金世遗走到了她的跟前，轻声说道："胜男，你现在亦已心愿得偿，成为你久已渴望的武林第一高手了，你还要什么？我望你得饶人处且饶人吧！"

厉胜男冷笑一声，淡淡说道："金世遗，我也要问你：你要什么？"

金世遗道："谷之华并未得罪过你，你何苦将她弄成半死不活？"

厉胜男板起面孔道："这么说，你是来向我要解药的是不是？"

厉胜男是明知故问，金世遗无可奈何，只好点点头道："为了这个解药，我已经找你两年了。"

厉胜男道："你要解药么？行呀，有例在先，你与我也比三场就是！”

金世遗愠道：“你这是什么话？你不看在今日的金世遗的面上，也当看在往日的金世遗的面上，你难道自以为武功盖世，便完全不念往日的情分了么？”

金世遗不说犹好，这一说更如火上加油，但见厉胜男双眼一翻，眼中真似要喷出火来，她瞪了金世遗一会，却忽地纵声狂笑道：“金世遗呀金世遗，原来你也有求我的一天！你还有脸皮跟我讲往日的情分？哼，哼，好在我今日的武功已远胜于你，要不然，只怕你一上来便要打我骂我，还会低声下气向我哀求么？”

金世遗气得双眼翻白，叫道：“你、你、你、你……”一口气说了几个“你”字，没法说得下去。

厉胜男冷笑道：“我怎么？你早说过与我恩断义绝，却还要我念什么情分？”其实这“恩断义绝”四字，是厉胜男自己说的，金世遗可从来没有说过。但是金世遗现在气怒交并，厉胜男一口反咬他，他也没有心情反驳了。

厉胜男又道：“不错，你提起了往日，那时候你的确对我很好，我也在思念昔日的时光，可惜时光不会倒流，现在的金世遗已经不是过去的金世遗了。”她这几句话用天遁传音之术说给金世遗听，旁人只见她嘴唇开合，却不知道她说的什么？

金世遗听她说得甚是辛酸，忍不住也觉有些伤感，当下也用天遁传音之术低声说道：“过去了的已经过去，算我对不起你，咱们两人走不到一路，这是已成定局的了！但求你赐我解药，我一生一世都会感谢你的恩德！”

厉胜男比了三场之后，本来就已面无血色，这时更是惨白如纸，忽地双眼一睁，狠狠说道：“原来你对这几颗解药，竟是看得如此重要么？”金世遗知道自己说错了话，激起了她的妒意，可是他心里的说话，从来不会向厉胜男隐瞒，而且即算他不说，厉胜男也会知道他心中所想的是什么。

厉胜男这样责问，金世遗只有默然无语。厉胜男咬牙说道：“好呀，金世遗，你好！我恨不得杀了你！哼，哼，要是我不念在你往日的情分，刚才那一箭，凭着你的功力，你以为你接得了么？”

金世遗熟悉厉胜男的脾气，知道事有转机，急忙说道：“多谢你手下留情。你若当真这样恨我，我取了解药之后，任凭你将我如何处置，要了我的性命，我也情愿。”

厉胜男冷笑道：“说来说去，万语千言，总是不离解药。嘿，嘿，也难怪你这样着急。我这五毒散的毒性日益加深，现在她还只是半死不活，再过一些时日，剧毒侵入她的脏腑骨髓，你就是把所有的天山雪莲都摘了给她，也无济于事。你这位如花似玉的美人儿，终须全身溃烂而亡！嘿，嘿，我为何要取你的性命？让你瞧着她那样死去，不更好么？”

金世遗知道她是在宣泄她自己心中的怨气，但听她说得这样狠毒，也禁不住肌肤起粟，只怕她积怨难消，当真说到做到。

金世遗惨笑道：“若是那样，这世界上也不会再有我了。让你一个人痛快去！嗯，胜男，就算我对不起你，那也只是我的事情，你为何要害及无辜？”

厉胜男道：“好呀，你既自知对不起我，就这样空口来向我求取解药么？”

金世遗怔了一怔，不知她是什么意思，厉胜男道：“你认不认错？”金世遗道：“当日我在嵩山上，因为一时暴躁，对你无礼，这件事我向你认错。”心中却在想道：“至于我欢喜谷之华，这是根本谈不上什么错不错的。”

厉胜男面色稍见缓和，“哼”了一声道：“你今天不再倔强了吧？好，你若是有心向我认错，当着天下英雄之面，你自己应该知道该做些什么！”金世遗茫然重复她的话道：“什么？”厉胜男冷笑道：“你这样快就忘记了吗？”

金世遗蓦然省起，那次打了她一记耳光之后，她一怒之下，与自己绝交，曾有言道：“总有一天，我要你跪着求我！”想起此话，金世遗登时心头大震，定了眼睛，四目交投，只觉厉胜男的目光冷酷之极，面上木然毫无表情。

金世遗生成傲骨，从来不肯下气求人，当年他有性命之忧，尚不肯向唐晓澜求取雪莲，可见一斑。但现在是谷之华有了性命之忧，不由得他不向厉胜男屈服！

旁人见他们两个嘴唇开合，说话无声，神情瞬息百变，一会儿似是在争吵什么，一会儿又似是蜜意轻怜，互诉衷曲。众人看得十分纳罕，都在窃窃私议。冯琳低声对她姐姐道：“金世遗果然不是个好东西，幸亏沁儿没有嫁他。”江南也在低声对他妻子说道：“瞧这模样，倒像是小两口子拌嘴，唉，我只担心金大侠给这妖女迷了！”

金世遗却在心里想道：“我打了她的耳光，这本来是我的不是，两年来我已一直为此后悔。何况现在是为了之华妹妹？”

就在众人窃窃私议之中，忽听得金世遗大声说道：“杀人不过头点地，好，我现在向你跪下了，求你高抬贵手，赐予解药！”

他是遵照厉胜男的心意，当着天下英雄面前，向厉胜男磕头认错！这几句话并非用“天遁传音”，人人都听得清清楚楚！

江南大叫一声，掩了面孔，李沁梅低下了头，不敢观望，心中叹道：“可怜的世遗哥哥！”

在场的各路英雄，都感到气愤难忍，但都是无可奈何！顿时间，人人都似受了催眠，个个低下了头，不忍见金世遗受辱。

金世遗虎目含泪，身躯一矮，双膝弯下，厉胜男不待他跪倒地上，忽地衣袖一卷，登时将金世遗扶了起来，笑道：“你的大礼我心领了，男儿膝下有黄金，我不愿你受天下英雄耻笑。”衣袖一松，金世遗站直了身子，只见厉胜男也正在裣衽向他还了一礼。金世遗顾不得羞惭，连忙问道：“现在你可以将解药给我了吧？”

厉胜男冷冷道：“你向我赔了大礼，咱们之间的梁子已解，我不会向你再报当年那一掌之辱。但亦不过仅仅如此而已，却与解药何关？”这几句话淡淡道来，登时把金世遗吓得呆了！

厉胜男“噗嗤”一笑，忽地转过一副口吻，柔声说道：“瞧你急成这个样子！当真是把这几颗解药看得比命根子更重要么？本来我可以给你，只是却有一样为难！”

金世遗怔了一怔，连忙问道：“有何为难之事？”厉胜男道：“你忘了我们厉家的规矩么？”顿了一顿，重新用“天遁传音”之术说道：“当年你与我到了火山岛，我的叔叔为什么要杀你，你还记得么？我们厉家决不容许外人得知我家的秘密，更决不容许外人分享我家的东西。为此，他当时几乎就要把你杀了，至于后来何以饶你，这缘故你自己应该明白。”

这番话话中有话，金世遗当然明白。要知以厉家和乔家的关系，凡是属于乔北溟的武功典籍，厉家是早已把它当成自己的东西了。那本百毒真经，最初虽然是属于七阴教主的，但后来给乔北溟抢去，传之厉家，所以厉家当然更有理由把它当作自己的家传秘典。现在自己虽然是仅仅向她求取解药，但这已涉及了百毒真经的不传之秘，按照厉家的家规，就不能拿给外人，除非是他家里的人，亲自拿解药去救。

金世遗做梦也不会想到厉胜男竟会搬出这一条古老的家规！当年厉胜男的叔叔不杀他，那是因为厉胜男认他做丈夫；现在厉胜男搬出这条家规，那只能有一个用意——那就是要金世遗认她做妻子，她才肯交出解药！

这刹那间，金世遗呆若木鸡，心中乱成一片！厉胜男双眼朝天，似是自言自语地冷冷说道：“我自小就不信命运，我想要的东西一定要拿到，我想办的事情一定要办到，即算是命中注定，我也一定要尽力挽回！”

在场诸人之中，李沁梅是最关心金世遗的人，她虽然听不见他们的谈话，但是从金世遗的神情中已隐隐感到有些不对，正自忧疑，忽见金世遗离开了厉胜男，竟是缓缓地向自己这方走来。

冯琳吃一惊，冯瑛低声说道：“妹妹，你别担心，他决不会做无礼之事。让他们谈谈，倒可以让沁梅了却一重心事。”

李沁梅眼中满是泪水，又是欢喜，又是有点心伤。金世遗走到她的面前，说道：“妹妹，你大喜啊！恕我来得迟了。”李沁梅呆了半晌，说道：“你回来了就很好，你什么话也不用说，我一点也不怪你。”金世遗道：“你今天大喜，我没有什么宝贵的礼物给你。几年来我在海外捡来了一些小玩意儿，聊表心意。”说罢，拿出了一个匣子。

李沁梅打开匣子，里面间成一格一格，分别放有贝壳、羽毛、小石子、种籽等等零星玩意。金世遗道：“这是翡翠鸟的羽毛，可惜不能捉一只给你玩；这是海鸥的翎，比大雪山的鹤翎还美；还有我在蛇岛所拾的贝壳，各种各样的色彩都有；这些小石子是在火山口拾的，你摸一摸看，是不是觉得好像还有点烫手呢？这些都是海外奇花的种籽，我也不知道名字，你试在温泉附近来种，看能不能开花结果？”

李沁梅和金世遗最初相识的时候，还是个淘气的小姑娘，最喜欢新奇别致的小玩意儿，当年他们走过大雪山，李沁梅便常常要金世遗帮她捉鸟儿、摘野花、捡石子。

李沁梅泪盈于睫，心道：“原来他在海外也未曾有一天忘记我！唉，我在他的眼中，一直是他的小妹妹！”李沁梅捧着这个匣子，双手微微颤抖，有几分伤感，但更多的是感激之情。钟展看在眼中，心上的愁云尽去，想道：“我早已看出，他们本来不过是兄妹的情谊。只是沁妹以前年纪太小，是什么样的感情，连她自己也不知道。”

一滴晶莹的泪珠从沁梅的眼角滴下来，半晌说道：“这份贺礼，比什么都宝贵，世遗哥哥，多谢你啦！但愿过不了多少时候，我们也可以喝到你的喜酒！”

金世遗苦笑道：“你今天便可以喝到我的喜酒！我正是来和你商量——”李沁梅这一惊非同小可，禁不住叫道：“什么？你，你，你——你今天便要请吃喜酒？”顿然间她明白了，金世遗今天要娶的是厉胜男而不是谷之华！

金世遗极力抑制激动的心情，低声说道：“不错，我今天便要请你吃喜酒。只是这事是刚刚决定，我一时准备不来，所以要和你商量，借你的地方，借你的东西，借你的酒菜，给我行婚礼，宴宾客！”

李沁梅呆了一会，道：“这是终身大事，你想清楚了么？”金世遗凄然说道：“想清楚了，你还不知道吗？除了这条路，我已经是没有其他的路好走了！”

李沁梅当然明白，这完全是为了谷之华的缘故。她一百二十个不愿意金世遗与厉胜男结婚，但是，她也像金世遗一样，更不愿眼睁睁地看谷之华死去。

李沁梅眼角噙着泪珠，强笑说道：“这么说，世遗哥哥，我也要恭喜你啦。想不到咱们竟在同一日成婚，你举行婚礼所需要的东西样样都是现成的，新房也立刻可以再布置一间，你尽管借用。”

金世遗和李沁梅的谈话，人人都听得清清楚楚，人丛中有人哭出声来，那是江南。邹绛霞附着他的耳朵说道：“人家一个愿打，一个愿挨，你哭什么？”江南抽噎说道：“我只是替谷女侠伤心。”泪珠如雨，一时之间，哪能止得？邹绛霞慌了手脚，急忙将他遮住。厉胜男神色漠然，对这一切恍如不闻不见。

金世遗走到唐晓澜面前，恭恭敬敬施了一礼，说道：“我无父无母，又无亲人长辈，唐大侠，你愿意替我做主婚人么？”

唐晓澜怔了一怔，凝思片刻，说道：“令师在世上的朋友，只怕也只有愚夫妇等有限几人了。我一向把你当作子侄看待，你今日得和天下武功第一的女英雄结婚，我很替你高兴，主婚之事，义不容辞！”

唐晓澜肯替他们主婚，很出一些人意外。他们哪里知道，唐晓澜乃是另有苦心，要知厉胜男现在的武功，已是无人能够制服，他深知金世遗心地善良，但愿厉胜男与他成婚之后，能够改邪归正，免至为害武林。

厉胜男走了过来，裣衽施礼，说道：“多谢唐大掌门不念旧恶，赐惠成全。”跟着又对金世遗道：“你好糊涂，怎么还不邀请宾客？”金世遗就似给她牵着线的傀儡似的，木然毫无表情，转过身来，面对各路英雄，作了一个罗圈揖，说道：“今日我与厉姑娘成婚，请各位赏面，喝一杯酒。”说了之后，周围静寂如死，竟是没一个人出声回答。

唐晓澜道：“今日我家是双喜临门，两对新人，一对是我的徒弟和甥女；一对是我的金贤侄和天下武功第一的女英雄。哈，哈，这当真是百世难逢的武林佳话，请各位同至寒舍，贺喜新人。”

众人一来见唐晓澜出面；二来这席喜酒，也是李沁梅和钟展的喜酒，于礼于情，断无来作贺客，却不喝喜酒就走之礼；三来，他们也都怀有好奇之心，虽然个个都憎恨厉胜男，却也想看看这个女魔头的婚礼。

当下各人都跟随唐晓澜，重回礼堂。但气象已是大大不同，在贺钟李成婚之时，那是喜气盈门，人人笑容满面；现在却是个个没精打采，尤其邙山派的弟子，更是又愤恨，又悲伤。江南走到礼堂的门口，忽地大哭道："她就是杀了我，我也不愿看着她与金大侠拜堂!"邹绛霞吓得面无人色，急急忙忙将他拉下，埋怨道："你不去就不去，大叫大嚷做什么?"好在厉胜男似乎毫不注意，她与金世遗手牵着手，走进礼堂，未曾回头一望。

礼堂上那对红烛尚未烧残，唐晓澜叫人补插一对红烛，厉胜男的侍女上来说道："请小姐更衣。"她的新房刚在布置，李沁梅虽然极不愿意，也只得带她到自己的房中去换衣服。

钟展道："金兄，你可要换过一身新衣服么?"金世遗摇了摇头，低声说道："不用。"

过了一会，只见那几个侍女手持轻纱宫灯，在前引路，厉胜男披着一袭白丝轻罗，长裙曳地，娉娉袅袅，踏着凌波微步，宛如仙女下凡。李沁梅道："我现在才知道厉姐姐不但武艺高强，一手女红，也是无人能及。你瞧，她自己做的这套衣裙多美!"原来厉胜男早料到有此刻之事，她连结婚的礼服也准备好了。李沁梅表面赞美她的说话，实在是讽刺她的。

金世遗那套衣裳，因为曾经在地上打过滚来，沾满了泥土，这对新人，并肩而立，相形之下，实在是滑稽之极。但在场观礼的人，人人都为金世遗难过，哪里还有心情取笑。

李沁梅冷眼旁观，只见厉胜男的神情甚为奇异，面上虽有得色，目光却是一片茫然，竟说不出是欢喜还是悲伤。金世遗的神情更为古怪，却似给人缚上刑场似的，人人都看得出他在极力避开厉胜男的目光。

旁人只知道金世遗心情痛苦，却还不知道他已下了必死之心。原来他已和厉胜男说好，拜堂成婚之后，厉胜男就交给他解药，他马上便要到邙山去救谷之华，待救了谷之华，然后才与厉胜男做夫妻。其实他所要的不过是解药，他准备在救了谷之华之后，便即自戕。他实在是拿性命来哄骗厉胜男的解药的。

在全无喜气、举座寡欢的情形下，这个奇怪的婚礼进行了。交拜之时，金世遗不可能避免面对着厉胜男，只见她肌肤如雪，面如白玉，在红烛映照之下，有一种说不出来的“凄艳”，“美”是“美”极了，却不似新娘子的“美”，美得不是令人心动，而是令人心悸。

大礼告成，喜筵早设，侍女说道：“小姐，你和姑爷进房歇歇，再出来敬酒吧。”金世遗默默地随着她走，却见厉胜男似是把一个纸团交给了她的侍女。

金世遗心道：“不管你耍什么花招，我的主意是打定的了。”厉胜男走进新房，将侍女遣开，虚掩上房门，柔声问道：“世遗，你还在恨我么?”金世遗不答。厉胜男叹口气道：“不管你怎样恨我，我今天总是做成功了你的妻子，我也就心满意足了。”金世遗冷冷说道：“不错，你是成功了！如今你总应该拿出解药了吧?”

厉胜男凄然说道：“早知如此，我真后悔从荒岛回来。”金世遗恨恨说道：“你现在不是样样都称心如意了么?”厉胜男道：“不错，但是到头来都是空的。世遗，要是咱们仍在荒岛上朝夕相对，那有多好!”金世遗心里也在暗自叹息道：“谁叫你变成这个样子?往日的情分，已似大江东去，一去不回了。”心里是如此想，但却不得不哄骗她道：“咱们做了夫妻，相对的日子长着呢。你给我解药，让我办了这桩事情，也好早些回来伴你。”

厉胜男又叹口气道：“世遗，你不要骗我了!”眼圈红润，泫然欲滴，金世遗接触到她幽怨的眼光，禁不住心中感到有些歉意，在此之前，他是从来也没有骗过厉胜男的。但此时此际，他却不得不再硬着头皮说道：“我骗你什么?咱们不是已拜堂做了夫妻么?”

厉胜男若有所思，过了一会，方始拿出一方玉匣，说道：“解药在这里面，还有几件东西是给你的。”金世遗无暇问她是什么东西，连忙伸手来接，厉胜男忽道：“世遗，我盼望你能够依我几件事情。”

金世遗大吃一惊，叫道：“怎么，你又变卦了?”只道她又要出些什么难题。厉胜男微笑道：“不是变卦，你别着慌，你好好听我的说话，不管我说些什么，你都不许打岔。世遗，不管如何，咱们总是有过一场情分，难道你连听我说几句话的耐心也没有了?”

金世遗看她神情非常奇特，心里惊疑不定，摊开手道：“好，说吧！”

厉胜男道：“我知道你欢喜谷姐姐，我也愿意你们两人有个好结果。只望你将来在鸳鸯枕畔，月下花前，能偶然地想我一下，想起曾经有过一个非常爱你的人，那，我就、我就会感激你不尽了！”

金世遗愠道：“到了今日这般田地，你还说这些话干嘛？”厉胜男苦笑道：“你以为我是妒忌她吗？不，我说的每一句都是心里的话。好了，你讲好了不打岔的，请听我再说。”

金世遗隐隐觉得她的面色有点不对，惊疑不定之际，只听得她接着说道：“世遗，答应我一件事情，我要你好好保重自己，不论发生什么事情，你都要泰然置之，你答应我吗？”

金世遗心头颤战，暗自想道：“难道她已知道了我有自杀的念头？难道是之华中毒已深，无可解救了？”

厉胜男道：“你答应吧，你答应我才放心把解药给你。”金世遗迟疑半晌，道：“好，我答应你。”

厉胜男露出一丝笑意，说道：“世遗，我还盼望你在武学上更下苦功，你将来会成为一位超越前人的武学大师的，我曾经是你的妻子，到你成功之日，不论我在什么地方，我也会同你一样高兴。”

金世遗听她说得非常诚恳，心想：“难道她想把乔北溟的秘笈交给我？”金世遗虽然并不稀罕，却也深深感动，当下说道：“多谢你的好意，多谢你的期望，我尽力做去就是。”话是如此说，其实他还未打消自尽的念头。

厉胜男吁了口气，道：“你是最重信诺的人，你答应了，我就放心了。”金世遗心中抱愧，极力抑制着自己，不让她看出自己是言不由衷。

厉胜男道：“好了，这玉匣你拿去吧。”金世遗接了过来，道：“你还有什么话要说吗？我要走了！”

厉胜男道：“你过来，让我再看你一眼，啊，让我亲一亲你！”金世遗本来已是憎恨她的了，不知怎的，这时却是心情激动之极，情不自禁地亲了她一下。

这刹那间，厉胜男的眼角眉梢，都充满了笑意，便似一朵盛开的玫瑰，她低声叫道：“世遗，你其实也是爱我的啊！”突然笑容收敛，盛开的玫瑰顷刻之间便枯萎了！

金世遗惊骇莫名，只觉在他怀抱之中的厉胜男已是渐渐僵冷！

原来厉胜男在和唐晓澜比拼内功之时，用了“天魔解体大法”，全身精血败坏，内伤极重，全仗着她的邪门内功，才勉强支持到此时此刻。现在她心事已了，真气一散，立即便玉殒香消！

金世遗这一惊非同小可，叫道：“胜男、胜男！你要什么？你要什么？我都可以答应你！”可怜厉胜男却不会答应他了！

这刹那间，金世遗但觉顶门“轰轰”作响，眼前金花飞舞，似乎自己的灵魂也脱离了躯壳，没有了思想，甚至没有了感觉，哭也哭不出声！

房门忽地打开，厉胜男那八个侍女涌了进来，为首的失声叫道：“小姐果然死了！”原来厉胜男交给她贴身丫环的那个纸团，就是吩咐她们替她料理后事的。她预先和那丫环说好，要等待房内有喊声传出，才可以将纸团打开。

金世遗猛地叫道：“胜男，我对不住你！”抱着她的尸身，不由自已地又吻下去，厉胜男的侍女哭叫道：“都是你这厮害了我们的小姐！”登时有几柄长剑指到他的身前。金世遗面对着明晃晃的剑尖，动也不动，他这时眼睛里只有一个厉胜男，对外间的一切，他都没有感觉了。

那丫环叫道：“小姐吩咐，不可杀他。”上前夺下了厉胜男的尸身，说道：“小姐说，她的事不用你再管了，她叫你遵守她临终的遗言，你赶快走吧！”

金世遗捶胸哭道：“胜男，你安心去吧，我如今承认你是我的妻子了！你们将她埋葬，墓碑留空，等我来立。”

这时，宾客们也知道发生了变故，人声如沸，纷纷涌来，但见金世遗猛地冲出，排开众人，如飞而去！李沁梅的呼唤也止不住他！

谷之华卧病两年，身体日益衰弱，她已知道自己的生命是屈指可数了，她曾经叫过金世遗不必再来看她，但在这病重垂危之际，却禁不住深深地思念他，渴望能和他见上最后一面。

这一日已是天山事变之后的第十八天，天山邙山，相隔万里，谷之华当然还未知道消息，她正在等待派去贺喜的人回来，向她报告李沁梅结婚大典的情况。

翼仲牟在病榻旁边和她闲话，翼仲牟知道她的心情，安慰她道："师妹，你不要心急，路途遥远，白师弟往天山送礼，哪能这样快回来？唐大侠和你的沁梅妹妹都很惦记你，上次还特别托了萧青峰送碧灵丹来，大家都盼你早日复原。"谷之华苦笑道："我只怕等不到白师兄回来啦。"

谷之华除了金世遗之外，最想念的就是李沁梅。但是在她为李沁梅欢喜的时候，却又不禁为自己心伤。李沁梅已经有归宿了，而她自己却在病床上等死，只怕在临死之前，也不能见自己心爱之人一面。

这一日她发了几次高烧，直到傍晚，方始迷迷糊糊睡去，作了一个恶梦，梦中见金世遗全身缟素，血泪交流；她正要将他拉住，忽然厉胜男在他们当中出现，一剑劈了下来……

谷之华失声叫道："世遗，世遗！"就在这时，只觉一只温暖的手掌轻轻地抚摸她的头发，一个极为熟悉的声音说道："之华，之华！不错，是我来了！"

谷之华睁开眼睛，只见金世遗就坐在她的旁边，这刹那间，她几乎以为自己还是置身梦境！

翼仲牟道："好了，世遗已经把解药送来了。他在这里等你醒来，也已经等了好半天了。"说罢转过头来对金世遗道："我要把这好消息告诉一众同门，让他们也都欢喜。"当然，这是翼仲牟有意让他们单独会晤。

谷之华挣扎着用尽全身气力，捏了一捏金世遗的手掌，她感觉到了，感觉到她所接触的是一个真真实实的、有血有肉的人，她低低吁了口气，放下了心上的石头，轻轻地说道："啊，这当真是你！咱们并不是在梦里相逢！"

金世遗道："我答应过你的，我当然要把解药给你送来。之华，你别忙着说话，先吃了这几颗解药吧！"

金世遗将她轻轻扶起，倒了一杯开水，送到她的唇边，谷之华道："世遗，我真不知道如何感激你才是！"

忽见金世遗脸上掠过一丝苦笑，谷之华心里一颤，陡然间忆起了刚才的梦境，但金世遗已不让她有说话的机会，将解药纳入她的口中，叫她用水送下。

谷之华一连吃了三颗解药，瘀血开始化开，肚子咕咕作响，金世遗放她躺下，说道：“你运气吧。我助你将药力加紧散开。”谷之华只好屏除杂念，依言运气，金世遗轻轻给她推拿，谷之华但觉好似有一股暖流，在她体内循环往复，郁闷全消，舒服无比！

过了大约一盏茶的时分，谷之华的真气运转，已是透过了十二重关，金世遗停止了推拿，说道：“我这里留下一个药方，你按方吃药，最多十剂，余毒便可拔清，你也可以完全恢复如初了。”

谷之华坐了起来，但觉气爽神清，病容尽去。但是当她接触到金世遗的目光时，喜悦的心情却忽似被浮云遮掩，金世遗的眼光似是含着深沉的悲痛，又似带着一种无可奈何的绝望神情。

谷之华柔声说道：“世遗，你现在还担心什么？呀，我真想不到还能够见到你！昨天晚上，我还在想道：是生是死，我倒未放在心上，只要能够在临死之前，见你一面，我也就可以无牵无挂的辞别了这个人间了。想不到我不但见到了你，还可以再活下去。世遗，你怎么还不高兴呢？”

金世遗道：“是的，我很高兴。你的灾难消除，我的罪过也可以减轻了。”他嘴里说高兴，眼圈已经红润了。

谷之华怔了一怔，说道：“世遗，你还因为我所受的灾难感到抱歉吗？这不是你的罪过，这都是那位，那位厉姑娘，厉姑娘……”

金世遗不待她说出“罪过”二字，便即抢着说道：“不，之华，你不知道——”谷之华道：“不知道什么？”金世遗道：“她的过错，就是我的过错！你不要再怪她了，她所犯的罪，都应该由我承担！”

金世遗说得如此认真，如此哀痛，谷之华登时感到一般寒意透上心头，她呆了半晌，忽地颤声问道：“世遗，你的解药是怎么得来的？是她甘心情愿交给你的么？”

金世遗点了点头道：“是的。”谷之华道：“哦，那么，现在她呢？”金世遗道：“她吗？她、她、她、她已经死了！”

一滴晶莹的泪珠从金世遗的眼角流下来，这刹那间，谷之华什么都明白了，她虽然不知道厉胜男是如何死的，但她已知道了金世遗对厉胜男实在是有着一份真情！

金世遗低声说道："之华，我一直很敬爱你，以后也永不会变。可是我已经答应了一个人，不是当面答应她，而是在她死后，心里头答应她了，我这一生，除了她之外，是再也不能有第二个人了！之华，之华！你，你、你、你可能谅解我这份心情？"

金世遗含着眼泪，断断续续说道："我是在她临死之前，和她举行了婚礼的。那时，我，我并不知道她将死，只是想骗取她的解药。唉——虽然并非我亲手杀她，她总是因我而死！在我和她行婚礼的时候，我也没有叫她一声妻子，但在她死后，我要承认她是我的妻子了。"

谷之华身躯微微颤战，但她却忍住了眼泪，柔声说道："大丈夫当重言诺，你既然和她定了名分，又在心里头答应了她，那自是该当把她当作妻子看待。世遗，我感激你来看我，也感激厉姑娘终于肯把解药给我。世遗，我永远都会把你当作最好的朋友，你不必为我担忧，我受得下的！"

金世遗道："之华，你比我坚强得多，要不是你这么说，我却几乎受不了。啊，之华，我永远永远都会敬爱你！"他紧紧地握了她的手一下，眼泪滴在她的手背上，随即便出了房门。

直到金世遗去得远了，谷之华方始哭得出来！不错，她是比金世遗坚强，但是她的伤心，只怕更在金世遗之上！

一个月后，在一座新坟的旁边，有一个少年把一块墓碑安上去。这少年便是金世遗，他为这座新坟立下了一块"爱妻厉胜男之墓"的石碑。

坟墓里的厉胜男曾经是他怜悯过、恨过而又爱过的人。在她生前，他并不知道自己爱的是她，在她死后方始发觉了。他现在才知道，他以前一直以为自己爱的是谷之华，其实那是理智多于情感，那是因为他知道谷之华会是个"好妻子"。但是他对厉胜男的感情却是不知不觉中发生的，也可说是厉胜男那种不顾一切的强烈感情将他拉过去的。

他立了墓碑，又在一方玉匣里取出了两卷书，在她墓前焚化，

夕陽西下
断腸人在天
涯，一切都
已到了終結
這是一场悲
剧，书中的主人
公默默地伫立
着，背对着
读者，我想他
的悲喜是全
无的，木然呆
立。

他立了墓碑，又在一方玉匣里取出了两卷书，在她墓前焚化……

低声说道："胜男，这是你的东西，你收回去吧。"武林中人梦寐以求的乔北溟的武功秘笈，就这样烧掉了。金世遗不是不稀罕它，但一来他不忍睹物思人，二来他不愿留下这种邪派秘笈贻祸人间，他已经通晓了秘笈的上乘心法，他要循着正派武功的途径，融合秘笈心法，另创一门光明正大的武功。

他烧了秘笈，独立墓前，宛如一尊石像，阳光把他的影子拉得长长的。他呆呆地望着自己的影子，那影子忽然变了厉胜男的影子，他是生生死死也摆不开这个影子了。正是：

此情可待成追忆，只是当时已惘然。

（全书完）